KB050952

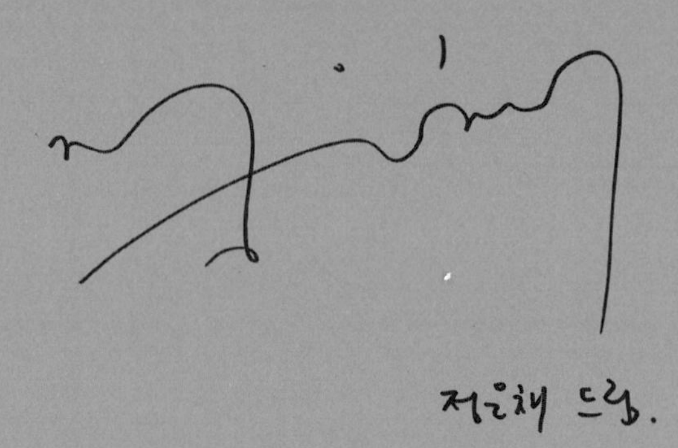
정은채 드림.

손 더 게스트

한국형 리얼 엑소시즘

손 the guest

권소라 · 서재원 극본 | 원보람 소설

문학수첩

프롤로그

처음에 그것은 한 점 바람이었다. 그저 고사리의 이파리나 흔들던 공기의 흐름에 불과했다. 그러다 두 발로 걷는 인간이 세상에 등장했고, 그들의 허리가 하늘을 향해 더욱 꼿꼿해지면서 많은 것들이 변하기 시작했다.

칼바람이 몰아치는 추위가 덮쳐오면 인간들은 동굴 안에 모여 살을 맞대고 서로의 온기를 나누었다. 그중 유독 길고 고요했던 어느 날 밤, 인간 하나가 커다란 돌을 내려쳐 같은 인간을 죽였다. 최초의 살인이었다. 드넓은 대지를 떠돌던 그것은 거친 숨소리와 비릿한 피 냄새, 고통스러운 비명 소리를 만나 달라지기 시작했다. 투명한 바람 같았던 그것이 무겁고 탁한 기운이 되어 땅으로 가라앉았다. 최초의 살인을 저지른 인간은 다른 인간의 몸을 뜯어 먹었다. 뜨거운 피를 삼키고 김이 피어오르는 살점을 씹어 먹었다. 광기로 번뜩이는 눈동자를 희번덕거리며 차오르는 포만감에 웃음을 흘렸다. 더 이상 그것은 가벼운 바람이 아니었다.

그날 밤 이후 수많은 날들이 지나갔다. 그것은 척박한 땅에서 인간들 사이를 떠돌며 날카롭고 단단한 칼날처럼 인간들의 영혼을 찔렀다. 영혼을 찌르면 그 안에 있던 욕망이 고개를 들어 올리거나 광기가 눈을 번쩍 뜨곤 했다. 맥없이 흔들리던 고사리와 달리 고통으로 울부짖을 줄 아는 인간의 모습은 그것에게 큰 즐거움이었다.

세월이 흐르면서 그것의 의지는 더욱 자라났고, 시대가 바뀌어도 사라지지 않고 한반도를 떠돌며 수많은 사람들에게 씌었다. 고조선시대에는 생치새라 불리는 사람에게 들어가 다른 사람들을 약탈하고 죽였고, 그 이후에는 신라시대의 선묘, 아리나발마에게 씌었다. 젊은 화랑 김사다함에게 씌었을 때는 가야와의 전쟁에 참여하여 무수한 사람들을 학살하고 가야를 멸망시켰다. 그것은 계속되는 전쟁과 분쟁을 거치면서 점점 강력해졌다. 인간을 죽이고, 피를 마시고, 살점을 뜯을 때 기쁨을 느꼈다. 그리고 고통에 빠진 인간들이 좌절하는 모습을 보며 희열을 느꼈다. 그것의 의지는 악(惡)에 뿌리를 내리고 가지를 뻗었다. 세상이 혼탁할수록 그것이 할 수 있는 일이 많아졌다.

제국주의 폭력이 땅을 짓밟고 동족상잔의 비명이 허공에 가득하던 1956년, 친일파 집안에서 태어난 인간 박일도가 그것의 존재를 불렀다. 박일도는 그것의 존재를 믿고 섬겼으며, 자신의 의지로 그것을 받아들였다. 아내와 어린 아들을 죽여 공물로 바친 다음, 자신의 오른쪽 눈을 찌르고 바닷속으로 들어가 그것을 위해 스스로 몸을 바쳤다. 그것은 박일도의 몸과 이름을 취했고, 작은 귀신을 부려 사람들에게 씌는 큰 귀신 박일도가 되었다.

그로부터 1년 후 1957년, 스스로를 박일도라 칭하는 자가 동해의 작은 마을 호정리에 처음으로 등장해 마을 사람들을 잔인하게 살해했다. 박일도를 만나 귀신에 씐 사람들은 이렇게 말한다.

"박일도께서 깊은 물에서 나와 너희에게 간다. 박일도께서 우리를 불러내어 너희와 하나가 된다. 피를 뽑아 목을 적시고, 살을 발라내어 배를 부르게 하고, 네 오른 눈알을 뽑아 박일도께 바치라."

목차

손

마당에는 음식 준비가 한창이었다. 남자들은 마루에 모여 종이로 연꽃과 배를 만들었다. 종이배 모양을 완성한 친척 노인이 화평의 할아버지를 향해 물었다.

"마지막 풍어제가 5년 전이었나? 세월 참 빠르네."

노인이 말끝을 흐렸다. 화평의 할아버지가 연꽃에서 시선을 떼지 않은 채 말했다.

"그러게. 굿도 잘되고, 별일 없어야 할 텐데."

친척 노인이 대답 대신 고개를 끄덕였다. 그리고 고개를 들어 이번엔 화평의 아버지를 바라보았다.

"자네 처는 당골 전수 잘 받고 있나?"

"한참 멀었어요. 어머니가 아직 정정하신데요."

"잘 배워둬야지. 세습무 집안에 발을 들인 사람이잖나."

가만히 대화를 듣고 있던 화평의 할아버지가 다 접어낸 연꽃을 내려놓고 자리에서 일어섰다. 그리고 주위를 두리번거리며 화평을 찾았다. 마당에는 풍어제를 준비하느라 여념이 없는 어른들만 보일 뿐 어린 화평은 없었다. 마당 밖을 나가려다 문득 몸을 돌려 안방을 들여다보니 반쯤 열려 있는 문 사이로 텔레비전을 보고 있는 어린 화평의 둥근 머리가 보였다. 할아버지는 텔레비전 가까이에 앉아 뚫어져라 화면을 응시하는 소년을 불렀다.

"화평아, 너도 이리 와서 같이 해야지."

어린 화평은 자신을 부르는 소리에도 모르는 척 고개를 돌리지 않았다. 오히려 손에 들고 있던 리모컨을 눌러 소리를 키웠다. 방 안에서 요란한 배경 음악 소리와 함께 만화 주인공 목소리가 활기차게 울렸다.

"윤화평! 어디 버릇없이? 텔레비전 소리 좀 줄여!"

화평의 아버지가 안방을 향해 소리쳤다. 어린 화평은 아버지의 불호령이 떨어지자 마지못해 얼굴을 돌렸다. 마당을 향해 돌아보는 화평의 얼굴에는 어딘지 이상한 기색이 서려 있었다. 아무 말도 하지 않는 화평의 시선이 마당에 서 있는 친척 노인을 향했다. 정확히는 노인의 얼굴 바로 옆 허공을 뚫어져라 응시했다. 이상한 낌새를 느낀 어른들의 시선이 화평에게 몰렸다.

"저 누나가 너무 무섭게 쳐다본단 말이에요."

화평이 말하자 분위기가 순식간에 얼어붙었다. 마당에는 어린 화평이 누나라고 부를 만한 소녀가 없었다. 할아버지가 의문이 담긴 목소리로 물었다.

"누나? 무슨 누나?"

어린 화평이 손을 들어 친척 노인을 가리켰다.

"저 할아버지 뒤에 숨어 있는 누나요. 머리카락 없는 누나가 아프다고 막 소리 질러요…… 아, 너무 시끄러워!"

화평이 제 귀를 신경질적으로 틀어막으며 질끈 눈을 감았다. 얼굴에 핏기가 가신 친척 노인이 멍하니 입을 벌렸다. 손에 들고 있던 연꽃이 바닥으로 툭 떨어졌지만 그는 온몸이 굳어버린 것처럼 한동안 움직이지 못했다.

친척 어른들이 돌아가고 식구들만 남자 화평의 아버지는 화평을 끌고 방으로 들어갔다.

"남들 앞에서 그런 말 하지 말라고 했지?"

아버지가 무섭게 다그치자 화평이 어깨를 움츠리며 곁에 앉은 엄마의 품속으로 파고들었다. 방문 바깥 마루에서 할머니와 함께 제사 그릇을 닦고 있던 할아버지가 입을 열었다.

"20년 전쯤인가? 그 양반 큰딸이 폐암으로 죽었잖아. 그때 아파서 소리 지르고 난리도 아니었대. 화평이가 그 큰딸을 본 거야. 세습무 집안에 영매라니……."

할아버지가 한숨을 내쉬었다. 그러자 옆에 있던 할머니가 단호한 표정을 지으며 말했다.

"보이는 건 봐야지. 그게 영매의 팔자고 숙명인데. 내가 아는 무당하고 상의해 볼게요. 애 좀 그만 잡아요."

화평의 아버지는 마루에서 들려오는 대화에도 표정을 풀지 않았다. 날이 선 시선이 여전히 어린 화평의 얼굴에 꽂혀 있었다.

"윤화평! 대답 안 해?"

화평의 어머니가 화평을 더 깊이 감싸 안으며 말했다.

"어머니 말씀 못 들었어요? 화평이도 어쩔 수 없잖아요."

화평의 아버지가 자리를 박차고 일어나 방을 나갔다. 그러자 어린 화평이 슬그머니 고개를 들어 어머니를 향해 물었다.

"엄마, 내가 이상한 거야?"

"아냐. 그런데 앞으로 뭐가 보이면 못 본 척하고 엄마한테만 말해. 알았지?"

풀이 죽은 화평이 고개를 끄덕였다. 시무룩한 화평을 바라보던 어머니가 주머니에서 박하사탕 하나를 꺼내어 보였다. 그리고 사탕 껍질을 벗겨 입안에 넣어주려고 하자 화평이 눈가를 찌푸리며 재빨리 고개를 돌렸다.

"박하 맛 싫어."

"왜? 엄마는 이게 제일 맛있는데."

어머니는 민망하다는 듯 잠시 주저하다가 사탕을 자신의 입으로 가져갔다. 애써 밝은 표정을 지어 보였지만 어린 화평의 얼굴에는 우울한 기색이 역력했다. 잠시 고민하던 어머니가 아들의 얼굴을 어루만지며 물었다.

"아들, 우리 읍내 오락실에 갈까? 아빠 몰래?"

오락실이라는 말에 귀가 번쩍 뜨인 화평이 들뜬 목소리로 말했다.

"진짜?"

어머니가 웃으며 화평의 머리를 부드럽게 쓰다듬었다.

해질 무렵, 마을에서 풍어제가 시작되었다. 두루마기 한복을 입은 마을 남자들이 깃발을 들고 나아갔고, 여자들이 그 뒤를 따랐다. 앞장서서 무리를 이끄는 사람은 무복을 입은 화평의 할머니였고, 그 옆에 대나무 골매기를 든 중년 여자가 있었다. 길게 이어지는 행렬을 따라 커다란 깃발들이 허공에 흔들리며 장엄한 분위기를 이뤘다. 제사 음식을 든 화평의 어머니도 아들과 함께 마을 사람들 사이에서 뒤를 따르고 있었다. 젊은 남자 하나가 종이배를 들고 다가왔다. 친척인 종진이었다. 그를 발견한 화평이 물었다.

"삼촌! 풍어제는 왜 하는 거예요?"

"고기 많이 잡고, 배 사고 나지 말라고. 근데 실은…… 다른 이유도 있지."

종진이 장난 섞인 표정을 지으며 바라보았다.

"다른 이유요?"

화평이 되묻자 종진이 목소리를 낮추어 말했다.

"너 박일도 귀신이라고 들어봤어?"

"박일도 귀신요?"

화평의 눈빛에 호기심이 일었다. 종진은 새어나오는 웃음을 참으며 진지한 표정을 짓고 있었다. 그는 몸을 숙여 비밀을 속삭이듯 아이의 귀에 대고 말했다.

"내가 어렸을 때 들은 이야기인데, 우리 마을에 갑자기 낯선 남자가 찾아왔었대. 정신이 이상한 사람이었는데 그 남자가 온 뒤로 마을 사람 몇 명이 사라진 거야. 그래서 마을에는 그 남자가 사람들을 죽였다는 소문이 퍼졌지. 그런데 알고 보니 그 남자한테 귀신이 씐 거야. 그 귀신이 말하기를 자기 이름이……."

종진은 긴장감이 역력한 아이의 얼굴을 살피며 뜸을 들였다. 화평이 기다리지 못하고 물었다.

"박…… 일도?"

"그래! 박일도! 그래서 마을 사람들이 굿을 해서 쫓아내려고 했더니 그 남자가 미쳐서 발광을 했어. 그러다가 자기 눈을 칼로 푹 찌르고 저 바다에 뛰어들었지. 그리고 며칠 동안이나 죽지 않고 물에 둥둥 떠서 마을 사람들을 노려봤어. 그때부터 박일도 귀신이 온다, 손이 온다……."

겁에 질린 화평이 말을 자르며 물었다.

"손이요?"

"응, 손님 말이야. 손."

종진이 말을 마치자마자 화평의 어머니가 무리에서 뒤처진 아들을 찾아 다가왔다. 그녀는 박일도 귀신이라는 말을 듣고 종진에게 소리쳤다.

"도련님! 애한테 못 하는 소리가 없네."

화평의 어머니가 아이의 손을 잡아끌고 빠른 걸음으로 행렬을 앞서 갔다. 종진은 멋쩍은 표정으로 머리를 긁적이며 무리 속으로 섞여들었다.

마을 사람들이 멈춰 선 곳은 파도가 밀려오는 바닷가였다. 고개를 살짝 들자 맑고 깊은 동해가 벌판처럼 뻗어 있는 풍경이 보였다. 수평선 너머로 해가 넘어가며 수면을 붉게 물들였다. 노을이 지는 동안 풍어제가 끝을 향해 달려갔다. 빠르게 박자를 타는 장구 소리와 꽹과리 음이 어우러지면서 흥이 달아올랐다. 마을 사람들 몇몇이 크게 팔을 휘두르며 춤사위를 벌였다. 한쪽에서는 배를 타고 바다로 나가는 선주들이 한데 모여 두 손을 마주 대고 바다를 향해 정성스럽게 빌었다.

화평의 할아버지는 앞으로 나와 바닷물 가까이 걸어갔다. 그리고 상체를 숙여 손에 들고 있던 종이배를 물 위에 띄웠다. 손을 떠난 종이배가 수면 위에서 중심을 잡지 못하고 위태롭게 흔들거렸다. 이 광경을 지켜보던 종진이 다가가 종이배를 바로 잡으려는 순간, 물속에 딛고 있던 발이 미끄러지면서 그만 바닷물에 풍덩 빠지고 말았다. 진지한 얼굴로 기도를 올리던 사람들은 그의 우스꽝스러운 몸짓에 웃음을 터뜨렸다. 풍어제가 유쾌한 웃음으로 마무리되는 분위기였다. 사람들이 하나둘 자리를 정리하며 종진을 향해 웃어 보였다. 그때였다. 갑자기 그가 팔을 허우적거리며 물속으로 잠겨들었다. 사람들이 의아하다는 듯이 그를 바라보았다. 고통스러운 얼굴로 물을 들이마시는 그는 마치 두 다리가 붙들려 물속으로 끌려가는 것처럼 보였다. 기껏해야 물이 허리까지 오는 곳인데. 남자들이 머뭇거리며 물가로 다가갔다.

그 순간 갑자기 종진이 물속으로 모습을 감추었다. 지켜보던 사람들이 숨을 멈춘 채 놀란 얼굴로 그가 사라진 자리를 응시했다. 잠시 정적이 흐르고 심각한 상황을 눈치챈 남자들이 그에게 달려갔다. 그제야 그는 수면 위로 나오더니 숨을 거칠게 토해냈다. 부축을 받으며 물가로 나오자 사투를 벌인 사람처럼 온몸을 힘없이 늘어뜨렸다. 그 순간 상황을 지켜보던 중년 여자가 온몸을 떨며 골매기를 흔들어대기 시작했다. 여자의 눈은 해가 진 바다의 짙은 어둠을 응시하고 있었다. 옆에 선 화평의 할머니가 그녀를 말리려 했지만 강렬한 힘을 누르지 못하고 도리어 밀려났다. 중년 여자가 물가를 향해 몸을 쏟을 듯이 기울이며 눈을 희번덕거렸다.

"손이 왔어. 물에서…… 손이!"

불안과 두려움이 뒤섞인 중년 여자의 목소리가 기괴하게 들렸다. 주변에 서 있던 마을 사람들은 목덜미를 스치는 한기를 느끼며 가늘게 몸을 떨었다.

오른쪽 눈

화평의 본가로 돌아온 종진은 툇마루에 걸터앉았다. 바닥을 바라보는 눈에는 초점이 없었고 바싹 마른 입술은 거칠게 갈라졌다. 팔을 들어 목뒤를 긁던 종진이 신경질적으로 오른쪽 눈을 부비며 미간을 찡그렸다. 화평의 가족과 친척들은 풍어제에 쓰인 제사 물건들을 들고 대문 안으로 들어섰다. 거실 마루로 올라서던 화평의 할아버지가 종진을 보며 물었다.

"종진아, 좀 괜찮아? 아직도 한쪽 눈이 안 보이냐?"

걱정스러운 물음에도 종진은 대답이 없었다. 그는 마치 아무 소리가 들리지 않는 사람처럼 다시 팔을 들어 목뒤를 긁었다. 반복적으로 손톱이 지나간 자리가 붉어졌다. 가족들은 제사 물건들을 옮기며 분주하게 대문 안팎을 오갔다. 그들의 신경이 다른 곳을 향하는 사이 종진의 얼굴은 기이하게 일그러졌고, 부어오른 살갗이 찢어지며 피가 흘렀다. 그의 시선은 어느새 거실 마루에 쌓인 제사 물건들로 향하고 있었다. 갑자기 동작을 멈춘 그는 거실 마루로 성큼성큼 다가가 벼린 칼을 집어 들고 마당에서 일을 하고 있던 화평의 할아버지에게 걸어갔다. 그러고는 불쑥 할아버지의 옆구리에 칼을 찔러 넣었다. 불에 덴 듯 옆구리가 뜨거워진 화평의 할아버지가 신음을 뱉으며 바닥에 쓰러졌다. 순식간에 벌어진 일이었다.

놀란 화평의 아버지가 뛰어와 옷 위로 번지는 붉은 피와 종진의 손에 들린 칼을 번갈아 바라보며 외쳤다.

"야! 이 미친놈아!"

종진의 표정은 아무런 변화가 없었고 눈빛은 밤처럼 깊고 어두웠다. 가족들이 달려들어 그의 몸을 붙들고 칼을 빼내려고 했지만 그는 칼을 쥐고 굳어버린 돌처럼 단단했다. 부엌에 있던 여자들이 비명을 듣고 마당으로 뛰쳐나왔다. 아비규환 속에서 화평의 할머니가 서늘한 표정의 종진을 향해 무섭게 호통쳤다.

"이놈! 그 칼 내려놔, 당장!"

일순간 정적이 흘렀고, 종진은 천천히 고개를 돌려 할머니를 노려보았다. 긴장감이 팽팽해지면서 기세에 밀린 그가 고개를 숙이는가 싶더니 남은 한 손마저 칼자루를 잡았다. 칼을 움켜쥔 그의 팔뚝에 힘줄이 도드라지자 친척들은 겁에 질려 뒷걸음질 쳤다. 그 순간 그가 힘껏 칼날을 내리찍었다. 날카로운 칼끝이 향한 곳은 그의 오른쪽 눈이었다. 분수처럼 뿜어져 나온 새빨간 피가 얼굴을 뒤덮었다. 그는 눈에 칼이 꽂힌 채로 천천히 몸을 돌려 어린 화평을 응시했다. 눈앞에 벌어진 처참한 광경을 목격한 화평의 표정이 굳어졌다. 두 사람의 시선이 마주친 순간 종진은 바닥으로 쓰러졌고, 화평도 거센 바람을 맞은 여린 풀처럼 한쪽으로 쓰러졌다.

"화평아!"

어머니가 화평을 부르는 소리가 비명처럼 울려 퍼졌다.

종진이 죽은 저녁 이후 어린 화평은 며칠 내내 앓아누웠다. 동네 병원을 가고 검진도 받아보았지만 별다른 이상이 없다는 말뿐이었다. 가족들은 땀을 뻘뻘 흘리며 신음하는 화평을 보며 깊은 한숨을 내쉬었다. 어머니가 화평을 향해 물었다.

"아직도 오른쪽 눈이 안 보여?"

화평이 손을 들어 왼쪽 눈을 가리자 환하게 빛나던 형광등이 시야에서 사라지며 어둠에 잠겨 들었다. 아이가 다시 손을 내리며 고개를 끄덕이자 어머니는 안쓰러운 눈빛으로 바라보았다. 그러다 문득 아이가 방 모서리를 힐끔거리며 눈가를 파르르 떠는 것을 알아챘다.

"왜? 뭐가 보여? 엄마한테만 말해 봐. 괜찮아."

"말하면 안 된대. 말하면 다 죽인대."

화평이 목소리를 낮추며 공포에 질린 얼굴로 대답했다. 순간 화평의 어머니와 아버지는 빠르게 시선을 주고받으며 걱정스러운 표정을 지었다. 할머니는 아이의 시선이 향하는 곳을 무섭게 노려보았다. 그때 마당에서 시끌벅적한 소리가 들렸다. 아이를 찾아온 마을 여자들이 화평의 할아버지와 이야기를 나누고 있었다. 풍어제에서 골매기를 들었던 중년 여자가 상기된 얼굴로 말했다.

"애한테 손이 씌었어요."

"어허! 그렇게 말하지 말라니까."

할아버지가 칼에 찔린 부위를 짚으며 인상을 찡그렸다.

"종진이가 눈 찌르고 쓰러지니까 얘도 바로 쓰러졌다면서요. 박일도 귀신이 얘한테 옮겨 갔어요. 그 애 원래부터 귀신을 보잖아요. 그래서 손이 금세 달라붙은 거예요."

함께 온 마을 여자들이 웅성거리며 방을 힐끗거렸다. 할아버지가 무어라 대답하려던 찰나 방문이 벌컥 열리며 할머니가 소리쳤다.

"당장 나가! 어디서 부정 타는 소리를 함부로 해! 당장 나가!"

할머니의 목소리가 대문까지 날카롭게 울렸다. 놀란 마을 여자들은 몸을 움츠리며 시선을 피했다. 갈등하던 중년 여자는 할머니를 바라보다 이내 몸을 돌렸고, 함께 돌아서는 사람들의 얼굴에는 불길처럼 불안이 번졌다.

그날 저녁, 잠들었던 화평의 어머니는 쇠를 긁는 소리에 눈을 떴다. 문이 열리면서 경첩에서 나는 소리였다. 화평을 찾아 방 안을 살펴보니 아이의 모습은 온데간데없었다. 번쩍 정신이 든 그녀는 마루로 나와 신발을 꿰어 신고 허겁지겁 대문을 나섰다. 해가 저문 바닷가에는 작은 불빛조차 없었다. 어둠에 눈이 적응할 즈음 멀리 바닷가를 향해 걸어가는 아이의 뒷모습이 보였다.

"화평아!"

애타게 아이의 이름을 불렀지만 화평은 바다를 향해 유유히 걸어갔다. 화평의 어머니가 숨을 헐떡이며 물가에 있는 바위까지 쫓아왔지만 아이는 보이지 않았다. 주위에는 온통 바위에 밀려와 부딪치는 파도 소리만 가득했다.

화평은 바위 뒤에 몸을 웅크리고 자신을 찾는 어머니를 지켜보고 있었다. 당장이라도 달려 나가고 싶었지만 공포에 짓눌려 숨조차 제대로 쉴 수 없었다. 아이는 신음처럼 새어 나오는 숨을 가까스로 몰아쉬며 바다보다 깊고 밤보다 짙은 어둠을 보았다. 화평의 곁에 있던 그것은 이제 어머니를 삼키려 하고 있었다. 아이의 손발이 덜덜 떨렸다. 끔찍한 악몽이 시작되고 있었다.

다음 날 햇살이 반짝이는 고요한 바다에 시신 한 구가 떠올랐다. 시신은 마치 바닷속을 들여다보고 있는 것처럼 엎어져 있었고, 그 모습을 발견한 마을 사람들은 울음 섞인 탄식을 쏟아냈다. 어둠이 집어 삼킨 화평의 어머니가 차가운 시신이 되어 바다로 떠내려가고 있었다.

소식을 들은 화평의 가족들이 물가로 달려왔고, 신발도 제대로 신지 못한 아버지는 절망스러운 얼굴로 시신을 바라보았다. 온몸에 전기가 흐르는 것처럼 피가 요동치고 심장이 날뛰었다. 익숙한 옷이 눈에 들어오자 절규가 터져 나왔다. 가늘고 여린 아내의 몸이 머나먼 수평선을 향해 떠내려가고 있었다. 아버지는 정신이 나간 듯한 얼굴로 바닷물에 뛰어들어 시신을 향해 나아갔다. 뒤따라온 할아버지와 할머니가 아들의 옷자락을 끌어당기며 오열했다. 화평의 어머니는 이미 만날 수 없는 사람이었다.

며칠이 안 되어 화평의 가족 한 명이 더 줄었다. 마을 뒤편 고목나무에 화평의 할머니가 목을 매고 죽었기 때문이었다. 처음 발견한 사람은 허공에 늘어뜨린 할머니의 손끝에서 물이 뚝뚝 흘렀다고 했다. 나무에 매달린 시신이 물에 흠뻑 젖어 있었다고 온 동네가 수군거렸다.

순식간에 아내와 어머니를 잃은 화평의 아버지는 피가 끓어올랐다. 어디서부터 잘못된 건지 알 수가 없었다. 언덕을 굴러 내려오는 눈덩이처럼 거대하게 몸을 불린 비극이 순식간에 덮쳐왔지만, 할 수 있는 일은 아무것도 없었다. 그는 가슴에서 치미는 분노와 심장이 찢기는 고통을 느끼며 술을 들이켰다. 방 한쪽에 세워둔 아내와 어머니의 영정사진을 바라보는데 방문이 벌컥 열렸다. 화평의 할아버지가 방 안에 진동하는 술 냄새를 맡고는 무거운 목소리로 말했다.

"어여 나와. 시작하니까."

화평의 아버지가 술병을 내려두고 마지못해 자리에서 일어섰다. 마당으로 나오자 무당이 모시는 신들의 초상이 제단 위에 세워져 있었고, 그 위로 색색의 천들이 늘어져 있었다. 마당을 가득 채울 정도로 벌어진 굿판에서 무당이 무복을 입고 칼을 흔들고 있었다. 굿판 주위로 화려한 장식들이 세워졌고, 타오르는 횃불이 컴컴한 어둠을 밀어냈다.

화평의 아버지가 마당으로 나오자 귓가를 쟁쟁하게 울리던 징 소리와 장구 소리가 속도를 높였다. 무당이 몸을 흔들며 펄쩍펄쩍 뛰어올랐고, 그 앞에는 어린 화평이 앉아 있었다. 아이는 이마에 식은땀을 흘리며 손발을 덜덜 떨고 있었고, 눈가에 그늘이 지고 광대가 움푹 패여 얼굴이 초췌했다. 화평의 할아버지는 병색이 완연한 손자를 향해 두 손을 비비며 기도했다. 술에 취한 화평의 아버지는 굿판이 벌어진 마당을 서슬 퍼런 눈빛으로 노려보았다.

무당이 화평에게 다가왔다. 앞이 보이지 않는 무당의 눈에는 사람들이 보지 못하는 것이 보이는 듯했다. 무당의 표정이 빠르게 변하며 주변을 떠도는 기운에 반응했다. 두 손에 들고 있던 칼을 허공에 휘두르다가 넓은 면으로 아이의 몸을 두드리며 주문을 외웠다. 마치 농작물을 훼손하는 짐승들을 쫓아내려고 겁주는 소리 같았다. 아이의 주변을 가르며 춤추던 칼날은 때때로 방향을 바꾸어 무당의 목덜미를 향했고 아슬아슬하게 살

갖을 스쳤다. 점점 커지는 음악 소리에 맞춰 목청을 높이던 그녀는 굿이 절정에 다다르자 한쪽에 걸려 있던 죽은 돼지에게 달려들어 생살을 물어뜯었다. 생고기를 잘근잘근 씹어대는 무당의 입가에 붉은 피가 어지럽게 번졌다.

두 다리 사이에 고개를 파묻고 있던 화평이 갑자기 고개를 들어 펄떡펄떡 뛰어오르는 무당을 쳐다봤다. 그러자 앞이 보이지 않는 무당이 이상한 낌새를 느끼고 아이를 마주 보았고 순간 온몸이 얼어버린 듯 동작을 멈추었다. 아이 역시 마찬가지였다.

화평의 아버지가 고개를 갸웃거리며 다가가는 순간 무당이 깊은 신음과 함께 피를 토했고 굿판 위로 붉은 피가 긴 선을 그렸다. 의식에 맞추어 악기를 연주하던 사람들은 비명을 지르며 혼비백산이 되었다. 기도를 올리던 화평의 할아버지는 눈을 크게 뜨고 어지러운 굿판을 살폈다. 바닥에 쓰러진 무당이 목에서 쇳소리를 내며 가까스로 숨을 쉬었고, 마치 올가미에 목이 졸린 사람처럼 순식간에 핏기가 가셨다. 그녀는 바닥에 쓰러진 채 두 팔로 바닥을 기어 화평에게서 멀어졌다. 할아버지가 재빨리 달려가 아이를 끌어안았지만 아이는 여전히 무당에게서 시선을 떼지 않았다. 무당은 물속에서 허우적거리는 것처럼 거칠게 숨을 몰아쉬었고 가까스로 말을 내뱉었다.

"저놈을 죽여야 해. 저놈이 사람한테 귀신을 씌어 목숨을 걷어가고 있어. 무시무시하고 악랄해. 작은 귀신들을 부려서 약한 사람한테 씌울 만큼 큰 귀신이야."

무당이 팔을 들어 어딘가를 가리켰다. 화평의 아버지는 손가락이 향하는 방향으로 고개를 돌렸고 할아버지의 품에 안긴 화평이 보였다. 그는 분노 가득한 눈빛으로 아들을 노려보았다. 그의 눈에 비친 화평은 더 이상 어린 아들이 아니라 어머니와 아내를 죽인 귀신이자 가족의 원수였다. 무당의 외침이 허공을 찢으며 거칠게 갈라졌다.

젊은 사제

며칠 후 화평의 집 앞에 두 신부가 도착했다. 눈가에 옅은 주름이 있는 신부는 40대 초반의 양 신부였고, 그 뒤를 따르는 앳된 얼굴의 젊은 남자는 최 신부였다. 양 신부가 대문에 걸린 지번을 확인하고 문을 두드리자 화평의 할아버지가 기다렸다는 듯이 뛰어나와 문을 열었다. 두 신부가 방 안으로 들어가자 수척한 얼굴로 누워 있는 어린 소년이 보였다. 눈빛이 어둡고 공허했지만 살기가 느껴지지는 않았다.

"빙의가 아닙니다. 십자가와 성경에도 반응이 없어요."

양 신부가 초조한 기색을 감추지 못하는 할아버지에게 단호한 목소리로 말했다.

"귀신 씐 게 아니면 뭔데요? 이 아이 때문에 가족들이 죽었다고요! 당신들 구마 사제 맞아?"

화평의 아버지가 불쑥 끼어들어 소리쳤다. 그러자 할아버지가 눈을 부라리며 나무랐다.

“가만히 좀 있어. 신부님들 앞에서 말조심해야지.”

양 신부는 시끄러운 소리에도 시선을 떼지 않고 화평의 몸을 천천히 훑어보았다. 팔에는 손톱으로 할퀸 자국들이 남아 있었고, 다리와 목덜미에는 검푸른 멍이 보였다. 생기가 사라진 얼굴은 마른 장작처럼 메말라 보였다.

“이 상처들은 뭡니까?”

“지가 그랬지요. 지 기운에 지가 그랬어요.”

할아버지가 대답했다. 그러자 맞은편에 앉아 있던 최 신부가 화평의 아버지를 힐끔거리며 물었다.

“몰래 아이를 학대할 만한 사람은 없나요?”

의심스러운 눈길을 느낀 화평의 아버지가 목에 핏대를 올렸다.

“뭐야? 내가 그랬다는 거야?”

할아버지는 당장이라도 신부에게 달려들 태세로 대드는 아들을 말렸다. 양 신부가 자리에서 일어나며 고개를 흔들었다.

“병원에 데리고 가보세요. 저희가 해줄 수 있는 건 없습니다.”

양 신부가 도로 마당으로 나오자 할아버지가 안절부절못하며 말했다.

“아니, 이렇게 가시면 어쩝니까?”

할아버지가 애절한 목소리로 연신 부탁을 했지만 양 신부의 눈빛은 단호했다. 대문을 나서는 양 신부를 향해 화평의 아버지가 열을 냈다.

“가라고 해요! 사이비 놈들. 구마 사제 좋아하시네.”

방 안에 남아 있던 젊은 사제는 차마 발길이 떨어지지 않았다. 아이가 스스로 제 몸에 상처를 냈다는 말을 믿을 수 없었다. 그는 양 신부를 따라

나서려다가 가방에서 메모지를 꺼내 자신의 집 주소를 적었다.

"혹시 이야기하고 싶은 게 있으면 나한테 와. 성당도 좋고, 우리 집도 좋아. 여기서 아주 가까우니까."

최 신부는 화평의 눈앞에 메모를 보인 다음 손에 쥐어주었다. 인사를 건네고 일어서는 찰나 아이가 그의 손을 붙들었다. 그가 의아한 표정으로 바라보자 아이가 할 말이 있는 듯 입을 벌렸고 귓속말을 했다. 누군가 지켜보기라도 하는 것처럼 두려운 목소리로 최대한 작게 속삭였다. 아이의 말을 듣는 순간 그가 눈을 커다랗게 떴다. 벌어진 입안에서 숨소리가 터졌고, 까만 동공은 순식간에 잿빛으로 물들었다.

마을 입구로 나온 두 신부는 버스를 기다렸다. 연신 이마에서 땀을 훔쳐내는 최 신부의 시선이 불안하게 흔들렸다. 그의 얼굴을 본 양 신부가 의아한 말투로 물었다.

“어디 아파?”

“아니요. 그냥 애가 걱정돼서요.”

“저런 경우는 셀 수 없이 많아. 빙의됐다고 가 보면 대개가 가정폭력이지. 실제 악마한테 빙의된 부마자는 손에 꼽을 정도야. 그런데 말이야…….”

양 신부가 말끝을 흐리며 최 신부를 살폈다. 고개를 숙인 채 말이 없는 그의 얼굴에는 어두운 기색이 가득했다. 양 신부가 어렵게 말을 이었다.

“자네, 아무래도 이런 일을 하기에는 심지가 약한 것 같아. 잘못하다간 되레 그것한테 휘둘릴지도 모르겠네.”

말을 마친 양 신부가 최 신부의 반응을 살폈다. 입을 꾹 다물고 있던 그가 갑자기 고개를 들고 조금 전과 달라진 눈빛을 번뜩이며 환희에 사로잡힌 표정으로 대답했다.

“아니요! 전 오늘 제 믿음을 굳건히 하게 됐습니다.”

“믿음? 왜 갑자기 그런 말을……?”

“저 집에 좀 다녀올게요. 갑자기 가족들 얼굴이 떠올라서요.”

최 신부의 목소리는 밝고 명랑했다. 양 신부는 정류장을 나서는 그의 뒷모습을 바라보았다. 석연치 않은 기분이 들었지만 고개를 저으며 불안한 생각들을 털어냈다. 최 신부의 가벼운 걸음걸이가 어쩐지 기이하게 느껴졌다.

그날 밤 화평은 세상의 절반을 뒤덮고 있던 어둠이 사라진 것을 깨달았다. 손으로 오른쪽 눈을 가리고 왼쪽 눈을 가려도 형광등 불빛이 잘 보였다. 온몸을 짓누르고 있던 무겁고 답답한 기운도 더 이상 느껴지지 않았다. 영문을 몰라 눈을 껌뻑이며 허공을 바라보는데 불쑥 아버지의 얼굴이 시야에 들어왔다. 자신을 똑바로 내려다보는 아버지의 손에는 소주병이 들려 있었다. 술기운이 올라 불콰해진 얼굴에 서늘한 기색이 스쳤다.

"아빠, 나 이제 눈이 다 보여."

화평이 아버지를 향해 말했다. 아버지의 얼굴이 험악하게 일그러졌다. 그의 귓가에는 큰 귀신이 씐 놈을 죽여야 한다는 무당의 외침이 끊임없이 반복되고 있었다.

"귀신이야, 귀신……. 넌 내 아들이 아니야."

화평의 아버지가 광기 어린 눈빛으로 화평을 쏘아보며 중얼거렸다. 그러다 갑자기 아들에게 달려들어 두 손으로 목을 졸랐다. 피가 몰린 아이의 얼굴은 터질 듯이 부풀어 올랐고, 몸부림치는 아들을 보는 그의 얼굴은 두려움과 분노가 엉망으로 뒤엉켰다. 그 순간 방 안으로 뛰어 들어온 할아버지가 엉겨 붙은 두 사람을 떼어내며 소리쳤다.

"화평아, 도망가라! 얼른!"

화평이 숨을 토해내며 마당으로 쏜살같이 달려 나갔다. 아버지가 절규하는 소리가 뒷덜미를 잡아채는 듯했고, 목을 짓누르던 손길이 생생했다. 무작정 앞으로 뛰어가던 아이는 마을 입구에 다다라서야 걸음을 멈췄다. 눈앞에 이어진 길에는 가로등 불빛 하나 없어 마치 어둠이 커다란 입을 벌리고 있는 것처럼 보였다. 급하게 도망치느라 신발도 신지 못한 아이는 발끝에서 느껴지는 한기에 몸을 떨었다. 돌아갈 수도 없었고 나아갈 곳도 없었다. 서러운 마음이 들자 두 눈에서 하염없이 눈물이 흘러내렸다. 한동안 가만히 서서 손등으로 눈물을 훔치던 아이는 문득 낮에 찾아왔던 젊은 신부를 떠올렸다. 아이는 주머니에서 메모지를 꺼내어 주소를 확인하고 다시 걷기 시작했다. 돌과 모래가 박혀 상처투성이가 된 맨발이 어둠 속으로 사라졌다.

화평이 최 신부의 집 근처에 도착하자, 저 멀리 논밭을 앞뒤로 두고 서 있는 낡고 커다란 양옥집이 보였다. 가로등 불빛을 향해 걸음을 옮기던 아이는 양옥집으로 이어지는 외길에 들어선 순간, 강렬하게 뻗쳐 오는 기운을 느꼈다. 그것은 바로 온몸을 짓누르며 자신의 세상을 집어 삼켰던 어둠이었다. 심장이 세차게 뛰기 시작하면서 이마에 비 오듯 땀이 흐르기 시작했다. 아이가 뒷걸음질 치는데 얼굴에 불빛이 비쳤다. 눈을 가늘게 뜨고 돌아보니 차 한 대가 멈춰 서 있었다.

"얘, 거기서 뭐 해?"

중년 여자가 운전석 창문을 내리고 화평에게 물었다. 잠시 여자를 응시하던 아이는 대답하지 않고 다시 최 신부의 집을 바라보았다. 여자는 의아한 얼굴로 아이를 훑어보았다. 산발이 된 머리와 땀에 젖은 옷, 무엇보다 신발도 신지 않은 맨발. 여자의 눈에 힘이 들어갔다.

"너 괜찮니?"

차에서 내린 여자가 화평에게 다가가며 물었다. 아이가 양옥집에서 눈길을 떼지 못한 채 입을 열었다.

"저기…… 저 안에……."

화평의 입술이 파르르 떨렸다. 여자는 아이의 팔다리 여기저기에 생긴 상처들과 검푸른 멍을 발견했다. 지속적인 폭력에 노출된 흔적이 분명했고, 상황을 보아하니 집에서 도망친 듯했다.

"여기서 잠깐만 기다려."

여자가 화평의 어깨를 쓰다듬으며 부드럽게 말했다. 차로 돌아간 여자는 조수석에 앉아 있는 딸을 바라보았다. 딸은 고집을 부리듯 반대편 창밖만 뚫어져라 쳐다보았다.

"이제는 엄마랑 말도 안 할 거야?"

여자가 이마를 찌푸리며 물었으나 딸은 아무런 대답도 하지 않았다. 며칠 내내 토라져 있을 게 분명했다. 여자는 할 수 없이 다시 차 문을 닫고 양옥집으로 향했다.

어둠이 내려앉은 길을 걸어 현관 앞에 선 여자는 음침한 분위기에 신경을 곤두세웠다. 먼저 집 안을 살펴보려 했지만 불투명한 유리문에는 뭉그러진 그림자만 어른거렸다. 여자가 주먹을 쥐고 문을 두드리자 잠시 후 젊은 남자가 문을 열고 무심한 얼굴을 내밀었다.

"무슨 일이죠?"

사제복을 입은 젊은 남자는 최 신부였다. 여자가 현관 안쪽을 힐끔거리며 물었다.

"집 앞에 애가 있던데, 이 집 애인가요?"

"제 동생은 집에 있는데요."

최 신부가 서늘한 목소리로 대답했다. 시선을 거두려던 여자는 무심코 하얀색 로만 칼라에 묻은 핏자국을 발견했고 싸한 느낌이 목덜미를 스쳤다. 문고리를 잡은 손을 힐끗 살펴보니 피가 잔뜩 엉겨 붙어 있었다. 여자가 닫히려는 문을 붙들고 그를 향해 미소를 지었다.

"날이 더워서 그런데 물 한 잔만 마실 수 있을까요? 저 경찰이에요."

여자가 주머니에서 신분증을 꺼내 보여주었다. 최 신부가 경찰 제복을 입은 여자의 사진을 응시하더니 다시 문을 열었다.

"들어오세요."

최 신부가 유리잔에 차가운 물을 담아 건넸다. 물을 들이켜며 부엌을 살피던 여자는 식탁 위에 차려진 세 사람의 식사를 발견했다. 밥에는 손도 대지 않은 상태였는데 이상하게도 인기척이 들리지 않았다.

"아무도 안 계시네요? 저 이것만 마시고 금방 갈게요."

"그러세요. 저는 화장실 좀……."

최 신부가 말하며 자리를 떴고, 여자는 그 틈을 타 재빨리 집 안을 살피기 시작했다. 특별히 수상한 점은 없었지만 굳게 닫혀 있는 안방이 어쩐지 이상했다. 여자가 안방으로 다가가 문고리를 돌려보자 방문이 열리다 말고 묵직한 가구에 걸린 것처럼 움직이지 않았다. 몸에 힘을 실어 더 세게 밀었지만 사이가 조금 벌어질 뿐이었다. 그때 문틈 사이로 의문스러운 형체가 보여서 얼굴을 가까이 들이밀었다. 순간 코끝에 피비린내가 훅 끼쳤고, 여자의 의심은 확신으로 바뀌었다.

최 신부는 아직 화장실에서 나오지 않았다. 여자는 발소리를 죽이며 작은방 쪽으로 움직였다. 휴대전화를 꺼내 단축 번호를 누르자 동료 형사의 목소리가 들렸다.

"오, 선배. 웬일이래? 모처럼 휴가 내신 분이……."

"여기 율면 2리 작은 사거리에 있는 단독주택. 강력 사건 같아. 다 같이 출동해."

여자가 낮은 목소리로 빠르게 말한 뒤 전화를 끊었다. 작은방에 들어가 내부를 살피는데 어디선가 가느다란 숨소리가 들렸다. 몸을 숙이고 침대 아래를 들여다보니 잔뜩 겁에 질린 아이가 제 손으로 입을 틀어막고 있었다. 최 신부를 피해 방 안에 숨어 있던 모양이었다. 여자가 아이를 달래듯 시선을 마주 보며 손짓했다.

"이리 와. 괜찮아."

여자를 본 아이가 침대 아래에서 나오려는 순간이었다. 갑자기 등 뒤로 야구 배트가 날아들었고, 여자는 고통스러운 비명을 내지르며 바닥에 쓰러졌다. 최 신부가 다시 팔을 크게 휘둘렀고, 여자는 한 팔로 자신의 얼굴을 가리며 다른 팔로 그의 다리를 잡아당겼다. 그가 중심을 잃고 넘어지자 여자가 그의 몸을 붙잡고 소리쳤다.

"도망쳐!"

놀란 아이가 침대 아래서 나와 밖으로 뛰쳐나갔다. 거실을 나와, 현관을 지나, 가로등 아래를 가로질렀다. 아이의 머릿속에는 집에서 도망쳐야 한다는 생각뿐이었다. 집과 이어진 외길을 숨 가쁘게 달렸고, 길가에 서 있던 화평을 지나쳤다. 차 안에 있던 여자의 딸이 서둘러 쫓아와 아이의 옷자락을 붙잡았다.

"야! 우리 엄마는?"

여자의 딸이 다그치자 아이가 발을 주춤하며 고개를 세차게 흔들었다. 눈에 눈물이 차오르고 입가가 일그러져 금방이라도 울음을 터뜨릴 것 같았다. 아이는 두 손을 벌벌 떨며 여자의 딸을 밀어냈다. 딸이 심상치 않은 분위기를 느끼고 양옥집을 향해 발길을 돌렸다. 그때였다.

"가면 안 돼. 가면…… 죽어……."

화평이 팔을 잡으며 말하자 여자의 딸이 놀란 얼굴로 돌아보았다. 화평은 공포에 질린 표정이었다. 양옥집에서 대체 무슨 일이 벌어진 걸까. 여자의 딸이 한참이 지나도 나오지 않는 엄마를 떠올리며 갈등하던 찰나였다. 멀리서 사이렌 울리는 소리가 들렸고, 돌아보니 경찰차가 불빛을 번쩍이며 빠른 속도로 다가오고 있었다. 차를 세운 경찰들이 다급하게 양옥집으로 향했다. 세 아이는 두려움과 불안이 뒤섞인 눈으로 그 광경을 응시했다.

얼마 후 양옥집에서 하얀 천에 덮인 사람이 들것에 실려 나왔다. 삐져나온 손에서 물이 뚝뚝 떨어졌고, 딸은 피범벅이 된 손을 보자마자 엄마라는 것을 알았다. 딸이 하얀 천을 들어 엄마의 얼굴을 확인했고, 형사가 다가와 제지하자 몸부림을 치며 울부짖었다.

최 신부의 동생은 구급 대원의 질문에 제대로 대답하지 못했다. 마지막으로 본 형은 분명 형이 맞았지만, 완전히 다른 사람 같았다. 아이는 자신이 집에서 목격한 광경이 실제로 벌어진 일이었는지 믿을 수 없어 멍한 얼굴로 바닥만 쳐다보았다.

화평은 혼란스러운 틈을 타 조금 떨어진 곳에 몸을 숨겼다. 자신의 몸을 짓누르던 어둠이 왜 주소를 적어준 신부의 집으로 옮겨갔는지 알 수 없었다. 다만 피가 번진 하얀 천을 보자 수십 장의 종이에 베이는 것처럼 가슴이 쓰라렸다. 괴로운 얼굴로 그곳을 벗어나려는데 낮에 만났던 젊은 신부가 멀리 서 있는 모습이 보였다. 그는 불빛 하나 없는 논밭 한가운데 서서 기이하게 목을 꺾은 채 자신을 노려보고 있었다. 눈이 마주치는 순간 화평은 온몸이 차가운 바닷물 속에 잠기는 것처럼 느껴졌다. 그가 살기 어린 눈빛으로 바라보며 주문을 외우듯 무언가를 되뇌었다. 화평은 덫에 걸린 작은 짐승처럼 신음하며 꼼짝없이 그 모습을 응시했다. 그가 입을 다물고 어둠 속으로 완전히 자취를 감출 때까지 숨조차 제대로 쉴 수 없었다.

저수지

낡은 주택들이 밀집한 골목으로 택시 한 대가 들어섰다. 라디오 소리가 흘러나왔지만 택시 기사는 오래전 기억을 떠올리느라 그 소리를 듣지 못했다. 택시는 어느 단독 주택 앞에 멈췄는데 그곳은 대문 위에 삼색 깃발이 꽂혀 있는 점집이었다. 그는 주차를 마치고 거울을 바라보았다. 거울에는 잠을 설치고 제대로 먹지 못해 얼굴이 푸석푸석한 젊은 남자가 보였다. 서른두 살의 화평이었다.

차에서 내린 화평이 점집 대문을 두드렸다. 늦은 저녁 철문이 울리는 소리가 요란하자 금세 문이 열렸다. 문 뒤에서 얼굴을 내민 남자가 인상을 쓰고 그를 노려보았다.

"딱 보니 눈깔에 색기가 자르르하고 허우대는 멀쩡한 게 주색에 빠져서 평생 난봉꾼으로 살다가 나이 처먹고 길에서 똥바가지 맞을 놈일세?"

남자의 말에 화평이 콧방귀를 뀌며 말했다.

"무슨 소리야?"

"야심한 시간에 남의 영업장에는 왜 오고 지랄이야?"

화평은 씩씩대는 남자를 무시하며 안으로 들어섰다. 마당을 지나 집으로 들어가자 형형색색으로 꾸민 화려한 제단과 무신도가 보였다. 남자는 신을 모시며 무속 집을 운영하는 육광이었다.

화평은 익숙하게 부엌으로 들어가 굿을 하고 남은 음식들을 꺼냈다. 육광이 못마땅한 표정으로 그 모습을 바라보았다.

"들은 소식 없어?"

화평이 자리를 잡고 앉아 입안으로 음식을 집어넣으며 물었다.

"무슨 소식? 귀신 씐 것들? 없어! 그거 물어보려고 온 거냐, 아니면 밥 처먹으러 온 거냐?"

"둘 다지. 다른 무당들한테도 연락 없었어? 교회나 법당에서도?"

"그렇게 무서운 귀신 들린 사람이 흔한 줄 아냐?"

"형, 신력 떨어진다고 소문난 거 아냐? 그러니까 연락이 없지."

"야, 이 잡것아. 나 육광이야. 광이 여섯 개! 정 답답하면 네가 내림굿 받고 직접 하든지. 신기 있다며?"

"어릴 때나 그랬지. 이젠 그런 능력도 없어."

화평이 우물거리며 대답했다. 잠시 그의 얼굴을 살피던 육광이 다시 입을 열었다.

"할아버지한테 전화는 하냐?"

"뭐, 그냥."

"그 최 신부인지 뭔지 그만 좀 찾아다녀. 우리가 감당할 것들이 아니라니까 그러네. 너 꼴 좀 봐라. 그게 사는 거냐? 젊은 놈이 내일이 없어."

육광이 한숨을 푹 내쉬었다. 화평은 남은 음식을 먹느라 바빴다. 실컷 배를 채워도 어쩐지 허기가 가시지 않았다.

대충 저녁을 때우고 집으로 돌아온 화평은 불을 켜고 아무도 없는 집 안을 살폈다. 조촐한 가구 몇 개 외에는 별다른 살림살이가 없었다. 책상 위에는 노트북 한 대와 살인 사건에 관한 자료들이 가득 쌓여 있었다. 그는 손에 들고 있던 과일과 편의점 봉투를 바닥에 내려놓고 어머니 영정 사진 앞으로 걸어갔다. 촛불을 밝히자 맑게 웃고 있는 어머니의 얼굴이 환하게 드러났다. 박하사탕을 꺼내 접시에 담고 과일과 함께 올리니 간단한 제사상이 차려졌다.

"여기 있어?"

화평이 어머니의 사진을 물끄러미 바라보며 혼잣말을 했다. 방 안에는 고요한 정적이 흘렀다. 깊은숨을 들이마신 그가 고개를 떨궜다.

"어릴 때는 진짜 싫었는데……. 그때처럼 죽은 사람들 볼 수 있으면 좋겠다. 엄마 좀 볼 수 있게."

화평의 목울대가 떨리는가 싶더니 눈가가 뜨거워졌다. 서글픈 표정으로 불빛이 고여 있는 바닥을 멍하니 응시하던 그는 지갑에서 사진 한 장을 꺼냈다. 어릴 때 만났던 젊은 사제의 사진이었다. 사진 속 최 신부의 얼굴을 노려보는 그의 눈빛이 깊어졌다.

"내가 꼭 잡을게. 내가 꼭."

화평은 다짐하듯 몇 번이고 반복하며 중얼거렸다. 촛불을 끄고 방으로 들어간 그는 침대에 누워 어두운 천장을 바라보았다. 냉기가 흐르는 방 안에는 스산한 기운이 감돌았다. 눈앞에 그림자들이 무늬를 이루며 괴기하게 보였다. 그는 그마저도 익숙한 듯 눈을 깜빡거리며 잠기운에 젖어

들었다.

어둠이 옅어지는 푸른 새벽, 멀리 흐물거리는 무언가가 보였다. 그것을 향해 가까이 다가가자 주위에 수풀이 뒤엉킨 저수지가 드러났다. 숨소리가 귓가에 쟁쟁하도록 울렸고 온몸이 땀으로 끈적거려 불쾌했다. 저수지에 더 가까이 다가가 고개를 들고 고층 아파트를 바라보았다. 새벽안개 너머로 보이는 아파트는 허공에 세워진 관처럼 보였다. 다시 시선을 옮겨 앞으로 계속 걸어가기 시작하자 수풀이 우거진 풀밭을 지났고 비린 풀 냄새가 코끝을 찔렀다. 숨소리가 거칠게 뒤엉키면서 몸이 수렁을 걷는 것처럼 점점 무거워졌다. 배수구 앞에 다다랐을 때 걸음을 멈추고 그 안을 들여다보았다. 물이 들어오지 않는 배수구 안은 마르고 건조한 공기가 감돌았다. 한 줌의 빛도 들어오지 않는 안쪽으로 들어가자 오로지 숨소리와 발걸음 소리만이 귓가를 가득 채웠다. 배수구 끝에 도착했을 때 손발을 잡아당기는 것 같은 묵직한 느낌이 들어 뒤를 돌아보았다. 그 순간 남자의 시체가 눈에 들어왔다. 팔다리를 늘어뜨린 채 여기까지 끌려 온 죽은 남자의 얼굴. 공허하게 벌어진 입을 지나 이미 생기가 사라진 잿빛 눈동자를 마주친 순간이었다.

헉, 헉. 잠에서 깬 화평이 몸을 일으키고 숨을 몰아쉬었다. 꿈에서 온전히 빠져나오지 못한 것처럼 손발에 느껴지던 묵직한 감각이 사라지지 않았다. 그는 손으로 이불을 거머쥐며 부드러운 감촉을 확인했다. 그리고 숨을 채 고르기도 전에 벌떡 일어나 책상 앞에 앉았다. 기억이 흐려지기 전에 저수지와 아파트의 사진을 검색하기 시작했다. 검색어를 입력하자 노트북 화면에 수많은 저수지 사진이 쏟아져 나왔다. 멀리 고층 아파트가 보이던 저수지를 찾기 위해 화면 가까이 얼굴을 들이밀었다.

다음 날 경기도의 어느 저수지에 경찰들이 출동했다. 배수구 안에서 남자 시신을 발견했다는 신고 때문이었다. 현장에 도착한 과학수사요원들이 사체 사진을 찍었다. 번쩍거리는 플래시 불빛에 온기가 가신 남자의 얼굴이 기괴하게 드러났다. 눈가에 힘이 들어간 고 형사가 남자의 옷에 박힌 '시일용역'이라는 글씨를 바라봤다. 옆에 있던 팀장이 몸을 돌려 배수구 밖으로 나가자 그는 그 뒤를 따랐다.

두 형사가 사건 현장 주변을 두른 폴리스라인 밖으로 나와 마주 오던 길영을 발견했다. 눈이 부신지 얼굴을 찡그린 그녀가 삼각김밥을 먹으며 걸어오고 있었다. 고 형사가 팀장의 눈치를 보며 소리쳤다.

"야! 강길영!"

길영이 두 형사를 향해 다가오며 건성으로 고개를 까닥였다. 여전히 입안 가득 김밥을 씹고 있었다. 팀장이 못마땅한 얼굴로 목소리를 높였다.

"그게 인사냐? 목에 담이라도 걸렸어? 그리고 너 지금 징계 심사 중인 거 몰라? 현장 오지 말고 내근하라니까."

"아직 징계 안 나왔잖아요."

"하, 나 이 새끼……. 누가 연락했어? 너야?"

팀장이 짜증스러운 얼굴로 고 형사를 돌아보았다. 그러자 고 형사가 시치미를 떼며 길영을 향해 말했다.

"넌 여기서 밥이 넘어 가냐?"

"너한테 맞은 애가 민사까지 걸겠단다. 너 깡패냐?"

팀장이 말을 보태며 길영을 다그쳤다. 그녀는 이런 상황이 익숙하다는 듯 대답했다.

"용의자가 아니라 범인이잖아요. 그리고 그 자식 성폭행 전과 3범이라고요. 그런 놈은 맞아 죽어도 싸요."

"시끄러워! 애 빨리 돌려보내. 얼른!"

팀장이 소리 지르듯 말하고 한숨을 내쉬며 다른 쪽으로 걸어갔다. 고 형사가 난처한 기색으로 팀장의 뒷모습을 바라보았다. 정작 혼이 난 길영은 무표정한 얼굴로 배수구에 다가가 작업에 몰두하고 있는 국과수 요원 뒤에서 시체를 살폈다. 이상하게도 시신은 저수지에서 건져 올린 것처럼 물에 흠뻑 젖어 있었다. 그리고 칼에 수없이 찔렸는지 상처 부위가 마치 짓이겨진 고기처럼 보일 정도였다. 그녀가 인상을 찌푸리며 고 형사를 향해 물었다.

"신원은요?"

"신일용역 대표. 신분증, 휴대전화, 지갑 다 그대로 있어."

길영이 다시 시신을 살폈다. 석연치 않은 부분이 한두 가지가 아니었다. 고 형사가 말을 이었다.

"흉기에 의한 과다 출혈이겠지? 열댓 번은 찌른 것 같아."

"살해 후 배수구로 옮긴 거죠?"

"범인이 차에서 살해한 다음 옮긴 거야. 차도 근처에 있어."

"차가 여기 있다고요? 이상하네."

"이상한 게 한둘이 아니야. 배수로 물은 아닌데 사체만 젖어 있어. 저수지 물일까?"

"차는요?"

고 형사가 손가락으로 피해자의 차를 가리켰다. 배수구와 거리가 꽤 떨어진 곳에 자동차 한 대가 보였다. 길영은 고개를 갸웃거리며 차를 향해 발걸음을 옮겼다. 피해자의 차 안은 피를 퍼부은 것처럼 온통 혈흔으로

가득했다. 창문과 시트, 운전대 모두 새빨간 피가 흘러서 깨끗한 곳을 찾기가 어려웠다. 한눈에 보아도 차 안에서 살해가 이루어진 것이 분명했다. 창문으로 안을 들여다보던 그녀는 다시 허리를 펴고 배수구를 쳐다보았다. 걸어가기에는 꽤 먼 거리라서 아무런 이유 없이 이곳에 차를 버리고 시체만 옮겼을 리는 없었다.

"진짜 이상한 새끼네."

"뭐? 범인이?"

뒤따라온 고 형사가 물었다.

"왜 차를 여기에 두고 멀리 떨어져 있는 배수구까지 시체를 옮겼을까요? 차도, 사체도 다 숨길 수 있었는데."

"살인범 속을 어떻게 알겠냐? 모르니까 우리가 정상이지."

고 형사가 말했다. 그때 후배 형사가 다가왔다.

"그래, 관리인 만나봤어? 뭐래?"

고 형사가 묻자 후배 형사가 대답했다.

"만나보긴 했는데 자기가 최초 발견자가 아니라네요. 처음에 젊은 남자가 배수구 안을 보고 있었데요. 뺀질뺀질하게 생긴 택시 기사였다는데요?"

길영이 의아한 표정으로 후배 형사를 응시했다. 그리고 불현듯 무슨 생각이 들었는지 주차장으로 빠르게 걸어가 차에 탔다. 그녀가 창문을 내리고 뒤따라온 고 형사를 향해 말했다.

"선배는 근처 CCTV 조사하실 거죠? 시체 먼저 봤다는 놈도 좀 찾아봐주세요. 그 뺀질뺀질하다는 택시 기사."

"넌 꼭 사건 터지면 이래라저래라 하더라? 그나저나 또 어딜 가려고?"

고 형사가 불만스러운 기색을 드러냈다.

"칼로 저렇게 찌를 정도면 원한 관계죠, 뭐. 주변 좀 털어볼게요."

"야, 한 군데만 들르고 바로 들어가. 이러면 팀장님한테 너나 나나 욕먹는다, 응?"

"그냥 생까면 돼요."

길영이 무심한 얼굴로 기어를 넣었다. 차가 급발진하자 놀란 고 형사가 뒷걸음질을 치며 물러섰다. 방향을 바꾼 차는 뿌연 흙먼지를 일으키며 멀어졌다.

용역 업체를 찾은 길영은 예리한 눈길로 사무실 안을 살폈다. 오래된 철제 책상 몇 개와 누런 벽지, 얼룩진 창문이 시야에 들어왔다. 그녀가 직원에게 다가가 사장이 어디 있는지 물었다.

"우리 사장님은 왜요?"

"여기 대표분이 강력 사건과 관련이 있어서요."

직원이 미간을 살짝 찌푸리며 신경을 곤두세웠다.

'청소 용역, 환풍구, 배수구.'

길영이 출입구에 붙어 있는 문구를 눈으로 빠르게 읽었다. 배수구라는 단어를 보자 번뜩 생각이 스쳤다.

"이 회사에서 배수구 청소도 합니까?"

"네."

"혹시 낙막 저수지 배수구 청소도 한 적 있어요?"

"아, 그게…… 한두 달 전인가……."

직원이 당황한 얼굴로 말끝을 흐렸다. 순간 길영의 눈매가 날카롭게 빛났다.

"무슨 사건 있었죠?"

길영의 물음에 직원이 마른침을 삼켰다. 그는 잠시 주위를 둘러보며 눈치를 살피다가 주저하는 목소리로 대답했다.

"직원이 조금 다쳤어요."

"조금이요?"

"배수구 청소라는 게 사실 위험하잖아요. 그치만 원청 업체에서 막 밀어붙이면 저희도 어쩔 수가 없거든요……. 좀 크게 다쳤어요."

"혹시 그 일로 그 직원하고 사장 사이가 안 좋았나요?"

길영이 직원의 대답을 파고들며 질문을 이어갔다. 직원이 초조한 얼굴로 잠시 말을 멈췄다. 그녀의 등 뒤로 누가 지나가는지 확인하는 눈치였다.

"그 직원이 계약직이에요. 원청 업체에서 뭉개는데 하청 업체에서 뭘 어떻게 하겠어요?"

길영이 고개를 살며시 끄덕였다. 배수구에서 발견한 시신과 이어진 실마리가 희미하게 드러나고 있었다.

"근데 오늘 무슨 일 있어요? 이 사고에 관심 있는 사람이 많네."

직원이 무심코 뱉은 말에 길영이 번뜩 고개를 들었다.

"누가 또 왔어요?"

"어떤 택시 기사가 와서 김영수 씨 주소 받아 갔어요."

"혹시 뺀질뺀질하게 생겼어요?"

길영이 얼굴을 일그러트리며 날카로운 목소리로 묻자 움찔한 직원이 고개를 끄덕였다.

그 시각 화평은 김영수의 집 거실에 앉아 있었다. 화평이 부드럽게 웃으며 맞은편에 앉은 여자에게 음료 박스를 건넸다. 얼굴이 초췌한 여자는 잠시 머뭇거리다가 조심스레 받았다. 김영수의 아내였다.

"어디서 오셨다고요? 저희가 도움 받는 단체는 이미 있어서요."

"아, 저희는 생긴 지 얼마 안 됐어요. 억울하게 피해 보신 분들 실태를 조사 중이에요."

화평이 예의 바른 말투로 상황을 둘러댔다. 아내가 고개를 끄덕이다가 한숨을 푹 내쉬었다.

"애 아빠가 배수로에서 질식 사고로 뇌손상이 왔어요. 걷지도 못하고 말도 잘 못해요. 비가 많이 오는 날인데 배수로 청소 작업을 시켰잖아요."

아내의 목소리에 힘이 들어갔다. 화평은 이야기를 들으며 방 안에 있는 김영수를 힐끔거렸다. 휠체어에 앉은 채 멍한 표정으로 창밖을 보는 그의 눈동자는 마치 캄캄한 배수구 같았다.

"사장은 자기들은 책임 없대요. 계약직이어서 보상도 해줄 수 없다고 하고. 일을 시킨 대기업도 나 몰라라 해요. 그냥 저 사람 탓이래요."

아내의 입술이 파르르 떨렸다. 안타까운 표정으로 귀를 기울이던 화평은 문득 탁자에 놓인 가족사진을 발견했다. 휠체어에 앉아 어색하게 고개를 기울이고 있는 김영수와 달리 사진 속에는 건강한 김영수가 환하게 웃고 있었다. 그 옆에는 아내와 앳된 딸도 함께였다. 화평이 조심스럽게 물었다.

"너무하네요. 남편분이랑 잠깐 이야기를 나눠도 될까요?"

아내가 고개를 돌려 남편을 확인했다. 김영수는 마치 멈춰버린 시계처럼 보였다. 그녀를 따라 방 안으로 들어간 화평이 허리를 구부리고 시선을 맞추며 물었다.

"선생님, 뭐 좀 여쭐게요. 제 말 알아들으시죠?"

화평이 일부러 또박또박 발음했다. 김영수의 표정은 변화가 없었다. 화평은 주머니에서 최 신부의 사진을 꺼내 그의 눈앞에 가져갔다.

"혹시 이 사람 본 적 있으세요?"

김영수는 대답 대신 눈동자를 움직여 최 신부의 얼굴을 살폈다.

"그 사람은 누군데요?"

옆에 서 있던 아내가 묻자 화평이 말했다.

"이 사람 집에 찾아온 적 없어요?"

아내가 최 신부의 사진을 들여다보는 순간, 김영수가 갑자기 거칠게 몸부림을 쳤다. 탁자에 놓인 물컵과 물건들이 요란한 소리를 내며 바닥에 나뒹굴었다.

"가! 가!"

김영수가 어눌한 발음으로 소리쳤다. 그리고 겁에 질린 사람처럼 웅크리고 온몸을 덜덜 떨었다. 아내가 남편을 말리며 타일렀다.

"여보, 왜 이래요? 우리 도와주려고 오신 분이에요."

김영수는 숨이 넘어가는 것처럼 고개를 들고 신음했다. 얼굴이 고통스럽게 일그러지며 순식간에 검은 눈동자가 커졌다. 아내가 미안한 표정으로 화평을 보며 말했다.

"죄송한데 오늘은 그만 가주세요."

화평이 고개를 끄덕이며 뒤로 물러났지만, 시선은 여전히 온몸을 뒤틀며 발버둥치는 김영수에게 머물렀다.

"혹시 남편분이 평소와 다르게 이상한 행동을 하면 저한테 꼭 연락해주세요. 제 번호입니다."

현관 밖으로 나온 화평이 연락처를 건넸다. 배웅을 나온 아내가 얼떨결에 종이를 받아 들며 물었다.

"네? 그게 무슨 소리예요?"

"남편분이 혹시 다른 사람처럼 행동하면 저한테 바로 연락해 주시라고요. 늦은 시간이라도 상관없어요. 꼭이요!"

"네? 아…… 네."

아내가 고개를 갸웃거리며 종이를 주머니에 넣었다. 현관문이 닫히자 화평은 숨을 크게 토해냈다. 간밤에 꿈에서 본 환영과 배수구에서 발견한 사체, 그리고 최 신부의 사진을 본 김영수의 반응. 불길한 예감이 점점 거세지고 있었다.

"누구세요?"

생각에 잠긴 화평의 귀에 낯선 목소리가 날아들었다. 소리가 들린 쪽으로 고개를 돌리니 계단 아래에서 중학생 하나가 자신을 바라보고 있었다. 사진 속에서 보았던 김영수의 딸이었다.

"너희 부모님 만나고 가는 길이야. 아저씬 사회단체에서 나왔어."

화평이 어색한 미소를 지으며 대답했다. 김영수의 딸은 무심한 얼굴로 계단에 자리를 잡고 앉았다. 그는 집에 들어가지 않는 소녀를 보며 물었다.

"안 들어가?"

"밥 먹고 학원 가긴 해야 되는데……. 들어가기 싫어서요."

"왜……? 혹시 아빠가 무서워?"

"어떻게 아셨어요?"

"아, 내가 이쪽 일을 잘 알거든. 걱정하지 마. 괜찮아지실 거야."

화평이 어르는 투로 말했다. 그러자 아이가 우울한 기색을 보이며 시선을 바닥으로 떨어뜨렸다.

"뇌손상이잖아요. 다시 낫기 힘들 거래요. 저도 그 정도는 알아요."

말문이 막힌 화평이 입안을 쓰게 삼켰다. 그때 김영수의 딸이 다시 입을 열었다.

"그런데 다친 거랑 상관없이 요즘 더 이상해졌어요."

"어떻게 이상한데?"

"아빠가 꼭 다른 사람 같아요."

딸의 손끝이 불안하게 떨렸다. 순간 화평의 뒷덜미에 서늘한 느낌이 스쳤다. 다른 사람처럼 변한다는 것. 그것은 확실한 징후였다. 그가 소녀의 어깨를 붙잡고 물었다.

"뭐 본 거 있어?"

"저 학원 가야 해요."

깜짝 놀란 딸이 어깨를 움츠리며 뒤로 물러났다. 그러자 화평은 자신도 모르게 힘이 들어간 손을 빠르게 떼어내며 사과했다.

"아, 미안해. 밥 먹어야 한다며? 이걸로 뭐 좀 사 먹어."

"싫어요. 엄마한테 혼나요."

화평이 지갑에서 급하게 만 원을 꺼내는데 딸이 계단을 벗어났다. 교복을 입은 채 다시 골목으로 걸어가는 소녀의 뒷모습을 본 그는 나지막이 숨을 내쉬었다. 김영수의 이상한 행동과 딸의 이야기, 그리고 꿈에서 본 장면들……. 단란한 세 가족에게 불청객이 찾아왔다는 불길한 예감을 지울 수 없었다.

화평은 빌라 앞에 세워둔 택시로 돌아왔다. 자신의 짐작대로라면 조만간 김영수의 집에서 끔찍한 일이 벌어질 것이다. 화평은 그의 집을 바라보며 운전석 깊숙이 등을 기댔다. 팔짱을 끼고 머리를 기대는 찰나, 누군가 쾅쾅거리며 운전석 창문을 거칠게 두들겼다. 화들짝 놀라 고개를 돌려

보니 차 앞에 길영이 서 있었다. 그녀는 손을 들어 아래위로 까딱거리며 창문을 내리라는 신호를 보냈다.

"영업 안 합니다. 쉬는 시간이에요."

"경찰입니다. 잠깐 내리시죠?"

"왜요? 여기 주차 금지 구역인가? 그리고 정말 경찰 맞아요? 영화 보면 경찰입니다, 하면서 신분증 보여주던데."

길영이 어이없다는 표정을 지으며 경찰 신분증을 들어 보였다.

"오전에 낙막 저수지 간 적 있지?"

"그랬나? 원래 택시가 엄청 돌아다니잖아요. 어! 예약 손님 떴네. 가도 되죠?"

휴대전화를 보며 화평이 다급하게 창문을 올렸다. 그러자 길영이 손으로 창문을 가로막으며 쏘아보았다.

"에이, 잘못 보셨다니까요. 손 다쳐요, 손."

"진짜 뺀질뺀질하게도 생겼네. 저수지 근처 CCTV, 용역 회사 CCTV, 다 찍혔어. 너 맞잖아!"

짜증이 솟구친 길영이 버럭 소리를 질렀다.

경찰서 강력계로 끌려온 화평은 벽에 걸린 시계를 쳐다봤다. 자리를 비운 사이 김영수의 집에서 무슨 일이 벌어질지 몰라 초조해졌다.

"전과는 없고. 윤화평 씨, 그 새벽에 거기는 왜 갔어요?"

길영이 컴퓨터 모니터를 바라보며 얼굴을 찡그렸다.

"지나가다가요. 택시 기사잖아요."

화평이 건성으로 대답하자 길영이 손바닥으로 책상을 치며 언성을 높였다.

"으슥한 곳이잖아!"

"급해서요. 노상 방뇨했어요. 한 번만 봐주세요."

화평이 눈웃음을 치며 조르듯이 말했다. 길영이 인상을 풀지 않고 그를 다그쳤다.

"피해자 회사도 지나가다가?"

"네, 우연하게도."

길영은 진지한 구석이라고는 조금도 보이지 않는 화평을 보고 있자니 열이 뻗쳤다. 살인 현장을 발견하고, 피해자 회사를 찾아가는 일은 분명 우연이 아니었다. 게다가 김영수의 집을 지켜보고 있지 않았던가. 그녀가 눈가에 힘을 주며 경고하듯 말했다.

"이런 식이면 용의자로 구속 신청할 거야."

"왜요?"

"네가 생각해도 수상하지 않아? 네가 한 짓."

"그럼 사실대로 말해드려요?"

길영이 고개를 끄덕이자 화평이 잠시 주변을 살피더니 몸을 책상 앞으로 바짝 끌어당겼다.

"분명 이상하게 들리시겠지만…… 저 이상한 능력이 있어요. 갑자기 뭔가 보이거든요. 어렸을 때부터 그랬어요. 어제 새벽에 자는데 범인이 그 배수로에 시체를 버리는 게 보이더라고요."

화평은 조심스럽게 길영의 반응을 살폈다. 이제까지 사실대로 말해도 곧이곧대로 믿어주는 사람은 없었다. 잠시 무심한 표정으로 그를 바라보던 그녀가 말했다.

"장난치냐?"

내심 기대하던 화평이 허공에 발길질을 했다.

"안 믿을 줄 알았어."

그때 고 형사가 길영에게 다가왔다.

"1차 검시 결과 나왔어."

길영이 고 형사를 따라 일어났다. 화평이 자리를 떠나는 그녀를 향해 다급하게 말했다.

"전 어떡해요? 급한 일이 있다고요."

"뭐가 급한데?"

"말해도 어차피 안 믿을 거잖아요."

"기다려. 여기서."

말을 마치기도 전에 길영이 몸을 돌렸다. 화평이 보내 달라고 소리쳤지만 별 소용이 없었다. 그는 다시 의자에 주저앉으며 입술을 질끈 깨물었다. 시계를 쳐다보자 바늘이 더디게 움직이는 것처럼 느껴졌다. 그는 김영수의 집에서 나온 지 얼마나 흘렀는지 계산하며 신경질적으로 한쪽 다리를 떨었다. 몇 번이고 출입구를 돌아보았지만 그녀의 모습은 보이지 않았다. 여기서 몰래 나간다고 해도 다시 찾아와 더 집요하게 붙잡고 늘어질 게 뻔한데. 그가 한숨을 푹 쉬며 고개를 뒤로 젖혔다. 탁한 공기와 취조하는 목소리, 사람들이 분주하게 움직이는 발소리와 컴퓨터에서 나는 묵직한 기계음……. 그는 손끝에 물이 닿은 것처럼 축축한 기운을 느꼈다. 그리고 점차 바닷물에 빠지듯이 온몸이 무겁게 짓눌리며 시야가 흐려졌다. 그에게는 익숙한 감각이었다. 초점이 사라진 시선은 눈앞이 아닌 다른 곳을 보기 시작했다.

불이 꺼진 거실은 암흑이었다. 화장실을 향해 걸음을 옮길 때마다 시야가 흔들렸다. 몸이 한쪽으로 기울었다가 솟아오르며 한쪽 발이 바닥을 쓸었다. 세면대 앞에 서서 수도꼭지에 팔을 뻗자 피범벅이 된 손이 보였다. 방금 쏟아진 새빨간 피와 뜨겁고 미끄러운 불쾌한 감각. 물을 틀고 두 손을 비비며 피를 씻어내자 하얀 세면대 위로 핏물이 곡선을 그리며 빨려 들어갔다. 점점 윤곽을 드러내는 거칠고 두꺼운 남자의 손. 문득 뒤를 돌아보자 방 안에 물건처럼 놓여 있는 시신이 보였다. 핏기가 사라진 두 다리가 잘린 나무토막처럼 뻗어 있었고, 바닥에는 피가 번지며 웅덩이를 이루고 있었다. 갑자기 쇠가 부딪치는 소리가 들려 급히 시선을 옮기자 현관에 들어서는 누군가의 그림자가 보였다. 신발을 벗고 집 안으로 들어와 고개를 드는 사람은 바로 김영수의 딸이었다. 지켜보던 남자의 숨소리가 갑자기 커지기 시작했다.

"편해? 이런 데 자주 왔나 봐?"

고 형사가 비꼬는 소리에 화평은 정신이 번쩍 들었다. 흐려진 초점이 다시 선명해지며 눈앞에 있는 고 형사의 얼굴에 머물렀다. 화평이 마른 세수를 하며 기억을 정리했다. 거실 풍경과 피 묻은 남자의 손, 그리고 여자의 가느다란 다리, 바닥을 적신 피, 입구로 들어서는 중학생 소녀, 놀란 김영수의 딸……. 고 형사는 정신이 없는 화평을 바라보며 말을 이었다.

"그만 가봐. 택시 블랙박스 확인해 봤어. 별문제 없더구먼."

화평이 벌떡 일어나 출입구를 찾았다. 고 형사가 못마땅한 표정으로 소리쳤다.

"야, 인사도 안 하고 가냐?"

화평은 아무 소리도 들리지 않는 사람처럼 걸음을 재촉했다. 끔찍한 일이 벌어지려 하고 있었다.

용의자

길영은 차를 끌고 김영수의 집으로 향했다. 고 형사와 나눈 이야기가 석연치 않아서 이것저것 알아볼 작정이었다. 사체는 바다가 아닌 저수지 근처의 배수구에서 발견됐는데 염분이 검출되었다. 게다가 칼에 의한 창상이 열네 군데나 될 만큼 살해 방법이 잔혹했다. 무엇보다 의심스러운 것은 흰 운동화였다. 부상당한 직원인 김영수의 집을 방문했다가 나오면서 우연히 본 운동화에는 흙이 잔뜩 묻어 있었다. 분명 휠체어에서 꼼짝도 못 하는 신세였는데.

빌라 앞에 도착한 길영은 서둘러 김영수의 집으로 올라갔다. 현관 옆으로 난 창문에는 작은 불빛조차 보이지 않았다. 늦은 저녁인데 아무도 없는 것 같았다. 그녀가 문을 세게 두드렸지만 인기척은 들리지 않았다. 그때 갑자기 골목에서 차가 급하게 멈추면서 타이어 끌리는 소리가 날카롭게 울렸다. 빌라 아래를 내려다보니 익숙한 택시가 눈에 띄었다. 차에서 내린 화평이 김영수의 집으로 뛰어 올라오자 그녀가 황당한 얼굴로 물었다.

"넌 뭐냐? 여기 또 왜 왔어?"

화평은 길영의 말을 무시하고 문을 잡아당겼다. 화가 난 그녀가 그의 팔을 붙들었다. 그가 반항하며 손에 힘을 주자 문이 벌컥 열리면서 집 안이 한눈에 들어왔다. 현관으로 새어 들어온 빛이 어두운 거실을 비추자 검은 덩어리처럼 쓰러져 있는 사람의 형체가 보였다. 명백한 살인 현장이었다. 놀란 그녀가 눈을 크게 떴다. 그가 다급하게 집 안으로 들어서자 그녀가 앞을 막아서며 위협하듯 노려보았다. 그녀는 주위를 경계하며 조심스럽게 어두운 집 안으로 한 발자국씩 걸음을 옮겼다. 거실로 걸어간 그는 벽을 더듬어 스위치를 눌렀다. 그러나 불은 켜지지 않았고 사방은 피비린내가 진동했다. 여기저기 마구잡이로 튄 혈흔이 난잡한 얼룩을 이루고 있었다. 손전등을 켠 그녀는 자신도 모르게 신음을 흘렸다. 희미한 불빛에 드러난 시신은 날카로운 칼날이 찌르고 지나간 부위마다 마구 짓이긴 고기처럼 살이 뭉개지고 뼈가 드러나 있었다. 극심한 고통으로 일그러진 시신의 마지막 표정을 살피며 신원을 확인했다. 김영수의 아내였다. 그녀는 역한 기운이 목을 휘감으며 온몸으로 파고드는 것을 느꼈다. 아무리 반복해도 절대 익숙해지지 않는 끔찍한 기분. 그녀는 입술을 질끈 깨물며 고개를 기울였다. 사체를 자세히 들여다보니 피 말고도 흥건한 것이 있었다. 바로 물이었다.

"또 물에 젖어 있어."

길영의 얼굴이 굳어졌다. 그때 고요한 정적을 깨는 발소리가 들렸고, 서둘러 쫓아가 보니 화평이 두리번거리며 무언가를 찾고 있었다.

"야! 뭐 해?"

"남편도 안 보이고, 딸도 안 보여요."

"딸?"

화평이 대답 대신 문 앞에 놓인 딸의 책가방을 들어 보였다.

"알았으니까 나가! 빨리! 여긴 사건 현장이라고."

길영의 눈에 화평은 현장을 어지럽히는 불청객에 불과했다. 그는 그녀의 손에 떠밀려 현관 바깥으로 쫓겨 나갔다. 길영을 설득해 보려고 입을 떼는 순간 그는 골목길에서 이쪽을 보고 있는 한 남자와 눈이 마주쳤다. 주먹을 쥐고 고개를 든 채 서 있는 남자는 바로 김영수였다. 낮에만 해도 휠체어에 앉은 채 자신의 목도 제대로 가누지 못했던 그가 우뚝 서서 화평을 무섭게 쏘아보고 있었던 것이다. 이상한 낌새를 눈치챈 그녀가 화평의 시선을 따라가다가 김영수를 발견했다. 화평은 어디론가 달아나기 시작하는 그를 쫓아 황급히 계단을 내려갔고, 그녀도 속도를 올리며 두 사람을 뒤쫓았다.

김영수는 으슥한 골목으로 사라졌다. 화평과 길영은 늘어선 빈집들을 살피며 신경을 곤두세웠다. 깊숙이 들어갈수록 사람의 흔적은 찾아볼 수 없었고 오래된 쓰레기와 낡은 가구들만이 나뒹굴고 있었다. 그때 멀리서 허공에 울리는 발소리가 들렸다. 둘은 동시에 소리가 난 방향을 향해 달려가며 김영수의 뒤를 쫓았다. 길영은 아무리 속도를 높여도 김영수를 따라잡기가 어려웠다. 가까스로 따라붙어도 아슬아슬하게 놓치기를 반복했고, 그녀는 인상을 찡그리며 욕을 내뱉었다. 골목을 전력으로 질주하는 김영수는 도무지 장애가 있는 사람으로 보이지 않았다. 오히려 건장한 젊은 남자보다도 체력이 좋아 보였다. 앞을 가로막은 가재도구들을 거침없이 뛰어넘었고, 담벼락이 나타나면 순식간에 타고 넘어갔다. 길 끝에 다다를 즈음 창문이 깨진 빈 건물이 나타났다. 김영수는 망설임 없이 낡은 가스관을 타고 위로 오르기 시작했다. 그 모습을 본 화평은 재빨리 건물 입구로 들어가 계단을 뛰어올랐다. 서두르면 그를 따라잡을 수 있을 것 같았다.

화평이 옥상 문을 열었을 때 김영수는 난간 위에 위태롭게 서 있었다. 아래를 내려다보는 시선에는 조금의 두려움도 없었다. 조심스레 난간 모퉁이로 움직인 화평은 그를 낚아채듯 안고 뒹굴었다. 옥상에서 뛰어내리지 못한 김영수가 화평을 과격하게 밀어내며 발길질을 해댔다. 무방비로 발에 차인 화평이 컥컥 기침을 하며 고통스럽게 몸을 웅크렸고, 그 사이 김영수는 주머니에서 날카롭게 벼린 단칼을 꺼내 들었다. 한 손으로 화평의 목을 잡고 누르자 얼굴이 터질 듯이 붉어졌다. 화평은 두 손으로 김영수의 손을 떼어 내려 안간힘을 썼으나 꿈쩍도 하지 않았다. 마치 굵은 밧줄로 목을 조이는 것처럼 단단한 힘이 느껴졌다. 손끝이 저리며 힘이 빠지려는 순간 김영수가 칼을 들어 화평의 얼굴을 겨냥했다. 허공으로 들어 올린 칼에는 이미 다른 사람의 피가 묻어 있었다.

김영수가 힘껏 칼을 내리꽂는 순간 길영이 달려들었다. 균형이 무너진 그가 바닥으로 넘어졌고, 놓친 칼이 멀리 날아갔다. 자세를 잡고 일어나려는 그를 다시 그녀가 덮쳤다. 재빨리 그의 손목을 옭아매고 몸을 누르려고 하자 그는 다리를 움직이며 빠져나와 자리에서 일어났다. 두 사람이 마주 선 순간 그가 팔을 뻗어 그녀의 목을 쥐었다. 순식간에 숨통을 조여드는 악력은 도무지 부상당한 사람의 힘이라고 할 수 없을 만큼 어마어마했다. 아니, 건장한 남자라도 이보다 빠르고 위압적일 수는 없었다. 그녀가 정신을 바짝 곤두세우며 그의 팔을 쳐내자 그가 그녀의 몸을 들어 그대로 바닥으로 내쳤다. 그녀가 온몸을 관통하는 통증에 몸부림치는 사이 그가 의자를 들어 내던졌다. 그녀가 반사적으로 몸을 굴려 그를 향해 뛰어든 다음 목에 다리를 걸었다. 균형을 잃은 그가 바닥으로 넘어졌고, 그녀가 그 순간을 놓치지 않고 다리로 몸을 묶고 팔을 잡아 당겼다. 정신을 차린 화평이 뛰어와 그녀에게 힘을 보탰다. 그녀가 거친 숨을 몰아쉬며 말을 뱉었다.

"당신, 다리를 못 쓰는 줄 알았는데?"

다급한 얼굴로 화평이 끼어들었다.

"딸은? 딸은 어떻게 했어?"

제압당한 김영수가 애처롭게 말했다.

"딸? 우리 딸……."

화평은 잡고 있는 김영수의 팔에서 힘이 빠지는 것을 느꼈다. 화평이 의아한 얼굴로 고개를 드는 순간 귓가에 서늘한 목소리가 날아들었다.

"널브러져 있는 제 엄마 보고 소리쳐서 칼로 찔렀지."

"당신이 죽였어? 당신 아내도?"

놀란 길영이 목청을 높였다. 김영수는 대수롭지 않은 표정으로 대답했다.

"그럼. 그 말 많은 여자도. 그 사장 새끼도."

길영과 화평은 굳은 얼굴로 빠르게 시선을 주고받았다. 김영수는 신이 난 사람처럼 들뜬 목소리로 말을 이었다.

"그 어린 계집애, 보드라운 살에 칼이 푹 들어가더라고. 살려 달라고 울어서 입을 틀어막았는데 숨이 꼴딱…… 꼴딱."

길영이 말을 자르듯이 김영수의 얼굴에 주먹을 날렸다. 주먹질을 해도 속에서 뻗친 열이 풀리지 않자 벌떡 일어나 발로 그의 몸을 걷어찼다. 화평이 그녀를 붙들며 말렸고, 그녀가 김영수를 죽일 듯이 노려보았다.

"일어나. 당신이 자백했으니까 서로 연행할 거야."

김영수는 대답이 없었다. 여기까지 달려올 때와는 완전히 딴판이었다. 온몸을 늘어뜨리며 손과 발을 비틀었고, 살기가 돌던 눈빛 대신 흐릿한 눈동자가 초점을 잃고 흔들렸다. 길영이 어처구니없다는 표정을 지었다.

"왜 이래? 똑바로 안 서?"

"다리……."

즐거워하듯 웃음을 머금고 살인에 대해 떠들던 김영수가 갑자기 혀를 꼬았다. 발음은 부정확했고, 얼굴 근육은 점점 더 일그러졌다. 화평이 길영에게 말했다.

"이 사람, 이제 못 걸어요. 진짜예요."

"무슨 소리야? 조금 전까지 펄펄 날아다녔는데."

"지금은 못 걸어요. 믿어주세요. 제가 차까지 업고 갈게요."

화평이 김영수의 몸을 일으켜 세우고 등에 업었다. 길영은 김영수의 상태를 확인하며 고개를 갸웃거렸다. 이번 사건은 시작부터 모든 게 이상했다. 눈으로 직접 보고도 믿을 수 없는 일들이 계속됐다. 화평이 옥상 출입구로 걸어갔고, 그녀는 주변을 둘러보며 피 묻은 칼을 찾았다. 안주머니에서 꺼낸 손수건으로 칼을 감싸고 일어나는데 등 뒤에서 철컥, 문이 잠기는 소리가 들렸다. 그녀가 신경질적으로 문을 걷어차며 욕지기를 쏟아냈다. 사건과 아무 관련도 없는 택시 기사가 왜 용의자를 데리고 도망간단 말인가. 아무것도 이해할 수가 없었다.

실패한 구마

화평이 향한 곳은 육광의 집이었다. 등에 업힌 김영수는 의식이 없었다. 화평이 대문을 열고 마당으로 들어서자 육광이 나오다 말고 기겁했다.

"아이고, 장군님! 내가 이 귀신 새끼들 데리고 오지 말랬지? 나가! 이 육시랄 놈아!"

"찾았어! 이 남자 손이 왔어. 박일도 때문에 빙의된 거 맞아. 굿해야 해, 빨리!"

화평이 막무가내로 집에 들어서자 육광이 두 손을 휘저으며 막아섰다.

"안 된다니까! 박일도니 하는 게 진짜 큰 귀신이란 말이다. 우리 장군님 영험 가지고는 턱도 없어. 아이고, 나 죽네!"

"그럼 어떡해?"

"하나님, 부처님, 알라님, 그 정도는 돼야 된다고."

“급하다니까. 이 남자 아까도 자살하려고 했어.”

화평이 애타는 목소리로 설득했다.

“내가 이럴 줄 알고 더 센 사람들 알아봤어.”

육광이 방으로 들어가 어디론가 전화를 했다. 잠시 후 육광의 집에 사제복을 입은 두 신부가 찾아왔다. 한 명은 머리가 희끗희끗한 중년 사제였고, 한 명은 무뚝뚝한 표정으로 뒤따라온 이십 대의 젊은 사제였다.

“더 센 사람들 실력 좀 봅시다.”

화평이 두 사제를 위아래로 훑어보며 말했다. 젊은 사제가 눈썹을 꿈틀거리며 불편한 기색을 내비쳤다. 중년 사제가 김영수의 얼굴을 바라보며 화평에게 물었다.

"상처는 뭡니까? 그쪽에서 그런 겁니까?"

"아니요. 범인만 보면 꼭지가 도는 형사가 그랬어요."

"의식이 없는 것 같은데 이분 증세를 목격하셨나요?"

"네, 다 봤어요. 귀신 씌인 거 맞아요."

화평이 확신하는 눈빛으로 말했지만 중년 사제는 곤란한 표정을 지으며 망설였다.

"진짜 부마자인지 신부님이 확신을 해야 합니다."

젊은 사제가 대화에 끼어들었다. 그러자 화평이 참지 못하고 울컥 소리를 질렀다.

"이 사람 가족을 죽였어요. 말도 못 하고 걷지도 못하던 사람이 뛰어서 도망갔고요. 빙의 맞아요!"

젊은 사제가 화평의 얼굴을 빤히 쳐다보았다.

"그쪽도 무속인이세요?"

"택시 기사요, 택시 기사. 됐어요?"

"그럼 밖에 나가주세요. 방해되니까."

"내가 그쪽보다 이런 일에 훨씬 경험이 많다고요. 아세요?"

"경험은 별로 없지만 어떻게 하는지는 잘 압니다. 부마자인지 확인해야 합니다. 서두르면 안 됩니다."

화평은 냉기가 흐르는 젊은 사제를 위아래로 훑어보며 미간을 찡그렸다. 사람이 죽어 나가는데 원칙이나 따지고 있다니.

"그러다가 이 사람 죽는다고요!"

젊은 사제는 화평의 시선을 피하지 않았다. 두 사람 사이에 팽팽한 긴장이 흐르는데, 갑자기 육광이 화들짝 놀라 화평의 등 뒤로 숨었다.

"눈 떴다! 저 귀신 새끼."

함께 있던 네 사람의 시선이 모두 김영수를 향했다. 그는 기이하게 목을 꺾으며 눈동자를 희번덕거렸다. 중년의 사제가 누워 있는 그를 향해 조심스럽게 다가갔다. 기색을 살피려고 상체를 숙이는 순간 그가 팔을 뻗어 사제의 목을 콱 쥐었다. 중년 사제가 컥, 하고 숨 막히는 소리를 냈다.

"너, 진짜 냄새 한번 더럽구나."

김영수가 입꼬리를 끌어올리며 말했다. 한 사람이 아니라 여러 명이 동시에 말하는 듯한 목소리였다. 방 안의 공기가 순식간에 얼어붙었다. 김영수가 부마자의 징조를 선명하게 보여주고 있었다. 쇳가루가 섞인 것처럼 거친 음색이 흘러나왔고, 검은 동공이 확장된 눈에 광기가 서렸다. 화평은 재빨리 광목천을 꺼내어 김영수의 팔과 다리를 단단하게 묶었다. 육광은 방 안에 어지럽게 널브러진 살림들을 치워 공간을 만들었다. 두 사제는 들고 온 가방을 열고 십자가와 은제 식기 그리고 성수와 촛대 같은 의식에 필요한 물건들을 꺼냈다. 중년 사제의 얼굴에는 긴장감이 역력했다. 젊은 사제가 초에 불을 붙이고 둥글게 타오르는 작은 불빛을 확인했다.

"정말 괜찮으시겠어요? 교구장 승인도 없이."

"괜찮아, 마태오. 급하니까 그냥 하자."

젊은 사제가 고개를 끄덕였다.

"장엄 구마 예식은 구마 예식 중 교회법 제1172조에 따라 선별된 성직자와 부마자를 위해 의사자가 반드시……."

"그냥 빨리 해요!"

화평이 끼어들며 소리쳤다. 젊은 사제가 얼굴을 찡그리고 화평을 노려보았다.

"두 사람은 이제 나가주세요."

"무슨 소리야? 이자한테 물어볼 게 있어."

화평이 방 안에서 버티며 대답했다. 그러자 육광이 그를 억지로 끌고 나갔다. 젊은 사제는 틈새가 벌어진 문을 완전히 닫고 작게 숨을 내쉬었다. 두 사람이 나간 방에는 고요하고 불길한 정적이 흘렀다.

"시작하지."

중년 사제가 지친 목소리로 말했다. 젊은 사제 최윤은 자신의 스승인 한 신부를 쳐다보았다. 최근 들어 부쩍 기력이 약해졌고, 밤마다 잠을 설치는지 낮에 늘 힘이 없었다. 게다가 부마자 앞에 서면 어쩐지 호흡이 불안해졌다.

한 신부는 병에 든 성수를 엄지손가락에 적셔 김영수의 발과 손등 그리고 이마에 차례대로 성호를 그렸다. 김영수는 성호가 그어질 때마다 몸을 비틀며 사지에 몰린 짐승 소리를 냈다. 의식이 시작되자 최윤은 김영수로부터 고개를 돌리고 시선을 바닥으로 향했다. 그리고 한 신부 뒤에 그림자처럼 서서 의식을 보조했다.

"거룩한 성 사부 베네딕트여."

"저희를 위하여 빌어주소서."

"마귀들을 정복하신 성 베네딕트여."

"저희를 위하여 빌어주소서."

한 신부와 최윤이 차례로 기도문을 읊었다. 김영수가 불쑥 입을 열었다.

"말할게!"

한 신부는 김영수를 흘깃거리다가 다시 기도에 집중했다.

"우상 숭배를 뿌리 뽑으신……."

그때 김영수가 종이를 자르듯 말을 가르고 말했다.

"새아버지가 데리고 온 딸!"

한 신부가 충격받은 얼굴로 얼어붙었다. 김영수가 이죽거리며 말을 이었다.

"그 딸을 몰래 훔쳐봤잖아! 그리고 흥분하고……. 오빠가 천 원 줄게!"

한 신부의 이마에서 식은땀이 흘러내렸다.

"우상 숭배를 뿌리 뽑으신……."

"그러다가 새아버지한테 걸렸지. 얻어터지고, 학대당하고. 암에 걸려서 죽어갈 때 병실에 찾아갔잖아! 기뻐하면서!"

한 신부가 미간을 일그러뜨렸다. 땀을 닦으려고 팔을 들자 손이 덜덜 떨렸고, 핏기가 가신 것처럼 얼굴이 창백했다. 한 신부가 묵주를 들고 있던 손을 힘없이 늘어뜨리며 균형을 잃고 비틀거렸다. 뒤에서 그 모습을 지켜보던 최윤이 한 신부의 몸을 잡아주었고, 벌어진 손을 포개며 다시 묵주를 쥐여주었다. 손으로 전해지는 온기에 정신을 다잡은 한 신부가 최윤을 향해 고개를 끄덕였다.

"너 거기 있었냐?"

갑자기 김영수의 기괴한 음성이 날아들었다. 최윤이 얼떨결에 고개를 들어 반응하자 한 신부가 다급하게 시야를 막아서며 외쳤다.

"보지 말라니까!"

최윤이 황급히 시선을 피하며 뒤로 물러났다. 그러나 김영수는 눈을 희번덕거리며 그를 좇았다.

"거기서 살아서 여기에 숨어 있었구나! 너 맞지? 이름이 뭐였더라?"

김영수는 재미있는 놀이를 발견한 사람처럼 한껏 신이 난 목소리로 말했다. 최윤은 자신의 과거에 드리운 어두운 그림자를 함부로 휘적거리는 김영수를 살기 어린 눈으로 노려보았다. 상황을 눈치챈 한 신부가 최윤의 얼굴 앞으로 나섰다.

"보지 말라니까! 나가 있어! 마태오!"

한 신부가 거듭 소리를 질러도 최윤은 눈을 떼지 않았다.

벌컥 현관문이 열리고 누군가 마당으로 나왔다. 입을 굳게 다문 채 머리카락을 거칠게 털어내는 최윤을 발견한 화평이 물었다.

"왜 나온 거야? 벌써 끝난 거야?"

"한 신부님이 혼자 하십니다."

최윤의 목소리에는 힘이 없었다. 냉기가 흐르던 조금 전과 달리 넋이 나간 얼굴이었다. 쾅쾅, 그때 철제 대문이 요란하게 울렸다. 갑작스러운 소리에 놀란 육광이 가슴을 붙잡으며 돌아보았고, 화평이 난감한 얼굴로 대문을 열었다. 문이 다 열리기도 전에 길영이 들어오며 소리쳤다.

"어디 있어? 범인!"

"내 말부터 들어봐요. 지금 의식 중이에요."

"뭐?"

"안 믿기겠지만 그 남자 빙의된 거라고요. 지금 구마 의식 중이에요."

길영이 황당한 표정을 지었다. 꿈에 살인 현장이 보였다는 말도 어이가 없었는데 이제는 귀신에 씌어서 구마 의식을 하고 있다니. 황당한 이야기였지만 화평의 얼굴은 진지해 보였다. 그녀가 옆에서 자신을 지켜보는 신부와 무속인을 발견하고 말을 뱉었다.

"이것들은 뭐야?"

신부의 눈동자에는 서늘한 빛이 느껴졌고, 무속인은 겁에 질려 있었다. 앞을 막아선 화평은 비켜설 생각이 없어 보였다. 길영이 아랫입술을 깨물며 화평을 정면으로 바라보다가 삼단봉을 꺼내 바닥으로 휘둘렀다. 그를 제압해서라도 범인을 경찰서로 데려가겠다는 의미였다. 눈을 깜빡거리는 그의 얼굴에 긴장감이 흘렀다. 길영이 손에 힘을 주려고 하는 찰나, 현관문이 열리고 한 신부가 나타났다. 밖으로 걸어 나오는 그는 몹시 지쳐 보였다. 사제복은 땀으로 흠뻑 젖어 있었고, 눈은 영혼을 빼앗긴 것처럼 혼탁했다.

"다 끝났습니다."

한 신부가 지친 목소리로 말하자 길영이 집 안으로 뛰어 들어갔다. 방에는 비릿한 냄새와 향을 태운 냄새가 어지럽게 뒤섞여 있었다. 그녀는 침대에 묶인 천을 풀고 김영수를 끌고 나와 주차한 차의 뒷좌석으로 밀어 넣었다.

"어이, 나 다시 올 거야. 영장 가지고."

길영이 김영수의 한 손을 들어 수갑을 채우며 화평에게 말했다.

"영장 신청하든 말든 상관없는데요. 그 사람 빙의된 거 맞다니까요. 형사님은 나한테 고마워해야 해요."

"진짜 미친놈이네."

길영이 혀를 차며 고개를 흔들자 화평이 가슴을 두드리며 답답하다는 표정을 지었다. 화평은 뒷좌석에 앉은 김영수의 상태를 확인했다. 그의 얼굴에는 아무런 표정이 없었다. 어눌하게 목을 세우지도 않았지만 살기 어린 눈빛으로 노려보지도 않았다. 화평이 고개를 갸웃거리며 얼굴을 더 가까이 가져갔을 때 그가 빤히 쳐다보며 말했다.

"밥 먹어야 한다며? 이걸로 뭐 좀 사 먹어. 싫어요. 엄마한테 혼나요."

김영수가 가늘고 높은 목소리를 내며 누군가의 말을 흉내 냈다. 바로 김영수의 딸이 화평에게 했던 말이었다. 다급해진 화평이 창문을 거칠게 두드렸지만 이미 운전석에 오른 길영은 고개조차 돌리지 않았다.

"이 남자 눈 조심해요. 눈!"

움직이기 시작하는 차를 따라가며 화평이 애타게 소리쳤다. 그러나 그의 목소리가 들리지 않는 것처럼 길영은 앞만 바라보고 차를 몰았다. 복잡한 표정으로 서 있는 화평에게 육광이 다가가 물었다.

"왜 그래?"

"실패한 것 같아."

화평이 몸을 돌려 반대편 골목을 바라보았다. 구마를 마치고 돌아가는 두 사제의 뒷모습이 점차 멀어지고 있었다. 어둠 속으로 사라지는 사제들을 보며 그는 생각했다. 박일도에게 빙의된 사람들을 찾아낸다고 해도 구할 수는 없는 걸까. 마음 깊은 곳에 서서히 내려앉는 절망을 느꼈다.

김영수의 눈은 초점이 없었다. 취조하기 위해 들어온 세 형사는 혼이 나간 것처럼 보이는 그를 관찰했다. 힘없이 벌어진 입과 비틀어진 어깨, 그리고 나사가 풀린 것처럼 한쪽으로 기운 얼굴. 길영은 눈에 힘을 주고 작은 부분까지 천천히 뜯어보았다.

"이 사람 진짜 환자 같은데? 연기를 이렇게 잘해?"

고 형사가 고개를 갸웃거리며 말했다. 그러자 길영이 성난 목소리로 김영수에게 소리쳤다.

"이봐, 날고뛰고 하는 거 다 봤어. 몸싸움도 했잖아!"

김영수가 어깨를 움츠리며 고개를 푹 숙였다.

"물……."

"진짜 이럴 거야?"

길영이 답답하다는 듯 숨을 뱉으며 다그쳤다. 김영수는 어눌한 발음으로 계속 물을 달라고 했다. 문득 고 형사가 콧등을 찡그리며 코를 킁킁거렸다.

"아까부터 무슨 비릿한 냄새 같은 거 안 나냐? 점점 심해지는데."

길영은 손가락으로 관자놀이를 지그시 누르며 격해진 감정을 가라앉혔다. 갑자기 돌변한 김영수의 상태 때문에 머리가 복잡한 데다 취조실에 생선 썩는 냄새가 가득했다. 그녀가 후배 형사에게 말했다.

"물 좀 갖다줘."

후배 형사가 생수병을 들고 취조실로 돌아왔다. 물을 받아든 김영수는 사막에서 온 사람처럼 벌컥벌컥 마시기 시작했다. 길영은 물을 넘길 때마다 크게 울렁이는 김영수의 목울대를 지켜보며 미간을 일그러뜨렸다. 순식간에 생수병을 비운 김영수가 이제는 뒷목을 벅벅 긁기 시작했다. 그는 점점 더 세게 몸을 긁어댔고 살갗이 부풀어 오른 자리에서 피가 흘렀다.

"어이! 뭐 하는 거야?"

길영이 김영수의 행동을 제지하자 그가 애처로운 얼굴로 말했다.

"너무 가려워요. 그날부터……."

길영은 뭉개지는 발음과 웡웡거리는 소음 때문에 김영수의 말을 제대로 듣기가 어려웠다. 고 형사가 상체를 숙이며 되물었다.

"뭐라고? 가려워? 그날부터?"

"그분이…… 찾아온 날이요."

"그분이 찾아온 날?"

"그분이 누구인데?"

길영이 묻자 김영수가 갑자기 그녀를 빤히 쳐다보았다. 그의 눈빛은 순식간에 바뀌었고 날카로운 살기가 뻗쳤다. 그녀는 온몸에 소름이 돋았지만 시선을 피하지 않았다. 그가 힘이 솟구치는 사람처럼 빳빳하게 목을 세우며 쇳가루가 섞인 듯한 기이한 음성으로 또박또박 발음했다.

"그분은 바다에서 왔다. 우리는 바다에서 왔다."

세 형사가 당황한 표정으로 입을 벌렸다. 눈앞에서 벌어진 광경을 믿을 수 없는 후배 형사가 기함하며 손에 든 볼펜을 떨어뜨렸다. 볼펜이 바닥을 굴러가는 순간 취조실 전등이 깜빡거리며 금방이라도 터질 듯이 점멸했다. 세 형사가 혼란스러워하는 사이 김영수가 볼펜을 집어 들고 비명처럼 이름을 외쳤다.

"박일도!"

김영수가 볼펜을 손에 꽉 쥔 채로 힘껏 휘둘렀다. 뾰족한 볼펜 촉이 향한 곳은 자신의 눈이었다. 한 번, 두 번, 세 번. 쉴 새 없이 팔을 움직이며 눈알에 볼펜을 쑤셔 넣었다. 살이 튀어 오르고 눈알이 찢기며 얼굴 위로 붉은 피가 흘러내렸다. 비린내가 풍기는 취조실에 피 냄새가 번지며 악취가 퍼졌다. 충격을 받은 길영은 꺼졌다 켜지기를 반복하는 전등 아래서 자신의 눈알을 찔러대는 김영수를 쳐다보았다. 그는 고통을 느끼지 못하는 것처럼 단호하게 행동했다. 멀쩡한 그의 한쪽 눈이 광기로 번뜩였다.

화평은 초조한 얼굴로 주위를 살피며 경찰서에 들어섰다. 손에는 길영을 설득하기 위해 가져온 스크랩북을 들고 있었다. 만약 구마 의식이 실패했다면 김영수는 틀림없이 곧 자해를 시도할 터였다. 화평은 입술을 깨물며 김영수가 있는 곳을 찾아 두리번거렸다. 계단을 통해 복도로 나온 그는 문득 익숙한 감각이 파도처럼 온몸을 덮치는 것을 느꼈다. 누군가 자신의 다리를 붙들고 차갑고 깊은 바닷속으로 끌어내리는 느낌. 손발에 냉기가 돌면서 팔다리가 딱딱하게 얼어붙었다. 초점이 흔들리면서 눈앞에 보이는 풍경으로부터 멀어졌다. 불쾌하고 축축한 공기가 목덜미를 짓누르는 순간 그의 눈에 일그러진 환영이 펼쳐졌다.

퀴퀴한 냄새가 코를 찔렀다. 벽에는 곰팡이가 잔뜩 피어 거뭇거뭇했다. 습한 공기로 가득한 공간이었다. 고개를 돌리자 폐건물처럼 보이는 바닥과 깨진 타일들이 보였다. 빛이 들지 않는 지하 창고. 발아래서 이상한 움직임이 느껴져 고개를 기울이자 손발이 묶인 채 얼굴에 포대를 뒤집어 쓴 소녀가 있었다. 중학생 교복을 입은 그녀는 몸을 버둥거리며 빠져나오기 위해 애쓰고 있었다. 화평은 가만히 서서 그 모습을 내려다보다가 소녀를 발로 툭툭 차고 킥킥 웃었다. 소녀가 기겁을 하며 신음을 흘리자 팔을 뻗어 얼굴에 씌운 포대 자루를 벗겼다. 공포에 질린 얼굴로 입술을 파르르 떠는 소녀는 김영수의 딸이었다. 잠시 그 눈을 응시하다가 다시 포대 자루를 씌워 얼굴을 가렸다. 소녀가 컥컥 숨을 들이마시며 경기를 일으켰다. 괴로움에 몸부림치는 팔다리가 보이는 순간 사방이 어둠으로 뒤덮였다.

"야, 윤화평!"

화평은 이름을 부르는 소리에 번뜩 고개를 들었다. 눈앞에는 미간을 찡그린 길영이 서 있었다. 소란스러운 소리에 복도를 바라보니 고 형사가 김영수를 업고 뛰어가고 있었다. 등에 업힌 김영수의 얼굴은 온통 피로 뒤덮여 있었다. 처참하게 찢겨진 오른쪽 눈. 빙의자가 분명했다. 화평이 스크랩북을 든 손에 힘을 주었다. 길영이 그의 어깨를 세차게 흔들었다.

"너 어떻게 안 거야? 범인이 눈 찌르는 거?"

"말했잖아요. 저 남자 빙의자라고요."

"또 그 소리냐? 진짜 미친 거 아냐?"

길영이 인상을 구기며 욕지기를 했다. 끔찍한 일들이 연이어 일어나는데 이상한 소리나 지껄이는 택시 기사가 마음에 들지 않았다. 화평이 목에 핏대를 세웠다.

"미친놈 같죠? 그런데 어떡해요? 보이는 걸."

"그걸 믿으라고?"

"배수구에 있던 시신이랑 김 씨 아내. 몸에서 모두 바닷물 나왔죠?"

화평이 진지한 얼굴로 물었다. 길영이 놀라서 눈을 크게 떴다.

"경찰 쪽도 그게 이상하다고 생각하잖아요. 귀신 들린 자한테 죽으면 그렇게 돼요. 박일도라고 불리는 큰 귀신과 엮여서 죽은 사람들은 모두 바닷물에 젖어 있다고요. 그리고 눈을 찌르고 자살해요."

길영은 복잡한 생각들이 머릿속에서 마구 뒤엉켰다. 혼란스러워하는 그녀에게 화평이 스크랩북을 내밀었다.

"보세요. 4년 전부터 갑자기 다시 시작됐어요. 다 미제 사건들이에요. 최근에 더 많이 죽이고 있어요."

길영은 의심스러운 눈길로 스크랩북을 열었다. 그 안에는 최근에 일어났던 살인 사건들에 관한 기사와 자료 들이 빼곡하게 담겨 있었다. 페이지를 넘길수록 사건은 잔혹하고 끔찍했다. 예리한 시선으로 살펴보던 그녀가 갑자기 두 눈을 부릅떴다. 사건들 모두 이상한 공통점이 있었다. 화평이 불쑥 그녀에게 말했다.

"범인을 만나게 해주세요!"

길영이 반신반의하면서 화평을 바라보았다. 이번 사건만 해도 직접 목격하고도 설명하기 어려운 일들이 있었다. 머리를 다친 사람이 갑자기 건장한 성인보다 뛰어난 체력을 보였고, 고통을 느끼지 못하는 것처럼 제 눈을 마구 찔러댔다. 정체를 알 수 없는 택시 기사의 설명대로라면 이해가 갈 만한 일이었으나 그 설명 자체가 이상했다. 사람에 귀신이 씌어서 그랬다니. 귀신의 존재조차 믿지 않는 그녀에게는 괴상한 이야기에 불과했다.

"퇴마 같은 거라도 하겠다는 거야?"

"네. 쫓아내야죠."

길영이 머리를 마구 흐트러뜨리며 신음을 흘렸다. 미친 택시 기사의 말을 듣고 있자니 자신도 점점 얼이 빠지는 것만 같았다. 멀리서 후배 형사가 나타나 그녀에게 손짓했다.

"나중에 이야기하자."

길영이 돌아서자 화평이 팔을 붙잡고 다급하게 소리쳤다.

"김영수 씨 딸이 살아 있어요!"

다음 날 화평은 김영수가 실려 간 병실을 찾아갔다. 문을 열자 창문으로 들어오는 마른 햇빛이 보였다. 벽으로 고개를 돌리고 이야기를 하듯 혼자 중얼거리던 김영수가 화평을 흘끔 쳐다보았다. 손발이 묶인 김영수가 기이하게 목을 움직였다. 화평이 침대의 철제 기둥에 채워진 수갑과 그의 오른쪽 눈에 감긴 붕대를 바라보며 물었다.

"딸 살아 있지? 묶어서 가뒀잖아."

김영수가 입을 다문 채 화평의 얼굴을 빤히 쳐다보았다.

"어디 있어?"

갑자기 홱 고개를 돌린 김영수가 맞은편을 향해 속삭였다.

"이 자식이 우릴 훔쳐본다고. 우리한테 반응하고. 그 개돼지 같은 것들을 난도질할 때 다 느낀다고."

분명 한 사람이었지만 여러 사람들이 동시에 말하는 듯한 목소리였다. 울컥 부아가 치민 화평이 따졌다.

"뭐 하는 거야?"

"너도 흥분되지? 맞잖아. 그 피! 너도 좋지?"

"딸이 어디 있는지 말해!"

화평이 사나운 눈길로 노려보았다. 그러자 김영수가 다시 옆을 돌아보며 말했다. 마치 누군가에게 고자질을 하는 태도였다.

"이 자식, 남자의 딸을 아직도 찾나 봐. 나중에 그 어린 것 피를 천천히 뽑아서 죽이자."

순간 집 앞에서 마주쳤던 딸의 모습이 화평의 뇌리를 스쳤다. 사진 속에서 해맑게 웃고 있던 세 가족이 한순간에 무너져 버렸다는 사실을 떠올리자 손이 부들부들 떨렸다. 오래전부터 시작된 비극이 언덕을 굴러 내려오는 눈덩이처럼 커져 수많은 사람들을 덮치고 있었다. 김영수의 딸은 도대체 어디에 있는 걸까. 화평은 벌떡 일어나 소리를 내질렀다.

"왜 이 가족이야? 아무 죄 없는 사람들이잖아!"

"죄가 없긴. 이 남자가 원했어. 다 죽이고 싶어 했다고. 억울하고 분하다며. 이 남자는 가족들을 모두 죽이고, 자기도 죽기를 바랐어."

"그래서 아내까지 죽였다는 거야?"

"그 어두운 마음. 그래서 그분이 선택하고 우리가 온 거다."

"이 남자는 박일도를 어떻게 만난 거야? 박일도 어디 있어?"

이름을 듣고 눈을 치켜뜬 김영수가 기이하게 고개를 꺾었다. 그리고 흥분한 목소리로 허공을 향해 입을 열었다.

"봐! 이 어린 자식한테 말해줘야 해. 그분을 찾기 전에 제가 먼저 죽을 거라고. 그분은 사냥꾼이고, 그분은 포식자고, 이건 그분의 놀이다!"

김영수가 화평을 마주 보며 눈을 부라렸다. 성한 왼쪽 눈이 화평의 얼굴을 훑어 내렸다.

"얘야, 그때처럼 넌 도망쳐. 계속 도망쳐."

"박일도! 그 최 신부 몸에 있는 거지?"

"최 신부의 동생……."

"동생?"

"그래, 신부의 동생 말이야. 너 또래 남자아이. 너 때문에 가족이 죽어서 고아가 된 아이 말이야."

"걔가 왜?"

"아, 그때 동생을 죽였어야 했는데. 그 여자 경찰이 괜히 끼어들어서 말이야."

김영수가 아쉬운 표정을 지었다. 화평이 미간을 찡그리며 희미한 기억을 떠올렸다. 살인이 일어난 그 집에서 도망쳐 나오던 아이. 나이가 비슷한 또래의 남자 아이. 과거를 회상하는 건 김영수도 마찬가지였다. 먹잇감을 놓쳐버린 짐승처럼 입맛을 다시며 말을 이었다.

"그 아이 실컷 때리고 죽였어야 했는데."

화평은 경멸하는 눈빛으로 김영수를 바라보았고, 그는 킥킥거리며 즐거워했다. 그러다 갑자기 돌변하여 상체를 일으켜 세우더니 허공에 소리를 질렀다. 침대에 묶인 손발이 철컹철컹 흔들렸다.

"신부는 동생한테 간다."

화평의 목덜미에 소름이 쫙 끼쳤다. 부마자의 예언. 지금까지 과거를 말하던 것과 달리 미래를 이야기하고 있었다. 화평은 오랜 시간 찾았지만 만나지 못한 최 신부를 떠올렸다. 부마자의 예언대로라면 동생을 찾아내야 했다. 그러면 최 신부까지 만나게 될 테니까. 화평은 의자에서 일어나 병실 입구로 발길을 돌렸다. 한두 걸음을 걸어가다가 갑자기 김영수에게 돌아가 강제로 입을 벌렸다. 그는 몸을 버둥거리며 저항했지만 손발이 묶여 힘이 부족했다. 화평이 손가락을 집어넣어 치아를 벌리자 입안에 숨겨둔 주삿바늘이 나타났다. 그가 체념한 듯이 주삿바늘을 뱉어냈고 뾰족한 바늘이 바닥으로 떨어졌다. 씩씩거리며 쏘아보는 그를 뒤로한 채 화평은 병실을 나섰다.

병실 복도 근처에는 경찰들이 지키고 서 있었다. 화평은 멀리서 통화를 하고 있는 길영에게 다가갔다. 그녀가 그를 발견하고 서둘러 통화를 마쳤다. 딸의 행방을 묻는 얼굴이었다.

"딸이 어디 있는지 절대 말하지 않을 거예요."

"뭐가 보였다며? 진짜 모르겠어?"

"밀폐된 장소였어요. 창고인지 지하실인지……."

화평이 오른쪽 위로 눈을 치켜뜨며 대답했다. 어두운 창고 안에서 버둥거리던 딸의 모습과 애처로운 신음 소리. 흐릿하게 일그러진 기억을 어떻게든 떠올리려고 노력했다. 길영이 안타까운 목소리로 말했다.

"장시간 묶여 있으면 죽을 수도 있어."

"빨리 찾아야죠. 구마 할 사람을 데리고 올게요. 정신이 돌아오면 딸 숨긴 곳을 말할 거예요."

"구마인지 뭔지…… 됐다. 김영수와 관련된 곳을 찾아볼게."

길영이 말을 삼키며 한숨을 푹 내쉬었다. 다시 실랑이를 벌여봐야 소용없을 게 뻔했다. 무엇보다 지금 당장은 김영수의 딸을 찾는 게 급선무였다. 화평은 병원을 빠져나오면서 육광에게 전화를 걸었다. 지난번 구마를 했던 사제들에게 다시 연락해 달라고 부탁해 둔 터였다. 신호음이 울리자마자 그가 전화를 받았으나 어쩐지 우울한 목소리였다. 화평이 무슨 일인지 묻자 그가 머뭇거리며 말을 꺼냈다. 그날 구마 의식을 마치고 돌아갔던 한 신부가 갑작스레 죽었다는 소식이었다. 충격을 받은 화평이 우뚝 걸음을 멈췄다. 캄캄한 그림자 속으로 사라지던 두 사제의 뒷모습이 눈앞을 스쳤다.

영안실

젊은 사제 최윤은 영안실에 있었다. 냉기가 가득한 공기에 실린 약품 냄새가 폐부를 찔렀다. 영안실 가운데에는 철제 침대가 있었고, 그 위에 누운 시신의 가슴까지 하얀 천이 덮여 있었다. 한 신부의 얼굴은 마치 검푸른 반죽처럼 보였다. 최윤이 서글픈 눈으로 기도를 하려던 순간, 뒤에서 인기척이 들렸고 급히 뒤를 돌아봤지만 아무도 없었다. 다시 한 신부에게 시선을 옮기려는데 텅 빈 침대가 눈에 들어왔다. 놀란 최윤이 숨을 들이켰다. 시신이 온데간데없었다. 한 신부를 찾아 주위를 둘러보다가 바닥에 떨어진 십자가를 본 최윤은 허리를 숙이다가 익숙한 목소리를 들었다.

"그걸 하면 안 되는 거였어."

최윤의 표정이 순식간에 굳어졌다. 오랜 시간을 함께해 왔던 한 신부의 목소리였다. 식은땀을 흘리며 소리가 난 쪽으로 천천히 고개를 돌렸다.

한 신부가 영안실 구석에 몸을 웅크리고 벽을 바라보는 자세로 앉아 혼잣말을 하고 있었다.

"하면 안 되는 거였어. 그 새끼가 했어야 했어."

한 신부가 손톱으로 바닥을 긁으며 계속 중얼거렸다. 기겁한 최윤이 뒷걸음질하며 한 신부로부터 멀어졌다. 귀에 이명이 일면서 정신이 아득해지더니 영안실의 기계음이 윙윙거리며 사방을 에워쌌다. 최윤이 거리를 벌리며 멀어지려는 찰나 누군가와 몸을 부딪쳤다. 화들짝 놀라 뒤를 돌아보니 한쪽 눈이 패여 깊은 구멍이 생긴 한 신부가 있었다. 새빨간 피를 뒤집어쓴 그가 고통스러운 얼굴로 절규했다.

"네가 나 대신 했어야 했어!"

헉, 헉, 헉. 최윤이 거친 숨을 몰아쉬며 번쩍 눈을 떴다. 땀으로 등이 흥건하게 젖어 있었다. 두 손으로 마른세수를 하며 정신을 차려 보니 장례식장 복도였다. 깜빡 잠이 든 모양이었다. 며칠 동안 제대로 자지 못하고 먹지도 못한 데다 한 신부의 사고까지 일어나는 바람에 피로가 극심했다. 그는 딱딱하게 굳어진 어깨를 펴고 자세를 바로 잡았다. 장례식장 안은 여전히 텅 비어 있었다. 그는 꿈에 나타난 한 신부를 떠올리며 무겁게 고개를 떨어뜨렸다. 한 신부의 죽음이 자신의 잘못 같았다.

무속인의 집에서 구마 의식을 하던 날, 한 신부는 몸이 좋지 않았다. 최윤은 나이 지긋한 한 신부의 낯빛이 어두워 신경이 쓰였다. 그러나 이번 사건만 잘 해결하고 충분히 쉰다면 다시 좋아질 거라 생각했다. 골목을 빠져나와 커다란 도로가 보였을 때 최윤은 택시를 잡기 위해 손을 흔들었다. 한 신부가 그에게 다가와 지친 목소리로 말했다.

"천천히 잡아. 조금 걷지 뭐."

"괜찮으세요? 피곤해 보이셔서."

"그만둘 때가 된 것 같아."

"그게 무슨 말씀이에요?"

"먹혔어. 내가 말했잖아. 구마 의식을 오래 하면 그것들에게 영혼이 점점 먹혀."

한 신부의 눈에는 초점이 없었다. 깊고 어두운 구덩이처럼 텅 빈 눈동자에 탁한 기운이 느껴졌다. 최윤이 의아한 표정을 지었다.

"구마 의식 성공했잖아요."

"하급령일 뿐이었어. 위에 진짜 무서운 게 있어. 그게 시키는 것 같아. 우리가 상대하기에는 너무 벅차."

"네?"

최윤이 놀라서 한 신부를 향해 되물었다. 지금까지 곁에서 지켜본 한 신부는 뒤로 물러나지 않는 사제였다. 아무도 믿어주지 않았고, 아무도 응원하지 않았지만, 언제나 아픈 사람들을 위해 손을 내밀었던 사람. 그런 그가 처음으로 악령을 두려워하고 있었다. 그가 갑자기 최윤의 팔을 붙들고 무언가에 쫓기는 사람처럼 다급하게 말했다.

"그 친구 말이야. 택시 운전하는 친구. 위험한 걸 건드렸어. 마태오! 넌 끼어들지 마. 너무 위험해."

"신부님……."

최윤은 한 신부의 손이 떨리는 것을 느꼈다. 머릿속에 복잡한 생각이 뒤엉키면서 오랜만에 만난 지인처럼 자신을 알아보고 히죽거리던 부마자

의 모습이 눈앞을 스쳤다.

"저기 새아버지가 계시네."

한 신부가 갑자기 도로 반대편을 바라보며 중얼거렸다. 신부님의 새아버지는 이미 돌아가셨는데. 놀란 최윤이 한 신부를 돌아보았다. 그는 어느새 차선을 넘어 도로 중앙으로 걸어가고 있었고, 속도를 높이며 달려오는 화물차에 치어 퍽, 소리를 내며 날아갔다. 화물차가 급하게 멈춰서면서 도로에 거친 파열음이 울렸다. 순식간에 벌어진 일이었다. 최윤은 넋이 나간 표정으로 한 신부를 불렀지만 그는 이미 팔과 다리가 꺾인 채 처참하게 죽어 있었다. 그의 뼈가 부러지고 살이 뭉개진 자리에서 흘러나온 피가 빠르게 퍼져나갔다.

최윤은 한 신부의 마지막을 기억하며 괴로운 신음을 흘렸다. 잠에서 깨어나도 여전히 악몽 속에 있는 기분이었다. 무릎 위에 올려둔 두 손에 힘을 주며 목에 엉킨 숨을 토해냈다. 무거운 돌이 박힌 것처럼 가슴이 묵직하게 저렸다. 그때 누군가 최윤의 어깨를 두드렸다. 고개를 들어보니 택시 기사 화평이었다.

"사고예요."

최윤이 변명하듯이 말하자 화평이 고개를 좌우로 흔들었다.

"사고가 아니야. 손에 당한 거야. 구마가 실패했다고."

최윤은 두려움에 사로잡힌 한 신부의 얼굴을 떠올리며 눈가를 찡그렸다. 부마자들을 도우며 살아왔던 한 신부는 최윤이 마음을 열었던 유일한 스승이었다. 그런데 단 한 번의 실패가 끔찍한 죽음으로 이어지고 말았다. 다른 사제들은 한 신부의 장례식장에 찾아오지 않았다. 그들의 눈에 한 신부는 자살로 생을 마감한 사제에 불과했다.

"그렇군요. 실패했군요."

"내가 빨리 눈치챘어야 했는데……. 너무 서두른 것도……."

화평이 미안한 표정으로 말끝을 흐렸다. 최윤이 말을 자르며 물었다.

"그런데 왜 오셨죠?"

"아직 그 남자가……."

최윤이 화평을 빤히 쳐다보았다. 구마가 실패했다는 말은 다시 구마를 해야 한다는 의미였다. 그러나 능숙한 한 신부마저 실패할 정도로 강력한 부마자를 혼자 상대하는 것은 무리였다.

"안 할 겁니다. 이제 못 합니다."

"의식을 할 사제가 없어. 그 남자 딸이 아직 살아 있어. 갇혀 있다고. 빨리 찾아야 해."

최윤의 눈썹이 꿈틀거렸지만, 이내 차가운 말투로 대답했다.

"경찰한테 맡기세요."

"경찰이 믿겠어? 정신병자 취급이나 당한다고……. 지금 애 목숨이 달려 있어."

화평은 돌아설 생각이 없어 보였다. 최윤이 자리에서 일어났다.

"애랑 남자, 다 죽을 수도 있다니까!"

화평이 일어서며 버럭 소리쳤다. 최윤은 원망이 담긴 눈길로 그를 쳐다보았다. 이 택시 기사가 막무가내로 밀어붙이지만 않았다면, 과정을 지켜서 제대로 의식을 진행했더라면 한 신부의 마지막이 비참하지 않을 수도 있었다.

"그쪽처럼 어설프게 덤비면 진짜 죽을 수도 있겠죠."

"당신 말대로 서두르긴 했어. 진짜 급했으니까. 지금도 그래. 사람 목숨이 달려 있잖아. 뭐라도 해야지."

"그 정도로 악마한테 잠식됐다면 방법이 없어요."

"그러면 아무것도 안 할 거야? 그냥 도망치는 거잖아. 사제 맞아? 겁먹었어? 당신 사수가 당해서?"

최윤은 속에서 울컥 열이 치밀었다. 택시 기사는 아무것도 모르면서 떠들어 대는 것 같았다. 악마를 상대하며 버텨온 기나긴 시간을 저 사람은 모르겠지. 아니, 그 고통은 누구도 알 수 없을 것이다. 그가 분노가 서린 눈빛으로 화평을 노려보았다.

"혼자서 사람들 다 구하는 척하지 마세요. 악마에 대해 알지도 못하면서. 악마한테 고통 받은 적도 없으면서."

"악마한테 고통 받은 적이 없다고? 당신 나 알아? 겁먹고 도망이나 치는 새끼가…… 구마 사제 좋아하네!"

최윤은 반박하려다 말고 입을 굳게 다물었고, 이내 몸을 돌려 장례식장을 향해 걸어가기 시작했다. 화평은 젊은 사제의 뒷모습을 씁쓸한 표정으로 지켜보았다.

상급령

전등을 비추자 구석에 몸을 숨기고 있던 쥐가 빠르게 달아났다. 깜짝 놀란 길영은 어깨를 움찔하며 창고 안으로 발을 옮겼다. 발밑에는 먼지가 자욱하게 쌓여 있었고, 머리맡에는 거미줄이 길게 늘어져 있었다. 그녀가 신경을 곤두세우고 귀를 기울였지만 인기척은 들리지 않았다. 고 형사는 반대편을 수색하며 눈을 가늘게 떴다. 어둠 속에서 특이한 점은 보이지 않았다. 결국 이 건물 지하 창고에서도 아무것도 발견하지 못했다. 두 사람은 다른 건물로 이동했다.

화평이 한 말을 토대로 수색한 장소가 다섯 군데를 넘어갔다. 그러나 어디에서도 김영수의 딸은 보이지 않았다. 도로를 달리며 길영은 이대로 계속 수색을 해야 할지 그만두어야 할지 고민에 빠졌다. 확실한 단서를 따라가는 것이 아니라 택시 기사의 허황된 말만 듣고 움직이려니 도무지 확신이 서지 않았다. 팀장은 용의자가 증언한 대로 사체를 찾으라는 명령만 반복했다. 만약 팀장에게 다른 식으로 수사하고 있다는 사실을 들키게 되면 입장이 곤란해질 것이 뻔했다.

길영은 화평이 들고 온 스크랩북이 내내 마음에 걸렸다. 병원을 나서기 전 스크랩북을 훑어본 그녀는 다른 지역 경찰서에 연락하여 그 지역에서 2014년 12월 30일에 발생했던 일가족 화재 사고에 대해 물었다. 그 사건을 담당했던 형사는 잠시 기억을 떠올리다가, 외부 침입이 없었고 타살 흔적을 찾지 못해 자살로 종결한 사건이라고 대답했다. 특이하게도 둘째 아들의 한쪽 눈에만 큰 상처가 있었다는 이야기를 덧붙였다. 갑작스러운 살인, 알 수 없는 범행 동기, 한쪽 눈을 찌른 상처, 사건의 끝은 자살. 스크랩북에 담긴 모든 사건들에는 공통점이 있었다. 그리고 지금 그녀가 담당한 사건도 이 이상한 공통점을 따라가고 있었다. 그녀는 결심이 선 얼굴로 핸들을 꺾었다. 명확한 근거는 없지만 화평이 말이 옳다면 더 늦기 전에 딸을 찾아야 했다. 제일 빠르고 확실한 방법은 김영수에게 직접 알아내는 것이었다.

병원에 들어선 길영은 고 형사와 함께 병실로 달려갔다. 문 앞에서 화평과 육광이 대화를 나누고 있었다. 그녀가 벌컥 문을 열고 들어가 김영수에게 물었다.

"딸 어디 있어요?"

김영수는 흥미로운 물건을 들여다보는 것처럼 길영을 찬찬히 뜯어보았다. 마음이 급해진 그녀가 목소리를 높였다.

"딸 살아 있죠? 어디 있어요?"

김영수가 입을 벌리고 우물거리며 대답했다. 말이 입안에서 맴돌기만 하고 정확하게 들리지 않았다. 길영이 답답한 표정으로 상체를 기울였다.

"뭐라고요?"

길영이 목을 길게 뻗으며 김영수의 입가에 귀를 가져간 순간이었다. 갑자기 그가 입을 크게 벌리고 목덜미를 물어뜯으려 했다.

"위험하다고요!"

화평이 길영의 어깨를 잡아당기며 소리쳤다. 김영수는 먹잇감을 놓친 짐승처럼 입맛을 다셨고, 혀를 날름거리며 다른 짐승을 부르는 듯한 소리를 냈다. 사람이 내는 울음과는 확연히 다른 소리였다. 그는 아무 일도 없던 것처럼 안색을 바꾸고 말했다.

"이놈 딸은 곧 죽어버릴 거다."

화가 치민 길영이 발길질을 하며 김영수에게 달려들었다. 화평이 흥분한 그녀를 말리면서 육광에게 눈짓을 했다. 신호를 알아챈 그가 침대 앞으로 의자를 끌어와 앉고 방울을 손에 들었다. 주문을 외울 때 쓰는 무령이었다. 여전히 분노를 삭이지 못하는 그녀에게 화평이 설명했다.

"이제 딸이 어디 있는지 알아볼 거예요."

길영이 의심쩍은 눈길로 육광을 보았다. 눈을 지그시 감은 그는 숨을 깊게 들이마시더니 낮은 목소리로 주문을 읊기 시작했다.

"보화천존 재옥청천중여시방 제천제군 회어옥허구광지천 울소미라지관 자극곡밀지방……."

육광이 방울을 빠르게 흔들자 고요한 기계음만 흐르던 병실에 요란한 소리가 울려 퍼졌다. 김영수는 마치 소리에 반응하는 것처럼 몸을 꿈틀거렸다. 주문이 끝나는 순간 육광이 동작을 멈추고 눈을 번쩍 떴고, 김영수는 맞서 싸우는 것처럼 시선을 마주 보았다. 두 사람 사이에 팽팽한 긴장감이 흘렀다.

잠시 후 육광의 검은 눈동자가 확장되면서 눈자위에 검은빛이 스며들었다. 시선은 김영수의 얼굴에 머물러 있었지만 마치 다른 것을 보고 있는 듯했다. 목에 핏대가 굵어지며 얼굴이 터질 것처럼 붉게 달아올랐다. 온몸이 경직된 그는 눈앞을 덮쳐오는 기이한 장면에 숨이 막혔다. 그의 머릿속에 징 소리가 크게 울렸다. 굿판에서 연주하는 악기 소리가 귓가에 커지면서 병실로부터 의식이 멀어졌다. 빠르게 교차하며 보이는 장면들은 어둡고 끔찍한 기운의 형상이었다. 얼핏 보면 그림자 같았지만 가까이 다가가면 피와 뼈를 발라내려는 것처럼 기괴한 손이 뻗어왔다. 해가 저문 바다에 수면이 출렁거리며 죽은 생선들이 떠올랐고, 수평선을 향해 시신 하나가 둥둥 떠내려갔다. 허망하게 입을 벌린 채 어둠이 가득한 눈동자로 허공을 응시하는 얼굴. 그 얼굴을 가까이서 보려고 하자 시야가 뒤바뀌며 흙바닥 위에 널브러진 남자가 보였다. 피를 흘리며 고통스러운 표정을 짓고 있는 남자는 바로 육광 자신이었다.

끔찍한 환상에 사로잡힌 육광이 몸을 파르르 떨며 숨을 컥컥거렸다. 누군가 목덜미를 조이는 것처럼 제대로 숨을 쉬지 못했다. 화평이 놀라 그의 얼굴을 바라보았다. 그를 깨워야 할지 말아야 할지 고민하는 사이 그가 눈을 뒤집으며 흰자를 보였다. 이어 치명적인 내상을 입은 것처럼 울컥, 피를 토했다. 병실 바닥에 붉은 피가 뿌려지며 긴 선을 그렸다. 화평이 기겁하며 그를 붙들고 흔들었다.

"형! 육광! 정신 차려!"

육광은 발작을 일으키며 몸을 비틀었다. 온몸으로 통증이 뻗치자 그의 얼굴이 고통스럽게 일그러졌다. 길영이 걱정스러운 표정으로 그의 손을 붙잡아 주었다. 그때 병실 입구에서 낮고 단단한 남자의 목소리가 들려왔다.

"데리고 나가세요! 제가 합니다."

목소리의 주인은 최윤이었다. 화평이 반가운 기색을 비치며 대답했다.

"알겠는데, 혼자는 위험해."

"말했잖아요. 내가 한다고."

최윤이 고집을 세웠다. 길영은 계속 피를 흘리는 육광을 보며 외쳤다.

"그냥 빨리 나가!"

화평이 어쩔 수 없다는 듯 육광을 부축하여 길영과 함께 병실 밖으로 옮겼다. 착잡한 마음으로 뒤를 힐끔거리자 굳은 얼굴로 병실 문을 닫는 최윤이 보였다.

"형! 괜찮아?"

화평이 육광의 상태를 살피며 물었다. 병실에서 나온 육광이 천천히 숨을 고르자 손발의 떨림이 잦아들었다. 화평은 미안한 표정으로 안절부절못했다. 정신을 차린 육광이 멍한 얼굴로 넋을 놓았다.

"물속에 있었어. 그게 진짜 물속에 있더라고."

육광의 목소리가 가늘게 떨렸다. 그는 아직도 환영에 사로잡힌 사람처럼 공포에 질린 모습이었다.

"그 시커먼 눈……. 야, 아마도 나 죽……."

"알았어. 형, 진짜 고생했어. 나 김영수 집에 좀 갔다 올게."

육광의 기색이 돌아오자 화평이 말을 끊고 다급하게 일어섰다. 병실 안에는 최윤과 부마자 단둘뿐이었다. 구마 의식을 이끌어 줄 한 신부마저 당한 상황에 최윤까지 위험 속에 둘 수 없었다.

"어딜 가겠다고? 내 말 좀 들어봐. 이래서 내가 안 한다고 했잖아!"

육광이 화평의 팔을 붙잡으며 버럭 소리를 질렀다. 그러자 다급한 목소리로 화평이 대답했다.

"급하다고!"

화평은 팔을 뿌리치고 성큼성큼 복도를 걸어갔다. 지켜보던 길영이 그의 뒤를 따라가며 물었다.

"야! 어디 가?"

"의식 중이니까 아무도 들여보내지 마!"

화평이 갑자기 육광을 돌아보며 소리쳤다. 그는 얼떨결에 고개를 끄덕이며 두려운 눈길로 병실을 바라보았다.

"성 미카엘 대천사여, 권세와 폭력과의 싸움에서 우리를 보호하시며 이 암흑세계의 지배자들과 하늘 아래 있는 악신들과의 싸움에서 우리를 보호하소서."

불이 꺼진 병실 안에서 최윤은 촛불을 밝히고 기도문을 외웠다. 침대에 몸이 묶인 김영수는 고개를 옆으로 돌리고 허공을 응시했다. 사람의 말이라고 하기에는 짐승의 울음에 가까운 이상한 소리로 중얼거렸다. 최윤이 기도문을 외우자 누군가와 대화를 나누는 것처럼 속닥거렸다.

"죽였어. 차로 치어서. 내가 뭐랬어? 속을 거랬잖아. 이놈은 어떡하지?"

김영수가 최윤을 힐끔거렸다. 그는 표정 변화 없이 계속 기도문을 외웠다.

"마귀와 사탄에 불과한 용과 늙은 뱀을 쇠사슬로 묶어 심연 속에 빠뜨리고……."

"사장 놈처럼 죽이자. 이놈 마누라처럼 죽이라고."

김영수가 살기로 가득한 눈빛을 번뜩이며 최윤을 노려보았다.

"백성들을 더 이상 유혹하지 못하게 하소서."

"죽어, 죽어, 차에 치여 죽어버려. 늙은 신부 놈처럼 죽어!"

김영수가 벌떡 몸을 일으키며 괴성을 질렀다. 최윤이 몸을 움찔하며 그의 탁한 눈동자를 마주 보았다. 검은 동공이 커지며 붉게 충혈됐다. 그는 목덜미로 뻗쳐오는 광기를 느끼며 심호흡을 했다. 부마자의 영혼이 악령들의 그림자 속에 완전히 파묻혀 버린 것 같았다. 굳은 표정으로 작은 병을 든 그는 엄지에 성수를 부어 적시고, 김영수의 이마와 어깨 그리고 팔에 차례대로 성호를 그렸다. 성수가 살갗에 닿자마자 김영수가 얼굴을 일그러뜨리며 고통스러운 신음을 내뱉었다. 최윤은 성호를 그리며 몸을 뻣뻣하게 세우고 비명을 지르는 김영수의 입을 손으로 틀어막고 강하게 눌렀다. 그가 침대 위에서 버둥거리자 철제 기둥이 흔들리며 바닥이 덜컹거렸다. 최윤의 이마와 목덜미로 땀이 줄줄 흘러내렸다. 시야가 일그러지고 소리가 멀어지는 듯하자 눈을 질끈 감았다 떴다. 시선을 마주친 김영수의 눈에는 숨통을 뜯어내기 위해 입을 벌리는 악령들의 모습이 비쳤다.

"사탄과 악마 들을 하느님께서 주신 힘으로 지옥으로 쫓아버리소서!"

최윤의 목소리가 병실에 울려 퍼지자 손으로 전해지던 강렬한 힘이 순식간에 빠져나갔다. 김영수가 침대 위로 털썩 몸을 기대고 목덜미에 막혀 있던 숨을 토해냈다. 상체를 비틀며 괴로운 신음을 흘리다가 갑자기 멍한 눈빛으로 허공을 응시했다. 이상한 낌새를 느낀 최윤이 손을 떼어내며 조심스럽게 물었다.

"김영수 씨?"

김영수가 희미하게 미소를 지었다. 최윤이 고개를 갸웃거리며 그를 살폈다.

"김영수 씨, 제 말 들리십니까?"

"여보……, 여보……. 수진아, 수진아."

김영수는 부정확한 발음으로 가족을 찾았다.

"딸이 어디 있는지 말해줄 수 있습니까?"

"우리 수진이?"

김영수의 입술이 파르르 떨렸다. 최윤이 고개를 끄덕이자 그가 팔을 뻗어 어딘가를 가리켰다. 최윤은 손가락이 향하는 방향을 따라 고개를 돌렸다. 그곳에는 불빛이 만든 그림자가 일렁이고 있을 뿐 아무것도 없었다. 순간 서늘한 느낌이 목덜미를 스쳤다. 아차, 하는 표정으로 다시 앞을 보는 찰나 어느새 오른손을 푼 김영수가 최윤의 목덜미를 움켜쥐었다. 김영수의 손가락이 살을 파고들며 숨통을 조이자 최윤의 얼굴이 터질 듯이 붉어졌다. 김영수는 마치 곤충의 다리를 잡아 뜯는 아이처럼 재미있다는 얼굴로 킥킥거리며 웃음을 흘렸다.

"어떡해? 이놈 그냥 죽여?"

김영수가 옆을 돌아보며 물었다. 빈 허공에는 어둠이 머물고 있었다. 최윤이 팔을 허우적거리며 빠져나가려고 애썼다. 김영수가 최윤의 목을 당기고 귓가에 속삭였다.

"그놈 옆에 있으면 다 죽어. 그놈도 우리와 같아."

깜짝 놀란 최윤의 눈이 동그래졌다. 부마자가 말하는 그놈은 택시 기사 화평이 분명했다. 최윤은 주변을 곁눈질하며 손에 닿을 만한 물건을 찾았다. 탁자 위에 올려두었던 십자가가 눈에 들어왔다. 몸을 버둥거리며 김영수의 시선을 끈 최윤은 힘껏 손을 뻗어 겨우 십자가를 잡았다. 방심한 틈을 타 재빨리 이마에 십자가를 찍어 누르자 김영수가 높은음으로 비명을 지르며 욕설을 퍼부었다. 김영수의 손에서 가까스로 벗어난 최윤이 바닥에 주저앉아 기침을 토해냈다. 막혀 있던 숨이 터지면서 전기가 흐르는 것처럼 온몸이 저릿했다. 김영수가 십자가에 몸을 떠는 사이 그의 오른손을 침대 기둥에 묶었다. 다시 손발이 묶인 김영수가 고개를 돌려 애처로운 표정으로 허공을 바라보았다.

숨을 고른 최윤이 목덜미를 매만지며 일어섰다. 김영수는 지금까지 만났던 부마자와는 확실히 달랐다. 예측이 불가능했고 모든 힘을 쏟아내도 구마에 성공할지 확신할 수 없었다. 게다가 부마자가 뿜어내는 기운이 강력하여 악령들한테 영혼이 먹힌 김영수의 의식이 남아 있을지도 미지수였다. 결심이 선 최윤은 비장한 눈빛으로 커다란 십자가를 집었다. 그리고 김영수의 어깨를 거칠게 끌어당겨 등 뒤에 은으로 만든 십자가를 꽂았다. 김영수가 괴성을 질러대며 입을 벌렸고 최윤의 그의 몸을 찍어 눌렀다. 십자가에 닿은 김영수는 마치 살갗이 타들어 가는 사람처럼 끔찍한 비명을 질렀다. 그 순간 최윤이 단단한 음성으로 소리쳤다.

"주 예수 그리스도의 이름으로 명한다! 이 남자의 몸에서 당장 나가라!"

"딸년은 벌써 죽었어. 이 애비 놈도 곧……. 도와주세요!"

김영수가 말을 하다 말고 허공을 응시하며 애걸했다. 처절하게 울부짖는 목소리는 허공에 머문 깊은 어둠을 향하고 있었다. 최윤이 김영수의 시선을 쫓아 텅 빈 허공을 보다가 그의 눈앞을 막아서며 다그쳤다.

"널 조종하는 상급령이 있지? 어디에 있어?"

김영수의 눈동자가 불안하게 흔들리며 벽 구석을 더듬었다. 최윤이 재빨리 성수가 든 병을 들고 김영수를 향해 뿌렸다.

"주 예수 그리스도의 이름으로 명한다! 상급령을 말하라!"

"그만……."

김영수가 온몸을 덜덜 떨며 애원했다. 최윤이 눈가에 힘을 주고 더 커다란 목소리로 외쳤다.

"그것의 이름을 말하라! 주 예수 그리스도의 이름으로."

말이 끝나는 동시에 최윤이 성수를 묻힌 엄지손가락으로 김영수의 이마에 십자가를 그렸다. 그러자 김영수가 기이한 울음을 터뜨리며 여러 사람이 동시에 지르는 것 같은 비명을 내질렀다. 주홍색 촛불이 꺼질 듯 위태롭게 흔들거렸다. 최윤은 김영수를 벼랑 끝으로 몰아가듯 거침없이 다그쳤다.

"그의 이름을 말해!"

"박……."

"뭐라고?"

"박……일도!"

"박일도? 그게 네 상급령이냐? 어디에 있지?"

김영수가 고개를 꺾고 최윤의 머리 뒤편을 보았다. 공포에 질린 김영수의 표정이 상급령의 존재를 알려주었다. 비릿한 냄새가 코를 찌르며 등 뒤로 서늘한 냉기가 뻗쳐 왔다. 최윤은 목덜미가 뻣뻣하게 굳어지면서 손발이 묶인 것처럼 꼼짝할 수 없었다. 침대 위로 한밤의 호수 같은 검은 그림자가 덩어리를 이루며 몸집을 불렸다. 온몸을 휘감는 불쾌한 기운이 살과 뼈를 파고들어 차마 고개를 돌릴 수 없었다. 그가 두려움에 고개를 숙이는 순간, 바닥으로 툭 핏방울이 떨어졌다. 당황하여 손으로 코를 문지르자 점점 더 코피가 나기 시작했고 새빨간 피가 손을 타고 바닥으로 흘러내리며 발밑을 적셨다. 두 다리가 바들바들 떨리면서 힘이 풀어졌다.

쓰러지는 듯 바닥에 주저앉은 그는 얼굴을 문지른 두 손을 들어 보았다. 피범벅이 된 손이 타들어 가는 것처럼 뜨거웠다.

검은 새

화평과 길영은 김영수의 집에 도착했다. 폴리스라인을 뜯어내고 안으로 들어서자 퀴퀴한 냄새가 풍겼다. 살인이 일어난 현장 그대로 보존한 상태라 바닥에 핏자국이 남아 있었다. 그녀가 주위를 두리번거리며 물었다.

"도대체 뭘 찾는다는 거야?"

"박일도가 김영수를 빙의시킬 때 뭔가를 이용했을 거예요."

"그게 뭔데?"

"나도 몰라요. 지금부터 찾아야죠. 그런데 형사님은 왜 온 거예요?"

"너 또 사고 칠까 봐. 눈으로만 찾아. 아무것도 건드리지 말고."

길영이 주의를 주고 방으로 향했다. 화평이 말하는 것이 무엇인지 알 수 없었지만 발견한다면 감이 올 것 같았다. 가구를 열어 곳곳을 눈여겨 살펴보던 그녀는 서랍장 위에 올려둔 봉사 단체 간행물을 보았다. '나눔의 손'이라고 쓰인 표지에는 유명한 국회의원 박홍주가 청년들과 함께 웃으며 찍은 사진이 박혀 있었다. 그 사이 방으로 따라 들어온 그는 그녀가 보고 있는 종이로 시선을 옮겼다. 그녀가 그 아래 쌓여 있는 발행지를 펼치자 그 안에 지역 교구에서 얼굴이 알려진 양 신부의 모습이 보였다. 양 신부를 발견한 그는 깜짝 놀라 숨을 들이켰다. 그의 표정을 알아채지 못한 그녀가 다른 방을 살피러 나간 후에도 그는 양 신부의 얼굴에서 눈을 떼지 못했다. 봉사 단체 사람들과 나란히 서서 다정하게 웃고 있는 양 신부를 훑어보며 그의 눈빛이 깊어졌다.

똑. 똑. 똑. 똑. 화평이 생각에 잠겨 있을 때 귓가에 물방울 떨어지는 소리가 들려왔다. 방에서 나와 화장실로 들어간 그는 거울 앞에 서서 자신의 얼굴을 응시했다. 거울에 비친 익숙한 얼굴이 녹아내리면서 형체가 일그러졌다. 뭉그러진 덩어리에서 다시 나타난 얼굴은 살기로 번뜩이는 김영수였다. 눈에 초점이 사라진 화평이 천천히 손을 뻗어 수도꼭지를 열었고, 흘러나오는 물에 두 손을 씻기 시작했다. 그의 눈에 비친 세면대에는 빨간 핏물이 흘러내렸다.

"아무것도 만지지 말라니까! 너 뭐 해?"

물소리를 들은 길영이 뛰어와 화평에게 소리쳤다. 그는 대답 없이 고개를 꺾은 채 계속 손을 문질렀다. 그의 귀에는 그녀의 목소리 대신 현관문 열리는 소리가 들렸다. 멍한 표정으로 그녀를 지나친 그는 현관 앞으로 걸어갔다. 그녀는 그가 발을 딛고 선 자리에 혈흔이 어지럽게 번진 것을 보고 눈가를 찌푸렸다.

"현장 훼손시키지 말라니까."

화평은 아무것도 듣지 못하는 것처럼 아무도 없는 현관문을 뚫어져라 쳐다보고만 있었다. 그때 김영수의 딸이 현관문을 열고 들어왔다. 소녀는 신발을 벗고 거실로 들어서려다 말고 눈앞에 벌어진 광경을 보고 기겁했다. 길영은 넋이 나간 사람처럼 서 있는 화평에게 다가가 어깨를 두드렸다. 상태를 확인하기 위해 그의 얼굴을 들여다보는 순간 그가 팔을 뻗어 무지막지한 힘으로 그녀의 목덜미를 움켜쥐었다. 손가락 마디마다 엄청난 힘이 들어갔고 그녀는 숨을 끅끅거렸다. 그녀의 흰자위가 충혈되며 핏발이 굵어졌지만 김영수에게 감응된 그가 보고 있는 사람은 고통스러워하는 김영수의 딸이었다. 공포에 질린 딸의 눈이 커졌고 입에서 신음이 새어 나왔다.

그때 길영이 한쪽 다리로 벽을 박차고 몸을 밀어 균형을 무너뜨렸고, 화평과 함께 바닥으로 나뒹굴었다. 그가 무표정한 얼굴로 다시 달려들어 그녀의 목을 노렸다. 그녀는 그의 힘에서 살기를 느끼고 바짝 긴장했다. 공격해 오는 그를 향해 주먹을 날리자 턱이 돌아갔다. 분명 충격이 전해졌는데 어쩐지 그의 표정은 변함이 없었다. 그녀는 완전히 제압하기 위해 팔을 그의 목에 걸어 조르고 다리로 상체를 붙들었다. 그의 몸에서 완전히 힘이 빠질 때까지 묶어둘 심산이었다. 그의 얼굴이 붉어졌고 뻣뻣했던 팔다리에 힘이 풀어졌다.

"너 이 새끼, 무슨 짓이야!"

길영이 거칠게 숨을 몰아쉬며 화평의 두 손을 뒤로 꺾었다. 그런 다음 수갑을 채우고 상태를 살폈다. 잠시 시신처럼 무기력하게 누워 있던 그가 드디어 입을 열었다.

"나 이상한 짓 했죠?"

"너 이 새끼, 너도 빙의인지 그거 된 거 아냐?"

화가 난 길영이 씩씩거리며 물었다. 화평이 억울하다는 말투로 대답했다.

"아니요. 그 귀신 씐 남자한테 감응한 거예요. 가끔 이래요. 그래서 살인하는 것도 보는 거고. 여긴 살해 현장이라서 더 반응하는 거라고요."

"미치겠네."

길영이 머리카락을 마구 헝클어뜨리며 짜증을 냈다. 화평이 그녀의 시선을 마주 보며 설득했다.

"조금 전에 김영수와 딸을 봤어요. 믿어주세요. 진짜라고요."

길영이 허리에 손을 얹고 서서 깊은숨을 내쉬었다. 그때 화평이 눈을 찡그리며 번뜩 고개를 들었다.

"저기!"

길영은 화평이 바라보는 방향으로 시선을 옮겼다. 벽에 기름때가 묻어 있는 주방이었다. 그녀가 빠르게 훑어보았지만 딱히 이상한 점은 없었다.

"대체 뭐가 있는데?"

"저기 후드 쪽만 확인해 줘요."

길영이 의심스러운 눈길로 화평을 보았다. 그의 표정은 진심이었다. 그녀가 신경질을 내며 주방으로 걸어가 상체를 숙이고 가스레인지 위에 설치된 후드 안쪽을 들여다보았다. 캄캄한 후드 안에는 아무것도 보이지 않았다. 찝찝한 표정으로 후드 안에 손을 집어넣고 철망을 쭉 잡아당기는 순간 검은 덩어리가 가스레인지 위로 툭 떨어졌다. 화들짝 놀란 그녀가 뒤로 물러섰다. 축축하게 뭉그러진 덩어리는 검은 새였다. 죽은 지 며칠이 지났는지 형체조차 제대로 알아볼 수 없었다. 새의 얼굴은 벗겨지고 눈알이 사라지고 목덜미가 찢어져서 밖으로 내장이 다 보였다. 까맣고 커다란 새를 바라보는 그녀의 목덜미에 소름이 끼쳤다. 그녀가 수갑을 풀어

주고 그를 일으켜 세웠다. 화장실에서 수건을 꺼내온 그는 새의 사체를 감싸고 그녀와 함께 인적이 드문 공터로 향했다.

화평은 공터에서 버려진 드럼통을 찾아 새의 사체를 던졌다. 길영이 라이터를 꺼내 종이에 불을 붙이고 드럼통에 집어넣었고, 불이 옮겨 붙은 새의 사체는 기름 덩어리처럼 커다란 불꽃을 일으켰다. 두 사람은 뜨거운 열기를 내며 치솟는 불길을 말없이 바라보았다.

위태롭게 흔들리는 촛불이 그림자를 만들었다. 한쪽 벽 구석에서 몸집을 불리는 검은 형체를 바라보며 부마자가 눈을 희번덕거렸다. 이죽거리는 웃음소리가 입에서 흘러나왔고 병실 가득 비릿한 냄새가 심해졌다. 누군가가 심장을 옭아매는 것 같은 고통에 몸을 웅크리던 최윤은 갑자기 온몸을 휘감고 있던 불쾌한 기운이 흐려지는 것을 느꼈다. 황급히 두 손을 펼쳐 피로 가득했던 손바닥을 살펴보았다. 어느새 피는 사라져 있었고 곳곳에 생겨난 상처들도 흔적을 감추었다. 환영에서 빠져나온 그가 다시 두 발을 딛고 일어섰다. 김영수는 허망한 얼굴로 벽 구석을 훑으며 누군가를 찾고 있었다. 부마자의 기운이 약해진 것을 느낀 그의 눈에 단단한 빛이 감돌았다.

"주님의 이름으로 명한다. 이 남자의 몸에서 나가라."

"도와주세요."

김영수가 절망적인 얼굴로 애원했다. 그러자 최윤이 김영수의 이마에 손을 얹고 강하게 외쳤다.

"주님의 이름으로 명한다! 이 남자의 몸에서 나가라!"

"안 돼……."

최윤은 지금 이 순간이 마지막 기회라는 것을 직감했다. 강하게 몰아붙이지 않으면 악령이 다시 힘을 얻어 부마자를 집어삼킬 것이다. 그는 한 손으로 십자가를 쥐고 허공에 뻗었고, 다른 손으로 부마자의 이마를 눌렀다. 이어 절박한 목소리로 기도문을 외웠다.

"성부와 성자와 성령의 이름으로 말한다. 악마야 물러가라. 지옥으로 돌아가라. 하늘의 가장 높은 분이신 단 한 분의 주님만이 있을 뿐이다! 성부와 성자와 성령의 이름으로 아멘."

기도가 끝나자 김영수가 벌떡 상체를 세우고 토악질을 했다. 토악질은 마치 몸속에 있는 것을 모두 쏟아내려는 것처럼 계속되었다. 그가 입을 벌리고 고통스럽게 토해내는 것은 물이었다. 그의 옷까지 흥건하게 적신 물은 침대 위로, 병실 바닥으로, 물웅덩이를 만들며 퍼져나갔다.

병실 복도에서 문 앞을 지키고 있던 육광은 이상한 낌새를 느끼고 벌떡 일어났다. 그때 복도를 따라 이어진 전등이 수차례 깜빡거리며 꺼졌다 켜지기를 반복했다. 고 형사와 간호사가 놀란 얼굴로 주위를 두리번거렸다. 전구가 파열하는 듯한 거친 소음이 어지럽게 울리다가 일순간 고요해졌고, 다시 불빛이 돌아왔다. 고 형사가 영문을 모르겠다는 표정으로 육광을 바라보는데 병실 문이 열렸다. 안을 들여다보니 최윤이 지친 기색으로 문에 기대어 있었다.

"이게 다 뭐예요?"

고 형사가 양동이로 물을 퍼부은 것처럼 난장판이 된 병실을 보며 물었다.

"강길영 형사님께 연락해 주세요. 김영수 씨가 딸이 어디 있는지 말할 겁니다."

최윤이 가까스로 말했다.

검은 새의 사체가 재로 변하자 희미한 연기가 피어올랐다. 화평은 눈이 매운지 인상을 찌푸리며 사체의 남은 부분은 없는지 확인했다. 길영이 앞서 차로 돌아가는데 휴대전화가 울렸다. 고 형사의 전화였다. 김영수의 딸이 감금된 장소를 전해들은 두 사람은 즉시 고 형사가 말해준 장소를 향해 움직였다.

한밤중에 도착한 창고는 칠흑 같은 어둠으로 가득했다. 길영이 다급하게 문고리를 돌렸으나 문은 단단하게 잠겨 있었다. 그녀가 망설임 없이 발로 힘껏 문을 걷어찼다. 문이 부서지자 화평과 함께 재빨리 안으로 들어갔다. 창고에 발을 딛는 순간 그는 이 창고가 환영 속에서 보았던 장소라는 걸 깨달았다. 그녀가 손전등을 들고 수색하기 시작했고, 둥근 불빛이 비친 자리에 머리에 천을 뒤집어쓴 채 몸이 묶여 있는 김영수의 딸이 있었다. 허겁지겁 달려가 천을 벗겨내자 땀범벅이 된 얼굴이 드러났다. 그녀는 딸에 입에 물려 있던 재갈을 풀었고, 그는 소녀의 손목과 발목에 묶인 끈을 끊어냈다. 그녀가 의식이 희미한 소녀의 이마를 부드럽게 어루만지며 말했다.

"이제 괜찮아."

정신이 돌아온 소녀가 기겁하며 몸부림쳤다. 길영은 두 손으로 소녀의 얼굴을 붙잡고 시선을 마주 보며 진정시켰다. 그녀의 모습을 확인한 소녀가 왈칵 울음을 터뜨렸다. 소녀가 살아 있는 모습에 안도한 화평이 한숨을 내쉬었다. 소녀의 서러운 울음소리가 어두운 밤하늘에 울려 퍼졌다.

악마

며칠 후, 푸른 기운이 창가로 스며드는 새벽. 서늘한 공기가 흐르는 복도를 지나 최윤과 화평이 김영수의 병실로 들어섰다. 불을 켜지 않아 어둑어둑한 병실 구석에 한쪽 눈에 붕대를 감은 김영수가 휠체어에 앉아 있었다. 인기척을 들은 그가 한쪽 눈동자를 움직이며 입구로 들어온 두 사람을 바라보았다. 최윤이 다가와 무릎을 바닥에 대고 시선을 맞춘 다음 천천히 그의 얼굴을 살폈다. 그는 온몸에서 힘이 다 빠져나간 사람처럼 어깨를 늘어뜨리고 고개를 옆으로 푹 꺾은 채 눈을 껌뻑거렸다. 여느 환자와 다를 바 없는 모습을 응시하며 최윤이 나지막한 목소리로 말했다.

"제가 다시 온 이유는 완전히 구마가 되었는지 확인하기 위해섭니다."

김영수가 힘없이 고개를 끄덕였다.

"오늘 식사를 하셨나요?"

"네에."

김영수가 어눌한 발음으로 대답했다. 최윤의 눈가에 안도하는 기색이 스쳤다.

"이제 음식을 먹는군요. 그 이후로 환청이 들린 적은 없나요?"

김영수가 고개를 가로저었다. 최윤이 준비해 온 묵주를 자신의 손에 감고 그의 손을 맞잡았다. 그런 다음 신경을 집중하여 그의 눈동자와 숨소리, 미묘한 표정 변화를 살폈다. 그는 반쯤 넋이 나간 사람처럼 시선을 허공에 응시할 뿐이었다. 살기는 느껴지지 않았다. 최윤이 마른침을 삼키며 마지막으로 물었다.

"지난번처럼 환상이 보이지는 않나요?"

이번에 김영수는 아무런 반응도 하지 않았다. 대답을 하거나 고개를 흔들기를 기다렸지만 최윤의 얼굴 뒤편으로 무언가를 힐끔거리며 눈치를 살피기만 했다. 옆에서 심각한 표정으로 지켜보던 화평이 그가 쳐다보는 곳을 향해 시선을 돌렸다. 그곳에는 아무것도 없었다. 최윤은 그의 눈동자에 깃든 두려움을 보면서 구마 할 때 목격한 검은 형체를 떠올렸다. 환영처럼 일그러져 나타났지만 강렬하고 기괴했던 악령의 그림자. 순간 최윤이 입술을 깨물며 작게 몸을 떨었다.

"아무거도 안 보여오."

김영수가 애써 발음하며 힘겹게 말했다. 그제야 최윤이 안도의 숨을 내쉬었다.

"빙의에서 벗어난 것 같습니다."

"우리 딸, 수진이……."

김영수가 말끝을 흐리자 최윤이 대답했다.

“따님은 병실에 있다고 들었습니다. 곧 만날 겁니다.”

최윤이 몸을 일으켜 세우며 화평과 눈을 마주쳤다. 확인이 다 끝났다는 표정이었다. 그러자 화평이 주머니에서 사진을 꺼내어 김영수 앞에 내밀며 물었다.

“하나만 더 물어볼게요. 이 사람 만난 적 없어요?”

화평이 내민 사진은 며칠 전 김영수의 집에 가서 보여주었던 사진이었다. 그때는 그가 갑자기 발작을 하는 바람에 아무런 이야기도 듣지 못했지만, 구마에 성공한 상태라면 기억을 떠올릴 수 있을지도 모른다는 생각이 들었다. 그가 미간을 찡그리며 사진을 들여다보다가 고개를 흔들었다. 최윤이 궁금한 표정으로 사진 속의 얼굴을 쳐다보았다. 순간 그가 작게 입을 벌리고 눈을 커다랗게 떴다. 사진을 다시 주머니에 넣으려는 화평의 손에서 사진을 낚아채고 자세히 들여다보았다. 울컥한 화평이 소리쳤다.

“야! 뭐 하는 거야?”

“당신이 이 사진을 왜 가지고 있어?”

최윤이 복잡한 표정으로 화평을 응시했다. 최윤이 격한 반응을 보이자 화평이 어리둥절한 말투로 물었다.

“왜? 아는 사람이냐?”

화평의 물음에 무어라 말을 하려던 최윤은 이내 입을 굳게 다물고 병실을 나가버렸다. 화평이 뒤따라 쫓아가며 최윤을 불렀다. 성큼성큼 앞서 걸어가는 최윤은 딱딱하게 굳은 얼굴로 뒤돌아보지 않았다.

출근 시간이 조금 지나서야 강력계 사무실 안으로 길영이 들어섰다. 부스스한 머리를 털어내며 입이 찢어지게 하품을 하는 그녀의 얼굴에는 피곤한 기색이 가득했다. 자신의 자리로 가서 털썩 주저앉자 누군가 종이컵을 건넸다. 따뜻한 열기가 피어오르는 커피였다. 그녀가 가볍게 고개를 숙였다.

"언제 왔어요?"

"또 숙직실에서 잤냐? 집에 좀 가라, 응?"

고 형사가 한심하다는 말투로 말했다.

"어차피 또 출근할 건데."

길영이 시선을 피하며 대충 대답했다.

"김영수 건 이야기 들었어? 검찰에서 불기소처분 했다."

고 형사가 허탈한 얼굴로 말했다.

"그래요?"

"신체적으로 범행 자체가 불가능하대. 사건 다시 재조사하래. 이번 사건은 도대체 뭐가 어떻게 된 건지 모르겠다. 김영수 봤지? 취조 때랑 완전히 딴 사람이야. 지금은 말도 잘 못하고, 울면서 아내랑 딸만 찾아."

고 형사가 영문을 모르겠다는 표정으로 한숨을 푹 내쉬었다. 길영은 눈가를 찌푸리며 머릿속으로 사건을 되짚어 보았다. 이번 사건은 시작부터 이상했다. 꿈에서 살인을 봤다는 택시 기사가 현장을 최초 발견했고, 사고로 뇌 손상을 입은 환자가 건장한 남성보다 더 빠르게 달렸다. 게다가 가족을 살해할 뚜렷한 이유도 없었으며, 갑자기 자신의 오른쪽 눈을 수십 차례 찌르는 것도 이해가 가지 않았다. 생각이 복잡해진 그녀는 자리를 털고 일어났다. 책상 앞에 앉아 있어봤자 해결할 수 있는 일은 아무것도 없었다.

길영이 향한 곳은 김영수의 딸이 입원해 있는 병원이었다. 호수를 확인하고 병실 문을 열자 먼저 도착해서 대화를 나누고 있는 사람이 보였다. 화평이었다. 그녀는 잠시 걸음을 멈추고 둘의 대화를 지켜보았다. 조심스러운 그의 목소리가 들렸다.

“아빠 무서워하지 마. 이제는 이상한 행동 안 하실 거니까.”

“엄마는 아빠가 그런 거죠?”

“그게……, 이해가 안 되겠지만 아빠가 한 짓이 아니야. 나쁜 것이 아빠한테 씌인 거야. 아저씨가 그런 걸 잘 아는데, 아빠는 잘못이 없어.”

딸은 여전히 두려운 표정으로 고개를 숙였다. 화평이 안타까운 듯이 딸을 바라보았다. 병실 안에 잠시 정적이 흘렀고, 소녀에게 머물렀던 어둠이 아직 사라지지 않은 듯했다. 그가 부드러운 눈길로 마주 보며 다시 입을 열었다.

“안 믿기지? 나도 예전에 그런 거에 씌인 적 있거든. 그래서 가족한테 나쁜 짓을 했었어. 그런데 난 기억이 안 나. 너희 아빠도 나랑 같을 거야. 지금 누구보다 가장 괴로울 거야. 나중에…… 꼭 아빠 찾아가서 만나 봐.”

딸은 입을 굳게 다문 채 바닥에 시선을 고정했다. 창가를 통해 마른 햇빛이 비쳐들고 있었지만 얼굴에 드리운 그늘은 더욱 짙어졌다. 화평은 안쓰러운 심정으로 한동안 그 모습을 지켜보았다. 아마도 딸은 그저 이런 일이 왜 일어났는지 원망스러울 뿐일지도 몰랐다. 화평이 조용히 자리에서 일어나 병실을 나왔고, 입구에서 기다리던 길영을 발견했다.

“밥 먹었냐?”

화평이 고개를 흔들자 길영이 손짓을 했다. 머뭇거리던 그가 그녀를 따라나섰다.

길영이 향한 곳은 시장의 한 국숫집이었다. 그녀는 화평에게 메뉴를 묻지도 않고 콩국수 두 그릇을 시켰다. 주인과 인사하는 모습이 오랜 단골인 듯했다. 그가 젓가락을 꺼내며 물었다.

"김영수 씨는 어떻게 되는 거예요?"

"불기소로 풀려나겠지. 그런데 재조사해서 감옥은 보내야지."

"김영수 씨 잘못 아니잖아요."

"사람을 죽였으니까 벌은 받아야지. 죽은 사람들이 억울하잖아."

"아내를 잃었어요. 그 사람도 귀신한테 당한 피해자에요."

화평이 김영수 편을 들며 길영을 설득했다. 그녀는 두통을 느끼는지 손가락으로 관자놀이를 매만졌다.

"귀신은 아직 모르겠고. 아무튼 이런 사건이 제일 힘들어. 사람들만 죽고, 사건 해결도 안 되고."

"나도 이런 게 제일 힘들어요. 차라리 나쁜 놈한테 손이 씌었으면 몰라도."

화평이 맞장구를 쳤다. 그러자 길영이 시선을 마주 보며 물었다.

"근데 그게 도대체 뭐냐? 손?"

"사람에게 귀신이 씌는 거예요. 우리 고향 마을에서는 그렇게 말해요. 손이 온다고."

화평의 기색이 순식간에 어두워졌다. 길영은 주인이 건네는 국수 그릇을 받아 들었다.

"김영수한테 그게 온 거야?"

"큰 귀신 박일도가 작은 귀신을 부려요. 그 작은 귀신이 사람에게 빙의되는 거고요. 내가 어렸을 때 그 박일도한테 빙의됐었어요."

화평의 말끝이 희미하게 떨렸다. 길영이 그 모습을 힐긋거리며 말을 받았다.

"그래서 이상한 게 보이는 거고?"

"네. 그 박일도가 지금도 다른 사람한테 씌어 있어요. 사람도 계속 죽이고 있고. 사건 파일 봤죠?"

"보긴 했는데, 솔직히 잘 모르겠어."

"박일도를 꼭 잡아야 해요."

화평이 단호한 목소리로 말했다. 길영이 입안에 든 콩국수를 씹으며 골똘히 생각에 잠겼다. 그러나 이내 고개를 가볍게 흔들며 말했다.

"난 그냥 눈에 보이는 범죄자만 잡으련다. 그리고 그놈 아니라도 세상에 악마 같은 인간들 충분히 많아."

길영의 눈가에 어두운 기색이 스쳤다.

"혹시 과거에 큰 사건이라도 겪었어요?"

길영이 놀란 얼굴로 화평을 빤히 쳐다보았다. 그가 대수롭지 않은 말투로 이어 말했다.

"사람 한 번만 봐도 알아요. 나 신기 있잖아요."

"됐다. 나가자."

길영이 자리에서 일어났다.

길영과 헤어진 화평은 천주교 교구청으로 향했다. 김영수의 집에서 보았던 '나눔의 손' 간행물이 마음에 걸렸기 때문이었다. 정확히 말하면 그 안에 사진이 실린 양 신부를 만나기 위해서였다. 교구청에 도착한 그는 젊은 사제의 안내를 받았다. 젊은 사제가 어느 집무실 앞에서 문을 두드리자 잠시 후 낯익은 얼굴이 나타났다. 누군가 찾아왔다는 이야기를 들은 양 신부가 화평을 바라보았다. 양 신부는 그를 기억하지 못하는 얼굴이었다.

양 신부가 친절하게 집무실 안으로 손님을 맞이했다. 그리고 한쪽 탁자에 놓인 주전자에 물을 끓여 따뜻한 차를 내어주었다. 화평은 찻잔에 손을 대지 않은 채 어릴 적 자신의 집에 왔던 기억이 남아 있는지 물었다. 그러자 양 신부가 눈썹을 움찔하며 찻잔을 내려놓고 그를 지그시 바라보았다. 그는 오래전 젊은 신부와 함께 구마를 하러 왔던 일을 설명했고, 가만히 생각에 잠겨 있던 양 신부가 말했다.

"날 기억하다니 대단하네요. 그때는 어린아이였는데."

"혹시 그 일 이후로 최상현 신부 소식을 들어보신 적 있으십니까?"

"그건 왜……."

양 신부가 의아한 표정으로 말끝을 흐렸다.

"최 신부를 찾고 있습니다. 정확히는 저한테서 옮겨간 그놈 박일도를 찾고 있어요."

양 신부는 화평의 시선을 피해 찻잔을 잡았다. 손끝이 희미하게 떨리면서 유리잔이 달그락거렸다. 양 신부가 복잡한 표정으로 머뭇거리다 대답했다.

"아니요. 그 이후로 소식은 못 들었습니다. 그 일을 계기로 나도 구마 사제를 그만두었으니까요."

"그러면 박일도를 찾는 데 도움이 될 만한……."

"그 이야기는 그만하죠. 제 나이가 되면, 그런 끔찍한 기억은 지워버립니다."

양 신부가 화평의 말을 차갑게 잘랐다. 집무실에는 무거운 침묵이 흘렀다. 그가 깊은숨을 내쉬며 양 신부 방에 걸려 있는 예수상을 바라보았다.

손에 못이 박힌 채 십자가에 매달린 예수가 눈을 감은 채 고개를 떨구고 있었다. 잠시 후 양 신부가 정적을 깨고 물었다.

"왜 찾는 거죠?"

"구마 할 겁니다."

양 신부가 걱정스러운 눈길로 화평의 시선을 마주했다. 그리고 무거운 목소리로 말했다.

"악마는 사람의 약점을 가지고 놉니다. 당신의 과거는 치명적일 텐데……."

양 신부의 조언에도 화평의 눈빛은 흔들림이 없었다. 그가 몸을 기울이며 물었다.

"하나만 더 여쭤볼게요. 최 신부의 동생은 어디 있는지 아십니까?"

"동생은 왜요?"

"박일도 때문에 빙의된 자를 만났습니다. 그자 말이 최 신부가 곧 동생을 찾으러 간다고 해서요."

화평의 말을 들은 양 신부가 놀란 표정으로 말을 뱉었다.

"부마자의 예언! 왜요? 그 아이를 왜……."

"모릅니다. 최 신부가 다시 동생을 죽이려 하는 걸지도. 혹시 최 신부가 동생을 꼭 죽여야 할 이유가 있을까요?"

"모르겠군요. 다만 악령들은 인간의 마음 깊은 곳을 건드립니다. 형제간의 사소한 미움이나 질투도 악마에게 이용당하기 쉽죠."

양 신부의 목소리가 어두웠다. 화평은 마음을 무겁게 짓누르는 불길한 예감을 떨쳐내려고 애썼다. 찻잔에 담긴 차는 어느새 차갑게 식어 있었다. 그가 자리에서 일어나 양 신부에게 인사를 하고 집무실을 나왔다. 교구청을 벗어나 집으로 돌아오는 내내 귓가에 양 신부의 목소리가 맴돌았다.

최윤은 어느 허름한 주택 현관에 서 있었다. 위를 올려다보자 그림자 하나 어른거리지 않는 창문이 보였다. 이전과는 달리 문을 두드려도 열어 줄 사람이 없는 집. 그는 마지막 방문이라는 생각에 씁쓸한 심정으로 문을 열었다. 주인을 잃은 집은 빈자리가 휑하게 드러나 있었다. 벽에 붙어 선 가구 안에는 물건들이 얼마 없었고, 부엌에는 뿌연 먼지가 쌓여 있었다. 그가 박스를 들고 와 책상 위에 있는 물건들을 담기 시작했다. 십자가를 비롯한 사제 물품들과 구마에 관한 책들을 차례로 옮겼다. 그러다 문득 그 사이에 끼어 있던 사진 하나를 발견했다. 사진 속에는 무표정하게 앞을 응시하는 자신과 환하게 웃고 있는 한 신부의 모습이 보였다. 그는 잠시 그 사진을 바라보다가 고개를 들었다. 집 안을 둘러보자 방 한구석에 켜켜이 쌓인 빨래들과 일어난 형태 그대로 펼쳐져 있는 이부자리가 보였다. 그는 서글픈 얼굴로 지난 기억을 떠올렸다.

한동안 밖으로 나오지 못했던 한 신부를 찾아 이 집에 왔을 때였다.

"병원에 진짜 안 가실 거예요?"

최윤이 약봉지를 내려놓으며 한 신부에게 물었다.

"병원 가도 치료 안 되는 거 알잖아. 구마 사제라는 게 나쁜 것들이랑 접하니까 몸도 영혼도 점점 아파진다고."

"그럼 이 일 그만하셔야죠. 신부님 이제 늙으셨어요."

최윤이 냉정하게 말했다. 그러자 한 신부가 기가 막힌다는 듯이 혀를 찼다.

"말 좀 예쁘게 하면 안 되냐? 사제만 안 됐어도 너 같은 아들이 있었을 거다."

최윤이 무표정한 얼굴로 말을 받았다.

"아들이 고생했을 거예요."

한 신부가 호탕하게 웃음을 터뜨렸다.

"그건 그래. 그런데 이걸 나 아니면 누가 하겠어? 넌 어때? 이제라도 그만두는 게."

"저도 말씀드렸잖아요. 찾을 사람이 있다고. 그건 그렇고 청소 좀 하고 사세요. 환기도 좀 하고. 이러니까 더 아픈 거예요."

"그럼 네가 빨래 좀 해줘."

한 신부가 농담과 진심을 섞어 말했다. 최윤이 고개를 홱 돌리며 냉정하게 대답했다.

"갈게요."

"냉정한 놈. 빨래 좀 하고 가. 정말 아프다고."

최윤을 향해 말하며 한 신부가 부드러운 미소를 지어 보였다.

최윤은 더 이상 한 신부를 만날 수 없다는 사실이 믿기지 않았다. 멍한 표정으로 생각에 잠겨 있는데 누군가 세차게 현관을 두들겼다. 문을 열고 보니 찾아온 사람은 화평이었다. 그가 놀란 목소리로 물었다.

"여기에는 어떻게 왔어요?"

"교구청에 갔더니 가르쳐 주던데?"

"잘도 찾아내네요."

최윤이 비꼬았다. 화평은 상관없다는 얼굴로 막무가내로 집 안에 들어왔다.

"인사차 왔어. 지난번 일도 고맙고."

“그럴 필요 없어요. 한 신부님 하던 일 마무리한 것뿐이니까.”

“한 신부님 짐 정리하는 거면 나도 도울게.”

“됐어요. 방해만 됩니다. 가주세요.”

최윤의 목소리에 냉기가 흘렀다.

“와, 싸늘하네.”

화평이 과장된 표정을 지으며 소파에 털썩 앉았다. 그리고 박스에 짐을 정리하는 최윤을 구경했다. 한동안 편한 자세로 등을 기댄 채 입을 옴짝거리던 그가 마침내 말을 꺼냈다.

“저기 한 신부님 말이야. 내가 이런 말 하는 건 그렇지만 괜히 자책하지 않았으면 좋겠어. 신부님도 그러길 바랄 거야.”

이야기를 들은 최윤이 화평을 매섭게 쏘아보았다.

“제가 그쪽 탓하면 어쩔 겁니까?”

“내 잘못이 크지. 맞아. 그런데 한 신부님은 용서해 주지 않을까? 신부님이나 나나 애초에 이쪽 일 목숨 걸고 한 거니까. 나도 당장 내일이라도 죽을 수 있거든.”

“진짜 자기 편한 대로 생각하네요. 혼자 사람 다 구하고, 혼자 목숨 걸고.”

최윤이 이죽거렸다.

“나 까는 거야?”

화평이 민망하다는 말투로 말했다. 최윤은 다시 고개를 돌리고 물건으로 가득 찬 상자를 현관에 옮겼다. 이어 남은 옷가지를 꺼내다가 그를 쳐다보았다. 불현듯 생각난 의문이 있었다.

“의식 중에 김영수 씨의 악령을 지배하던 상급령이 사라졌습니다. 그쪽이 뭔가 했습니까?"

"아, 큰 귀신의 힘을 빼면 작은 귀신은 약해지더라고. 경험상 알고 있지."

"큰 귀신 박일도……."

"그래. 박일도라고 불렸던 그것. 한 신부님을 그렇게 만든 것도 그놈이야."

"어디 있습니까? 그 박일도."

"이십 년째 누군가 몸에 빙의되어 있는데, 나도 찾고 있어. 그놈 찾으면 연락할게."

화평이 몸을 일으키며 말했다. 최윤은 무심한 얼굴로 그의 뒷모습을 응시했다. 순간 최윤의 귓가에 부마자가 속삭이던 기이한 음성이 맴돌았다.

'그놈 옆에 있으면 다 죽어. 그놈도 우리와 같아.'

분명 그놈은 화평을 가리키는 말이었다. 그런데 우리와 같다는 말은 무슨 의미일까. 최윤의 눈빛이 깊어졌다. 부마자의 말은 한 신부가 죽기 직전에 다급하게 했던 말과 이어졌다.

'택시 운전하는 친구…… 위험한 것을 건드렸어. 마태오! 넌 끼어들지 마! 너무 위험해!'

최윤이 입술을 질끈 깨물었다. 한 신부가 죽어가면서 흘린 피가 자신의 발밑까지 번져 오는 착각이 일었다.

최상현

날씨가 화창한 날 큼직한 승용차 한 대가 해안 도로를 질주했다. 도로 옆에 펼쳐진 푸른 바다에는 수면 위에 반사된 햇빛이 은비늘처럼 반짝거렸다. 화평은 창문을 내리고 시원한 공기를 한껏 들이마셨다. 음악 소리를 들으며 시원하게 뻗은 도로를 달리고 있는데 육광에게서 전화가 걸려왔다. 스피커로 전화를 연결하자마자 흥분한 목소리가 튀어나왔다.

"이 우라질 놈아! 내 차를 마음대로 끌고 가면 어떻게 해?"

"택시 타고 갈 수는 없잖아. 회사 차인데."

화평이 능청스럽게 대답했다.

"기름 가득 채워놔. 아니면 서울 올 때 회나 떠 와."

"회는 무슨. 그 동네에 널린 게 횟집이구만. 그리고 해안 쪽은 안 가. 쳐다보기도 싫어."

"갑자기 무슨 바람이 불어서 거길 가? 잘 안 가잖아."

"김영수 빙의됐을 때 최 신부가 곧 동생을 찾아갈 거라고 했어."

"동생? 왜?"

"나도 모르지. 만나서 확인해 보려고."

화평이 액셀러레이터를 밟으며 속도를 높였다. 엔진 소리가 거세지며 거친 바람 소리가 났다. 그가 눈가를 찡그리며 백미러를 힐긋거리자 바람 한 점 불지 않는 것처럼 잔잔한 동해가 거울에 비쳐 보였다.

고향 마을 입구에 도착한 화평은 길가에 차를 세웠다. 문을 열고 차에서 내리자 웅크리고 앉아 밭일을 하고 있는 할아버지가 보였다. 분주하게 손을 놀리느라 정신이 없는 모습을 잠시 지켜보던 그는 차 안으로 손을 뻗어 경적을 울렸다. 갑작스러운 소리에 놀란 할아버지가 돌아보자 그가 웃으며 손을 흔들었다.

"연락도 없이 무슨 일이야. 차는 뭐야? 돈 좀 벌었어?"

"빌린 거야."

"네가 그렇지 뭐."

"밥 좀 줘. 배고파."

옷에 묻은 흙을 털어낸 할아버지가 화평과 함께 마을 중턱에 있는 집으로 향했다. 할아버지는 도착하자마자 생선구이와 국, 그리고 김치와 쌈 채소를 올린 조촐한 밥상을 차렸다. 숟가락을 잡은 화평이 허겁지겁 밥을 먹기 시작했고, 할아버지도 입에 국을 떠 넣었다. 할아버지는 입에 음식을 넣고 천천히 씹으며 오랜만에 찾아온 손자를 힐긋거렸다. 말없이 접시를 다 비워갈 때 즈음 마당에서 인기척이 들렸다. 할아버지가 안방 문을 열고 나가 찾아온 친척 노인을 향해 말했다.

"무슨 일이야?"

"한잔하자고. 도다리 몇 마리 얻었어."

친척 노인이 손에 든 생선을 들어 보였다.

"안 돼. 손님이 와서."

"누구?"

친척 노인이 의아한 표정으로 방 안을 슬쩍 들여다보았다. 대화를 듣고 있던 화평이 얼굴을 내밀고 인사를 건넸다.

"안녕하세요."

화평을 보고 놀란 친척 노인이 어깨를 움찔했다.

"어……, 왔구나. 그래, 다음에 한잔해."

화평은 허둥지둥 마당을 나서는 친척 노인을 보다가 다시 남은 밥을 입에 떠 넣었다. 할아버지가 방 안으로 들어오자 화평이 무심하게 말했다.

"귀신 보듯 하네. 친척이나 동네 사람들은 아직도 내가 무서운가 봐."

"신경 쓰지 말어."

"내 소문 듣고 이 집에는 도둑도 안 들겠다. 무슨 화를 당하려고. 안 그래?"

화평이 장난스러운 말투로 말하자 할아버지가 맞장구를 치듯 고개를 끄덕였다.

서산 너머로 해가 넘어간 저녁, 마을에는 땅거미가 내려앉았다. 화평은 이불을 깔고 누워 낡은 텔레비전을 바라보았다. 전원이 꺼진 텔레비전 화면에는 아무것도 보이지 않았지만, 그 위에 오래된 사진 두 장이 세워져 있었다. 할머니와 어머니의 사진이었다. 팔베개를 하고 누운 그는 오랜 기억을 길어 올렸다. 어린 시절 자신의 얼굴을 쓰다듬으며 부드럽게 웃던 어머니의 모습과 품에 안길 때마다 느껴지던 따뜻함, 그리고 입안에 넣어 주던 사탕의 달콤함까지. 화평에게 어머니의 기억은 유일하게 온기를 지닌 것이었다. 생각할 때마다 나른해지면서 희미하게 미소가 번지는 기억. 그러나 그런 순간도 잠시, 연이어 떠오르는 것은 어머니의 시신이 떠다니는 바다와 텅 비어버린 집에서 고통받는 가족들, 그리고 지금까지 자신의 영혼을 갉아먹는 악령의 존재였다. 그가 머리를 흔들며 복잡한 생각들을 털어냈다.

안방 문을 열고 마루로 나오자 할아버지가 문을 향해 앉아 부채질을 하고 있었다. 더운 공기가 몸을 휘감았고 미적지근한 열이 느껴졌다. 화평이 두 팔을 허공에 뻗으며 기지개를 켰다.

"안 자고 뭐 해?"

"늙으면 원래 잠이 없어. 넌 왜 나와?"

"더워서."

화평이 마루에 누우며 대답했다. 할아버지는 어둠이 고인 마당 너머를 보고 있었다.

"기다리지 마. 안 돌아와."

화평이 덤덤하게 말했다. 그러자 할아버지가 한숨을 내쉬며 힘없이 대답했다.

"네 아빠……. 어디서 뭐 하는지. 밥은 먹고 다니는지."

"나 어릴 때 연락 한 번 온 게 마지막이었잖아. 기다리지 마."

할아버지는 대답 대신 부채질을 계속했다. 시선은 여전히 대문을 향한 채였다.

방으로 들어온 화평은 이불을 덮고 잠을 청했다. 눈을 감고 몸에 힘을

빼자 숨소리가 낮아지며 일정하게 변했다. 의식이 흐릿해질 즈음 누군가 마루를 걷는 발소리가 들렸다. 그가 고개를 갸웃거리며 밖으로 나오자 할아버지는 안 보이고 그 자리에 부채만 덩그러니 놓여 있었다. 그때 철제 대문이 움직이는 소리가 들렸다. 그가 재빨리 마당으로 나와 대문 밖을 살펴보는데 퍽, 퍽 하는 둔탁한 소리가 들려왔다. 바짝 신경이 곤두선 그가 소리가 나는 뒷마당을 뛰어가자 흙바닥에 쓰러져 피를 흘리고 있는 할아버지가 눈에 들어왔다. 할아버지는 머리가 찢어져 상처가 벌어져 있었고, 몸에서도 연신 피가 흘러나왔다. 그는 경악하며 할아버지를 내려다보고 서 있는 남자를 쳐다보았다. 남자는 등을 돌린 채 한 손에 알루미늄으로 만든 야구 배트를 들고 있었고, 끝에서는 새빨간 피가 뚝뚝 떨어지고 있었다. 그 순간 그는 남자가 바로 어린 시절에 보았던 최 신부라는 것을 알아챘다. 놀란 그는 숨이 턱 막히면서 두 발이 묶인 사람처럼 움직일 수가 없었다. 눈동자에 두려운 빛이 번지는 순간 얼굴에 피를 덮어쓴 할아버지가 힘겹게 말했다.

"도망쳐."

최 신부가 눈을 번뜩이며 야구 배트를 머리 위로 들어 올린 다음 바닥으로 힘껏 내리쳤다.

잠에서 깨어난 화평이 미친 듯이 뛰는 심장 소리를 들으며 숨을 몰아쉬었다. 고개를 돌려 옆자리를 쳐다보니 곤히 잠든 할아버지가 보였다. 그가 이마에 붙은 머리카락을 쓸어 올리며 신음을 흘렸다. 깊은 밤 문밖에는 풀벌레 소리만이 가득했고, 인기척은 들리지 않았다. 마음이 진정되자 다시 할아버지를 살폈다. 그는 등을 움츠리고 구부정한 자세로 자고 있는 할아버지를 안쓰럽게 바라보다가 이불을 끌어 올려 덮어주었다. 할아버지를 바라보는 그의 눈빛이 쓸쓸했다.

날이 밝자 화평은 오래전 일가족 살인 사건이 일어났던 최 신부의 집을 찾아갔다. 머릿속에는 그날의 기억이 어제 일처럼 생생하게 스쳐 지나가고 있었다. 집 앞으로 몰려온 경찰들과 분주하게 움직이는 구급 대원들, 그리고 하얀 천에 덮여 실려 나온 여자 형사와 싸늘하게 식어버린 형사의 시신을 보자 울부짖는 소녀, 두려움에 질린 얼굴로 넋이 나간 채 주저앉아 있는 소년, 어둠 속에서 기이하게 고개를 꺾고 자신을 빤히 바라보는 최 신부의 파리한 얼굴. 그의 얼굴이 어두워지는 순간 대문이 열리면서 중년 여자가 나왔다.

"무슨 일이죠?"

"전에 여기 살던 사람을 찾고 있는데요."

화평이 입가에 미소를 지으며 부드럽게 말했다. 중년 여자는 잠시 고민하다가 근처에 있는 보육원을 알려주었다. 살아남은 남자 아이가 보육원에 맡겨졌다는 이야기였다.

보육원의 규모는 그리 크지 않았다. 그러나 세월의 흔적이 묻어나는 건물을 보아 꽤 오랫동안 운영되어 온 모양이었다. 건물 앞에는 어린아이들 서너 명이 공을 차며 놀고 있었다. 화평이 건물 안으로 들어서자 마른 빨래를 개고 있는 원장이 보였다. 그가 인사를 건네며 자신을 기자라고 소개하자 원장이 눈을 동그랗게 뜨고 쳐다보았다. 무슨 일인지 묻는 얼굴이었다. 그는 옛날 살인 사건들을 취재하는 중이라고 둘러대며 최 신부의 동생에 대해 물었다. 원장이 오른쪽 위로 시선을 옮기며 오랜 기억을 끌어올렸다.

"그 아이요? 어디 있는지 나도 몰라요. 고등학교 들어갔을 때 친척이 와서 데려갔어요. 그 뒤로는 왕래가 없었어요."

"연락처는 있나요?"

"번호가 바뀌었는지 연락도 안 됐어요."

"혹시 원생 중에 친했던 친구는 없었어요?"

"걔는 친구 같은 거 없었어요. 말하는 애도 없었거든요. 트라우마가 있었는지 맨날 벙어리처럼 말도 안 하고 혼자 방에만 있었어요. 학교에서도 따돌림당하고."

원장이 말끝을 흐렸다. 불현듯 무언가 생각이 났는지 눈가에 희미한 경련이 일었다. 화평이 눈치채고 물었다.

"무슨 일 있었나요?"

"자살 기도를 했었어요. 그 일 때문에 병원 오가며 치료하고 조사도 받고…… 얼마나 힘들었는데요. 어린 게 독해가지고."

화평의 표정이 굳어졌다. 부모가 한날에 죽은 아이에게 더 이상 사는 일이 순탄치 않았던 모양이었다. 그가 지갑에서 최 신부의 사진을 꺼냈다.

"혹시 이 사람이 찾아오지는 않았나요?"

원장이 눈가를 찌푸리며 사진을 응시했다.

"이런 신부님은 온 적 없는데요."

화평이 허탈한 표정을 지으며 벽에 걸려 있는 여러 장의 사진들을 천천히 훑어보았다. 그 모습을 본 원장이 자리에서 일어나 가장 앞쪽에 있는 사진 하나를 가리켰다.

"여기에 있는 애가 그 애에요."

화평이 몸을 일으켜 사진 속 아이의 얼굴을 응시했다. 창백해 보일 정도로 하얀 피부에 깡마른 팔다리, 그리고 우울한 빛이 도는 눈동자와 새까만 눈썹. 불현듯 그의 머릿속에 누군가의 얼굴이 떠올랐다. 설마 하는 표정으로 눈가에 힘을 주자 가늘게 뻗은 콧날과 각진 턱선이 보였고, 추측은 확신으로 뒤바뀌었다. 놀란 그가 입을 작게 벌리고 숨을 삼켰다. 무표정한 얼굴로 앞을 바라보고 있는 아이는 어린 최윤이었다.

"범인이 신부인 형이었죠? 어떻게 자기 부모를……. 형이 그래서 그런가? 걔도 좀 이상했어요."

"네?"

"애가 좀 오싹한 느낌이 들었어요. 원생 애들도 무서워했다니까요. 가끔 혼잣말 같은 것도 하고. 고아원에서 키우던 개가 죽은 적이 있었거든요. 다들 우는데 혼자만 무표정으로 죽은 개를 한참 동안이나 들여다보더라고요."

원장이 말하면서 몸서리를 쳤다. 화평은 어두운 기색으로 인사를 하고 보육원을 나왔다. 해안 도로를 따라 집으로 돌아가는 동안 머릿속에는 신부가 동생을 찾아간다는 부마자의 예언이 끊임없이 반복되었다.

점심시간에 밖으로 나온 최윤은 볼에 스치는 선선한 바람을 느꼈다. 길을 따라 서 있는 나무에는 푸른 잎들이 가볍게 흔들렸고, 사람들의 분주한 발걸음에는 활기가 넘쳤다. 화평이 말한 시장 입구로 들어서자 코끝에 기름진 냄새가 풍겨왔다. 멀리 내다보며 국숫집을 찾는데 문득 반대편에서 걸어오는 길영이 보였다.

"안녕하세요."

길영이 가볍게 고개를 숙이며 인사를 받았다. 그리고 손으로 뒤쪽을 가리켰다.

"윤화평 안에 있어요."

"지난번에는 고마웠습니다. 도와주신 거 인사도 못 드렸네요."

"경찰이니까 당연하죠. 신경 쓰지 마세요."

길영이 무심한 표정으로 대답하며 지나쳐 가려다가 문득 걸음을 멈췄다. 그녀가 최윤의 얼굴을 빤히 들여다보며 물었다.

"혹시 전에 만난 적 있나요?"

"지난번 무당 집이랑……."

"아니요, 그전에요."

"성당에 다니신 적이 있나요?"

"아니요. 성당 싫어해요."

길영이 인상을 찌푸리며 휙 스쳐 지나갔다. 최윤은 어리둥절한 표정으로 성큼성큼 걸어가는 그녀의 뒷모습을 응시했다. 그때 화평이 나오며 그의 어깨를 두드렸고, 둘은 시장 근처 공원으로 자리를 옮겼다. 벤치에 앉자마자 화평이 심각한 얼굴로 입을 열었다.

"물어볼 게 있어. 혹시 너 최상현 신부의 동생이냐?"

"당신이 어떻게 아는 거야?"

당혹스러운 눈빛을 보이며 최윤이 말했다. 화평은 곤란한 표정을 지으며 생각했지만 제대로 설명할 수 있는 말이 떠오르지 않아 눈만 깜빡거렸다. 기다리다 못한 그가 먼저 참았던 질문을 연거푸 쏟아냈다.

"우리 형 사진은 왜 가지고 있는 거지? 형 사진을 부마자에게 보여주는 이유가 뭐야?"

최윤은 노골적으로 불쾌한 기색을 내비쳤다. 화평이 김영수에게 최 신부의 사진을 보여줄 때까지만 해도 아무 말 하지 않았지만, 이제는 상황이 달랐다. 화평이 멋대로 과거를 들추며 불편한 일들을 캐묻고 있었으니까. 사납게 쏘아보는 최윤의 눈가가 분노로 파르르 떨렸다. 화평이 나지막이 한숨을 내쉬더니 힘겹게 입을 열었다.

"내 말 너무 놀라지 말고 들어. 최 신부가 박일도야."

최윤이 자신의 귀를 의심하며 격양된 목소리로 말했다.

"그걸 믿으란 말입니까?"

화평은 달리 할 말을 찾지 못하고 머뭇거렸다.

"우리 형한테 박일도가 빙의됐다니……."

최윤이 황당한 목소리로 중얼거렸다.

"박일도가 마지막으로 빙의된 사람이 최상현 신부, 당신 형이야."

화평이 단호하게 말하자 최윤이 따져 물었다.

"당신이 그걸 어떻게 알아요? 내 형을 만나 봤습니까?"

"예전에……. 딱 한 번. 자세히는 말 못 하지만, 확실해."

화평이 어렵게 말하며 믿을 수 없다는 얼굴로 바라보는 최윤의 시선을 피했다.

"지금 사람들을 죽이고 다니는 박일도가…… 우리 형이라고? 아직도 사람들을 죽이고 다닌다고?"

"이미 당신 형이 아니야. 박일도지."

"아니요! 당신 말 못 믿습니다."

최윤이 노려보며 소리쳤다. 화평은 그의 시선을 받아내며 이야기했다.

"당신 형이 강한 악령에 빙의된 걸 알고 있잖아. 구마 사제가 된 것도 그것 때문인 거 아냐? 형을 찾아서 구마 하려는 거잖아. 맞지?"

"지금 그 말, 안 들은 걸로 하죠. 형은 박일도가 아닙니다."

최윤이 말을 마치고 자리에서 벌떡 일어났다. 화평이 다급하게 따라 일어나며 말했다.

"너를 찾아갈 거라고 했어!"

최윤이 눈가를 찌푸리며 의아한 표정을 지었다.

"그게 무슨 말이죠?"

"김영수! 그 사람 몸에 들어갔던 귀신이 말했어! 최 신부가 자기 동생을 찾아갈 거라고. 왜 찾아오겠어? 위험하다고. 그러니까……."

"됐습니다! 앞으로 다시는 찾아오지 마세요. 연락도 하지 말고."

최윤이 종이를 자르듯 말을 끊었다. 그리고 냉랭한 눈빛으로 돌아섰다.

"야! 진짜 위험하다고! 형의 모습이지만, 절대 속아선 안 돼! 박일도라고! 나한테 꼭 연락해. 잡아야 한다고!"

화평의 목소리가 뒤통수를 향해 날아들었지만 최윤은 돌아보지 않고 계속 걸어갔다. 놀란 새들이 나뭇가지에서 날아오르는 소리가 들렸다.

숙소로 돌아온 최윤은 신발을 벗고 안으로 들어섰다. 무채색의 벽과 어두운 갈색의 가구가 그림자처럼 배치되어 있었다. 복잡한 표정으로 옷을 갈아입은 그는 옷걸이에 걸친 사제복을 벽에 걸어두고 한참을 응시했다. 살인이 일어났던 밤, 피가 묻은 사제복을 입고 있던 형이 문득 떠오르자 한기가 느껴졌다. 그는 책상 서랍을 열어 낡은 사진 한 장을 꺼냈다. 예전에 살던 낡은 주택 앞에서 활짝 웃고 있는 가족들의 모습이 담긴 사진이었다. 부드러운 눈길로 미소 짓는 부모님과 엄마의 손을 붙들고 해맑게 웃고 있는 어린 자신의 모습. 그가 손가락으로 접혀 있던 부분을 펴자 생기가 도는 형의 얼굴이 나타났다. 사진을 찍는 것이 어색한지 수줍은 표정을 짓고 있는 형.

그때 후드득 빗방울 떨어지는 소리가 들렸다. 창밖을 바라보니 갑작스럽게 비가 쏟아지고 있었다. 최윤이 커튼을 걷고 밖을 내다보자 집 앞에 주차된 차가 보였고, 운전석에 앉아 있는 화평의 모습이 어슴푸레 비쳤다. 부마자의 예언 때문에 자신의 집 앞을 지키는 모양이었다. 무겁게 시선을 내리깔은 그는 나지막이 한숨을 내쉬었다. 현관으로 걸어가 우산을 집어 들고 밖으로 나왔다.

빗소리가 사방을 에워싸고 걸음을 내디딜 때마다 발목까지 물이 튀어 올랐다. 계단을 내려와 차 안을 들여다보자 화평이 운전석 등받이를 뒤로 젖힌 채 팔짱을 끼고 잠들어 있었다. 그 모습을 본 최윤이 고개를 작게 흔들며 가볍게 혀를 찼다. 창문을 두드려 잠을 깨우려는 찰나 주머니에서 휴대전화의 진동이 느껴졌다. 화면을 확인한 그가 잠시 멈칫했다.

"네, 양 신부님."

"오랜만이지? 이런 일로 전화하기 싫었는데……."

수화기 너머로 무거운 숨소리가 들렸다. 최윤은 불편한 침묵에서 안 좋은 소식을 짐작했다.

"무슨 일이신데요?"

양 신부가 대답하자 최윤의 표정이 순식간에 굳어졌다. 그토록 찾아 헤매도 알 수 없었던 형의 소식이었다. 그는 마른침을 삼키며 통화를 끊었다. 심장이 어지럽게 뛰어서 거센 빗소리처럼 들렸다. 마침 잠에서 깨어난 화평이 멍한 얼굴로 눈가를 문지르다가 그를 발견했다. 일부러 아무 일도 아닌 것처럼 쾌활한 말투로 물었다.

"일찍도 나가네. 아침부터 어디 가? 배고프다."

최윤은 입을 굳게 다문 채 온몸이 굳은 사람처럼 빗속을 응시했다. 화평이 조심스럽게 눈치를 살폈다.

"왜 그래? 무슨 일 있어?"

최윤이 빗속에서 천천히 시선을 옮기며 화평을 바라보았다.

"찾았답니다."

"뭘 찾아?"

"어릴 때 살던 동네 뒷산에서…… 형의 시신을 발견했답니다."

최윤의 말을 듣는 순간 화평이 놀라 눈을 크게 떴다. 최윤은 손에 힘이 빠졌는지 어느새 우산을 떨어뜨리고도 알아채지 못했다. 마치 내부가 텅 비어버린 사람처럼 허망한 얼굴로 서서 쏟아지는 비를 견뎠다.

다음 날 최윤은 연락을 받은 경찰서로 향했다. 안내하는 직원을 따라

부검실에 들어가자 시신을 소독하는 알코올 냄새가 왈칵 풍겨왔다. 직원은 가운데 놓인 철제 테이블에 다가간 다음 기계적인 동작으로 천을 들어 가려져 있던 유골을 보여주었다. 최윤의 시선이 살이 썩고 사라져 뼈만 남은 유골에 닿았다. 그가 기억하는 어릴 적 형의 모습은 온데간데없었다. 함께 온 양 신부가 그의 얼굴을 힐긋거렸다.

"치아 기록이 최상현 씨랑 일치합니다."

직원이 말하며 천천히 천을 덮었다. 양 신부는 안쓰러운 눈빛으로 형의 주검을 마주하는 최윤을 응시했다. 그는 부검실의 냉랭한 공기처럼 서늘한 표정이었다.

유가족에게 시신을 보여준 직원은 사무실로 자리를 옮겼다. 현장에서 발견했다는 최 신부의 소지품을 전달하기 위해서였다. 테이블 위에 올려진 소지품들은 여기저기 흙이 묻은 채 삭아버린 상태였다. 그의 시선은 손가락을 대면 바스러질 것 같은 사제복에 머물렀다. 그 옆에 낡은 지갑과 구두, 그리고 지갑과 신분증이 놓여 있었다. 신분증에는 최 신부의 얼굴이 희미하게 남아 있었지만 그걸 보고도 그는 무덤덤한 듯했다. 직원이 가볍게 목례를 하고 나가자 양 신부가 경찰을 통해 들은 이야기를 전했다.

"사인은 자살이라고 하더라."

"자살이라고요?"

"목의 척추도 끊겨 있고, 밧줄도 발견됐나 봐. 다른 외상이 없으니까 높은 곳에서 목을 매고 자살한 것 같다더라. 부마자들이 흔히 하는 행동이지."

양 신부가 무거운 목소리로 말했다. 최윤은 사제복에서 시선을 떼지 않고 의아한 표정으로 물었다.

"이상하잖아요. 땅속에 묻혀 있던 걸 발견했다면서요?"

양 신부가 그 이상은 모르겠다는 얼굴로 입을 다물었다. 최윤은 자리에서 일어나 소지품을 가방에 옮겨 담은 다음 담당 형사를 찾았다. 형사는 양 신부가 전해준 내용과 같은 말을 반복했다. 형의 시신이 발견된 것은 우연이었다. 며칠 내내 비가 와서 흙이 떠내려가던 상황이었고, 비가 그친 다음 날 등산객이 우연히 발견했다. 인적이 드문 길이었고, 등산로도 아니었던 탓에 죽은 지 수년이 지나서야 시신을 찾았다는 이야기였다. 최윤이 구체적인 정황을 더 묻자 담당 형사가 짜증스럽게 말했다.

"조사 중이라 더 이상 말씀 드릴 게 없습니다. 됐습니까?"

최윤이 미간을 찡그리며 마지못해 돌아섰다. 사무실 앞에서 기다리고 있던 양 신부와 함께 경찰서를 나오는데 문득 북적거리는 소리가 들려왔다. 고개를 들어보니 화려한 정장을 차려입은 여자와 주위를 둘러싼 남자들이 우르르 걸어오고 있었다. 복도를 지나던 경찰들이 기세에 밀려 옆으로 물러섰다. 가운데 선 여자는 자신감이 넘치는 표정으로 미소를 지으며 경찰관들에게 눈인사를 했다. 최윤이 그 옆을 지나치려는데 여자가 양 신부를 보고 반갑게 아는 척을 했고, 양 신부가 인사를 하며 안부를 주고받았다. 최윤은 양 신부와 기세 넘치는 여자를 번갈아 바라보며 의아한 표정을 지었다. 경찰서를 빠져나오며 최윤이 물었다.

"누구죠?"

"박홍주 의원님이시잖아. 저 유명한 분을 모르는구나. 아무리 사제라도 세상 돌아가는 건 알아야지."

"그런데 저 유명한 분이랑 어떻게 아세요?"

"내가 하는 봉사 단체 나눔의 손이라고 있어. 거기 고문으로 계신단다.

좋은 분이야."

양 신부가 기분 좋은 미소를 지으며 대답했다. 그 미소에서 최윤은 알 수 없는 불편함을 느꼈다. 박홍주가 지나가며 풍긴 역한 향수 냄새가 계속 따라오는 것 같았다.

허기를 느낀 두 사람은 근처 식당으로 들어갔고, 음식을 주문하고 기다리는 동안 서로 아무 말이 없었다. 머릿속에는 같은 날의 기억을 떠올리고 있는 듯했다. 양 신부가 젊었던 날이자 최윤이 어렸던 날. 최윤은 평생 자신을 옭아매던 끈이 더 강하게 목덜미를 조이는 것을 느꼈다. 형을 찾으면 모든 것을 밝힐 수 있을 거라고 생각했는데. 형이 유골로 발견된 지금 그것은 헛된 희망에 불과했다. 탁자 위에 뜨거운 국밥 두 그릇이 나오자 양 신부가 숟가락을 들어 휘휘 저었다. 그때 옆에 앉은 손님들이 겁에 질려 떠드는 목소리가 들려왔다.

"20년 전 그 사건 알아? 범인 시체 찾았잖아."

"알지. 그거 때문에 얼마나 무서웠는데."

"부모가 아들을 학대해서 그랬다며?"

"그게 아니라 범인이 정신병자라잖아."

급격하게 표정이 굳은 양 신부가 숟가락을 내려놓으며 최윤에게 물었다.

"그만 일어날까?"

"어릴 때부터 늘 듣던 이야기인데요."

최윤이 담담한 목소리로 말하고는 국밥을 입에 떠 넣기 시작했다. 눈치를 보던 양 신부가 주인을 향해 손짓했다.

"여기 소주 한 병만 주세요."

"술 드시게요?"

"술을 안 마실 수가 없네."

양 신부가 우울한 말투로 말했다. 최윤이 양 신부를 멍하니 바라보다가 다시 국밥을 우물거렸다. 입안에 느껴지는 밥 알갱이가 마치 모래처럼 텁텁했다.

식사를 마친 양 신부의 얼굴이 불콰했다. 허탈한 표정으로 길을 걷는 모습은 어쩐지 힘이 없어 보였다. 시외버스 터미널에 도착했을 때 최윤이 물었다.

"신부님, 괜찮으세요?"

"응, 괜찮아. 내가 없어도 혼자 괜찮겠어?"

"괜찮아요. 버스 시간이 조금 남았죠?"

"한 십 분 정도? 왜?"

"물어볼 게 있어서요. 이제까지 말씀 안 하신 거요."

최윤의 눈빛이 사뭇 진지했다. 질문의 내용을 짐작한 양 신부는 입가에 힘을 주었다. 과거의 기억이 떠오르는지 복잡한 얼굴이었다.

"이제 말해주실 때가 됐잖아요. 독실한 형이 왜 갑자기 빙의돼서 가족을 죽였는지. 도대체 형의 마음의 틈이 무엇이었는지요."

최윤이 또박또박 말을 이었다. 오랫동안 마음속에 담아두었던 질문이었고, 그동안 답을 찾아 헤매던 질문이었다. 직접 물어보려고 했던 형이 죽고 없으니 대답할 수 있는 사람은 오직 한 사람뿐이었다. 최윤을 바라보는 양 신부의 눈동자가 깊어졌다.

"독실한 건 너희 부모님이지. 네 형은 사제가 되고 싶지 않아 했다."

"그래서 부모님을 미워했나요?"

"불만이겠지. 후회도 되고. 하지만 그런 감정도 악마는 이용한단다. 하지만 확실한 건 누구보다 가족을 사랑했어. 특히 나이 차이가 많이 나는 동생을."

양 신부가 최윤을 똑바로 바라보며 힘주어 말했다. 맑은 날의 강물처럼 잔잔하고 담담한 기색, 진실을 말하는 표정이었다. 최윤은 실타래가 뒤엉킨 것처럼 혼란스러웠다. 멍하니 허공을 바라보던 양 신부가 다시 입을 열었다.

"내가…… 미안하구나."

회한이 섞인 목소리였다. 최윤이 고개를 들어 양 신부를 바라보았다. 눈가에 뜨거운 기운이 맴돌고 있었다. 양 신부가 입술을 파르르 떨며 힘겹게 말했다.

"그날 그 집에 데려가지 말았어야 했다. 만약 그때 그 아이의 빙의를 눈치챘더라면……."

"형이 빙의된 날! 그날 일을 듣고 싶어요."

양 신부가 시선을 피하며 말끝을 흐렸다.

"이미 지나간 일……."

"알아야겠어요. 그날 무슨 일이 있었죠?"

"어떤 아이가 악마에 씌었다고 연락을 받았다. 구마 하기 위해 찾아갔지. 네 형이 보조 사제였고."

"그 아이가 누굽니까?"

"마을 대대로 제사를 지내는 세습무 집안의 아이였다. 그 마을에 전해오는 귀신한테 씌었다고 했지. 박일도 귀신이라고."

"박일도라고요?"

깜짝 놀란 최윤이 큰 목소리로 되물었다.

"그 애가 얼마 전에 날 찾아와서 널 찾더구나. 부마자의 예언을 들었다고. 네 형이 널 찾으러 올 거라면서."

"그 아이 이름이 어떻게 됩니까?"

최윤이 딱딱하게 굳은 얼굴로 물었다. 이미 알고 있는 대답이었다. 양 신부의 입을 통해 확인한 그는 낮은 신음을 흘렸다. 화평은 어디까지 알고 있었을까. 자신의 가족을 죽게 만든 걸 알면서도 모른 척했던 걸까. 속에서 분노가 치민 그는 입술을 지그시 깨물었다.

세 아이

"할아버지, 오랜만에 기름칠 좀 하자."

화평이 구운 소고기를 담아내며 말했다. 접시를 들고 방 안으로 들어서자 할아버지가 밥솥에서 밥을 덜다 말고 화평을 빤히 쳐다보았다.

"너 휴가가 언제까지냐? 왜 안 올라가?"

화평이 바닥에 철퍼덕 앉아 고기 한 점을 입안으로 넣으며 우물거렸다.

"휴가 받았다니까."

"방금 대추나무 집 김가한테 전화 왔었다. 옆 동네에서 너 봤다고. 너 그 신부 사건 묻고 다닌다며?"

"에이, 뭔 소리야? 그 노인네 노망났나."

화평이 시치미를 떼자 할아버지가 갑자기 밥상을 붙잡으며 거칠게 소리쳤다.

"노망?"

"왜 이래? 할아버지도 노망났어?"

화평이 화들짝 놀라 밥상의 반대편을 붙들었다.

"노망났다! 내가 그 동네 근처에는 얼씬도 하지 말랬지? 너 그때 그 귀신 놈 아직도 쫓아다니는 거냐?"

할아버지의 목에 굵은 핏대가 섰다.

"내가 알아서 해!"

화평이 지지 않고 소리쳤다.

"뭐?"

할아버지가 밥상을 잡은 손에 힘을 주며 목청을 높이자 화평이 울컥해서 말했다.

"왜 이래? 옛날부터 화나면 밥상 엎더라?"

"그래! 엎…… 아구, 아이고야."

엉덩이를 들썩이며 밥상을 뒤엎으려던 찰나, 할아버지가 갑자기 허리를 붙잡으며 죽을상을 했다. 화평이 재빨리 할아버지의 허리를 주먹으로 두드리며 물었다.

"괜찮아? 어휴, 성질만 남아서는. 파스 어디 있어?"

화평이 서랍을 찾아 두리번거리는데 할아버지가 팔을 덥석 잡았다.

"너 지금부터 내 말 단단히 들어. 박일도 그 귀신 놈 근처에는 얼씬도 하지 마! 상종도 하지 마!"

할아버지의 목소리가 거칠게 갈라졌다. 화평이 한숨을 푹 내쉬며 말했다.

"박일도 잡아야지. 아직도 사람들……."

"그건 내 알 바 아니고! 또 해코지당하고 싶어? 또 너한테 들러붙으면 어떻게 할 거냐?"

"안 당해! 그때는 어렸고! 그런 어린 애를 할아버지가 멀리 보냈잖아! 생전 처음 보는 친척들한테!"

화평의 눈에 원망이 가득했다. 열을 내던 할아버지가 한풀 수그러들었다.

"그거는…… 그놈이 너 찾아올까 봐 그런 거지. 아무튼 당장 그만둬."

"내가 알아서 해."

화평이 말하는 순간 할아버지가 욱하며 밥상을 뒤엎었다. 철제 밥상이 바닥에 나동그라지며 와장창 요란한 소리를 냈다. 사방으로 튀어나간 반찬들이 엉망으로 뒤섞였다. 두 사람은 말이 없었고, 무거운 침묵이 흘렀다. 화평이 굳은 표정으로 할아버지를 보다가 말을 삼키며 자리에서 일어났다. 그대로 마루를 내려와 마당을 나섰다.

"그 짓거리 당장 그만둬! 할애비 죽는 꼴 보고 싶어?"

애타는 목소리가 날아들었지만 화평은 무시하고 차에 올라탔다. 그리고 최상현 신부가 발견되었던 산을 향해 무작정 출발했다.

산 입구에 내린 화평은 손전등을 챙겨 들고 산을 오르기 시작했다. 해가 저물기 시작하자 녹음을 드리우던 풀잎들이 생기를 감추었고 검은 그림자가 모습을 드러냈다. 멀리서 짐승이 울부짖는 소리가 산을 메웠다. 긴장감이 가득한 표정으로 주위를 두리번거리던 그는 까마득한 어둠이 짙게 깔린 흙길을 응시했다. 이야기만 듣고 산에서 정확한 위치를 찾는 것은 쉬운 일이 아니었다.

산길을 한참 올라가는데 어디선가 사람의 기척이 들렸다. 조심스레 앞을 살피며 다가가자 거뭇한 형체가 바닥에 앉은 채 파헤쳐진 구덩이를 들여다보고 있었다. 화평이 마른침을 삼키며 손전등을 끄고 최대한 발소리를 낮추었다. 그가 거리를 좁히는 순간 검은 형체가 인기척을 느끼고 홱 돌아보았다.

"아, 너였냐?"

손전등을 들어 화평을 비추는 사람은 최윤이었다. 최윤은 화평을 보자마자 험악하게 인상을 구기고 일어섰다.

"여기는 왜 왔어요?"

"낮에는 경찰들이 지키고 있어서 지금 왔지. 아무래도 당신 형 죽음이 수상해서."

화평이 다가오며 설명했다. 그때 갑자기 다가온 최윤이 화평의 멱살을 틀어쥐고 거칠게 나무 기둥으로 밀어붙였다.

"뭐야?"

"다 알고 있으면서 박일도 이야기를 하고! 형 이야기를 해? 애초에 빙의된 게 너 때문이잖아!"

멱살을 잡은 최윤의 손에 힘이 들어갔다.

"어떻게 알았어?"

화평의 말에 최윤의 표정이 험악하게 일그러졌고 호흡이 거칠어졌다. 이내 화평은 시선을 피하며 풀이 죽은 목소리로 말했다.

"그래, 나 때문이야. 내 탓하고, 날 미워해도 할 말이 없는데……."

최윤은 꼴도 보기 싫다는 듯이 화평을 내팽개쳤다. 화평은 차마 고개를 들지 못했다. 그때 갑자기 두 사람의 얼굴을 번갈아가며 불빛이 비쳤다.

"강 형사님?"

"둘 다 그만하고 따라와. 사건 현장에 무단 침입한 걸로 경찰 부르기 전에."

길영을 따라 산을 내려오는 동안 둘은 말이 없었다. 화평은 최윤에게 너무 미안해서 미안하다는 말조차 할 수 없었다. 산 아래로 내려온 세 사람은 그녀의 차에 올라탔다.

"도대체 여기는 왜 왔어요? 관할도 아니잖아요."

"시끄러. 한 마디도 하지 마."

날이 선 목소리가 예사롭지 않았다. 한적한 도로를 달려 도착한 곳은 최윤이 어릴 적에 살았던 집이었다. 차에서 내린 그는 당혹스러운 기색을 감추지 못했다. 도망치듯 떠난 이후로 한 번도 찾아오지 않았던 곳이었으니까. 당황한 것은 화평도 마찬가지였다. 다른 사람도 아닌 길영이 이곳에 올 이유는 없었다. 화평이 의문이 담긴 말투로 물었다.

"여기는 왜?"

"20년 전에 여기서 일가족 살인 사건이 벌어졌었지. 그때 현장을 지나가던 경찰이 유일한 생존자인 둘째 아들을 구했는데, 정작 자신은 현장에서 사망했어."

길영은 비장한 눈빛으로 최윤의 시선을 마주 보았다.

"그때 가족과 경찰을 죽인 미친 살인마가 당신 형이지?"

순간 최윤의 표정이 싸늘하게 식었다. 어릴 적부터 사람들이 손가락질을 하며 수군거릴 때마다 가면을 쓰듯 보이던 표정이었다.

"그런데 그걸 왜 묻죠?"

"그때 죽은 경찰이 우리 엄마거든."

예상치 못한 길영의 대답에 최윤과 화평의 입이 작게 벌어졌다. 20년 전에 일어났던 살인 사건과 박일도 귀신의 빙의, 그리고 일가족 살해, 경찰의 죽음, 세 아이. 끔찍한 비극에서 시작된 연결고리가 서서히 정체를 드러내고 있었다.

"너를 구하려다가 네 형한테 죽었어."

길영은 분노와 슬픔이 뒤섞인 눈빛으로 최윤을 바라보았다.

"그놈이 사라지고 미제 사건이 되면서 지금까지 매일매일 괴로웠어. 그 집 안으로 들어가는 엄마의 뒷모습이 잊히지 않아. 꼭 잡고 싶었어. 내 손으로 잡기 위해서 경찰이 된 거라고. 그런데 이렇게 가까운 곳에 있을 줄은 몰랐어. 그것도 20년 전에 죽은 채로. 내 손으로 직접 잡고 싶었는데……."

길영이 말끝을 흐렸다. 최윤은 과거 속으로 다시 빨려 들어가는 기분을 느끼며 무기력하게 고개를 떨어뜨렸다.

"최 신부는 범인이 아니에요."

화평이 끼어들며 말하자 길영이 돌아보았다.

"뭐?"

"최 신부는 그때 박일도한테 빙의된 상태였어요. 박일도 짓이라고요."

"미친 자식. 여기서까지 박일도 이야기냐?"

"들어봐요! 내가 말했죠? 예전에 박일도한테 빙의된 적 있다고. 그때 날 구마 하려고 했던 사제가 최 신부에요. 구마 하려다가 나한테 박일도가 옮겨갔다고요."

"그만해! 그 귀신 이야기 따위 지금 듣고 싶지 않아."

"그날 밤 최 신부를 만나러 이 집 앞까지 찾아왔어요. 그 집에 무서운 일이 생긴 것 같아서 서 있는데 어떤 여자 분이 나를 발견했어요. 내가 학대당한 아이인 줄 알고 차를 세운 거죠."

길영의 검은 눈동자가 순식간에 커졌다.

"그게 너였냐? 네가……."

"맞아요. 나예요. 나 때문에 그 집에 들어간 거예요."

화평이 말을 하자마자 길영이 달려들었다. 눈앞으로 주먹이 날아왔고 그는 불에 덴 것 같은 통증에 바닥으로 나뒹굴었다. 그녀가 그의 멱살을 붙들고 다시 팔을 휘둘렀다. 누운 채로 그녀의 주먹을 받아내는 그의 얼굴에는 죄책감이 역력했다. 그녀는 주먹을 쥔 손에 힘을 주고 한 번 더 휘두르려다가 문득 동작을 멈추었다. 속에서 뻗치는 분노를 억누르느라 입을 악다물었고, 주먹을 쥔 손이 부들부들 떨렸다. 그는 체념한 사람처럼 방어조차 하지 않았다. 그녀가 욕지기를 하며 일어서자 그가 옷자락으로 얼굴을 훔치며 피를 닦아냈다. 그녀는 그대로 차에 올라탄 다음 급하게 시동을 걸었다. 거친 엔진 소리가 허공을 울렸고 바퀴가 돌아가며 흙먼지를 일으켰다. 그녀는 씩씩거리며 거울에 비친 두 사람을 쳐다보았다. 망연자실하게 서 있는 두 사람은 점차 작아지다가 시야에서 사라졌다.

깊은 밤을 달리는 길영의 마음은 짙은 어둠으로 가득했다. 심장이 미친 듯이 두근거리면서 불안과 두려움이 온몸을 휘감았다. 핸들을 잡은 손이 덜덜 떨렸고, 눈가에는 눈물이 차올랐다. 이제껏 마음 깊은 곳에 담아두었던 그 아이들이 화평과 최윤일 거라고는 상상도 하지 못했다. 그녀는 속에서 뜨겁게 치미는 분노가 화평과 최윤을 향하는 건지, 자신을 향하는 건지 알 수 없었다. 그날의 기억을 떠올릴 때마다 엄마가 옆에 없다는 외로움보다 더 크게 밀려드는 것은 엄마에 대한 미안함이었다. 장막처럼 드리운 어둠을 향해 액셀러레이터를 밟는 찰나 반대편에서 갑작스럽게 차가 튀어나왔다. 깜짝 놀란 그녀가 핸들을 돌리며 브레이크를 밟았다. 자동차 바퀴가 커다란 마찰을 일으키며 긴 흔적을 그렸고, 그녀의 상체가 급격히 앞으로 쏠렸다. 이마에서 식은땀이 주룩 흘러내렸다. 길가에 차를 세운 그녀는 숨을 토해내며 핸들 위에 머리를 기대었다. 눈을 감자 그날의 기억이 파도처럼 밀려들었다.

야구 모자를 푹 눌러쓴 어린 길영은 차에 올라타며 입술을 비죽 내밀었다. 그녀를 데리러 온 엄마는 시동을 걸며 언성을 높였다.

"잘한다! 너 엄마가 학교 끝나고 곧바로 집에 가랬더니 연락도 안 하고 친구 집에서 놀아? 걱정했잖아."

어린 길영은 대꾸도 없이 고개를 돌린 채 하염없이 창밖만 바라보았다. 빠르게 지나가는 저녁 풍경이 쓸쓸해 보였다. 엄마가 눈치를 살피며 한결 누그러진 목소리로 말했다.

"강길영, 대답 안 해? 화났어?"

어린 길영은 팔짱을 낀 채 여전히 굳은 표정으로 아무 말도 하지 않았다. 엄마가 다시 입을 열었다.

"알았어. 엄마가 잘못했다니까. 말했잖아. 여고생 실종 사건 때문에 정신없다고. 응? 오늘 네 생일인 거 깜빡한 거 아냐."

길영이 고집을 부리며 끝까지 고개를 돌리지 않자 참다못한 엄마가 성질을 내며 목청을 높였다.

"진짜 말 안 할 거야? 어휴, 저 고집. 그거 나 닮은 거 알지? 이러다 우리 평생 말 안 하는 수가 있다? 아휴, 알았어. 미안해."

엄마가 졌다는 듯이 고개를 좌우로 흔들었다. 그때 차 앞을 응시하던 엄마가 갑자기 속도를 줄이며 의아한 목소리로 말했다.

"웬 애가 길에 서 있어? 신발도 안 신고."

엄마는 혼잣말처럼 중얼거리며 차를 세우고 창문을 내렸다.

"얘, 거기서 뭐 해?"

다정한 목소리로 물었지만 아이는 겁에 질린 표정으로 바라볼 뿐 입을 열지 못했다. 길영은 호기심에 고개를 돌려 길 한가운데 맨발로 서 있는 작은 아이를 보았다. 엄마가 안전벨트를 풀며 말했다.

"잠깐 다녀올게."

어린 길영이 재빠르게 엄마를 흘겨보았다. 이번에도 그냥 지나치지 못하는 모양이었다. 딸의 생일을 잊어버린 것도 모자라 다른 집 애부터 챙기다니. 그녀의 마음을 읽었는지 엄마가 변명하듯 말했다.

"딴 길로 새는 거 아냐. 1분이면 돼. 갔다 와서 맛있는 거 먹으러 가자. 엄마도 일하느라 밥 못 먹어서 배고파. 짜장면에 탕수육. 응?"

길영이 콧방귀를 뀌며 고개를 홱 돌렸다. 엄마가 문을 닫고 내리자 다시 아이를 향해 걸어가는 엄마의 뒷모습을 응시했다. 어둠 속으로 멀어지며 점점 희미해지는 그 모습을.

핸들에 머리를 기댄 길영은 울컥 울음이 터졌다. 서러운 마음이 복받쳐 오르자 눈에서 뜨거운 눈물이 흘렀고 신음이 새어 나왔다. 그녀는 20년 전으로 돌아간 것처럼 엄마를 향해 중얼거렸다.

"엄마, 미안해. 학교 마치고 집으로 곧장 갔으면, 엄마가 나 데리러 오지 않았을 텐데. 그러면 그 집 앞에도 가지 않았을 텐데. 내가 괜히 고집을 부려서……. 엄마 배고프다고 했는데……."

목소리가 떨리면서 흐느끼는 소리가 이어졌다. 길영은 어깨를 들썩이며 목 놓아 울었다. 길가에 비딱하게 정차한 차는 한동안 어둠에 잠겨 있었다.

최윤

며칠 후 최윤은 화장터 대기실에 앉아 전광판을 보고 있었다. 깜빡거리는 이름들 옆에는 진행 상황을 알리는 글씨가 보였다. 그는 공허한 눈빛으로 '최상현'이라는 이름을 응시하다가 지갑에서 가족사진을 꺼냈다. 이제 이 사진에서 남은 사람은 자신 하나뿐이었다. 그가 괴로운 표정으로 신음하는 찰나 누군가 옆자리에 앉았다. 고개를 들어보니 화평이었다. 순간 그의 얼굴에 희미하게 남아 있는 푸르스름한 멍이 시야에 들어왔다.

"왜 아직도 여기에 있습니까?"

"마지막은 보고 가려고."

화평이 담담하게 말하며 검은 비닐봉지에서 음료수 하나를 꺼내어 건넸다. 최윤은 쳐다보기만 할 뿐 받지 않았다. 화평은 미동도 하지 않는 최윤의 손을 잠시 보다가 음료수 뚜껑을 열고 벌컥벌컥 들이마셨다.

"그런데 이렇게 화장해도 돼? 제대로 밝혀진 게 하나도 없잖아."

"경찰에서 이미 자살로 결론 내렸어요."

최윤의 말은 단호했다. 화평이 답답한 표정으로 자세를 고쳐 앉았다. 두 사람 사이에 불편한 침묵이 흘렀다. 화장터에 방문한 사람들은 저마다 서로의 가족들을 끌어안고 슬픔을 나누고 있었다. 창문 바깥으로 화창한 날씨와 맑은 하늘이 보였지만 화장터 안은 마치 다른 세상 같았다. 간간히 들려오는 통곡 소리와 나직하게 위로를 건네는 말소리가 작은 소용돌이를 일으키고 있었다. 문득 화평이 주위를 둘러보며 물었다.

"아무도 안 왔어? 친척들이나……."

"살인자라고 생각하고 있으니까요. 나도 형이 빙의된 거란 사실은 알았지만, 늘 원망하고 미워하고 또…… 무서웠어요."

"그래도 구마 사제가 된 건 형을 찾기 위해서였잖아."

"그랬죠. 이미 죽은 줄도 모르고. 차라리 이게 나을지도 몰라요. 구마가 성공해도 제정신으로 살아갈 수 있을까요? 부모를 죽인 사제가……."

최윤의 눈시울이 붉어졌다. 허공을 바라보며 이야기를 듣고 있는 화평의 안색이 어두웠다. 숨을 고른 최윤이 낮은 목소리로 물었다.

"박일도 그 악마가 부모님을 죽이고, 형을 그렇게 만들었다는 거죠?"

화평이 천천히 고개를 끄덕였다.

"박일도를 찾으려면 어떻게 해야 합니까?"

화평이 화들짝 놀라 시선을 마주 보았다. 미간이 굳어진 최윤의 눈가에는 어느새 서늘한 빛이 서려 있었다. 가족을 죽게 했다는 슬픔과 한순간에 나락으로 떨어진 인생에 대한 분노. 그것은 화평이 매일 눈을 감을 때마다 느끼는 감정과도 같았다. 그가 조심스레 입을 열었다.

"너 이거 시작하면 다시는 일상으로 못 돌아가. 괜찮냐? 평생이 걸릴 수도 있어."

"상관없어요."

최윤이 무덤덤하게 대답하며 죽은 사람들의 이름이 점멸하는 전광판으로 시선을 돌렸다. '대기 중'이었던 글자가 '화장 중'으로 바뀌자 무거운 동작으로 일어나 화장터로 향했다. 홀로 걸음을 옮기는 그의 뒷모습을 바라보며 화평은 씁쓸한 표정을 감추지 못했다.

형의 장례를 마치고 돌아온 최윤은 교구청에 불려갔다. 집무실에는 총대리 주교가 기다리고 있었다. 심상치 않은 분위기를 느꼈지만 그는 무심한 얼굴로 자리에 앉았다. 주교가 단호한 말투로 말했다.

"마태오, 오늘부터 구마 사제직에서 물러나게."

최윤의 눈빛이 흔들렸다.

"한 신부가 죽고 나서 혼자 구마를 했다고 들었네. 그것도 가족을 죽이고 자살 기도까지 한 사람을."

"그분…… 부마자였습니다."

"촬영도 없고, 동석한 사제도, 의사도 없었더구나."

"네, 그랬죠."

"규정이란 게 있잖아. 교구장님이 진짜 화나셨어."

주교가 엄한 목소리로 다그쳤다. 최윤은 더 이상 대화하고 싶은 생각이 들지 않았다. 한 신부의 죽음에도 비정하리만큼 냉정했던 교회였다. 자살이라는 이유로 한 신부의 죽음을 부끄럽게 여기기만 할 뿐 속사정에 대해서는 알려고 하지 않았다. 그러니 마지막 구마 의식까지 신경 쓰기를 바라는 것은 헛된 희망에 불과했다. 그는 한 신부가 마무리하지 못한 구마 의식을 끝낸 걸 후회하지 않았다. 다만 그 일에 대한 이해와 관심도 없이 규정만 들이대는 교회에 분한 마음이 들었다.

최윤이 돌처럼 굳어진 얼굴로 집무실을 나와 터벅터벅 계단을 내려왔다. 그때 화평에게서 전화가 걸려왔다. 그는 불쑥 부탁을 했는데 김영수의 집에서 알게 된 봉사 단체 나눔의 손에 대해 조사를 해달라는 내용이었다. 통화를 마치고 밖으로 나오자 쨍한 햇빛에 현기증이 일었다. 형의 죽음과 박일도. 부마자 김영수와 나눔의 손. 며칠 동안에 일어난 일들이 머릿속에서 엉망으로 뒤섞이면서 소용돌이를 일으켰다.

얼마 후 최윤은 나눔의 손을 조사하기 위해 양 신부의 집무실을 찾아갔다. 최윤이 자리에 앉아 숨을 고르는 사이 양 신부는 빈 잔을 들고 일어나 벽에 붙어 있는 사물함을 열었다. 그런 다음 휴대용 스테인리스 병을 꺼내 뚜껑을 열고 커피 잔에 위스키를 부었다. 자신을 바라보는 시선을 느낀 양 신부가 뒤를 흘끔거리며 눈치를 보았다. 최윤이 조심스럽게 물었다.

"술을 다시 드세요?"

"사실…… 네 형이 발견된 날부터 술 없이 통 잠을 잘 수가 없구나."

양 신부가 민망한 표정으로 자리에 앉으며 말했다. 최윤이 어두운 기색을 보이자 말을 돌리며 물었다.

"그보다 나눔의 손 자료는 왜?"

"박일도한테 빙의된 사람이 나눔의 손 발행지를 가지고 있었어요."

양 신부가 흠칫하며 최윤의 시선을 마주 보았다.

"나눔의 손과 박일도가 무슨 관련이 있다는 거냐?"

"아직은 모릅니다. 조사를 더 해봐야 해요."

"아니다. 교회에서 운영하는 봉사 단체가 그럴 리가. 아니, 그것보다 너

진짜 박일도를 찾을 셈이냐? 그 화평이라는 아이와 함께?"

양 신부가 믿을 수 없다는 듯이 연거푸 질문을 쏟아냈다. 그러자 최윤이 단호한 표정으로 고개를 끄덕였다. 양 신부가 한숨을 푹 내쉬었다.

"구마 의식은 하면 할수록 구마 사제의 영이 다치게 돼. 뭐라고 할까? 악마에게 영혼이 갉아 먹힌다고 할까?"

커피 잔을 드는 양 신부의 손이 가늘게 떨렸다. 잠시 숨을 고른 그가 최윤을 향해 걱정스러운 표정으로 말했다.

"너와 직접적으로 연관된 악마를 쫓는 건 너무 위험해."

"어쩔 수 없습니다."

"마태오!"

양 신부가 목청을 높였지만 최윤은 이미 결심이 선 얼굴이었다. 순간 양 신부는 20년 전에 보았던 젊은 최 신부와 최윤의 모습이 겹쳐졌다. 그가 회한이 서린 목소리로 말을 이었다.

"애초에 내가 마무리를 지었어야 했는데. 네 형에 이어 너까지 잘못되면 내가 어떻게 살아가겠니. 네가 사제가 된 것도 나 때문인데. 이런 위험한 일을……."

"사제가 된 건 제가 선택한 겁니다. 형을 찾기 위해서. 그리고 지금도 제가 선택한 거예요. 도와주세요, 신부님."

송현주

며칠 후 화평은 육광과 함께 해안 도로를 따라 달렸다. 화평이 오랜만에 바다에 가서 바람도 쐬고 회도 먹자고 제안한 덕분이었다. 육광이 쾌활하게 웃으며 창문을 내렸다. 시원한 바람에 바다 냄새가 쏟아져 들어오자 신이 난 육광이 말했다.

"날씨 좋다. 바닷가 가서 가자미구이에 곰치국, 그리고 소주 한잔! 그런데 네가 웬일로 바다 가서 술을 마시자고 하냐?"

"뭐, 그냥. 그런데 가기 전에 우리 고향 마을 좀 들리자."

화평이 은근슬쩍 말했다.

"왜? 그 무서운 데는 왜?"

"최 신부가 죽기 전에 마지막으로 접촉한 인물을 찾아야 해. 그 사람한테 박일도가 옮겨갔을 테니까. 형이 최 신부 죽은 곳 좀 봐줘. 뭐라도 보이는지."

육광은 기가 막혀서 할 말을 잃었다. 날씨 좋은 날 바다까지 가자고 하더니 결국 속셈은 따로 있던 모양이었다. 게다가 최 신부가 죽은 곳이라니. 생각만 해도 오금이 저릴 지경이었다. 육광이 확인하려는 듯이 되물었다.

"내가 가서 최 신부 귀신을 찾아보라고?"

"박일도도 보면 좋고."

화평이 능구렁이처럼 대답했다. 육광이 웃음기를 지우고 버럭 소리를 질렀다.

"그래! 거기 가면 어차피 그 큰 귀신한테 눌려 죽을 거니까 그냥 여기서 둘이 죽자! 둘 다 총각 귀신 돼서 사람이나 해치고!"

육광이 핸들을 확 꺾으려는 시늉을 하며 화평에게 겁을 주었다.

"에이, 왜 이래? 위험하게. 총각도 아니면서."

"갔다 와도 총각이야! 확 돌린다!"

결국 두 사람이 도착한 곳은 바다가 아닌 강원도에 위치한 어느 산이었다. 최 신부의 유골이 발견된 곳. 화평이 눈에 익은 길을 앞서 올라가기 시작하자 육광이 떨떠름한 표정으로 그 뒤를 따라갔다. 산 중턱까지 오르던 화평은 등산객들이 다니는 길을 벗어나 나무들이 빼곡한 음지로 향했다. 나뭇잎들에 가려 빛이 들지 않아 습하고 서늘한 공기가 느껴졌다. 문득 걸음을 멈춘 그가 손가락으로 앞을 가리켰다.

"저기야. 최 신부 시신 발견된 곳. 그런데 밤에 하는 게 낫지 않아? 남들 눈에 띄면 좀 그렇잖아. 형도 밤에 신기가 더 오르는 거 아냐?"

"야! 내가 밤에 피는 장미냐? 그런 게 어디 있어?"

신경이 날카로워진 육광이 쏘아붙였다. 화평은 유골을 발견한 자리와 가까워질수록 얼굴이 하얗게 변하는 육광을 향해 놀리듯이 말했다.

"형, 박수 맞아? 왜 이렇게 쫄았어?"

"쫄기는! 너는 이제 귀신을 못 보니까 괜찮겠지. 하지만 나는 눈에 뵈니까 더 무서운 거야."

"아, 알았으니까 시작해."

"방정 떨지 마. 한다, 해!"

육광이 짜증스럽게 대꾸했다. 큰 목소리와 달리 한 걸음씩 옮길 때마다 다리가 덜덜 떨리는 바람에 몸의 중심이 휘청거렸다. 시신 발견 장소에 다다른 그는 크게 숨을 들이마시고 정신을 집중했다. 이어 마음을 차분하게 안정시키기 위해 평소처럼 음을 흥얼거리며 뒷짐을 지고 편안한 자세를 취했다. 그가 천천히 걸음을 걸으며 주위를 둥글게 돌았다. 여유로운 척하는 표정과 달리 걸음을 옮기는 발동작은 조심스럽고 예민했다. 주변을 둘러싼 나무와 그 사이에 흐르는 공기에 집중하며 어둠을 응시했다. 악한 기운이 강렬하게 각인된 공간에서 기억을 읽어내려면 어둠을 마주 보아야 했다. 그는 짙은 풀 냄새 속에 숨어 있는 어두운 기운을 따라가며 조심스레 몸을 낮추고 시신을 덮고 있던 흙을 만졌다. 두 손가락 사이로 흙을 비비며 비극적인 생을 마감한 최 신부의 영을 들여다보기 위해서였다. 그런 다음 망자의 혼을 달래는 해원경을 나지막이 읊기 시작했다. 그의 무겁고 진중한 목소리가 고요한 숲을 울렸다.

"구지 중에 묻힌 무덤 적막강산 슬픈 혼신 자취 없고 가련하다 혼령이여. 흐르나니 눈물이요 젖는 것이 옷깃이라 동풍도리 화개처에 꽃피우는 저 두경아."

화평은 숨을 죽인 채 육광을 바라보았다. 진지한 눈빛으로 사방의 기운을 살피던 그는 번뜩 고개를 들어 나뭇가지를 빤히 쳐다보았다. 날카로운 시선이 최 신부가 목을 매고 죽었던 자리에 머물렀다.

"묵은 근심 햇 근심 모두 다 풀으시고, 살아 원혼 풀으시고, 죽어 원혼 풀으시고."

한 글자 한 글자 부드럽고 강하게 발음하며 경을 읊던 육광이 갑자기 소리를 멈추고 신경을 곤두세웠다. 화평은 그의 미간이 일그러지면서 초점이 흐릿하게 번지는 것을 발견했다. 그가 보는 것을 볼 수 없는 화평이 의아한 말투로 물었다.

"왜 그래, 형? 보여?"

"영가가 안 보여. 막고 있어……. 막고 있어."

육광은 넋이 나간 사람처럼 중얼거렸고, 짙은 안개 속을 들여다보는 것처럼 눈을 깜빡거렸다. 갑자기 그의 눈앞으로 짙은 어둠이 들이닥쳤다.

새카만 어둠 속으로 빨려 들어간 육광은 차가운 물속으로 잠기는 느낌에 몸서리를 쳤다. 희미한 빛조차 사라진 그곳은 한밤의 바다였다. 물결이 흔들거리는 수면 위로 둥근 형체가 둥둥 떠올랐고, 시선이 가까워지면서 형체가 윤곽을 드러냈다. 그것은 사람처럼 보였으나 사람과는 다른 새까만 눈동자를 가지고 있었다. 흰자위까지 가득 들어찬 검은빛이 스산하게 빛나며 그를 노려보았다. 순간 그는 차가운 바닷물이 뼈와 살을 파고드는 것처럼 고통스럽게 느꼈다. 그것이 검은 눈동자를 움직이자 목덜미가 조이며 정신이 아찔해졌다. 시야가 일그러지면서 눈앞에 얼룩이 번지는 와중에도 그는 눈을 부릅뜨고 끝까지 어둠 속을 들여다보았다.

육광을 지켜보던 화평은 이상한 낌새를 느꼈다. 허공을 뚫어져라 응시하는 육광의 표정이 어딘지 모르게 기이하게 보였기 때문이었다. 귀신에 홀린 사람처럼 입이 벌어지고 동공이 잿빛으로 뒤덮여 있었다. 화평이 조심스럽게 손을 뻗었다.

"형, 육광 형!"

순간 육광이 발작하듯 뒤로 고개를 홱 돌렸다. 화평이 화들짝 놀라 뒤로 물러났다. 피 냄새를 맡은 짐승처럼 어느새 육광은 살기 어린 눈빛을 띄고 있었다. 그가 눈을 희번덕거리며 주위를 훑었다. 적막한 산속에는 풀벌레 소리와 날아오르는 새의 날갯짓 소리, 그리고 바람에 몸을 떠는 나뭇잎 소리 외에는 아무것도 들리지 않았다. 긴장감이 역력한 표정으로 화평이 물었다.

"왜? 뭐가 있어?"

주위를 천천히 살피며 자세를 낮추던 육광이 갑자기 근처로 뛰어가 땅을 파기 시작했다. 손톱 사이로 흙이 파고들어 살갗을 스쳤지만 어딘가에 홀린 사람처럼 아무것도 느끼지 못하는 얼굴이었다.

"형! 뭐 해?"

화평이 정신을 차리고 뛰어가 육광의 어깨를 붙들었다. 그러나 그는 아무것도 들리지 않는 사람처럼 정신없이 땅을 파헤쳤다. 둥근 구덩이 모양이 생겨날 즈음 그가 비명을 지르며 까무러쳤다.

"형! 왜 그래?"

"시체……. 시체."

뒤로 벌러덩 넘어진 육광이 손가락을 덜덜 떨면서 파헤친 구멍을 가리켰다. 화평이 재빨리 쳐다보자 땅속에서 낡은 가방의 일부가 보였고, 그 옆으로 교복과 함께 살이 썩어 뼈만 남은 유골이 드러났다.

"어이, 형씨들. 어딜 봐요?"

형사가 책상을 손바닥으로 내리쳤다. 경찰들의 대화 소리에 귀를 기울이고 있던 화평이 자세를 고쳐 앉았다. 육광이 순수한 눈빛을 반짝이며 물었다.

"선생님, 저 보세요. 한눈에도 수상한 사람 아니죠?"

"딱 봐도 수상하구만. 시체 발견된 곳 가서 다른 시체 발견한 건 더 수상하고요. 거긴 왜 갔어요?"

형사가 눈을 흘기며 다그쳤다. 그러자 육광이 화평을 가리키며 변명을 둘러댔다.

"이놈이 신병이 있어서 신내림 받으러 갔다니까요."

"땅은 손으로 왜 팠냐고요?"

형사의 시선이 반창고를 바른 육광의 손가락으로 향했다. 그러자 그가 두 손을 얌전히 모으며 친절하게 설명했다.

"저희 직업이 그래요. 순간 느낌이 확 오면, 가서 땅 파고. 그러면 땅 안에서 옛날 무당들이 쓰던 무구도 나오고요. 그런데 하필 시체라니……."

육광이 말끝을 흐리며 진절머리를 쳤다. 옆에 있던 화평이 불쑥 대화에 끼어들었다.

"그런데 유골은 누구 거였어요? 발견할 때 이름표가 있었는데."

"거 참, 알 거 없다니까. 자꾸 물어보네!"

형사가 호통을 쳤다. 그러나 화평은 물러서지 않고 꼬리를 물고 늘어졌다.

"언제 죽은 거예요? 지난번 거기서 발견된 사람과 관계있어요?"

형사는 언짢은 표정으로 입을 다물었다. 빨리 서류를 작성하고 경찰서에서 내보내려는 심산이었다. 화평은 아쉬운 대로 귀를 기울이며 주변에서 하는 이야기를 엿들었다. 그러나 도움이 될 만한 정보는 쉽사리 들리지 않았다.

조사를 마친 두 사람은 계양진 경찰서를 나와 근처 국밥집으로 향했다. 피곤한 얼굴로 음식을 기다리던 육광은 국밥이 나오자마자 허겁지겁 밥을 떠먹었다. 반면 화평은 골똘한 생각에 빠져 식사를 하는 둥 마는 둥 했다. 문득 길영을 떠올리고 전화를 걸자 그녀의 목소리가 들렸다. 그가 단도직입적으로 말했다.

"최 신부 조사차 계양진에 내려왔어요."

"뭐 좀 찾았어?"

"여고생 사체를 찾았어요."

"여고생 사체?"

"네, 자세히 알아봐 주세요. 최 신부가 발견된 장소 바로 근처에요. 이상하지 않아요? 게다가 20년 전에 실종됐었대요. 시기도 비슷하죠? 박일도랑 관련이 있을 수도 있어요. 그 여고생 이름이 송현주라고…….”

“잠깐, 송현주라고?”

길영의 목소리가 갑자기 커졌다. 화평이 흥미로운 목소리로 설명을 덧붙였다.

“알아요? 당시에는 단순 가출로 수사도 안 했다던데.”

“가출이 아니라 실종이었지. 갑자기 사라진 이상한 사건이었어.”

“잘 아네요? 형사님도 이 마을 출신이라 아는 거예요?”

“아니, 엄마가 마지막으로 맡았던 사건이었거든.”

길영의 목소리가 순식간에 가라앉았다. 화평이 마른침을 쓰게 삼키며 서둘러 전화를 끊었다. 20년 전 계양진에서는 무슨 일이 있었던 것일까. 최 신부가 죽은 곳에서 발견된 여고생의 사체와 그 당시 여고생의 실종을 조사하던 형사, 그리고 형사가 죽기 전에 풀지 못한 마지막 사건. 화평은 거미줄처럼 복잡하게 뒤엉킨 사건들이 커다란 그림처럼 하나로 이어지고 있다는 생각이 들었다. 현재 선명하게 볼 수 있는 것은 아무것도 없지만, 끔찍한 사건들을 파헤치고 박일도의 정체를 드러낼 수만 있다면……. 그는 작은 불씨처럼 피어오르는 희망을 느끼며 주먹을 움켜쥐었다.

박홍주

화평의 전화를 받은 길영은 경찰서를 나와 집으로 향했다. 신발을 벗고 안으로 들어가자마자 옷장을 열고 바닥 깊숙이 넣어둔 상자를 꺼냈다. 안에는 그녀와 치수가 다른 옷과 신발, 그리고 시계와 같은 물건들이 들어 있었다. 그녀는 오랫동안 꺼내지 않았던 물건들을 조심스럽게 쓰다듬었다. 이제는 시간이 너무 흘러버렸지만 기억 속에 선명하게 남아 있는 이 물건들은 모두 엄마의 유품이었다. 가슴이 먹먹해지면서 눈시울이 뜨거워졌다. 애처로운 눈길로 상자 안을 응시하던 그녀는 옷을 꺼내고 그 안에 보관해 둔 여러 권의 수첩을 펼쳤다. 가장 마지막에 있는 수첩은 가죽이 헤지고 핏자국이 번져 있었고, 종이가 누렇게 삭아서 자칫하면 바스러질 것 같았다. 그녀는 세심한 손길로 종이를 넘기며 안에 적힌 내용들을 살피기 시작했다. 엄마가 형사로 일하면서 기록해 둔 사건들이 순차적으로 정리되어 있었다. 수첩의 대부분을 넘긴 후 마지막 장을 펼치

자 빠르게 휘갈겨 쓴 글씨들이 나타났다.

'송현주', '1998년 5월 28일 학교 하교 후 행방불명', '시외버스터미널, 목격자 없음', '학교 수위 증언 번복', '7일째 가족에게 연락 없음', '가출이 아니라 실종'.

길영이 단어를 곱씹으며 머릿속에 내용을 정리해 나갔다. 그러다 문득 동그라미로 강조된 글씨에 시선이 머물렀다. 박홍주. 엄마가 마지막으로 주목한 이름이었다. 그녀는 수첩을 챙겨 바로 계양진 경찰서로 향했다. 엄마가 수첩에 남긴 마지막 내용에 대해 물어볼 사람은 한 명뿐이었다.

목적지에 도착한 길영은 다시 수첩을 꺼내어 뒤편에 끼어 있던 낡은 사진을 들여다보았다. 그것은 티 없는 얼굴로 웃고 있는 여고생 송현주의 사진이었다. 여고생의 행방불명이 단순 가출로 정리된 이유가 무엇일까. 엄마는 그때 왜 실종이라고 의심했을까. 여고생을 죽인 범인은 누구일까. 그녀의 머릿속에는 질문들이 끊임없이 이어졌다. 사진을 다시 수첩에 끼우고 차에서 내린 그녀는 경찰서장을 만나기 위해 건물 내부로 들어갔다.

미리 연락을 받고 기다리던 경찰서장이 인자한 얼굴로 맞이했다. 볕이 잘 드는 창가에는 잎이 깨끗이 닦인 식물들이 늘어서서 날렵한 자태를 보이고 있었다. 경찰서장이 손으로 소파를 가리키며 자리를 안내했다.

"잘 지내고 있어서 다행이구나. 그런데 계양진까지 무슨 일로 왔어?"

"송현주 사건에 대해서 물어볼 게 있어서 왔어요."

길영이 대답하자 경찰서장이 눈가에 힘을 주었다.

"그 사건은 왜?"

"아시잖아요. 엄마가 마지막으로 맡은 사건이었다는 거."

"그래, 그랬지."

길영이 엄마 이야기를 꺼내자 경찰서장의 얼굴에 어두운 기색이 번졌다.

"조사는 어디까지 돼 있나요?"

"이제 막 시신이 발견됐다. 지금부터 조사해 봐야지. 그런데 20년 전 사건이라 공소 시효 폐지도 적용이 안 돼."

경찰서장이 체념한 어조로 대답했다.

"공소 시효는 끝나도 범인은 찾아야죠. 용의자는 있잖아요. 엄마 수첩에서 봤습니다."

"그건 있을 수 없는 일이야."

"왜요? 이제는 너무 유명하신 분이라서요?"

"그건 너희 엄마의 터무니없는 주장이었어."

"그러면 왜 국회의원 아니, 당시 계양진 여고 이사장 딸 박홍주가 용의선상에 있었죠? 엄마랑 그때 같은 팀이었으니까 아시잖아요."

길영은 마치 취조를 하는 것처럼 예리한 질문들을 던졌다. 당황한 경찰서장이 시선을 피하며 차분하게 대답했다.

"그날 밤 늦게 학교에서 박홍주와 송현주 학생이 대화하는 걸 봤다는 수위의 증언이 있었어. 그런데 수위가 곧바로 진술을 바꿨어. 날짜를 착각했다고. 실제로 실종 당일에 박홍주 의원은 가족 모임이 있었다."

"박홍주가 그 학교 이사장 딸이었잖아요. 서장님도 잘 아시잖아요. 이런 경우는 늘 진술이 바뀌고, 잡혀도 불기소가 되고, 결국 흐지부지 묻혀 버리고. 재조사해야죠. 그 수위는 지금 어디에 있죠?"

경찰서장이 답답하다는 듯이 한숨을 푹 내쉬었다.

"길영아, 너희 엄마 대단했다. 정말 유능한 경찰이었어. 신참이었던 나한테도 잘해주고, 존경받을 만한 선배였다. 그날 일이 아직도 잊히지 않아."

경찰서장은 그날의 기억을 떠올리며 회한에 잠겼다. 찻잔을 들어 따뜻한 차를 한 모금 넘기고 나서 서글픈 얼굴로 말을 이었다.

"그 마지막 지원 요청 전화를 내가 받았어. 아직도 속에 뭔가 걸려 있는 것 같아. 이십 년 넘는 경찰 생활 중에 가장 후회되고 아픈 기억이야."

시선을 아래로 내리깔던 경찰서장이 고개를 들어 길영을 마주 보았다.

"나도 너와 같은 심정이야. 선배의 마지막 사건을 풀고 싶어. 하지만 이 사건 만큼은 선배의 오판이야. 증거도 없이 살인 사건이라고 했어."

"결국 엄마 말이 맞았잖아요. 가출이 아니라 살인!"

길영의 목덜미가 붉어졌다. 경찰서장은 물러서지 않았다.

"박홍주 의원을 용의자로 지목한 것 말이다! 선배가 왜 그런 억측을 했는지 지금도 모르겠다. 길영아, 그때 너희 엄마한테 했던 말이야. 박홍주 같은 사람들 잘못 건드리면, 우리 같은 사람들은 바로 옷 벗어야 한다. 너도 알잖아."

길영은 입을 굳게 다물고 끝내 대답하지 않았다.

계양진 경찰서를 찾아온 화평은 입구에서 서성이며 길영을 기다렸다. 그때 최윤으로부터 전화가 걸려왔다. 그는 박홍주가 이십 년 전 사건이 있었을 때 계양진에서 살았다는 사실을 알려주었다.

"박홍주? 우리 지역구 국회의원 말이야?"

"네, 알아봤더니 이십년 전까지 계양진에서 살았어요."

"계양진 여고는 박홍주 집안의 소유였고, 그 사람이 재단의 이사였어요."

"잠깐, 최 신부 아니, 네 형 사건이 있었을 때 같은 동네에 있었다는 거야?"

"네, 그리고 경력을 보니 비슷한 시기에 이사직을 그만뒀어요."

"그러면 최근에 상용시에서 다시 발생한 빙의 사건들은……."

"박홍주가 보궐 선거에서 상용시 국회의원이 된 시기랑 같습니다."

화평은 잠시 생각에 잠겼다. 최윤의 말대로라면 모든 빙의 사건들이 박홍주와 관련이 있었다. 과거부터 지금까지 이어진 사건들을 떠올리며 곱씹을수록 강렬한 촉이 뇌리를 스쳤다. 그가 눈가를 찌푸리며 나지막이 물었다.

"너도 같은 생각이야?"

"가능성은 있습니다. 그 빙의자들과 접촉한 것도 현재까지 박홍주가 유일하고요."

최윤은 섣불리 단정 짓지 않았다. 하지만 박홍주에게 초점을 맞추고 있는 것은 분명했다. 화평이 말을 보태려다가 경찰서를 빠져나오는 길영을 발견했다.

"알았어, 내가 다시 전화할게."

서둘러 통화를 마친 화평이 길영을 향해 뛰어가며 이름을 불렀다.

"어떻게 됐어요? 송현주 사건 용의자는 있어요?"

길영은 차에 올라타며 심란한 얼굴로 말했다.

"그거 알아서 뭐 하게?"

"최 신부 유골이 있던 장소 바로 옆에서 발견됐잖아요. 박일도랑 관련이 있다니까요."

"그건 아직 몰라. 단순 살인 사건일 수도 있어."

무심한 길영을 보고 답답해진 화평이 차 문을 붙잡고 다짜고짜 물었다.

"혹시 박홍주 알아요?"

"박홍주?"

"방금 마태오 신부와 통화했는데, 빙의자가 나눔의 손이라는 단체를 통해 박홍주와 연관이 있대요."

길영의 눈빛이 깊어졌다. 수면으로 올라온 단서들이 모두 한 곳을 가리키고 있었다.

"우연치고 이상하네. 사실 여고생 사건 용의자도 박홍주거든."

놀란 화평이 재빨리 조수석에 올라탔다. 길영은 계양진 경찰서를 빠져나와 주택가로 향했다. 옆에서 그가 혼잣말처럼 중얼거렸다.

"나눔의 손도 모자라서 그 여고생 죽인 범인까지 박홍주라니. 수상하네……."

"용의자지 범인은 아니야."

길영이 단호하게 선을 그었다.

"기자라고? 그때 그렇게 가출이 아니라고 해도 아무도 안 믿어주더니. 기사 한 줄 안 써주고."

화평을 흘겨보며 원망스러운 눈빛으로 말하는 사람은 송현주의 할머니였다. 길영은 할머니의 이야기를 들으면서도 집 안을 힐긋거렸다. 벽지 곳곳에 누런 얼룩이 있었고, 가구들은 모서리마다 칠이 벗겨져 있었다. 세 사람이 앉아 있는 거실 외에 작은 방 하나가 더 붙어 있는 조촐한 집이었다.

"저희는 송현주 씨 사건 범인을 꼭 잡고 싶어서 그러는 겁니다. 저랑 여기 제 후배 기자도요."

화평이 길영의 어깨를 툭툭 쳤다. 그녀는 어이가 없다는 듯이 아무 대꾸도 하지 않았다. 그가 재빨리 말을 이었다.

"그날 일을 자세히 말씀해 주시겠어요? 실종된 날이요."

"내가 말하면 우리 현주 그렇게 만든 놈 잡을 수 있는 거요?"

할머니의 목소리가 가늘게 떨렸다. 길영이 진중한 말투로 대답했다.

"노력해 볼게요."

"나랑 영감이랑 수십 번도 말했지만, 학교 가서 집에 안 온 거야. 갑자기 사라졌다고. 편지 한 장 없이, 한 마디도 없이."

"주위에 수상한 사람은 없었어요?"

"없었어. 학교랑 집밖에 모르는 애였어. 가출? 귀도 안 들리는 애가 어떻게 가출을 한다고!"

할머니가 속에서 천불이 나는 듯이 소리쳤다. 화평이 몸을 당겨 앉았다.

"귀가 안 들려요?"

"원래 귀가 안 들렸어. 지 부모 이혼하고 우리가 거뒀지. 하나밖에 없는 친손녀니까. 애 사라지고 우리 영감은 술로 살다가 먼저 갔어. 혹시나 애가 돌아올까 봐 물건도 안 치웠어."

할머니가 눈물을 훔치자 화평과 길영이 무거운 마음으로 고개를 돌렸다. 방 안쪽에는 송현주가 죽기 전에 쓰던 것으로 보이는 나무 책상이 있었고, 그 위에 교과서 몇 권과 물건들도 그대로였다. 할머니가 불현듯이 몸을 돌려 서랍에서 옷 한 벌을 꺼냈다.

"애가 없어지기 전날 입었던 옷이야. 우리 현주 냄새 없어질까 봐 빨지도 못 했어. 걔 생일 때 영감이랑 같이 가서 사준 옷인데……."

할머니가 애처로운 손길로 옷을 쓰다듬었다.

"혹시 그 일 있고 나서 이런 사람 본 적은 없어요? 요즘 사진이라 다를 거예요."

화평이 휴대전화로 박홍주를 보여주었다. 할머니가 화면을 빤히 쳐다보며 눈가를 찌푸리고 말했다.

"몰라, 처음 봐."

"다른 수상한 사람도 못 봤어요?"

이번에는 길영이 물었다. 그러자 할머니가 오른쪽 위로 시선을 올리며 오랜 기억을 떠올렸다.

"수상한 사람은 아니고, 여자 경찰이 맨날 찾아왔어. 유일하게 우리 말을 믿어줬는데……. 자기도 딸이 하나 있다고 했었어. 나중에 들으니까 그 사람도 근무 중에 사고로 죽었다고 하더구먼."

우울한 목소리였다. 순간 길영은 그 경찰이 바로 엄마라는 것을 알았다. 눈치를 챈 화평은 그녀를 힐긋거리며 안색을 살폈다.

송현주의 집을 나온 두 사람은 차에 올라탔다. 길영은 무덤덤한 표정으로 서랍을 열더니 수첩 하나를 꺼냈다. 한눈에도 낡아 보이는 수첩에는 얼룩진 핏자국이 남아 있었다. 그녀가 수첩을 열고 종이를 넘겼다.

"저 할머니 진술이 일관돼. 여기도 그렇게 쓰여 있어."

화평이 걱정스러운 목소리로 길영에게 물었다.

"괜찮아요?"

"아니, 안 괜찮아. 그때 이 사건 수사하느라 내 생일 까먹었다고 엄마한테 엄청 짜증냈었거든. 그걸 내가 다시 하고 있으니까 벌 받는 기분이네."

길영이 수첩에서 시선을 떼지 않은 채 말했다. 화평이 위로할 말을 찾으려는데 요란한 소리가 울렸다. 그녀가 주머니에서 휴대전화를 꺼내 전화를 받았다.

"네, 선배. 어디 있는지 찾았어요?"

길영이 귀를 바짝 대고 들려오는 목소리에 신경을 집중했다. 눈가에 힘이 들어가며 미간이 일그러지는 게 좋은 소식은 아닌 모양이었다. 그녀가 통화를 끊자 화평이 물었다.

"누구 찾아요?"

"박홍주가 그날 송현주 학생과 함께 있는 걸 봤다는 사람이 있어. 계양진 여고 수위로 일했던 김노석. 그 후에 진술을 번복했고, 지금은 정신병원에 있다는데?"

"증상이 뭔데요?"

"심한 편집증. 누군가 자길 죽이려고 한대."

길영의 말을 듣는 순간 화평의 얼굴이 굳어졌다. 그녀는 지체 없이 시동을 걸고 계양진 주택가를 빠져나왔다. 선배가 알려준 주소는 계양진 근처에 있는 정신병원이었다.

정신병원에 들어서자 위층 어딘가에서 울음소리가 들렸고, 간혹 비명처럼 악다구니를 쓰는 소리도 울렸다. 연락을 받고 일 층으로 나온 간호사는 건장한 체격을 가진 남자였다. 간호사가 길영의 신분증을 확인하고 건물 안으로 안내했다. 복도는 조명이 어두웠고 습한 공기가 흘렀다. 앞서 걸어가며 두 사람을 안내하던 간호사가 유리창이 없는 병실 앞에 멈춰 서고 설명했다.

"안전 수칙만 지키시면 돼요. 그런데 아마 처음 보는 분들이라 아무 말 안 할걸요?"

간호사가 열쇠로 방문을 열고 들어갔다. 새하얀 벽으로 둘러싸인 방에는 철제 침대 말고 아무것도 없었다, 퀴퀴한 냄새가 코끝에 스치자 길영이 미간을 찡그렸다. 산발을 하고 어설프게 옷을 입은 수위 김노석이 바닥에 앉아 초점이 나간 시선으로 그림을 그리고 있었다. 그녀가 가까이 다가가 무엇을 하는지 보려고 하자 그가 엉덩이를 움직여 몸을 돌려 앉았다.

"김노석 씨 경찰입니다. 몇 가지 여쭤볼 게 있는데요."

길영이 곁에 다가서며 또박또박 말했다. 김노석은 아무것도 듣지 못하는 사람처럼 바쁘게 손을 움직이며 그림을 그리는 데 여념이 없었다.

"이십 년 전에 계양진 여고에 있을 때 이 학생 사건 기억나세요? 송현주라는 학생인데요."

길영은 김노석이 볼 수 있도록 바닥으로 사진을 밀었다. 그의 눈동자가 살짝 움직였지만 표정은 변하지 않았다. 그녀는 포기하지 않고 재차 질문을 던졌다.

"송현주와 당시 재단 이사였던 박홍주가 늦게까지 만나는 걸 봤다고 증언하셨죠?"

김노석은 그림 그리기에 몰두한 채 고개조차 돌리지 않았다. 지켜보던 화평이 답답한 표정으로 숨을 내쉬었다. 간호사가 끼어들며 말했다.

"거봐요, 형사님. 소용없을 거라고 했잖아요. 몇 년째 말을 거의 안 해요. 말하면 자기를 죽인대요."

"누가 죽인대요?"

간호사는 대답 대신 손가락으로 그림을 가리켰다. 화평이 고개를 갸웃거리며 상체를 숙이고 그림을 들여다보았고, 깜짝 놀라 신음을 뱉으며 김노석을 향해 외쳤다.

"어르신! 이 그림 누구예요?"

입을 다문 김노석은 검은색 크레파스를 마구 휘두르며 검은 형체의 크기를 부풀렸다. 흰 종이 위에 괴이하게 서 있는 검은 덩어리는 사람의 형태와 비슷했지만 온전한 사람처럼 보이지 않았다. 무엇보다 둥근 얼굴에 새빨간 눈동자가 번뜩이고 있었다. 화평은 창백한 표정으로 허겁지겁 휴대폰을 꺼낸 다음 박홍주의 사진을 띄우고 김노석의 눈앞에 들이밀었다.

"혹시 이 사람 본 적 있어요? 그래서 그리는 거예요? 이 사람 봤죠? 박일도!"

김노석의 시선이 화평의 휴대폰에 머물렀다. 그러다 갑자기 동공이 확장되면서 공포에 질린 사람처럼 얼굴을 일그러뜨렸다. 그가 숨을 컥컥 들이마시며 발작을 일으키자, 화평은 어깨를 움츠리며 뒤로 물러섰다. 김노석은 병실 구석으로 달려가서 벽에 머리를 찧으며 괴성을 질러댔다. 간호사가 달려가 벽에서 그의 몸을 떼어내며 진정시키려 했지만, 그는 새파랗게 질린 얼굴로 자지러졌다. 갑작스러운 상황에 당황한 두 사람은 심각한 표정으로 그 광경을 쳐다보았다. 그의 발길질에 밀려난 그림이 화평의 발밑으로 미끄러졌다. 한쪽 눈이 뜯겨나간 것처럼 검은 구멍이 생긴 괴이한 형체는 빨간 눈으로 화평을 응시하고 있었다.

"박홍주예요. 박홍주가 박일도라고요."

"단정 짓지 마. 그거 가지고는 몰라."

정신병원을 빠져나온 화평이 흥분한 목소리로 떠들자 길영이 냉정하게 말했다.

"박홍주 사진 보고 놀라는 거 봤잖아요."

"저 사람 환자야. 그냥 발작일 수도 있다고. 네 말대로 박홍주가 박일도라면 왜 수위를 빙의시키지 않았지? 빙의되게 해서 죽일 수도 있잖아."

"빙의까지 시킬 필요도 없었겠죠. 저 상태니까. 그런데 그 그림 분명 박일도라고요. 그림 속 사람이 자기를 죽이려고 한다잖아요. 박일도가!"

화평이 확신하는 눈빛으로 의견을 세웠다. 그러나 길영은 섣불리 결론을 내릴 수 없었다. 모든 상황들이 박홍주와 관련이 있는 것은 분명했지만, 결정적인 증거가 없었다. 논리적인 수사로는 박일도라는 큰 귀신과 빙의 사건이라는 말도 안 되는 일들을 해결할 수 없는 걸까. 그녀는 꺼림칙한 기분에 사로잡혔다.

한미진

다음 날 출근한 길영은 계속 수첩을 만지작거렸다. 엄마가 남기고 간 마지막 단서가 조사를 이어가는 시작점이 되고 있었다. 그러나 단서만 가지고 모든 상황을 파악하기에는 빠진 부분들이 많았다. 다시 수첩을 펼쳐 첫 장부터 샅샅이 읽기 시작했다. 종이를 넘길 때마다 단서들이 이어지며 상황의 흐름을 보여주었지만 단 하나, 그녀가 모르는 번호가 있었다. 그 번호 옆에는 '13일 오후 6시'라는 날짜와 시간이 적혀 있었다. 문득 의문이 생긴 그녀는 휴대전화에 번호를 눌렀다. 신호가 몇 번 반복되며 길게 이어지다가 탁하고 낮은 남자의 목소리가 들려왔다.

"여보세요?"

"아, 저는 상용 동부 경찰서의 강길영 형사라고 합니다."

"형사요?"

"사건 조사 중인데 한 가지만 여쭤볼게요. 혹시 이십 년 전에 계양진 여고 다니던 송현주라는 학생 아세요?"

"계양진 여고면 내 딸 모교인데."

계양진 여고, 딸의 모교. 길영이 예리한 눈빛으로 집중했다. 이 전화번호가 계양진 여고 학생의 집이라면 분명 송현주와 관련이 있는 학생일 터였다. 길영은 남자로부터 딸의 전화번호를 알아내고 전화를 끊었다.

성당 앞에 택시가 한 대 멈춰 섰다. 재빠른 동작으로 문을 열어주는 택시 기사는 화평이었다. 기다리고 있던 최윤이 조수석에 올라타며 물었다.

"계양진 내려갔던 건 어떻게 됐습니까? 그 여고생 사건은 박홍주가 범인이 확실해요?"

"응, 당시 목격자를 만났어. 정신병원에 있는데, 박홍주 사진을 보더니 발작을 하더라고. 협박당해서 겁먹은 게 아니었어. 진짜 무서운 걸 본 사람 같았어. 정신병도 그게 원인일 거야. 박홍주가…… 박일도야!"

화평이 거침없이 말을 이었다. 얼굴에는 의심스러운 기색이 가득했지만, 확신이 선 말투였다. 최윤이 빠진 퍼즐 조각을 가리키는 것처럼 반박했다.

"그 여고생이 사라진 날짜는 형이 자살한 날보다 일주일 전이에요. 여고생을 죽인 범인한테 빙의되었다면 형은 빙의된 채로 자살하지 않았을 거예요."

최윤의 말을 들은 화평의 머릿속이 복잡해졌다. 뒤엉킨 생각들을 풀어내며 그가 조심스럽게 말했다.

"그건 말이야. 내가 생각해 봤는데 박홍주가 여고생 시신을 묻고 나서 다시 찾아가 보지 않았을까? 혹시 시신이 다른 사람 눈에 발견되지 않을까 불안했겠지. 범인은 현장에 다시 찾아가고는 하니까."

“그러면 거기서 형과 마주쳤을 거라는 말입니까?”

“경찰에 쫓기고 있는 최 신부의 몸 말고 자유롭게 다닐 수 있는 몸이 필요했을 거야. 그런데 여고생을 죽일 정도로 어두운 마음을 가진 박홍주를 만나서 바로 옮겨간 거지. 박홍주가 여고생 살인의 범인이라면, 분명 박홍주가 박일도일 거야!”

최윤은 혼란스러운 표정으로 골똘히 생각에 빠졌다. 화평의 추측은 가능성이 있었지만 그것이 사실이라면 지독한 우연임이 틀림없었다. 박일도에게 빙의된 형이 눈을 찌르고 자살하려고 선택한 장소에 딱 맞추어 나타난 여고생 살인범이라니. 게다가 그 살인범이 국회의원 박홍주라니. 섣불리 사실이라고 단정하기에는 어려운 상황이었고, 확실한 증거가 필요했다. 박홍주가 정말 여고생을 죽인 범인인지, 부마자가 확실한지 알아내야 했다. 최윤이 두 손을 힘주어 맞잡으며 마른침을 삼켰다. 형의 죽음에 한 발씩 거리를 좁히며 다가서고 있었다.

길영과 연락한 화평은 분식집 근처에 차를 세웠다. 송현주의 동창인 한미진이 운영하는 가게였다. 길영은 먼저 한미진을 찾아가 송현주에 대해 물었지만 아무것도 듣지 못했다는 말을 했다. 한미진이 송현주에 대해 진술하기를 꺼리는 모양이었다. 화평과 최윤은 길영과 함께 다시 한미진을 찾아갔다.

분식집 근처 버스 정류장에서 아들과 함께 버스를 기다리는 한미진이 보였다. 그녀는 얼빠진 사람처럼 어깨를 늘어뜨리고 흙먼지가 이는 바닥을 멍하니 응시하고 있었다. 버스가 오는 것을 발견한 어린 아들이 무작정 뛰어가려는 찰나, 최윤이 다가가 손을 붙들고 말했다.

“엄마랑 같이 가야지.”

낯선 사람의 목소리에 정신이 번쩍 든 한미진이 허겁지겁 달려왔다.

"혼자 가면 어떡해? 큰일 날 뻔했잖아!"

아들의 손을 잡으며 한미진이 소리쳤다. 그녀가 최윤을 향해 고개를 숙여 인사하자 그가 눈을 마주 보며 물었다.

"한미진 씨 맞죠?"

자신의 이름을 아는 낯선 사제를 보고 놀란 한미진은 눈썹을 치켜올렸다. 최윤이 무표정한 얼굴로 말을 이었다.

"송현주 씨에 대해 묻고 싶은 게 있는데요."

순간 한미진의 눈가가 미세하게 떨렸다. 멀리서 상황을 지켜보던 길영과 화평이 다가오자 한미진은 아들을 끌어당기며 다른 방향으로 걷기 시작했다. 낮에 찾아왔던 형사 길영을 알아본 탓이었다. 최윤이 따라가며 부탁했다.

"잠깐이면 됩니다."

"따라오지 마세요. 할 말 없다니까요."

한미진이 차가운 말투로 말했다. 그러자 화평이 크게 소리쳤다.

"송현주 씨 며칠 전에 발견됐어요!"

화평의 말을 듣는 순간 한미진은 그 자리에 얼어붙은 것처럼 걸음을 멈추었다.

"인근 산에서 유골로 발견됐어요. 이십 년 전에 사망한 채로요."

말을 보태자 한미진은 무너지듯이 바닥에 털썩 주저앉았다. 어린 아들이 옆에 서서 어리둥절한 표정으로 엄마를 쳐다보았다. 그녀는 밀려오는 감정을 주체하지 못하고 가슴 깊은 곳에 엉켜 있던 불안과 슬픔을 한꺼번에 터뜨리며 눈물을 뚝뚝 흘렸다.

"방문 닫을까요?"

화평이 안방에서 장난감을 가지고 노는 어린 아들을 바라보며 물었다. 한미진은 힘없는 미소로 아들을 보다가 대답했다.

"그냥 두세요. 그보다 무슨 말부터 해야 할지 모르겠어요. 이십 년 동안 말 못 한 일이라서……."

한미진이 말끝을 흐렸다. 예리한 눈길로 집을 살피던 길영이 부드럽게 물었다.

"송현주 씨와 친했나요?"

"많이 친했죠."

"실종된 날도 함께 있었나요?"

한미진이 주저하며 말을 삼켰다. 눈앞에 과거의 일들이 스쳐 지나가고 있지만 섣불리 입 밖으로 꺼내기 어려운 듯했다. 손가락을 만지작거리며 바닥을 응시하는 눈가에 불안한 기색이 역력했다.

"친구분을 위해서 말씀해 주세요. 그날 무슨 일이 있었던 겁니까?"

최윤이 나서서 설득했다. 그러자 한미진이 힘겹게 입을 열었다.

"그날 늘 그렇듯이 교문 앞에서 기다리고 있었어요. 학교 마치면 항상 집에 같이 갔으니까."

한미진의 시선이 화평과 길영 사이를 방황했다. 그녀의 눈앞에 보이는 것은 오래전 그날의 기억인 듯했다. 불이 꺼진 교문과 텅 빈 운동장, 그리고 점멸하는 가로등 불빛, 발로 바닥을 툭툭 차며 흙먼지를 일으키는 고등학생 한미진.

"반이 달라서 교문 앞에서 만나기로 했는데 현주가 나오지 않았어요. 그래서 교실로 찾으러 갔죠."

세 사람은 한미진의 말에 집중했다. 그때의 기억을 떠올리기가 괴로운지 한미진은 간간히 마른침을 삼키며 숨을 골랐다.

송현주를 찾아 어두운 학교 안으로 다시 들어간 한미진은 복도를 걸어가다가 불이 켜진 교실을 발견했다. 그리고 그 안에서 들려오는 신경질적인 목소리에 재빨리 몸을 숨기고 유리창 너머를 훔쳐보았다. 잔뜩 화가 난 것처럼 소리치는 사람은 젊은 시절의 박홍주였다. 그녀는 송현주와 마주 선 채 살기 어린 눈으로 노려보고 있었다. 한미진이 안으로 들어가 도와주어야 할지 고민하는 순간 박홍주가 송현주의 머리를 거칠게 가격하며 악다구니를 썼다.

"분명 현주가 이사장 딸과 함께 있었어요."

한미진이 고개를 들어 길영에게 말했다.

"이사장 딸이면, 박홍주요?"

"네, 아시네요?"

"왜 맞고 있었죠?"

화평이 궁금하다는 듯 물었다.

"이유는 모르죠. 그 여자, 우리 학교에서 유명했어요. 성질 더럽고, 자기 멋대로고 아무도 못 건드렸어요. 심지어 선생님들한테 소리 지르고, 물건도 막 던지고."

말을 하던 한미진이 갑자기 고개를 떨어뜨리고 낮은 신음을 흘렸다. 마치 유리창 아래 숨어서 몰래 교실을 지켜보던 그날 밤으로 되돌아간 것처럼 보였다. 말을 이어가는 목소리가 가늘게 떨렸다.

"그날도 현주가 야단맞는 걸 보고 잘못 걸렸구나, 생각했어요. 몇 대 맞다가 끝나겠지 했어요. 그런데 이사장 딸이 현주 머리를 계속 때리고, 가슴을 밀치고, 볼펜으로 몸을 찌르더라고요."

한미진이 말해준 내용은 충격적이었다. 박홍주에게 맞던 송현주가 갑자기 열이 뻗쳤는지 박홍주를 뒤로 밀어버리고 도망치려 했다. 가방을 메고 교실 문으로 뛰어나가려는 순간 뒤에서 머리카락을 확 잡아당겼고, 무게가 뒤로 쏠린 송현주가 균형을 잡지 못하고 바닥으로 넘어졌다. 박홍주는 그 순간을 놓치지 않고 머리채를 잡아서 구석으로 질질 끌고 갔다. 한미진은 놀라서 숨을 쉬는 것도 잊은 채 그 모습을 지켜보았다. 점점 시야에서 사라지는 송현주의 몸은 마치 물건인 것처럼 조금의 미동도 없었다. 한미진은 미친 듯이 뛰는 심장 소리에 질끈 눈을 감았다. 자신이 본 것이 끔찍한 악몽인지 현실인지 잘 구별이 되지 않았다. 다시 눈을 떴을 때는 가느다란 다리만 보일 뿐 몸은 잘려 나간 것처럼 벽에 가려 보이지 않았다. 무엇보다 누워 있는 송현주를 내려다보는 박홍주의 표정이 소름 끼치도록 서늘했다.

"움직임이 없었어요. 꼭 죽은 사람처럼……."

한미진은 괴로운 듯이 눈가를 찡그렸다. 그날 밤 그녀는 입을 틀어막은 채 송현주를 향해 달려가야 하는지, 도망쳐야 하는지 갈등했다. 그러나 박홍주가 인기척을 들은 것처럼 복도 창 쪽으로 고개를 돌렸고, 한미진은 고개를 푹 숙이고 몸을 숨겼다. 그 잠깐의 시간은 기나긴 지옥처럼 느껴졌다. 발소리가 들리지 않는 것을 확인한 그녀는 재빨리 복도를 빠져나왔다. 누구라도 어른에게 도움을 요청해야 한다는 생각뿐이었다. 그때 계단 아래에서 마주친 사람이 바로 김노석이었다. 당시 계양진 여고 수위였던 그는 겁에 질린 그녀의 말을 듣고 바로 교실로 뛰어갔다. 그러나 잠시 후 다시 돌아온 김노석은 넋이 나간 사람처럼 이상하게 변해 있었다.

"현주가 괜찮은지 물었더니 별일 아니라고 했어요. 그리고 밤이 늦었다고 얼른 집에 가라고……. 그리고 그날 본 일을 아무한테도 절대 이야기하지 말라고 했어요. 그런데 다음 날 현주가 학교에 나오지 않았어요. 이튿날도, 그다음 날도. 선생님은 현주가 가출했다고 했고요."

"왜 경찰에 이야기하지 않았어요?"

"무서웠어요. 괜히 말했다가 학교에서 쫓겨날 것 같고. 경찰에서도 그냥 가출이라고 하니까 내가 그날 잘못 본 건가 싶기도 하고……. 그런데 유일하게 저한테 물어보는 여자 경찰이 있었어요. 가출이 아닌 것 같다고 하면서."

여자 경찰이라는 말에 길영이 반응했다. 화평과 최윤도 같은 생각이 들었는지 서로 시선을 교환했다. 한미진이 계속 말을 이었다.

"그 경찰분이랑 만나면 다 말해야지 결심도 했어요. 그런데 만나기 하루 전날, 그분이 사고로 죽었다는 이야기를 들었어요. 무슨 일가족 살인사건에 휘말렸다고."

이야기를 듣던 최윤이 불편한 듯이 시선을 옮겼다. 길영이 나서며 한미진에게 물었다.

"지금이라도 증언해 줄 수 있어요?"

"못 해요."

한미진이 고개를 흔들며 어깨를 움츠렸다. 기억을 떠올리고 입 밖으로 말을 꺼내는 것만으로도 버거운 모습이었다. 길영은 눈치를 살피며 조심스러운 말투로 말했다.

"뭔가 협박이나 그런 걸 당했나요?"

"그게…… 그날 현주가 어떻게 된 건지 궁금해서 수위 아저씨를 다시 찾아갔어요. 그런데 아저씨가 뭔가를 그리고 있더라고요. 검은 덩어리처럼 보이는 이상한 낙서였어요. 아저씨한테 물어볼 게 있다고 하니까 갑자기 무서운 얼굴로 노려보면서 말하지 말라고 했어요."

"묻지도 않았는데 말하지 말라고 했다고요?"

화평이 의아한 말투로 묻자 한미진이 고개를 끄덕였다.

"누가 지켜보는 것처럼 주위를 두리번거리면서 그놈이 들을 수도 있다고 했어요."

한미진의 표정이 일그러졌다. 김노석의 이상한 행동이 무섭게 느껴졌던 모양이었다.

"현주가 집에 오지 않았다고 말하려는데 아저씨가 갑자기 달려들어서 목을 졸랐어요. 말하면 그놈이 죽인다고……. 다 죽인다고. 수사하던 여자 경찰도 그래서 죽은 거라고."

한미진은 찬바람을 맞은 것처럼 가늘게 몸을 떨었다. 마치 어제 일처럼 생생하게 두려움을 느끼고 있었다.

"말하면 죽는다는 말이 잊히지 않았어요. 그 뒤로 아무 말도 못 했어요. 그냥 현주가 가출한 거라고 믿고 살았어요. 그게 속 편하니까."

한미진이 입안을 쓰게 삼켰다. 잠시 장난감 자동차를 밀며 다가오는 아들을 바라보다가 품 안에 안았다. 가늘고 부드러운 아들의 머리카락을 쓸어 넘기던 그녀는 힘없는 목소리로 말을 이었다.

"현주한테 너무 미안해요. 가끔 꿈에도 나와요. 원망하는 얼굴로 나를 쳐다봐요."

자동차를 허공에 움직이며 장난을 치던 아들이 자리에서 일어나 바닥에 바퀴를 대고 달려갔다. 반대편에 앉아 있던 화평이 아들의 장난을 받아주며 뒤로 넘어지는 시늉을 했다. 아들이 웃으며 다시 뒤로 멀어졌다가 자동차를 밀며 달려오기를 반복했다. 한미진은 그 모습을 멍하니 바라보다가 회한이 섞인 말투로 말했다.

"분식집에 오는 고등학생 애들 보면, 늘 현주 생각이 나요. 걔는 귀가 안 들려서 친구는 나밖에 없었는데. 그날 본 걸 사람들한테 말 못 해줬어요. 그래서…… 현주가 나한테 벌을 주나 봐요. 우리 애도 귀가 안 들려요."

이야기를 듣던 길영과 최윤이 놀라 어린 아들을 쳐다보았다. 한미진은 복받치는 감정을 참지 못하고 눈물을 뚝뚝 흘렸다. 거실에 흐느끼는 울음소리가 퍼졌지만 아들은 해맑은 웃음을 지으며 놀이를 계속했다. 세 사람은 우울한 눈빛을 교환했다. 울음소리는 한참 동안 그치지 않았다.

한미진의 빌라를 나오자 어느새 해가 저물어 있었다. 어둑어둑해진 거리를 터덜터덜 걸어가던 길영이 갑자기 걸음을 멈추고 한숨을 푹 내쉬었다. 정신병원에서 발작을 일으키는 수위 김노석과 겁에 질려 진술을 거부하는 한미진. 둘은 모두 송현주를 죽인 범인을 밝힐 수 있는 목격자였지만, 이대로 입을 다문다면 처벌은커녕 수사도 할 수 없었다. 머릿속이 복잡해진 그녀가 머리카락을 마구 털어내며 말을 뱉었다.

"유일한 목격자 두 명 다 증언을 못 하는 상황이네."

"경찰은 필요 없어요."

화평이 길영 앞에 서며 딱 잘라 말했다. 길영과 최윤이 의아한 얼굴로 쳐다보았다.

"박홍주가 여고생 살인범이 맞았어요. 박홍주가 박일도예요. 이제는 우리가 잡아야죠."

성급하게 결론을 내리는 화평을 보자 길영은 울컥 열이 뻗쳤다. 그녀가 숨을 크게 들이마시며 화를 누르고 차분하게 말했다.

"여고생 살인범은 맞는데 박일도인지는 아직도 모르겠어. 만약 박일도라고 쳐. 어떻게 잡을 건데?"

갑자기 최윤이 나서며 길영을 향해 대답했다.

"윤화평 말이 맞아요. 경찰보다는 저희가 해야 합니다. 강 형사님은 여기서 손 떼세요."

"무슨 소리야? 나도 박일도 잡고 싶은 사람이야. 꼭 잡아야 하고!"

"위험하니까 그러는 겁니다. 이 일에 계속 관여하면 위험해져요."

냉정하게 말하는 최윤의 눈빛이 진지했다. 그러나 더욱 부아가 치민 길영은 붉어진 얼굴로 발끈했다.

"전에도 말했지만 네 걱정은 필요 없어!"

"당신 어머니와 똑같은 일을 반복할 겁니까?"

최윤은 일부러 가슴을 날카롭게 찌르는 말을 던졌다. 울컥한 길영이 달려들어 그의 멱살을 움켜쥐었다. 옷자락을 쥔 손에 힘이 들어가며 숨통을 조였으나 그는 조각처럼 차가운 시선을 바꾸지 않았다. 상황이 심각해지자 화평이 말리며 두 사람을 떼어냈다. 그런 다음 분위기를 바꾸려는 것처럼 능청스럽게 말했다.

"좋게 좋게 합시다. 이럴 때가 아니에요."

길영은 분이 안 풀리는지 씩씩거리며 최윤을 외면했다.

"다른 구마 사제 없냐? 나도 저 자식이랑 안 하련다."

말을 뱉은 길영은 차에 올라타 시동을 걸었다. 그녀는 두 사람을 놔둔 채 먼저 출발해 버렸다. 화평은 차가 멀어지며 일으킨 흙먼지를 허무하게 바라보며 이죽거렸다.

"참 잘하는 짓이네요, 신부님. 말 좀 예쁘게 하면 안 돼? 강 형사 엄마 이야기는 거기서 왜 꺼내?"

"저분은 이 일에서 빠져야 합니다."

"아니, 네가 왜 그러는지는 아는데……. 박일도 잡으려면 강 형사 도움도 필요하니까 좀 참고서……."

"도움받자고 위험에 끌어들여요? 당신은 저분한테 미안한 마음도 없습니까?"

최윤이 말을 자르고 소리쳤다. 화평을 바라보는 눈길에 분노와 원망이 뒤섞여 있었다.

"있어, 있다고. 너한테도…… 미안하고! 그럼 너도 이 일에서 빠지게 할까? 나는 그렇게 못 하거든. 지금은 그거 따질 때가 아니잖아. 더 이상 죄 없는 사람들 죽는 것도 보기 싫어. 그러니까 하루빨리 박일도 없애고, 이 빌어먹을 생활 좀 청산하자!"

화평이 진절머리 난다는 듯이 몸서리를 쳤다. 최윤은 씁쓸한 표정으로 말을 삼켰다.

"이제 다 왔어. 박일도가 바로 앞에 있어. 박홍주 만나서 마지막으로 확인만 하면 돼."

"만나봤지만 부마자인지 알 수 없었다니까요."

"아니, 나는 만나보면 알 거야. 박일도한테 빙의된 적이 있으니까. 분명히 뭔가 다를 거야."

화평이 확신에 찬 말투로 말했다. 최윤은 눈가를 찌푸리다가 가로등이 느리게 점멸하는 골목길을 향해 걷기 시작했다. 빛이 꺼질 때마다 그의 뒷모습이 어둠 속으로 사라지는 것처럼 보였다.

목격자

녹음이 짙은 공원에는 자원봉사 행사가 한창이었다. 거리를 청소하는 주부들이 입고 있는 녹색 조끼에는 '나눔의 손'이라는 글자가 선명했다. 자원봉사자들은 양손에 빗자루와 쓰레받기, 그리고 쓰레기를 담을 봉투를 들고 분주하게 움직이고 있었다. 그들 중에 환하게 웃으며 주위 사람들과 대화를 나누는 한 여자가 있었다. 이야기에 귀를 기울이다가 친절하고 재치 있게 반응하며 특유의 친화력을 보이는 여자는 바로 박홍주였다. 화평은 굳은 얼굴로 멀찍이 떨어져 그 모습을 지켜보았다. 잠시 후 주변을 지키던 보좌관이 잠시 통화를 하러 물러난 사이 화평이 다가갔다.

"어? 박홍주 의원님 아니세요?"

화평이 깜짝 놀란 표정을 지으며 말을 걸었다.

"안녕하세요."

박홍주가 환하게 웃으며 인사했다. 화평이 반가운 기색을 보이며 두 손을 내밀었다.

"저 의원님 지지자입니다. 의원님이랑 같은 고향이에요. 계양진이요."

"아 그래요?"

"그런데 의원님 그거 아세요? 계양진에서 이십 년 전에 실종된 여고생이 유골로 발견됐대요."

화평이 예리한 눈길로 박홍주의 표정을 살폈다. 박홍주가 담담한 말투로 대답했다.

"그 이야기는 처음 듣네요."

"어떻게 모르시지? 최근에 거기서 유골이 두 개나 나왔다던데."

"지역구에만 신경 쓰다 보니 고향 일은 잘 몰랐네요."

"아! 혹시 그 죽은 여고생이랑 아는 사이 아니세요?"

화평이 불쑥 질문을 던졌다. 그러나 박홍주는 전혀 모르겠다는 얼굴로 되물었다.

"아니요, 무슨 말씀이시죠?"

"에이, 의원님이 이사로 계시던 학교 학생인데 진짜 모르세요?"

화평이 가까이 다가서며 다그쳤다. 박홍주가 입가에 미소를 지었다.

"모른다니까요."

"그러면 박일도라는 이름은요?"

박홍주는 변함없이 여유로운 미소로 화평을 응시했다. 그녀가 가볍게 인사를 하고 돌아서는 순간 그는 속에서 울컥 열이 치밀었다. 분을 참지 못한 그가 팔을 낚아채려는데 불쑥 누군가 끼어들었다.

"의원님, 안녕하세요. 동부 본당에서 뵙던 마태오입니다."

"안녕하세요, 신부님. 여기는 웬일이세요?"

“나눔의 손 봉사 활동이 있다고 해서 저도 왔습니다, 의원님.”

최윤이 예의 바른 말투로 말하며 작은 십자가가 장식처럼 달린 기다란 묵주를 내밀었다. 박홍주가 의아한 표정으로 물었다.

“이건 뭐죠?”

“늘 나눔의 손을 도와주셔서 선물을 드리고 싶어서요. 축복 기도를 하고 드리겠습니다.”

최윤이 박홍주의 손에 묵주를 쥐여주고 다른 한 손으로 그 위를 포개어 덮었다. 그런 다음 그녀의 안색을 살피며 침착하고 단조로운 목소리로 기도문을 외웠다.

“모든 거짓과 사악함으로부터 우리를 지켜주시옵시고, 우리의 모든 영혼이 하느님 안에만 머물게 하시옵소서. 아멘.”

박홍주는 담담한 표정으로 기도하는 최윤을 응시했다.

“마음에 드네요.”

박홍주가 고맙다는 인사를 전하고 봉사자들 무리 속으로 발길을 돌렸

다. 내심 그녀가 박일도일 거라고 의심했던 그는 혼란스러운 표정을 지었다.

"아닌 것 같아요. 전혀 반응이 없어요."

부마자라면 십자가와 기도문에 태평한 표정을 지을 수는 없었다. 하지만 화평은 수긍할 수 없다는 듯이 중얼거렸다.

"뭔가 잘못된 거야."

"마태오!"

그때 등 뒤에서 최윤을 부르는 소리가 들렸다. 둘이 고개를 돌리자 조금 떨어진 곳에 양 신부가 서 있었다. 인적이 드문 곳으로 자리를 옮긴 세 사람은 자못 심각한 분위기였다. 양 신부가 들려준 이야기 때문이었다. 최윤이 미간을 찡그리며 되물었다.

"완전 빙의요?"

"너도 들어봤잖아. 빙의된 기간이 오래되면 악령이 그 사람의 모든 것을 지배하게 된단다. 십 년, 이십 년……. 영혼과 육체를 완벽하게 가지게

되는 거지. 부마자가 아닌 그 자체."

"그런 사례가 있었습니까?"

"외국에서 그런 경우가 몇 번 있었다. 세월이 오래되지 않아도 악령의 힘이 너무 커서 그런 경우도 있고."

"어떻게 구분하죠? 알아보는 방법이 있나요?"

대화에 집중한 화평이 끼어들었다.

"힘들 겁니다. 완전 빙의자는 교회에도 나가고, 십자가나 성수, 그리고 성경에도 쉽게 반응 안 합니다. 참고 견딜 수 있어서 위장하는 거죠."

혼란스러워진 최윤이 어두운 표정으로 물었다.

"방법이 없습니까?"

"글쎄, 그 악마성을 못 견뎌서 스스로 드러내기 전까지 방법이 있을지……."

양 신부가 말끝을 흐리자 화평이 말했다.

"구마 의식을 하면 쫓아낼 수는 있는 건가요?"

"몇 달이 걸리거나 몇 년이 걸려서 했다는 기록은 있어요."

양 신부의 말에 분위기가 무겁게 가라앉았다. 최윤과 화평은 심란한 마음으로 공원을 빠져나왔다. 앞서 걸어가던 화평이 뒤를 돌아보며 말했다.

"다시 만나보자."

"만나서 어떻게 하려고요. 조금 전에 봤잖아요. 십자가와 기도에 반응도 안 했어요."

"그건 아는데……. 그래도 일단 다시 만나보자니까! 스스로 박일도라고 드러내게 만들자고."

화평의 목소리에 조바심이 묻어났다. 최윤이 답답하다는 듯이 말했다.

“가까이 가지도 못하는데 어떻게요? 박홍주, 국회의원이라고요.”

“시간이 없어. 우리가 눈치챈 거 알 거야. 박일도가 박홍주 몸 버리고 다른 몸으로 옮기면 어떡해? 당장 뭐라도 해야 한다니까!”

“진정 좀 해요. 정말 박일도인지 확인할 방법부터 찾아야 합니다.”

최윤이 흥분한 화평을 향해 나무라듯이 말했다. 화평은 한숨을 푹 내쉬며 답답한 얼굴로 제자리를 빙글빙글 맴돌았다. 그러다 문득 어릴 적 일들을 떠올렸다. 박일도에 빙의된 친척이 제 눈을 빼낼 것처럼 과격하게 문지르던 모습과 결국에는 칼로 제 눈을 찌르고 죽어가던 모습, 그리고 자신의 몸에 박일도가 들어왔을 때 세상의 절반을 집어삼켰던 어둠.

“그래, 눈! 오른쪽 눈이 안 보일 거야. 과거에 박일도가 마을에 나타났을 때 눈을 찌르고 물에 뛰어들었어.”

“빙의자들이 모두 눈을 찌르는 것도 그것 때문입니까?”

“그래, 그래서 눈을 찌르는 거야. 박일도 본체가 빙의되면 한쪽 눈이 안 보여. 친척 아저씨도 그랬고, 나도 한쪽 눈이 안 보였어. 확인하고 구마 의식 하자. 그럼 되는 거지?”

화평의 목소리가 한층 높아졌다. 순간 최윤이 난색을 보이며 말을 더듬었다.

“구마…… 의식 못 합니다.”

“무슨 소리야?”

“구마 사제직을 박탈당했어요. 김영수 씨 사건 때문에요. 말하려고 했는데…….”

최윤이 말끝을 흐렸다. 화평이 감정을 주체하지 못하고 욕지기를 했다.

“그냥 무시하고 하자. 그 답답한 교회 꼰대 말 듣지 말고!”

"제 마음대로 할 수 있는 일이 아니에요. 교회에는 원칙과 규칙이 있다고요."

최윤이 강경하게 의견을 내세우자 화평이 목에 핏대를 세우며 소리쳤다.

"그놈의 원칙! 규칙! 됐어. 하지 마!"

화평이 화를 쏟아 내고 돌아서서 성큼성큼 가버렸다. 최윤은 그의 뒷모습을 보며 고개를 절레절레 흔들었다. 그의 불같은 성질이 일을 망칠 것 같은 예감이 들었다.

경찰서 복도에서 길영은 심각한 표정으로 통화를 하고 있었다. 수화기 너머 들려오는 목소리는 계양진 경찰서의 경찰서장이었다.

"서장님, 송현주 유골 감식 결과 나왔나요? 사인이나……."

"아무것도 알려줄 수 없다."

경찰서장이 단칼에 말을 자르자 길영이 흠칫 놀라서 물었다.

"무슨 말씀이세요?"

"내가 말했잖아. 공소 시효도 끝난 사건으로 문제 일으키지 말라고."

"제가 말씀드렸잖아요. 엄마 사건……."

"선배가 틀린 거라고 했잖아! 네가 하는 짓이 얼마나 심각한지는 알기나 하냐? 수사권 침해에 관할권 침해야! 그 학교 수위였던 사람도 만났다며?"

경찰서장은 이전과 확연히 달라진 태도로 날카롭게 소리쳤다. 혼을 내는 것처럼 고압적인 목소리가 길영의 귓가에 불쾌하게 파고들었다. 당황한 그녀가 살짝 물러나는 태도를 보였다.

"그건 죄송합니다."

"그 사람 너를 만나고 나서 사라졌어. 병원에서 탈출했다고."

"네?"

길영이 눈을 커다랗게 뜨고 깜빡거렸다. 경찰서장은 강경한 말투로 한 번 더 경고하더니 일방적으로 전화를 끊어버렸다. 그녀는 갑자기 뒤통수를 맞은 사람처럼 멍한 표정으로 허공을 응시했다.

자리로 돌아간 길영은 정신병원 연락처를 검색해 전화한 다음 지난번에 만났던 간호사를 찾았다. 김노석 환자에 대해 묻자 간호사가 목소리를 낮추고 대답했다.

"김노석 씨가 형사님 만나고 난 그다음 날인가? 그때부터 좀 달랐어요."

"어떻게요?"

"증세도 덜 보이고 그림도 안 그려서 괜찮은 줄 알았는데……. 아무튼 지금 찾는다고 난리 났어요."

간호사가 한숨을 푹 내쉬며 지친 기색을 보였다. 길영이 눈가에 힘을 주며 물었다.

"혹시 저 말고 찾아온 사람은 없었어요?"

"아니요, 딱히 특별한 방문객은 없었는데 어제는 갑자기 말을 하더라고요."

"무슨 말이요?"

"여자 이름을 몇 번 말하면서 만나고 싶다고 했어요. 한미진이라고."

이름을 듣는 순간 길영이 충격을 받은 표정으로 숨을 삼켰다. 정신병원에서 만났던 김노석은 일상적인 대화도 불가능한 상태였다. 그런데 갑자기 이십 년 전에 알았던 한미진의 이름을 입에서 꺼내다니. 말하면 죽는다고 했다며 겁에 질려 있던 한미진의 모습이 눈앞을 스치고 지나갔다.

길영은 경찰서를 뛰쳐나와 서둘러 차를 몰았다. 한미진의 분식집으로 향하는 내내 불길한 예감이 온몸을 휘감았다. 이 시간이라면 남편과 함께 분식집에서 일하고 있을 거라는 사실을 떠올리며 마음을 다잡았지만, 얼굴을 직접 봐야 안심할 수 있을 것 같았다. 분식집 앞에 차를 멈추었을 때 창가에서는 환한 불빛이 새어 나오고 있었다. 그녀가 안도의 숨을 내쉬며 안으로 들어서자 행주를 들고 테이블을 닦고 있던 한미진의 남편이 인기척을 느끼고 돌아보았다.

"또 오셨네요?"

한미진의 남편은 반갑지 않은 기색이었다. 길영이 다녀간 이후 내내 힘들어하던 아내의 모습이 떠오른 탓이었다. 길영이 불편한 마음을 감추며 물었다.

"한미진 씨 어디 가셨나요?"

"집에 있어요. 대체 무슨 일인데요?"

송현주 사건의 내막을 모르는 남편이 언성을 높였다. 길영이 고개를 작게 흔들며 빠르게 대답했다.

"아무것도 아닙니다."

고개를 숙여 인사를 하고 분식집을 나서려던 길영이 문득 걸음을 멈추었다. 혹시나 하는 생각이 머릿속을 스쳤기 때문이었다.

"그런데 혹시 낯선 사람이 찾아오지 않았어요? 칠십 대 정도의 남자분이요."

"어? 아까 그런 사람 왔다가 갔는데요. 조금 이상한 사람이던데."

한미진의 남편이 고개를 갸웃거렸다. 길영은 그가 본 사람이 김노석일 거라는 생각이 들자 급격히 얼굴이 굳어졌다. 그는 기어코 한미진을 찾아 이곳까지 온 모양이었다. 정신병원에 있던 그가 이제 와서 그녀를 찾아온 이유는 하나뿐이었다. 말하면 죽는다. 그 말을 실행하기 위해서였다. 만약 그가 벌써 집으로 그녀를 찾아갔다면? 길영의 심장이 미친 듯이 뛰기 시작했다. 얼굴이 창백해진 길영은 분식집을 뛰쳐나가 그녀의 집으로 향했다.

길가에 급하게 택시를 세운 화평은 의자 등받이를 뒤로 눕히고 등을 기댔다. 갑자기 잠이 쏟아지는 것처럼 정신이 멍해지면서 온몸에 힘이 풀어졌기 때문이었다. 팔짱을 낀 채로 지그시 눈을 감자 장막이 드리우듯이 눈앞에 일그러진 장면들이 펼쳐지기 시작했다.

조막만 한 손이 장난감 자동차를 밀며 바퀴를 굴렸다. 그 뒤로 커튼이 가볍게 흔들렸고, 주홍색 조명등이 둥글게 불빛을 밝혔다. 시선이 움직이면서 소파 위로 향하자 팔을 베고 누워 얕은 잠을 자고 있는 여자가 보였다. 천천히 거리가 가까워지면서 여자의 얼굴 위로 검은 그림자가 드리워졌다. 숨결이 지나는 목덜미가 일정하게 부풀었다 줄어드는 것을 잠시 바라보다가 몸을 돌려 부엌으로 걸어갔다. 이곳저곳을 두리번거리며 찾은 것은 날카롭게 벼린 부엌칼이었다. 손을 뻗어 칼을 쥐고 몸을 돌리는 순간 잠에서 깬 여자가 겁에 질린 표정으로 서서 이쪽을 바라보았다. 여자는 누구인지 묻다가 시선을 아래로 내리고 손에 쥔 부엌칼을 발견했다. 충격을 받은 여자는 갑자기 두리번거리며 무언가를 찾다가 아이가 있는 안방으로 쏜살같이 달려들어 가 문을 잠갔다. 칼을 든 손이 안방을 향해 저벅저벅 걸어가 문고리를 잡고 거칠게 비틀었지만 쉽사리 열리지 않았다. 점점 숨소리가 거칠어지면서 기이한 목소리로 중얼대기 시작했다. 손을 번쩍 들어 칼을 휘두르며 문을 찍어대자 나무 문이 칼날에 부딪히면서 요란하게 울렸다. 퍽, 퍽, 퍽. 칼을 찍어내릴 때마다 쇳가루가 섞여 있는 것 같은 탁한 숨소리가 들렸다. 드디어 문에 구멍이 뚫리고 찢긴 틈새로 들여다보니 두려움 가득한 눈빛으로 서랍에서 재단용 가위를 집어 드는 여자가 보였다. 칼을 쥔 손에 불끈 힘이 들어갔다. 계속해서 칼로 문짝을 찍어대자 틈새 주위가 너덜거리며 벌어졌다. 반대편 손을 그 사이에 억지로 집어넣어 문고리를 돌렸다. 딸각, 소리가 나며 문이 열리는 순간 여자를 향해 달려들었다. 여자는 두 손을 벌벌 떨며 가위를 쥐고 머리 위로 들어 올렸다. 그러나 간발의 차이로 부엌칼이 먼저 여자의 목을 파고들었고, 부드러운 목덜미에 길고 단단한 칼날이 푹 들어가며 새빨간 피가 분수처럼 뿜어져 나왔다. 여자의 검은 눈동자가 커지면서 생기가 빠르게 사라졌다. 숨을 헐떡이는 목에서 칼이 빠져나가고 다시 다른 방향으로 칼날이 지나가며 목을 그었다. 여자가 콸콸 쏟아지는 피를 막으려는 듯이 손으로 목을 더듬었지만 이내 바닥으로 푹 쓰러졌고 가늘게 숨을 몰아쉬었다. 칼은 멈추지 않고 마른 여자의 상체를 관통했다. 푹푹 들어간 칼날이 뼈까지 파고들어 문짝을 찢는 것처럼 서걱거렸다. 벌어진 상체에서 장기가 새어 나왔고, 온몸에서 피가 흘렀다. 안방은 마치 커다란 어항을 쏟은 것처럼 찢긴 살 조각과 피 웅덩이로 가득했다. 죽음을 확인하듯이 칼날이 심장을 뚫을 때 이미 여자의 눈동자는 잿빛이었다.

위용, 위용, 위용. 사이렌 소리가 귓가를 파고드는 순간, 화평이 화들짝 잠에서 깨어났다. 온몸을 파고든 불쾌한 기운이 사라지지 않고 손끝에 머물렀다. 천천히 숨을 고르며 이마에 흥건한 땀을 닦았다. 감응에서 벗어난 그는 입술을 지그시 깨물며 멍한 감각을 일깨웠다. 안방에 가득한 피 웅덩이와 그 위에 둥둥 떠오른 시신처럼 보이는 여자, 그리고 잔혹한 살인과 끔찍한 죽음. 그는 속에서 구역질이 치미는 것을 느끼고 급히 차 문을 열었다. 찬바람이 얼굴에 스치자 온몸을 무겁게 내리누르던 어두운 기운이 희미해지는 듯했다. 그때 조수석에 올려둔 휴대전화가 울렸다. 통화를 연결하자 최윤의 목소리가 들렸다.

"그 수위가 있던 병원, 나눔의 손을 후원하던 병원이었어요."

"무슨 말이야?"

"박홍주와 수위가 병원에서 마주쳤을 수도 있다는 말이에요."

최윤의 말을 들은 화평이 심각한 표정을 지었다. 환영 속에서 보았던 여자의 뭉그러진 얼굴이 불현듯 누군가와 겹쳐졌다.

"잠깐만……. 한미진 씨가 위험한 것 같아."

"그게 무슨 소리예요?"

화평은 대답하는 것도 잊은 채 휴대전화를 조수석에 던지고 엑셀러레이터를 힘껏 밟았다.

한미진이 사는 빌라에 도착한 화평은 차에서 뛰어나와 계단을 올랐다. 그리고 한미진의 집 문을 벌컥 열었다. 불이 켜진 채 아무도 보이지 않는 집 안에는 불길한 정적이 흘렀다. 그는 긴장감이 역력한 얼굴로 걸어 들어가 주위를 살폈다. 거실에 서서 오른편으로 고개를 돌리는 순간 엉망으로 부서진 문짝과 새빨간 핏물이 보였다. 방 안에는 처참하게 살해당한 한미진과 자살한 수위의 시신이 있었다. 그는 넋이 나간 채 그 자리에 우뚝 서 있었다. 폐부를 찌르는 피 냄새가 역하게 풍겼고, 온몸이 산산이 깨진 것처럼 고통스러웠다. 그는 환영 속에서 본 끔찍한 살인이 실제로 일어난 광경을 보고 아무 말도 할 수가 없었다. 그때 뒤이어 현관으로 들어온 사람들은 길영과 최윤이었다. 그녀는 아비규환이 된 사건 현장을 보고 놀라 입을 틀어막았다. 미간을 찌푸린 채 주위를 둘러보던 최윤이 혼잣말처럼 중얼거렸다.

"없어. 안 보여."

"뭐가?"

길영이 묻자 최윤이 대답했다.

"애가 안 보여요. 애가."

길영이 눈가에 힘을 주며 천천히 방 안을 훑었다. 그때 옷장이 열리면서 작고 둥근 얼굴이 보였다. 한미진의 어린 아들이었다. 옷장 안에 웅크리고 있던 아들이 밖으로 나오려고 하자 최윤이 얼른 달려가 시야를 가렸다. 그런 다음 아무것도 보지 못하도록 품 안에 아이를 안아 데리고 나왔다. 화평과 길영이 비통한 심정으로 그 모습을 지켜보았다.

신고를 받은 경찰차와 구급차가 빌라 앞에 도착했다. 경찰들이 입구 주위를 둘러서서 주민들의 통행을 통제했다. 계단을 올라가는 감식 요원들을 지켜보던 고 형사가 길영을 불렀다.

"어떻게 된 거야? 네가 신고자라며? 설마 아는 사람이야?"

"네."

길영의 목소리에 우울한 기색이 가득했다.

"진짜? 어떻게 아는 사이야?"

"엄마 사건 증인이에요."

"뭐?"

"두 사람 다 엄마가 수사하던 그 여고생 사건의 목격자예요. 박홍주 학교의 수위와 학생이었어요."

길영이 어깨를 축 늘어뜨리고 고개를 숙였다. 속에서 뜨거운 기운이 치밀어 목이 메었다. 숨을 깊게 들이마시며 슬픔을 억누르는데 어디선가 서럽게 울부짖는 소리가 들렸다. 소리가 나는 방향을 쳐다보니 소식을 들은 한미진의 남편이 아이를 끌어안고 바닥에 주저앉아 있었다. 그 모습을 보자 그녀는 울컥 분노가 솟았다. 대체 어디서부터 잘못되었는지 알 수가 없었다. 박일도를 잡기 위해 다가가면 다가갈수록 참혹한 일들이 벌어지고 끔찍한 살인이 일어났다. 감당할 수 없는 악령이라면 이대로 도망쳐야 하는 게 아닐까. 그녀는 마음 깊은 곳에서 절망을 느꼈다.

며칠 후 양 신부의 연락을 받은 최윤은 허름한 고깃집으로 향했다. 테이블 위에는 뜨겁게 달궈진 불판과 소주 몇 병, 그리고 갖가지 밑반찬이 놓여 있었다. 최윤이 고기를 굽는 사이 양 신부가 소주잔에 술을 따라주었다.

"전 괜찮습니다."

최윤의 말을 들은 양 신부가 소주병을 들어 자신의 잔에 가득 부었다. 최윤이 잔을 힐끔 쳐다보며 물었다.

"저녁을 다 먹자고 하시고. 하시고 싶은 말씀이라도 있으세요?"

"아니, 뭐. 네가 여러 가지로 심란할 것 같아서."

양 신부가 계양진에서 일어난 살인 사건 소식을 들은 모양이었다. 최윤이 씁쓸한 표정으로 말없이 고기를 구웠다. 소주를 들이키며 양 신부가 말을 이었다.

"윤화평 그 친구는 어떠냐?"

최윤이 잠시 말을 고르다가 대답했다.

"왜 그렇게 박일도에 집착하는지 모르겠어요. 가족을 잃은 것도 아닌데."

"가족을 잃었다."

최윤이 문득 손을 멈추고 고개를 들었다. 양 신부가 표정을 살피다가 한숨을 푹 내쉬었다.

"너도 몰랐구나? 그때 그 이야기를 또 해야겠구나. 당시에 네 형과 그 집에 찾아갔을 때 그 가족들이 이야기해 줬다. 화평에게 든 악령 때문에 엄마는 바다에 빠지고, 할머니는 갑자기 목을 맸다고. 모두 화평이 때문이라고 믿고 있더라고."

"윤화평 씨……. 그런 이야기는 안 했어요."

"너만큼 고통을 받았어. 그래서 지금까지 좇아다닌 거야."

최윤은 머릿속이 복잡해졌다. 양 신부의 말대로라면, 자신과 화평, 그리고 길영의 가족 모두 박일도 때문에 죽은 것이었다. 우연히 만난 사람들이 비극적인 과거로 얽혀 있다는 생각에 소름이 끼쳤다. 어쩌면 지금도 악령의 손에 놀아나고 있는 걸지도 모른다……. 최윤의 눈길이 험악해졌다.

다음 날 최윤은 김노석이 있었던 정신병원을 찾아갔다. 마음에 걸려 있던 의문을 풀기 위해서였다. 인적이 없는 복도를 걷던 중에 간호사가 긴장한 표정으로 주위를 두리번거리며 작은 목소리로 말했다.

"그 살인 사건 때문에 병원이 난리라고요."

"몇 가지만 묻고 가겠습니다. 김노석 씨가 마지막으로 만난 사람은 누구죠?"

"그 여자 경찰 말고는 없어요."

"갑자기 말을 했다면서요. 그게 정확히 언제부터인가요?"

"여자 경찰 오고 다음 날인가? 발작하고부터 그랬던 거 같아요."

"발작이요?"

최윤의 질문에 간호사가 고개를 끄덕이며 정신병원 산책로로 안내했다. 나무가 이어진 길에는 듬성듬성 수풀들이 우거져 있었다. 간호사가 병원 입구와 연결된 길에서 벗어난 외진 길을 손가락으로 가리켰다.

"김노석 씨는 늘 혼자 걸었는데 그날도 저기를 걸었어요. 그런데 그날 이상한 일이 있었어요. 제가 여기서 김노석 씨를 지켜보고 있었거든요. 저기를 걸어가던 김노석 씨가 갑자기 나무 사이를 쳐다보더니 누가 있는 것처럼 대화를 하더라고요. 그러더니 갑자기 비명을 지르면서 발작을 일으켰어요."

"그때 김노석 씨가 무엇을 보고 있었나요?"

"제가 달려가서 김노석 씨를 진정시켰을 때 거기에는 아무도 없었어요."

간호사가 차분한 목소리로 대답했다. 최윤이 무언가를 골똘히 생각하는 것처럼 시선을 허공에 고정했다. 그때 간호사가 불현듯이 말했다.

"아, 발작을 하고 나서 말을 했어요. 여자 이름이요."

이야기를 듣던 최윤이 낮게 신음을 흘렸다. 간호사는 이제 가봐야 한다고 말하며 고개를 숙여 가볍게 인사했다. 그는 김노석이 대화를 하는 것처럼 보였다는 수풀 길로 걸어 들어가 그늘이 우거진 나무 사이를 살폈다. 그림자가 고여 있는 곳을 가만히 응시하고 있을 때 길영에게서 전화가 왔다.

"정신병원 갔다면서? 알아낸 거라도 있어? 진짜 혼자 하려는 거야?"

길영이 연거푸 질문을 쏟아냈다. 최윤이 잠시 머뭇거리다가 한숨을 푹 내쉬었다.

"박일도가 김노석을 찾아온 것 같아요. 병원 산책로에서 몰래 접근한 것 같고요."

"산책로? 언제?"

"화요일 오후 두 시나 세 시 정도요. 그런데 박홍주 의원 공식 스케줄을 보니까 그날 이곳 계양진에 있었어요. 정당 행사에 참석했더라고요."

잠시 생각하던 길영이 조심스러운 말투로 말했다.

"박홍주가 진짜 박일도일까?"

"모르겠어요. 우연히 겹친 건지……."

"진짜 확인할 방법이 없냐?"

"오른쪽 눈을 확인해야죠."

"그건 힘들잖아."

최윤은 대답할 말을 찾지 못하고 전화를 끊었다. 송현주 사건을 증언할 수 있는 사람들이 모두 죽은 지금 할 수 있는 일이라고는 박홍주가 정체를 드러낼 때까지 멀리서 지켜보는 것 뿐이었다. 모든 것이 다시 원점으로 돌아왔다는 생각에 힘이 쭉 빠졌다. 악령이 만들어 놓은 함정에 빠진 듯한 불쾌한 기분이 온몸을 휘감았다.

소녀

본가에서 하룻밤을 보낸 화평이 옷을 갈아입고 돌아갈 채비를 했다. 아침상을 차리고 마루에 나온 할아버지는 이른 아침부터 찾아온 이웃집 할머니와 대화를 나누고 있었다. 화평은 바닥에 앉아 밥상을 앞에 두고 문밖에서 들려오는 이야기에 신경을 곤두세웠다.

"그러지 말고 우리 손녀 한 번만 봐줘요."

할머니가 애절하게 부탁하자 할아버지가 헛기침을 하며 단호하게 거절했다.

"세습무 집안에서 뭘 어떻게 해? 시내 무당한테나 가봐요."

"예전에 이 집 손자가 그랬잖아요. 우리 손녀 증세도 똑같다니까요."

"우리 손자 이야기는 하지 말라니까."

"그때 그 박일도 귀신 왔을 때랑 똑같다고요."

"어허! 그 이야기는 하지 말라니까. 안 되겠네. 가요, 가라고!"

할아버지가 할머니를 마당 밖으로 밀어냈다. 그때 화평이 방문을 열고 고개를 내밀었다.

"무슨 일인데?"

화평이 묻자 할아버지가 방 안으로 들어오며 대답했다.

"저 할망구 손녀가 뭔가에 씌인 것 같아. 나한테 자꾸 찾아오면 어떡해? 아직 애인데 안됐어."

할아버지가 혀를 찼다. 화평은 대꾸 없이 밥을 먹는 둥 마는 둥 하고 일어섰다. 서둘러 집을 나서려는데 할아버지가 쫓아 나와 만 원짜리 지폐 여러 장을 내밀었다. 화평이 손사래를 치며 차에 올라타자 할아버지가 아쉬운 얼굴로 돈을 다시 지갑에 집어넣었다. 화평이 탄 차가 흙먼지를 일으키며 길을 따라 내려가기 시작했다.

화평은 할아버지 눈을 피해 이웃집 할머니를 찾아갔다. 대문을 두드리자 할머니가 경계하는 표정을 띠었다. 화평을 알아보지 못하는 눈치였다. 그가 허리를 숙여 꾸벅 인사를 했다. 그의 이름을 들은 할머니가 반가운 기색으로 손을 잡았다.

"아유, 어른이 돼서 이제는 못 알아보겠네."

화평은 할머니를 따라 시골집 안으로 들어서며 할아버지에게 이야기를 들었다고 설명했다.

"손녀 증세가 어떤데요?"

"우리 외손녀가 어릴 때부터 이상했어. 사람 눈에는 안 보이는 게 보여. 저기 뭐가 있다고 하고, 여기도 뭐가 있다고 하고."

화평이 자세를 고쳐 앉았다.

"진짜 보이는지 확인은 해봤어요?"

"죽은 지 할아버지 이야기를 하더라고. 우리 외손녀는 한 번도 본 적이 없는데. 그것도 죽기 직전 그 모습을 말이야. 그때 얼마나 놀랬는지 몰라."

"아까 박일도 이야기는 왜 하셨어요?"

"그게……."

할머니가 머뭇거리며 인상을 찌푸렸다. 불쾌한 기억을 떠올리는지 불안한 시선으로 허공을 훑었다.

"얼마 전에 우리 딸이 자다가 이상한 소리가 나서 거실로 갔더니 애가 현관 앞에 칼을 들고 서 있더래. 그래서 왜 그러느냐고 물었더니 뭐가 찾아왔다는 거야. 이십 년 전에 네가 그런 거랑 똑같잖아."

할머니의 눈가에 두려운 빛이 번졌다. 화평이 잠시 고민하다가 입을 열었다.

"제가 만나볼게요. 손녀가 어디 살아요?"

"상용시."

"상용시요?"

화평이 놀라 되물었다. 할머니가 고개를 끄덕이며 딸의 연락처와 주소를 알려주었다. 상용시로 향하는 그의 머릿속에는 소용돌이가 휘몰아쳤다.

할머니의 딸이 사는 아파트에 도착한 화평은 주소지를 확인하고 초인종을 눌렀다. 얼마 지나지 않아 단발머리의 여자가 현관문을 열었다. 그가 밝은 목소리로 말을 건넸다.

"이혜경 씨죠? 계양진 어머니께서 보내서 왔는데요."

"네? 또? 그쪽도 무당 같은 거예요?"

예상과 달리 이혜경은 발끈하며 화평을 다그쳤다.

"그게…… 무당은 아니고요."

"필요 없어요! 젊은 사람이 순진한 시골 노인한테 사기나 치고. 또 오면 신고할 거예요!"

이혜경이 차가운 표정으로 소리치며 문을 쾅 닫았다. 화평은 황당한 얼굴로 굳게 닫힌 문을 보다가 발걸음을 돌렸다. 아파트 입구를 나온 그는 할머니에게 전화를 걸어 따님이 쫓아내는 바람에 손녀를 만나보지 못했다고 전했다. 할머니가 무어라 대답을 하는데 문득 한 남자가 화평의 시야에 들어왔다. 남자는 위를 올려다보고 환하게 웃으며 누군가를 향해 손을 흔들고 있었다. 화평이 할머니에게 다시 이야기해 달라고 부탁하는 순간 갑자기 허공에서 축구공만 한 돌덩이가 떨어졌다. 돌은 그대로 남자의 머리를 강타했고 묵직한 소리를 내며 바닥에 떨어졌다. 엄청난 속도로 떨어진 돌덩이를 맞은 남자는 그 자리에 쓰러져 피를 흘렸다. 남자의 머리는 형체가 무너졌고, 뼈가 드러난 부분에서 뇌수가 빠져나왔다. 마치 로드킬을 당한 동물처럼 처참해진 얼굴은 더 이상 온전한 형체를 알아볼 수 없을 정도였다. 남자는 그대로 즉사한 모양이었다. 화평은 눈앞에서 벌어진 일에 놀라 입을 벌렸다. 휴대전화에서 할머니의 목소리가 흘러나왔지만 귀에 들어오지 않았다. 재빨리 고개를 들어 위를 살폈으나 돌을 던진 사람은 온데간데없었다.

사고가 일어난 아파트 단지에 경찰이 도착했다. 국과수 요원들은 남자의 시신을 조사하고 흰 천으로 덮은 다음 근처에 떨어진 화단용 돌을 카메라로 찍었다. 현장 사진을 담은 요원들이 돌을 옮기는 모습을 길영과 고 형사가 지켜보았다.

"이거 고의야? 사고야? 뭐야?"

고 형사가 목소리를 높였다. 그러자 길영이 고개를 들고 돌이 날아온 위치를 가늠해 보았다.

"탐문 조사하고 CCTV도 확보해야죠. 목격자는?"

길영이 후배 형사에게 눈짓을 했다. 그는 손가락으로 사람들 몇몇이 모여 있는 곳을 가리켰다.

"목격자분들 다 저쪽이요."

길영은 사람들을 훑어보다가 문득 낯익은 얼굴을 발견했다. 화평이었다. 놀란 그녀는 동료 형사들이 현장을 살피는 사이 재빨리 걸어가 화평을 잡아끌고 인적이 드문 곳으로 갔다.

"대체 여긴 왜 있어?"

"죽은 남자 여기 사는 사람이죠?"

"맞아. 근데 왜?"

"고향에 갔었는데 동네 할머니가 자기 외손녀가 박일도한테 빙의된 것 같다고 해서 왔거든요."

길영이 의심스러운 눈길로 화평을 바라보았다.

"그래서? 그게 누군데?"

"죽은 남자의 딸이에요."

순간 길영의 얼굴이 굳어졌다. 이번 사건도 괴이한 존재와 연관되어 있을지도 모른다는 불길한 예감이 들었다.

길영은 고 형사와 함께 피해자의 집을 방문했다. 이혜경은 남편이 죽었다는 사실이 실감 나지 않는 얼굴이었다. 불안하고 두려운 기색이 뒤섞여 있었고, 다른 사람들과 제대로 시선을 마주치지 못했다.

"우리 남편…… 아직도 밑에 있어요?"

이혜경이 울먹이는 목소리로 물었다.
“곧 끝날 겁니다.”
“오늘은 안 하면 안 될까요?”
“힘드시겠지만 빨리 경위를 밝혀야 해서요.”
고 형사가 이혜경을 향해 말했다. 길영은 화평의 말을 떠올리며 집 안을 둘러보았다.
“아이가 보이지 않는데, 어디 갔나요?”
“저희 애는 왜요?”
길영의 물음에 이혜경이 신경을 곤두세웠다.
“목격자들 말이 남편분께서 위를 보며 손을 흔들고 있었다고 했거든요. 혹시 아이를 향해 손을 흔든 건 아닌가 해서요.”
“아니요! 그럴 리가 없어요. 애는 하루 종일 자고 있었어요.”
이혜경이 다급하게 소리쳤다. 길영이 예리한 눈길로 그녀를 살폈다.
“아이가 어디 아픈가요?”
“그냥 피곤해서 잔 거예요.”
“아이 좀 만나봐도 될까요?”
“안 돼요. 애가 충격받을까 봐 아무 이야기도 안 했어요.”
이혜경이 단칼에 거절했다. 그때 안쪽에서 방문이 열리는 소리가 들렸다. 그곳에는 열 살 난 여자아이 서윤이 서 있었다. 이혜경은 벌떡 일어나 딸을 방 안으로 밀었다. 서윤은 엄마의 손길에 떠밀리면서도 길영을 바라보았다. 또래 아이들과 달리 얼굴에 그늘이 서려 있었다.
이혜경의 집을 나온 길영은 고 형사와 함께 아파트 경비실로 향했다. 설명을 들은 경비원이 아파트 입구를 찍은 CCTV 화면을 재생했다. 사고가 일어나기 전 평온했던 아파트 단지가 보였다. 그녀가 화면에서 눈을 떼지 않은 채 질문했다.

"사고당한 이혜경 씨 집이요. 남편과 사이가 어땠어요?"

경비원은 곤란한 표정으로 머뭇거렸다.

"입주민 집안 이야기하면 자치회에서 난리 칠 텐데……."

고 형사가 승강기를 찍은 화면을 눈여겨보며 말했다.

"어르신, 형사 사건이잖아요. 필요해서 그래요."

"음……. 부부 싸움을 자주 하더라고요. 애 때문인 것 같아요."

"애가 어떤데요?"

길영이 날카롭게 묻자 경비원이 시선을 피했다.

"저야 모르죠. 순찰 시간이라서 이만……. 천천히 보세요."

경비원이 서둘러 나가자 고 형사가 길영에게 물었다.

"그 집 애는 왜 자꾸 물어봐? 이유가 있어?"

길영은 입안에 맴도는 말을 차마 내뱉지 못했다. 이번에도 귀신이니 빙의니 하는 이야기를 하면 선배가 불같이 화를 낼 게 뻔했으니까. 에둘러 말할 변명거리를 찾고 있는데 갑자기 고 형사가 손가락으로 화면을 가리켰다.

"애가 여기서 왜 나와?"

영상에는 승강기에서 내리는 화평의 모습이 있었다. 길영이 곤란한 표정을 지으며 설명했다.

"아까 만났어요. 고향 이웃 할머니 심부름 왔다더라고요. 선배, 탐문 조사나 빨리 하러 가요."

길영이 고 형사를 밖으로 잡아끌었다. 그는 마지못해 따라나서며 의심스러운 눈길로 그녀를 쳐다보았다.

두 사람이 사고가 일어난 아파트 단지를 전부 돌아다니며 조사를 끝낸 시간은 늦은 저녁이었다. 고 형사는 피곤이 가득한 기색으로 차에 오르며 앓는 소리를 했다.

"아이고, 집마다 돌아다니는 거 너무 힘들다."

길영이 운전석에서 자세를 잡았다.

"수상한 외부인은 없는 것 같아요."

"있잖아. 윤화평."

고 형사가 안전벨트를 두르며 말했다.

"내가 말했잖아요. 심부름 왔다고. CCTV에도 그 집에서 바로 나오는 거 봤잖아요."

"그건 그런데. 아무리 생각해도 이상해. 윤화평……, 사건 사고를 몰고 다니는 사나이."

고 형사의 눈에 날카로운 빛이 스쳤다. 길영이 거울로 그를 힐긋거리며 말을 돌렸다.

"그런데 피해자 아내가 좀 이상하지 않아요?"

"그것도 그래. 남편이 죽었는데 사고인지 고의인지 관심도 없고. 이혜경……, 남편이 죽어도 울지 않는 여자."

고 형사가 말투를 반복하며 눈가에 힘을 주었다. 길영은 머릿속에 흩어져있는 퍼즐 조각들을 떠올리며 시동을 걸었다.

경찰차가 떠나고 아파트에는 화평과 이웃집 할머니가 찾아왔다. 화평의 전화를 받은 지 얼마 되지 않아 사위가 죽었다는 소식을 듣고 바로 딸의 집으로 달려온 것이었다. 그와 짧게 이야기를 나눈 할머니가 서둘러 집으로 올라갔고, 잠시 후 서윤을 데리고 입구로 나왔다. 할머니가 불안한 표정으로 두리번거렸고, 지켜보고 있던 화평이 다가왔다. 서윤은 낯선 남자를 발견하고는 경계하는 눈길로 힐끔거렸다. 화평이 상체를 숙여 아이의 시선을 마주 보며 부드럽게 물었다.

"네가 서윤이구나?"

서윤은 할머니 뒤로 몸을 숨겼다. 화평은 할머니와 서윤을 데리고 육광의 집으로 향했다. 얼떨결에 할머니 손에 이끌려 온 아이는 어색한 자세로 고개를 숙였다. 무속 집에서 풍기는 향 냄새와 화려한 무속용품들이 불편한 기색이었다. 화평은 아이를 향해 다정한 목소리로 다시 말을 걸었다.

"서윤아, 사실은 아저씨도 어릴 때 너랑 똑같았어."

서윤이 고개를 들어 화평의 얼굴을 빤히 쳐다보았다.

"죽은 사람도 보고 이상한 것도 많이 봤어. 너도 진짜 그래?"

서윤이 주저하다가 천천히 고개를 끄덕였다.

"그래? 그럼 뭐가 보이는지 말해줄래?"

서윤이 선뜻 대답하지 못하자 육광이 조심스럽게 설명을 보탰다.

"제일 처음에 본 거 있지?"

"옛날 옷 입은 어떤 사람이요."

"여자야? 남자야?"

"여자요. 머리에 뭘 달고 있어요. 무섭게 생겼고. 예전에 그 여자가 찾아왔어요. 처음에는 무서웠는데 나중에는 괜찮았어요."

"그 여자가 어디 가라고 하고, 땅에 뭘 파라고 하고 그랬어?"

"네."

"그럴 때마다 몸이 막 아팠고?"

육광이 묻자 할머니가 대신 대답했다.

"아팠죠. 병원에서 검사도 했는데 도무지 원인을 몰랐어요."

"신병 맞네요. 혹시 윗대에 무당이 계셨어요?"

육광이 자세를 고쳐 앉으며 할머니를 향해 말했다.

"우리 외할머니 되시는 분이 평안도에서 만신이었다고 들었어요."

"애기가 신내림을 받아야 할 팔자네."

육광이 말을 하자 서윤이 입을 열었다.

"그런데요, 얼마 전부터 그 옛날 옷 입은 여자가 안 보여요."

"무슨 말이야?"

"그 대신 처음 보는 사람들이 자꾸 따라와요."

서윤의 얼굴에 두려운 기색이 번졌다. 화평이 긴장감이 도는 목소리로 물었다.

"꿈이야?"

"꿈이 아니라 낮에도 보여요. 처음 보는 사람들이요. 옛날 옷 입은 여자는 안 무서운데 이 사람들은 무서워요. 다들 손에 부엌칼을 들고 있어요."

서윤의 말을 듣던 할머니와 육광이 몸서리를 치며 한탄했다. 말로만 들어도 끔찍한 광경이었다. 화평이 걱정스러운 얼굴로 말했다.

"어떻게 하는데?"

"집 근처에 나타나고요. 집 앞에도 찾아오고요. 그러다가 밖에서 문에다 대고 말을 해요."

"뭐라고?"

"자기들이랑 다 죽이자고. 그래도 괜찮다고. 그분이 지켜준다고."

서윤의 목소리가 떨렸다. 화평은 불길한 예감을 느끼며 목소리를 높였다.

"그분? 그분이 누군데?"

"박…… 일도."

힘겹게 대답한 서윤이 할머니의 손을 꼭 붙들었다. 서윤의 입에서 박일도의 이름을 들은 육광은 기함을 했다. 화평은 딱딱하게 굳어진 얼굴로 아이를 바라보았다. 두려움에 떠는 작은 몸이 가여워서 입술을 꾹 깨물었다.

다음 날 이혜경은 상용시 경찰서 강력반 사무실을 찾았다. 조사를 해야 한다는 연락을 받은 후였다. 길영이 손에 들고 있는 서류를 넘기며 말했다.

"남편분에 대해 몇 가지만 질문할게요. 알아봤더니 남편분 주소가 다른 곳으로 되어 있던데요?"

책상 맞은편에 앉은 이혜경이 두 손을 만지며 머뭇거렸다.

"사실은 지금 별거 중이에요."

"그런 말씀 안 하셨잖아요."

"경황이 없어서요."

"그러면 남편분께서 어제는 왜 집에 오신 거죠? 약속하고 오셨나요?"

"아니요! 연락도 없이 왔어요."

"그래요? 정현수 씨 통화 내역에는 이혜경 씨가 있던데요?"

"그건…… 전화하지 말라고 하고 바로 끊은 거예요."

"별거하는 이유를 말씀해 주실 수 있나요? 주변 말로는 아이 문제로 자주 다퉜다고 하던데. 애한테 무슨 문제가 있었나요?"

이혜경이 갑자기 인상을 찡그리며 길영을 날카롭게 쏘아보았다.

“네? 누가 그래요? 누가 그딴 소리를 해요? 우리 애 아무 문제 없어요.”

길영은 과민하게 반응하는 이혜경을 예리한 시선으로 훑었다. 어딘지 모르게 불안한 시선과 안절부절못하는 몸짓이 예사롭지 않았다. 무언가를 숨기고 있는 게 분명했다.

그 사이 화평과 최윤은 이혜경의 집을 방문했다. 지난밤 화평이 최윤에게 전화해 여자아이가 빙의되었으니 도와달라고 설득했기 때문이었다. 초인종을 누르자 할머니가 초조한 얼굴로 문을 열었다.

“우리 딸이 경찰서에서 오기 전에 서둘러요.”

최윤이 집 안으로 들어서며 바로 십자가를 꺼내 들었다. 그는 서윤의 손과 팔을 자세히 살펴보며 십자가를 내밀었다.

“기분이 어때?”

“괜찮아요.”

서윤은 무덤덤한 표정이었다. 최윤이 십자가를 아이의 손안에 쥐여주고 기색을 살폈다. 아이는 눈을 깜빡거리며 아무렇지 않다는 듯이 그를 바라보았다. 딱딱하게 굳어 있던 그의 표정이 한결 부드럽게 풀어졌다. 상황을 지켜보던 화평이 말했다.

“지금부터 이 아저씨가 질문을 할 거야. 무서운 아저씨 아니니까 나한테 했던 것처럼 편하게 대답하면 돼.”

서윤이 고개를 끄덕였다.

“칼을 든 사람들은 언제부터 보였어?”

“제일 처음 본 건 두 달 전인가? 학교 근처에서요. 학교 끝나고 집에 가는 길이었는데 처음 보는 아저씨가 쳐다보면서 웃고 있었어요. 그리고 며칠 뒤에 엘리베이터를 타려고 하는데 칼을 든 여자가 쫓아와서 도망쳤어요."

대답하는 서윤의 안색이 어두웠다. 최윤이 안쓰러운 눈길로 계속 물었다.

"그 사람들과 접촉한 적 있어?"

"아니요, 보이면 도망쳐서 집에 숨어요. 집에는 못 들어오니까. 그런데 점점 더 가까워져요."

서윤의 목소리가 가늘게 떨렸다. 그들을 떠올리는 것만으로도 공포가 엄습하는 듯했다. 아이는 몸을 움츠리며 며칠 전에 있었던 일을 떠올렸다.

학교에서 돌아와 현관문 비밀번호를 누르고 있을 때였다. 누군가 서윤의 뒤쪽으로 다가와 숨을 죽였다. 아이가 이상한 낌새를 눈치채고 위를 올려다보자 모르는 할머니가 자신을 내려다보고 있었다. 살아 있는 사람과 달리 검푸른 피부와 히죽거리는 웃음, 무엇보다 손에 든 칼이 눈에 들어오자 온몸에 소름이 끼쳤다. 깜짝 놀란 아이가 뒤로 넘어지며 마구 소리를 질러댔다. 엄마를 부르며 비명을 지르자 옆집 이웃이 먼저 문을 열

고 나왔지만 이내 다시 문을 닫고 들어가 버렸다. 아이는 칼을 쥔 할머니가 자신을 향해 점점 다가오는 모습을 지켜보다가 그대로 정신을 잃었다.

서윤의 머릿속에는 그날의 기억이 선명했다. 죽은 사람들을 떠올릴 때마다 느껴지는 불안과 공포도 그대로였다. 말을 마친 아이가 지친 기색을 보였다. 최윤은 화평을 데리고 주방으로 가서 낮은 목소리로 말했다.

"아무래도 빙의되어 가는 과정인 것 같아요. 오히려 영매라서 도움이 됐네요. 직접 보고 피할 수 있었으니까."

"아직 빙의된 건 아니라는 거지?"

"아직은 아니지만 여러 명이 주위를 맴돌면서 다가오고 있어요. 원래 빙의되는 악마는 하나가 아니잖아요. 그들이 늘 우리라고 하는 이유도 그렇고요."

"그래도 빙의된 게 아니라니까 다행이네. 사실 걔 아빠를 죽게 만든 사람이 저 아이일까 봐 불안했거든."

화평이 걱정과 안도가 뒤섞인 표정으로 소파에 앉아 있는 서윤을 바라보았다. 그 모습을 지켜보는 최윤의 머릿속에는 복잡한 생각들이 소용돌이쳤다. 잠시 숨을 고른 화평이 다시 아이에게 다가가 물었다.

"네가 그 사람들 보는 거 알고 부모님은 뭐라고 하셨어?"

"엄마는 울었어요."

서윤이 시무룩하게 대답했다. 그리고 잠시 숨을 고르다가 다시 입을 열었다.

"의사 선생님 말 들으라고 했어요. 환상이라고. 눈 감으면 사라진다고."

"그래? 그럼 아빠는 뭐라고 하셨어?"

서윤의 안색이 순식간에 어두워졌다. 죽은 사람들을 떠올리는 표정과 미묘하게 다른 얼굴이었다. 화평이 예리한 시선으로 아이의 감정을 읽었다.

"왜? 뭐라고 하셨는데?"

서윤이 망설이며 입술을 깨물다가 우울한 말투로 대답했다.

"아빠는 나한테 화를 냈어요. 나 때문에 집도 나갔어요. 나랑 같이 있기 싫어서요."

"네가 귀신을 봐서?"

"내가 아빠 따라다니는 언니를 봐서……."

의아해진 화평이 눈을 동그랗게 떴다. 따라다니는 언니가 죽은 사람인지 살아 있는 사람인지 짐작할 수 없었다. 할머니가 끼어들어 서윤을 향해 물었다.

"아빠 따라다니는 언니라니?"

서윤이 움찔하며 고개를 들었다. 아이는 주위를 둘러보며 눈치를 보다가 풀이 죽은 목소리로 말했다.

"말하지 말라고 했어요."

"괜찮아. 그 여자가 누군데? 어떻게 생겼는데?"

화평이 달래듯이 부드럽게 물었다. 서윤은 난감한 표정으로 천천히 말을 이었다.

"아빠 차를 타면 늘 어떤 언니가 보여요. 머리에 피를 흘리고 있어요."

화평과 최윤이 빠르게 시선을 교환했다. 아이의 말대로라면 죽은 여자가 아이의 아빠를 따라다닌다는 이야기였다. 화평은 불길한 예감을 감추며 아이의 말에 귀를 기울였다.

"말하면 안 된다고 했어요. 그 이야기를 하면 아빠도 화냈고, 엄마도 화냈어요. 내가 이 이야기를 해서 엄마 아빠가 싸웠어요."

"왜?"

"몰라요."

"그 여자 어떻게 생겼어? 이야기해도 괜찮아."

"긴 머리고요. 맨날 가슴에 영어가 있는 잠바를 입어요. 노란색 귀걸이도 했어요."

화평이 고개를 끄덕이는 찰나 현관에서 비밀번호를 누르는 소리가 울렸다. 이혜경이 집으로 돌아온 것을 눈치챈 사람들이 일제히 문을 바라보았다. 그녀는 집 안에 모여 있는 사람들을 보고 놀라 말을 더듬었다.

"누구세요?"

화평이 넉살 좋은 표정을 지으며 인사를 했다. 그제야 그를 알아본 이혜경의 얼굴이 순식간에 굳어졌다. 그리고 할머니를 향해 핏대를 세우고 소리를 질렀다.

"엄마! 도대체 왜 이래? 왜 또 불렀어?"

"이것아! 저분들 말이 귀신이 애 코앞까지 왔대!"

원망을 들은 할머니가 앞으로 나서며 호통을 쳤다. 그러자 이혜경은 기가 막힌다는 얼굴로 날카롭게 쏘아붙였다.

"됐어요. 당신들 당장 나가요. 나가라고요!"

이혜경이 현관에 버티고 서서 험악한 표정으로 바라보았다. 당황한 화평이 최윤을 힐긋거리는데 문득 서윤이가 열려 있는 문을 뚫어져라 쳐다보다 갑자기 입가를 일그러뜨리면서 기겁을 했다. 화평이 걱정스러운 목소리로 물었다.

"저기 뭐가 있어?"

화평의 말에 서윤을 바라본 최윤은 오싹한 기분을 느꼈다. 최윤은 재빨리 아이의 팔을 잡아당기며 앞을 막아서고 외쳤다.

"쳐다보지 마! 내 쪽을 봐!"

"손대지 마! 이 더러운 사제 놈아!"

서윤이 팔을 뿌리치며 악을 썼다. 최윤을 노려보는 아이의 시선에 살기가 이글거렸다. 주변에 있던 사람들의 시선이 아이를 향해 쏟아졌다. 최윤은 아이의 몸에서 느껴지는 서늘한 기운에 소름이 돋았다. 문을 열고 있던 사이 귀신이 들어와 아이에게 들러붙은 모양이었다. 최윤이 십자가를 꺼내 아이의 머리에 가져다 댔다. 십자가가 닿자마자 아이가 날카로운 비명을 질렀고, 이마가 불에 타들어 가는 것처럼 고통스럽게 몸부림쳤다. 이혜경이 딸을 향해 외쳤다.

"뭐 하는 거야? 서윤아!"

"가지 마! 그대로 둬!"

할머니는 딸에게 가려는 이혜경을 말렸다.

"뭐야? 아직 빙의된 게 아니라며?"

급박한 상황에 놀란 화평이 최윤을 향해 소리쳤다. 그러자 최윤이 서윤에게 시선을 고정한 채 대답했다.

"방금 집에 들어왔어요. 순간적으로 애한테 들어왔다고요!"

서윤은 점점 거칠게 발길질을 하며 버둥거렸다. 최윤이 십자가를 쥔 손에 힘을 주고 기도문을 읊었다.

"주 예수 그리스도님과 마리아님의 이름으로! 악령들은 우리에게서 떠나고, 우리를 유혹하거나 해하지 말지어다!"

"그만하라고! 엄마, 이거 좀 놔."

지켜보던 이혜경이 할머니의 손을 떼어내며 말했다. 이번에는 화평이 나서서 그녀를 붙들었다.

"기다려요."

"주 예수 그리스도님과 마리아님, 그리고 성 미카엘 대천사님. 저희를 위해 싸워주소서!"

일정한 흐름을 만들기 시작한 기도 소리가 무겁고 경건하게 울려 퍼졌다. 서윤이 흰자위를 보이며 숨이 넘어갈 듯 헐떡거렸다. 이혜경은 애가 타는 표정으로 딸을 쳐다보다가 두 남자를 번갈아 노려보며 화를 냈다.

"당신들 뭐야! 우리 서윤이 죽일 셈이야?"

최윤은 아랑곳하지 않고 기도에 집중했다. 기도문은 마지막을 향하고 있었다. 그는 서윤의 영혼 안에 느껴지는 악한 기운들을 몰아내며 강력하게 외쳤다.

"저희 위에 머무르시고, 언제나 어디서나 저희와 함께하소서! 아멘."

기도가 끝나는 그 순간 서윤이 몸에 힘을 빼고 축 늘어졌다. 딸이 잘못될까 봐 덜컥 겁이 난 이혜경은 숨을 멈춘 채 아이를 바라보았다. 그때 아이가 눈을 뜨고 엄마를 보았다.

"엄마, 언제 왔어?"

악다구니를 쓰며 몸부림을 치던 좀 전의 모습과 달리 평소와 같은 얼굴이었다. 이혜경은 다리에 힘이 풀렸는지 몸을 휘청거렸다.

"도대체 무슨 일이에요?"

금방이라도 눈물이 터질 것처럼 울음이 가득한 목소리였다.

한바탕 태풍이 지나간 것처럼 무거운 정적이 흘렀다. 이혜경은 딸을 품에 안고 침대 위로 옮겼다. 파리한 얼굴을 어루만지자 서윤은 눈꺼풀을 감으며 잠기운에 빠져들었다. 화평과 함께 거실에서 기다리고 있던 최윤이 방을 나오는 이혜경을 향해 담담한 말투로 말했다.

"구마 사제를 데려오겠습니다."

"빙의라니……. 아직도 믿기지 않아요."

망연자실한 목소리였다. 화평이 이혜경의 시선을 마주 보았다.

"아직 빙의 초반 단계라 나을 수 있습니다. 믿으셔야 합니다."

"우리 서윤이 진짜 괜찮을까요?"

"의식 중에는 많이 괴롭겠지만, 괜찮을 겁니다."

"그럼 그렇게 해주세요."

허락이 떨어지자 화평과 최윤이 시선을 교환했다. 한시라도 빨리 어린 서윤의 몸에서 귀신을 몰아내야 했다. 그러나 화평에게는 아이가 박일도의 이름을 알고 있는 이유를 알아내는 것이 더욱 중요했다. 박일도를 찾지 않으면 계속해서 끔찍한 일들이 일어날 테니까. 화평이 휴대전화로 박홍주의 사진을 보여주었다.

"혹시 서윤이가 이런 사람 본 적 있나요?"

"국회의원 아닌가요? 만난 적 없어요."

최윤이 질문을 덧붙였다.

"그럼 나눔의 손이라는 단체는 아세요?"

"아니요, 처음 듣는데요?"

이혜경이 고개를 갸웃거렸다.

화평은 이혜경의 집을 나와 차에 올라타며 난처한 말투로 말했다.

"어떻게 된 거지? 박홍주를 본 적이 없다는데."

"분명 연결고리가 있을 거예요. 구마 의식부터 서둘러야죠. 문제는 구마 한 다음인데…….”

최윤이 이어지는 생각을 차마 내뱉지 못하고 말을 삼켰다. 눈치를 챈 화평이 재빨리 소리쳤다.

“저 애는 아니야! 박일도한테 빙의된 사람들이 살인을 할 때 내가 보잖아. 그런데 이번에는 전혀 못 봤다고!”

“모든 걸 다 보지는 못하잖아요. 저 아이, 아빠가 자기를 미워한다고 생각했다고요. 악마는 그런 마음의 틈을 이용하고요.”

“아니라니까! 아니라고! 절대 그러면 안 돼!”

화평이 열을 올리며 강하게 부정했다. 아니라고 확신하는 것이 아니라, 아니기를 간절히 바라는 사람 같았다. 최윤이 흥분한 그를 빤히 쳐다보다가 무거운 목소리로 말했다.

“윤화평 씨, 양 신부님한테서 가족들 이야기 들었어요.”

“뭘?”

“이십 년 전에 가족들한테 벌어졌던 일이요.”

“뭐야? 이제는 내 뒷조사도 하냐? 왜? 진짜 미친놈인지 알고 싶어서 그랬냐? 우리 가족 알아서 이제 됐냐?”

화평이 화를 쏟아내자 참다못한 최윤이 버럭 고함을 쳤다.

“조금은 알았다는 겁니다! 당신이 왜 그렇게 무리하면서까지 박일도를 잡고 싶어 하는지.”

예상치 못한 대답에 화평은 잠시 말이 없었다. 감정이 가라앉자 진심 어린 말투로 말했다.

“그래, 박일도 진짜 잡고 싶어. 가족들 그렇게 된 거…… 나 때문이니까. 내가 꼭 잡고 싶어.”

"그렇게 말하지 말아요. 그쪽 잘못은 아니니까."

"조금 전에 네가 말했잖아. 마음의 틈으로 악마가 들어온다. 내 마음이 그래서 가족들이 그렇게 된 거야."

최윤이 착잡한 심정으로 화평의 이야기를 들었다. 차 안에는 우울한 공기가 무겁게 가라앉았다.

"저 애……. 서윤이는 나처럼 되지 않게 하고 싶어. 꼭."

화평의 목소리는 굳은 결심처럼 단단했다.

영매

자판기 앞에 선 길영은 커피를 기다리는 동안 어깨를 매만졌다. 간밤에 제대로 잠을 자지 못해 근육이 뭉쳐 있었다. 딱딱하게 굳은 부분을 주무르자 신음이 절로 새어 나왔다. 길영이 아파트 CCTV를 보고 있는 고 형사에게 커피 한 잔을 건네며 물었다.

"CCTV에서는 뭐 좀 건졌어요?"

"아무것도 없어. 하도 봤더니 눈에서 진물 난다."

고 형사가 일어서며 찌뿌둥한 몸을 비틀었다. 길영이 그가 일어난 자리에 대신 앉으며 말했다.

"남은 건 내가 볼게요."

"아무리 봐도 그 피해자 아내가 계속 걸려. 넌 안 이상해?"

고 형사가 커피를 홀짝이며 말했다. 그러다 문득 화면을 응시하는 길영을 보며 목소리를 높였다.

"이번 사건은 너도 이상해. 평소라면 네 추리가 척척 나오잖아. 감 떨어졌어?"

고 형사가 진담과 농담을 섞어 말했다. 길영은 미간을 살짝 찡그렸다. 추리는 어느 정도 논리적인 인과 관계가 있을 때나 가능한 이야기였다. 지금 상황에서는 귀신이 있다는 이야기부터 말이 되지 않는데다가 빙의가 되면 순식간에 다른 사람처럼 변해서 사람을 죽인다는 사실도 받아들이기 어려웠다. 게다가 이런 식으로 사건이 벌어지는 것은 그 어떤 논리나 추리로도 예측할 수 없었다. 그녀는 복잡한 얼굴로 대답을 하지 않았다. 그때 책상 위에 올려둔 휴대폰이 진동했고 윤화평의 이름이 반짝였다. 고 형사가 뜨악한 눈초리로 그녀를 바라보았다. 그녀는 화면을 정지하고 재빨리 복도로 나가 전화를 받았다.

"정현수 씨를 조사해 보세요."

화평이 다짜고짜 말했다.

"피해자 정현수 씨를?"

"딸이 이상한 이야기를 해서요. 아빠 차만 타면 여자가 보인다고 했어요."

"여자라니?"

"그 애 말이 머리에 피 흘리는 여자가 아빠 차를 따라다닌대요. 정현수 씨가 그 말을 듣고 크게 화를 냈고 부부 싸움까지 했대요."

"뭐 그거 치정 사건인가?"

"모르죠. 혹시 사건 단서가 될 수도 있으니까요. 일단 여자 인상착의가 이십 대고 영문 글이 있는 점퍼 차림에 노란색 귀걸이를 하고 있대요."

"그거 가지고 어떻게 찾아?"

"그러니까 형사님이 알아봐 줘요. 정현수 씨 사건이랑 서윤이 빙의랑 관계없을 수도 있잖아요."

통화를 마친 길영은 생각에 잠겼다. 이혜경이 숨긴 이야기와 정현수의 여자가 관련이 있을 거라는 예감이 들었다. 그녀는 다시 발길을 돌려 CCTV 화면 앞으로 향했다.

그날 밤 이혜경의 아파트에는 최윤과 함께 김 신부가 서윤의 방에 와 있었다. 김 신부는 최윤의 부탁을 받고 온 구마 사제였다. 그는 아이를 앉혀둔 다음 구마를 시작하기 전에 외우는 묵주 기도를 했다. 뒤에 선 최윤이 그 모습을 묵묵히 응시했다. 김 신부가 묵주를 손에 들고 근엄한 목소리로 말했다.

"마리아께서 예수님을 잉태하심을 묵상합시다. 마리아께서 엘리사벳을 찾아보심을 묵상합시다. 마리아께서 예수님을 낳으심을 묵상합시다."

기도를 마친 김 신부가 서윤의 눈을 마주 보았다. 기도문을 외우는 동안 아이의 표정은 무심했고, 힘든 기색도 보이지 않았다. 그가 확실하게 확인을 하려는 듯이 십자가를 들어 눈앞에 가져갔지만 아이는 눈 한 번 찡그리지 않았다. 가만히 아이를 응시하던 그는 옆에 벌려둔 구마 의식 물품들을 다시 가방에 집어넣었다. 최윤이 그를 말렸지만, 그는 단호하게 고개를 저었다. 가져온 짐을 도로 정리한 그가 가벼운 묵례를 하고 이혜경의 집을 나왔다. 영문을 모르는 화평과 최윤이 그 뒤를 쫓아왔다.

"이대로 가면 안 됩니다. 구마 의식을 해야 합니다."

최윤이 다급한 표정으로 말하자 김 신부가 탄식을 내뱉었다.

"계속 이럴 거야? 이야기했잖아. 아직 빙의된 게 아니라고."

"지금은 빙의가 아니지만 악령들이 저 아이를 따라다니는 걸 확인했습니다."

김 신부가 최윤을 바라보며 눈을 치켜떴다.

"확인? 교구 승인도 없이 의식이라도 했다는 건가?"

"아니요, 의식까지는 아니고……."

당황한 최윤이 시선을 피하며 말끝을 흐렸다. 김 신부가 한숨을 푹 내쉬었다.

"똑같아. 한 신부에게 안 좋은 것만 배웠어. 증상이 확실히 드러나고 교구 승인을 받으면, 그때 다시 보세."

김 신부가 냉랭한 얼굴로 돌아섰다. 상황을 지켜보던 화평은 속에서 열이 뻗쳤다. 서윤은 아직 어린아이였다. 단지 태어날 때부터 그런 기질이 있어서 그렇다고 하기에는 너무 끔찍한 일들을 겪고 있었다. 교회에서 모든 사항을 다 확인하고 절차를 진행할 때까지 악령들이 기다려 줄 거라는 기대는 헛된 희망에 불과했다. 화평이 김 신부의 팔을 붙잡고 따졌다.

"저기요, 그러면 너무 늦은 거 아닙니까? 애가 위험해지고 나서야 구마 의식을 하겠다고요?"

"이 친구는 누군데 아까부터……."

김 신부가 불편한 감정을 드러내자 최윤이 화평을 말렸다.

"가만히 있어요."

"대화가 안 되잖아."

"신부님, 이 악마는 경우가 달라요. 부마자가 사람을 죽이고 스스로 눈을 찌르고 결국 자살을 합니다. 도와주세요, 신부님."

"그 이야기인가? 그거 때문에 구마 사제직도 파면당했다더니. 다시 말하지만, 내가 할 건 다 했네."

김 신부가 혀를 차며 기분 나쁘다는 듯이 화평의 팔을 뿌리치고 돌아섰다. 김 신부의 뒷모습을 바라보는 화평의 얼굴이 붉으락푸르락 달아올랐다.

"그놈의 승인! 원칙! 다 똑같아!"

"그쪽과 달리 우린 교회의 서품을 받은 사제예요. 교회의 명과 규칙을 지켜야 한다고요."

"서윤이가 죽을 수도 있다고!"

화평이 최윤에게 괜한 분풀이를 했다. 잠시 씩씩거리던 그는 급히 발길을 돌렸다.

"어디 가요?"

"다른 구마 할 사람이라도 구해야 할 거 아냐. 굿을 하든."

"내가 합니다."

"뭐?"

"서윤이 내가 구합니다."

최윤은 마치 스스로에게 다짐하는 것처럼 대답을 반복했다.

길영과 고 형사는 머리를 맞대고 종이를 들여다보고 있었다. 그 안에 적힌 내용은 이혜경의 남편 정현수의 휴대전화 문자 내역과 통화 기록이 적힌 목록이었다. 고 형사가 눈가를 찌푸리며 말했다.

"와이프가 수상해서 진작에 남편 휴대전화부터 싹 확인해 봤거든? 그런데 여자 흔적 같은 건 없더라고."

"그러게요, 불륜 상대는 없는 것 같은데. 남편이 문자랑 통화량이 거의 없네요."

"그렇지? 인간관계가 영 별로인가 봐. 꼭 너 같다. 애인도 없고, 친구도 없고?"

고 형사가 약을 올렸다. 길영은 표정 하나 변하지 않고 종이에서 시선을 떼지 않은 채 말을 이었다.

"두 달 전부터 갑자기 그러네요."

"그러게, 두 달 전에 무슨 일이 있었나?"

"휴대전화에 또 이상한 건 없었어요?"

길영이 묻자 고 형사가 갑자기 생각났다는 듯이 무릎을 쳤다.

"아! 그 남자 진짜 이상한 취미가 있더라. 휴대전화로 똑같은 사진을 수십 장 찍었어."

"똑같은 사진이요?"

고 형사가 컴퓨터로 정현수의 휴대전화에 있던 사진을 보여주었다. 밤낮을 가리지 않고 무작위의 시간대에 같은 장소에서 수십 차례 셀카를 찍은 것이었다. 도무지 이해가 가지 않는 행동이었다. 길영이 인상을 찌푸리자 고 형사가 맞장구를 치듯 말했다.

"거의 이틀에 한 번꼴로 가서 셀카를 찍었어. 무섭지 않냐?"

길영은 비슷하면서도 다른 여러 장의 사진을 넘겨보며 눈을 가늘게 떴다. 정현수의 옷차림과 시선, 그리고 표정을 살피며 미묘하게 달라지는 무언가를 찾기 위해서였다. 마지막 사진을 열었을 때 입꼬리를 올리며 섬뜩하게 웃고 있는 정현수의 얼굴이 보였다. 딱딱하게 굳은 표정으로 일관하던 초반의 사진과는 사뭇 다른 느낌이었다. 길영이 무너진 자세를 고쳐 앉으며 고 형사에게 물었다.

“여기가 어디예요?”

고 형사가 조사한 주소를 건네자 길영이 자리에서 일어났다. 사진을 찍은 장소에 가면 좀 더 확실하게 감이 올 것 같았다.

늦은 저녁, 인적이 드문 거리는 한산했다. 도로를 달리던 길영은 낯익은 장소가 나오자 길가에 차를 세웠다. 밖으로 나온 그녀는 휴대전화를 들고 사진에 보이는 장소와 정확히 똑같은 지점을 찾기 위해 서성거렸다. 인도를 따라 늘어진 나무의 모양까지 하나하나 비교하며 움직이고 있는데 문득 가로수 사이에 묶인 현수막이 눈에 들어왔다.

‘목격자를 찾습니다. 2018년 2월 12일 밤 10시경. 20살 우리 딸이 학교에서 집으로 귀가하던 중 교통사고로 억울하게 죽었습니다. 사고를 목격하신 분은 꼭 연락해 주세요. 도와주세요. 영호지구대 교통사고 조사계 033-072-6695’

현수막에 적힌 글씨를 읽은 길영은 곧바로 영호지구대에 전화를 걸었다. 그런 다음 담당 형사를 연결하여 사건이 어떻게 진행되었는지 물었다.

“뺑소니 사고, 그거 2월에 일어난 건데 아직도 범인을 못 찾았습니다. 장소가 너무 외진 데다 단서가 하나도 없어요.”

휴대전화 너머로 답답해하는 담당 형사의 목소리가 들렸다.

“사고 피해자는 누구죠?”

“스무 살 대학생이었어요. 동아리 활동 끝나고 집에 가던 길에 사고를 당한 모양이에요.”

“혹시 피해자가 당일 입었던 옷이나 특징 같은 걸 알 수 있을까요?”

담당 형사가 인상착의를 비롯한 여러 가지 사항을 알려주며 자료를 보내겠다고 했다. 휴대전화로 들어온 여대생의 사진을 본 길영의 눈길이 험악해졌다. 재빨리 화평에게 전화를 걸었고, 신호음이 끊어지자마자 다짜고짜 말했다.

"너 아까 정현수 씨 딸이 여자를 봤다고 했지? 옷에 영문 적혀 있고, 노란색 귀걸이!"

"네, 맞아요. 왜요?"

"올해 2월에 영호시에서 뺑소니 사고 당한 여자 같아."

길영이 담당 형사가 보내준 사진을 보며 말했다.

"잠시만요, 옆에 최 신부 있어요. 스피커로 전환할게요."

"그 피해자 정현수 씨 휴대전화에 뺑소니 사고 난 장소 사진만 수십 장이야. 게다가 딸이 봤다는 여자가 뺑소니 피해자와 동일해. 사고 당일 차림 그대로야."

"잠깐만요, 그러면 서윤이 아빠가 뺑소니 범인이라는 거예요?"

화평이 놀라서 묻자 길영이 마른침을 삼키며 대답했다.

"그 남자 딸이 진짜 죽은 사람들을 본다면."

"맞아요. 서윤이는 아빠가 교통사고로 죽인 여자를 본 거예요."

휴대폰 너머로 최윤의 낮은 목소리가 들려왔다.

"그런데 왜 찾아와서 딸에게 웃으며 손을 흔들었을까? 왜 사고가 난 끔찍한 장소에서 사진을 찍었을까?"

길영의 질문에 누구도 선뜻 답하지 못했다. 정적을 깨고 화평이 소리쳤다.

"형사님! 지금 당장 아파트로 오세요. 확인해 볼 게 있어요."

"알았어."

길영은 다시 차를 몰았다. 밤이 깊어질수록 사건의 실마리가 희미하게 드러나고 있었다. 비록 이상한 일투성이었지만, 길영은 다른 사건들과 크게 다를 것이 없다고 마음을 다잡았다. 누군가가 살인을 저질렀고, 누군가가 죽었다는 사실은 변하지 않았으니까. 형사로서의 소명은 기이한 사건들 속에서도 흔들리지 않아야 하는 것이라고 생각했다. 더 이상 끔찍한 일들이 일어나지 않도록 막고, 비극을 겪은 사람들을 돕는 것. 그녀는 바짝 힘이 들어간 두 손으로 핸들을 움켜쥐었다.

아파트 입구에 도착하자 멀리 화평과 최윤이 보였다. 길영은 주차를 하고 둘과 함께 경비실로 향했다. 그런 다음 엘리베이터 CCTV 녹화 영상을 요청해 남편 정현수의 모습을 찾기 시작했다. 영상을 보기 시작한 지 얼마 지나지 않아 경비원이 화면을 멈추고 소리쳤다.

"여기 있네!"

"이건 언제 영상인가요?"

경비원이 얼굴을 화면 가까이 가져가며 숫자를 확인했다.

"4일 전이네요."

길영이 화면을 다시 재생하자 남편 정현수가 1층에서 엘리베이터를 타는 모습이 보였다. 그녀는 집으로 향하는 그를 눈으로 확인하며 고개를 갸웃거렸다.

"별거 후엔 남편이 집에 온 적이 거의 없다고 했는데?"

"남편분이 자주 오셨나요?"

최윤이 묻자 경비원이 고개를 끄덕였다.

"네, 며칠에 한 번꼴로 온 것 같은데."

길영과 최윤이 의아한 표정을 지었다. 화평은 화면 속으로 들어갈 기세로 뚫어져라 영상을 쳐다보았다. 승강기에서 내린 정현수는 복도로 걸어

나왔지만 곧장 집으로 들어가지 않고 가만히 서서 앞을 응시했다. 마치 화면이 정지한 것처럼 아무런 미동도 없었다.

"뭐야, 뭐 하는 거지?"

길영이 목석처럼 서 있는 정현수를 보며 말했다. 그 순간 정현수의 시선이 향하는 곳에 작은 점처럼 보이는 형상이 있었다. CCTV 위치로부터 먼 곳에 있어서 잘 보이지 않았지만, 정현수 앞에 주저앉아 팔다리를 버둥거리는 사람은 바로 서윤이었다. 정현수가 천천히 앞으로 움직이자 아이의 모습은 더 이상 보이지 않았고, 대신 옆집 문이 열렸다가 금세 닫히는 게 화면에 잡혔다. 길영은 경비원에게 서윤의 집 옆에 사는 이웃을 불러 달라고 부탁했다.

늦은 밤 갑작스럽게 연락을 받고 경비실로 내려온 이웃 주민은 불편한 기색을 드러냈다. 길영이 화면을 가리키며 무슨 상황이었는지 묻자 이웃 주민이 기억을 떠올리며 말했다.

"이날 옆집 아이가 소리를 지르고 발작을 했었어요."

"그러니까 그때 서윤이가 발작하는 모습을 직접 보신 거죠?"

"그렇다니까요. 이거 물어보려고 부른 거예요?"

길영이 의자를 끌어당겨 앉으며 물었다.

"자세히 좀 말씀해 주실 수 있을까요?"

"낮에 집에서 빨래를 널고 있는데 갑자기 비명이 들리는 거예요. 가만히 들어보니까 옆집 아이 목소리더라고요. 그래서 문을 열고 봤더니 글쎄 바닥에 주저앉아서 겁에 질려가지고 소리를 지르는 거예요. 저기 앞에 칼을 든 할머니가 있다고요. 깜짝 놀라서 내다보니까 옆집 아저씨가 서 있더라고요."

"이혜경 씨 남편 정현수 씨요?"

"네. 그 집 애가 원래 이상했는데, 자기 아빠를 보고 비명을 지르고 있더라고요. 칼을 든 할머니라고."

이웃 주민이 한기를 느끼는지 몸을 움츠렸고, 길영이 고맙다는 인사를 했다.

이웃 주민이 돌아가고 셋만 남은 경비실에는 무거운 공기가 흘렀다. 길영이 방금 전 들었던 이야기를 떠올리며 화평에게 물었다.

"자기 아빠를 보고 귀신이라고 했다고?"

"아빠가 빙의된 거니까요. 서윤이가 본 건 아빠가 아닌 아빠에게 빙의된 귀신들을 본 겁니다. 서윤이를 따라다닌 건 서윤이의 아빠 정현수라고요."

충격을 받은 길영의 얼굴이 창백했다. 최윤이 낮은 목소리로 설명을 보탰다.

"뺑소니 도주 이후 늘 불안했을 텐데, 딸이 죽은 여자를 보니까 정신적 고통이 더 심했겠죠. 그때 박일도를 만난 겁니다."

"박홍주가 서윤이 아빠에게 접근했을 거야."

화평이 희미한 연결고리를 추측하며 중얼거렸다. 그때 길영이 의문스러운 말투로 말했다.

"휴대전화 사용을 안 한 것도 모두 두 달 전이야. 그때 빙의된 거야. 잠깐, 정현수는 죽었잖아. 그럼 지금 여자애가 보고 있는 건 뭐야?"

"빙의체가 죽어서 사라졌으니 할 일은 하나죠. 다른 몸을 찾는 것."

"완벽한 몸이 있잖아. 영매라는."

최윤이 설명하고, 화평이 말을 받았다.

완벽한 몸과 영매. 셋은 동시에 고개를 번뜩 들었다. 모두 머릿속에 같은 사람을 떠올렸다. 빙의체가 사라진 악령은 굶주린 짐승처럼 먹잇감을 맴돌고 있었고, 완벽한 먹이는 바로 서윤이었다. 셋은 누가 먼저랄 것도 없이 자리를 박차고 일어났다. 아이의 집으로 향하는 시간이 영겁처럼 느껴졌다.

빙의

침대에서 자고 있던 서윤은 창문을 두드리는 소리에 잠을 깼다. 소리가 난 곳을 돌아보니 누군가 유리창을 톡톡 건드리고 있었다. 창밖으로 희미한 형체가 어른거리자 아이의 까만 동공이 순식간에 커졌다. 톡톡, 톡톡. 심장 뛰는 소리가 귓가에 세차게 울리기 시작했다. 톡톡, 톡톡, 톡톡. 아이는 침대에서 다급하게 내려와 커튼을 끌어당겼다. 창밖이 보이지 않자 그제야 소리가 멈추고 정적이 흘렀다. 신경을 곤두세우며 숨죽이고 있던 아이가 그제서야 안도의 숨을 내쉬었다. 다시 침대로 돌아가는 찰나였다. 쾅쾅, 쾅쾅. 갑자기 등 뒤에서 주먹으로 창문을 두들기는 듯한 소리가 울렸다. 문을 부술 기세로 내리치는 소리에 아이의 얼굴이 창백하게 질렸다.

"엄마! 할머니!"

서윤이 두 귀를 막고 기겁하며 비명을 질러댔다. 그러자 다른 방에서 잠을 자던 이혜경과 할머니가 헐레벌떡 뛰어왔다. 이혜경은 딸의 상태를 빠르게 살피며 물었다.

"왜! 무슨 일이야?"

"저기! 창문에 또 찾아왔어! 안으로 자꾸 들어오려고 해!"

서윤이 창문 쪽을 쳐다보지도 못하고 외쳤다. 쾅쾅, 쾅쾅쾅. 아이의 귓가에는 계속해서 같은 소리가 반복되었다. 이혜경은 딸이 공포에 질려 온몸을 벌벌 떠는 모습을 보자 미칠 것만 같았다. 아이가 가리키는 창문에는 아무도 보이지 않았고, 방 안은 고요했다. 이혜경이 딸의 두 손을 매만지며 시선을 마주 보았다.

"괜찮아."

할머니가 창문 밖을 멀리 내다보며 물었다.

"어디 문을 두드린다는 거야?"

서윤이 창문으로부터 등을 돌린 채 바닥에 머리를 박을 듯이 고개를 숙였다. 답답해진 할머니가 창문을 열고 베란다로 나가려는 순간 아이가 발작하듯 외쳤다.

"안 돼! 열지 마! 안 돼!"

할머니는 아무도 없다는 것을 확인시켜 주려고 창문을 열었고 손녀를 어르듯이 말했다.

"어디? 아무것도 없어. 이리 와서 봐."

커튼이 바람에 가볍게 휘날렸다. 서윤이 뒤를 힐끔거리며 할머니가 서 있는 베란다를 확인했다. 잠시 후 불안한 표정으로 천천히 일어나더니 소리가 나던 베란다로 다가갔다. 그곳에는 아무도 없었다. 아이가 고개를 갸웃거리며 아래를 내려다보는 순간, 1층 화단에서 자신을 올려다보는 여자와 눈이 마주쳤다. 입꼬리를 귀까지 끌어올리고 킥킥거리며 웃고 있는 여자는 재미있어 죽겠다는 표정으로 아이를 쳐다보고 있었다. 손에는 날카로운 칼날이 시퍼런 빛을 내고 있었다.

화들짝 놀란 서윤은 후다닥 방으로 뛰어 들어가 침대 아래에서 가방을 꺼냈다. 이혜경은 의아한 얼굴로 딸의 이상한 행동을 지켜보았다. 이혜경과 할머니의 눈에는 검푸른 얼굴의 여자와 날카로운 칼날이 보이지 않았다. 아이가 지퍼를 열고 책가방에서 제 얼굴보다 더 큰 돌덩이를 꺼냈고, 그것을 보는 순간 이혜경의 눈길이 험악해졌다. 귀신을 보는 딸과 누군가 던진 돌에 맞아 죽은 남편, 그리고 귀신을 죽이려고 딸이 던진 돌. 연결고리가 뚜렷하게 이어지면서 온몸에 소름이 끼쳤다. 충격을 받은 이혜경은 수백 개의 바늘이 가슴에 꽂히는 듯한 고통이 일었다.

"서윤아, 너 그거……."

이혜경이 입술을 파르르 떨었다. 돌을 발견한 할머니가 기함을 했다.

"세상에, 그게 뭐야?"

"의사 선생님이 저건 진짜가 아니라고 했잖아. 이 돌을 밖으로 던져서 저 귀신을 없애야 해."

서윤의 말에 놀란 할머니가 입을 틀어막았다. 이혜경은 정신을 애써 부여잡으며 가방을 빼앗았다.

"너 이거 내놔! 엄마가 치울게."

"왜? 내가 저번에도 이렇게 했더니 귀신이 사라졌었어. 이번에도 없앨 수 있어."

서윤이 가방을 끌어안으며 거부했다. 그 모습을 지켜보던 할머니가 바닥에 털썩 주저앉았다. 이혜경은 딸의 어깨를 잡고 무섭게 말했다.

"이거 놔. 다시는 그러면 안 돼. 알겠어? 그리고 다른 사람들한테 이 이야기 절대로 하지 마. 오늘 본 아저씨들한테도! 알았지?"

"왜? 나 없앨 수 있단 말이야. 엄마가 좀 도와줘. 이건 저번 거보다 커서 혼자 들기 힘들어."

서윤이 투정을 부리자 이혜경이 악다구니를 쓰며 소리쳤다.

"그만하라고! 네가 지난번에 없앤 게 뭔지 알고 그래? 엄마까지 죽는 꼴 보고 싶어?"

울음이 터진 이혜경이 주먹으로 가슴을 쳤다. 엄마의 갑작스러운 반응에 놀란 서윤이 물었다.

"응? 그게 무슨 말이야?"

서윤은 전혀 영문을 모르는 얼굴이었다. 이혜경은 한참 동안 꺽꺽거리며 목 놓아 울었다. 애달픈 표정으로 지켜보던 할머니가 딸을 부축해 안방으로 데리고 갔다. 불이 꺼진 방 안에 홀로 남은 서윤의 얼굴이 캄캄해졌다.

"이를 어째……. 그럼 재가 진짜 지 아빠를?"

할머니가 눈가에 흐르는 눈물을 훔쳤다. 그러자 이혜경이 두 팔로 제 몸을 감싸 안으며 치를 떨었다.

"그래! 재가 죽였어. 그 돌로. 이제는 재가 무서워. 내 딸이지만, 소름 끼친다고!"

서윤은 눈도 깜빡이지 않은 채 엄마의 말을 엿들었다. 유일한 안식처라고 생각했던 엄마마저 자신을 거부한다고 생각하자 마음이 균열을 일으키는 것처럼 갈라졌다. 그때 누군가 현관을 두들겼다. 쾅쾅쾅, 쾅쾅. 한 명이 아니라 여러 명 같았다. 이번에 아이는 귀를 막지 않고 천천히 고개를 돌렸고, 발걸음을 옮겨 현관으로 나갔다. 쾅쾅. 아이가 손님을 맞이하는 것처럼 문을 열자 부엌칼을 들고 있는 남자가 씩 웃으며 들어왔다. 이어 그를 따라 화단에 서 있던 여자와 예전에 보았던 할머니, 그리고 킥킥거리는 젊은 남자까지 검푸른 얼굴의 사람들이 줄줄이 집 안으로 들어왔다. 아이는 무표정한 얼굴로 칼을 들고 있는 그들을 바라보다가 함께 방으로 들어갔다. 아이가 바닥에 주저앉아 몸을 웅크리자 그들은 신이 나서 아이를 둘러쌌다. 킥킥거리는 웃음과 웅얼거리는 소리가 뒤섞이며 방을 가득 메웠다. 서서히 움직이던 방문이 완전히 닫히는 순간, 그들은 사라지고 번뜩 고개를 든 아이의 눈에 살기가 돌았다.

현관문이 조용히 열렸다가 닫혔지만 이혜경과 할머니는 미처 서윤을 신경 쓰지 못했다. 아이는 엘리베이터를 타고 1층 버튼을 눌렀다. 엘리베이터가 움직이는 동안 아이는 마치 머리에 줄을 달고 움직이는 것처럼 몸을 앞뒤로 흔들었고, 맨발로 아파트 입구를 나와 놀이터를 지나가며 희미하게 웃었다. 골목길로 들어간 아이가 어딘가를 향해 걸어가는 동안 머리 위에 있는 가로등이 전기 타는 소리를 내며 점멸했다.

쾅쾅. 이혜경의 집 현관문에서 요란한 소리가 울렸다. 이번에는 정말로 밖에서 누군가 문을 두들기고 있었다. 깜짝 놀란 이혜경이 옷을 여미며 문을 열자 화평과 최윤, 그리고 길영이 보였다. 세 사람은 모두 거친 숨을 몰아쉬며 다급한 표정을 하고 있었다. 화평이 다짜고짜 말했다.

"서윤이 좀 만나러 왔는데요."

"네? 갑자기 애는 왜……."

이혜경이 어리둥절한 얼굴로 말끝을 흐렸다. 그때 할머니가 서윤의 방에서 나오며 소리쳤다.

"얘 어디 갔냐? 서윤이가 안 보여."

이혜경이 몸을 돌려 서윤의 방을 들여다보았다. 불이 꺼진 방 안에 딸의 모습이 온데간데없었다. 화평은 굳은 얼굴로 최윤과 시선을 교환했다. 귀신을 피해 집으로 도망치던 아이가 제 발로 나갔다면 이미 늦었다는 이야기였다. 화평이 입술을 깨물며 직접 찾아보자고 제안했다. 세 사람이 아파트 입구로 내려와 사방으로 흩어졌고, 이혜경은 초조한 얼굴로 주위를 샅샅이 살폈다. 그러나 한참을 찾아보아도 아이의 모습은 보이지 않았다.

잠시 후 눈물이 그렁그렁 고인 이혜경이 숨을 헉헉거리는 화평을 바라보았다. 이어 최윤과 길영도 서로 다른 방향에서 달려왔다. 누구도 서윤을 찾지 못한 모양이었다. 길영이 고개를 작게 흔들며 말했다.

"없어. 안 보여."

"신고해야 해요!"

이혜경이 안절부절못하며 외쳤다. 그러자 화평이 무거운 목소리로 말했다.

"신고해도 소용없어요. 못 찾아요. 서윤이는 이미 빙의됐어요."

"빙의요?"

"지금 마음속으로 가장 미워하는 사람을 찾아갈 겁니다."

최윤이 설명했다.

"미워하는 사람……."

이혜경이 말끝을 흐리며 시선을 떨구었다. 화평이 의문이 담긴 말투로 물었다.

"서윤이가 왜 갑자기 빙의된 거죠? 지금까지 잘 버텨왔는데."

이혜경의 눈가에 주름이 잡혔다. 입을 굳게 다문 얼굴에 복잡한 기색이 스쳤다.

"뭔가 아시는 거죠? 다 말씀하셔야 합니다. 그래야 서윤이를 도와줄 수 있어요."

최윤이 허리를 숙여 이혜경과 시선을 맞추었다. 이혜경이 입을 꾹 다문 채 말을 하지 않자 길영이 단호한 목소리로 말했다.

"남편분 그렇게 만든 사람, 서윤이죠?"

"무슨 말씀이세요? 아니요. 아니에요!"

이혜경이 번뜩 고개를 들고 신경질적으로 대답했다. 길영이 물러서지 않고 대답했다.

"남편분이 올 2월경에 뺑소니를 한 사실은 아시나요?"

"그건……."

갑작스러운 물음에 당황한 이혜경이 시선을 피했다. 길영이 그 틈을 놓치지 않고 다그쳤다.

"거짓말하시면 안 됩니다! 서윤이가 빙의된 원인 찾아야죠."

"남편분이 빙의된 건 알고 있었나요?"

최윤이 묻자 이혜경이 놀라 입을 벌렸다.

"남편이 빙의요?"

"뺑소니로 사람을 죽였다는 그 불안한 마음이 귀신들을 불러들였어요. 남편분이 죽고 그 몸에 있던 귀신들이 서윤이한테 옮겨간 거고요. 아시는 거 없으세요?"

화평이 애타는 표정으로 말했다. 그러나 머리가 복잡해진 이혜경은 아무 말도 하지 못한 채 금방이라도 쓰러질 듯 비틀거렸다. 시계를 힐긋거리던 화평은 더욱 초조해졌다. 시간이 더 지체된다면 빙의된 서윤이 무슨 짓을 할지 몰랐다.

"애가 또 살인을 저지르기 전에 막아야 해요!"

"나 때문이에요! 내가 남편이 죽은 게 다 너 때문이라고, 그런 네가 무섭다고 말해버렸기 때문에……."

힘겹게 말을 뱉은 이혜경은 무너지는 것처럼 땅바닥에 주저앉아 서럽게 울음을 터뜨렸다. 딸을 귀신들에게 몰아붙인 사람이 바로 자신이라는 생각에 죄책감이 밀려왔다. 통곡하는 이혜경을 바라보며 세 사람은 눈앞이 한밤처럼 캄캄해졌다.

화평은 이혜경을 달래 집으로 데려갔다. 할머니가 애처로운 표정으로 딸의 손을 붙들었다. 소파에 털썩 몸을 기댄 이혜경은 넋이 나간 얼굴로 허공을 응시했다. 세 사람은 이혜경이 어서 입을 열기만을 기다렸다. 서윤을 찾을 수 있는 실마리는 오직 그것뿐이었다.

"두 달 전쯤인가. 서윤이가 아빠를 다른 사람으로 보더라고요. 칼을 든 무서운 사람들이라고."

"남편분이 빙의된 게 그때일 겁니다. 서윤인 그걸 본 거고요."

최윤이 차분한 말투로 말했다.

"지금 생각해 보니까 남편은 서윤이가 자기를 보며 무섭다고 비명을 지를 때도 이상한 표정을 지었어요. 꼭 웃는 것처럼."

이혜경은 기억을 떠올리며 미간을 찡그렸다. 그러다 문득 길영을 보며 애가 타는 얼굴로 말했다.

"형사님, 우리 애는 앞으로 어떻게 되는 거예요? 애는 자기 아빤 줄 모르고 한 일인데."

"지금은 서윤이를 찾는 게 우선이에요."

길영이 난처한 표정을 지었다.

"서윤이는 아마도 집으로 다시 올 겁니다."

최윤이 말하자 할머니가 되물었다.

"집에 다시 온다고요?"

"서윤이 몸 안에 들어간 귀신이 엄마를 해치라고 시킬 거예요."

화평이 설명하자 할머니가 두려운 기색을 보이며 한탄했다.

"내가 끝까지 애를 지켜줬어야 했어요. 내 잘못이에요. 내 잘못……."

이혜경이 울컥하며 말을 잇지 못했다.

"우리가 지키고 있다가 서윤이에게 구마 의식을 할 겁니다. 그 방법밖에 없어요."

말을 마친 화평이 최윤과 시선을 마주했다. 최윤의 눈빛이 깊고 단단했다.

길영은 두 사람과 함께 집 근처에 잠복하기로 했다. 서윤이 엄마를 해치려고 한다면 엄마가 있는 곳으로 올 것이라고 짐작했기 때문이었다. 이혜경의 아파트에서 나온 길영이 착잡한 표정으로 화평과 최윤을 쳐다보았고, 한숨을 푹 내쉬며 말했다.

"각자 자리 지키고, 바로바로 연락하고."

길영이 이만 가라고 손짓하며 휴대전화로 전화를 걸었고, 바로 본론을 이야기했다.

"고 선배, 그 정현수 씨 사건 범인 찾았어……."

그때 갑자기 화평이 길영의 휴대전화를 낚아채어 통화를 끊었다. 열이 뻗친 그녀가 소리를 질렀다.

"뭐 하는 거야!"

"정현수 씨 사건 범인, 서윤이라고 말할 거예요?"

"당연하잖아."

길영이 화평을 쏘아보았다.

"애가 알고 한 게 아니에요. 알잖아요. 빙의된 귀신을 본 거니까 그냥 사고로 처리할 수도 있잖아요."

화평이 진지한 얼굴로 설득했지만 길영이 버럭 화를 냈다.

"야! 말이 안 되는 소리잖아. 사건을 꾸미라고? 그게 경찰한테 할 소리야?"

그때 길영의 휴대폰에 다시 전화가 걸려왔다. 화평이 손에 쥔 휴대전화를 더 세게 붙잡으며 대꾸했다.

"그럼 애를 자기 아빠 살인범으로 만들자고요?"

"휴대전화 내놔. 어차피 소년법상 처벌이 안 돼."

길영이 손바닥을 내보였다. 화평이 휴대전화를 건네지 않고 고집을 부렸다.

"사람들에게 알려지잖아요. 평생 손가락질 받을 거예요. 지금도 아빠를 죽인 걸 알고 있고, 벌써 고통받고 있다고요."

"사람이 죽었어! 아무리 실수고 몰랐다고 해도 범죄는 범죄야!"

길영의 눈빛에는 흔들림이 없었다. 화평이 애원하듯 말했다.

"빙의 때문이라고요. 모르고 한 거라고요."

"모르고 했다고 부모 죽인 죄가 없어지냐고."

순간 화평의 얼굴에 어두운 기색이 번졌다. 최윤은 그런 화평을 바라보며 씁쓸한 표정을 지었다. 길영이 쐐기를 박는 것처럼 말을 보탰다.

"이 사정 저 사정 다 봐주면 경찰 짓 때려치워야지. 너랑 이런 걸로 싸울 시간 없다."

길영이 말을 마치자마자 화평의 손에서 휴대전화를 가져갔다. 그리고 그를 지나쳐 성큼성큼 걸어가기 시작했다. 그는 우울한 눈빛으로 그녀의 뒷모습을 멍하니 바라보았다.

"강 형사님, 잠깐 이야기 좀 해요."

맡은 자리로 걸어가던 최윤은 방향을 틀자마자 앞서가는 길영을 쫓아가 말을 걸었다. 아직도 화가 풀리지 않은 그녀가 홱 돌아섰다.

"왜? 너도 재랑 같은 생각이야? 나라고 애 살인범 만드는 거 좋은 줄 알아? 저 자식은 법이고 나발이고, 맨날 자기 편한 대로 하려고만 해!"

"윤화평 씨, 저렇게 말할 만한 사정이 있어요."

"무슨 사정!"

"윤화평 씨 엄마와 할머니가 사고로 돌아가셨대요. 다들 빙의된 윤화평 씨 짓이라고 했나 봐요. 서윤이를 보면서 자기 어릴 때를 떠올렸을 거예요."

최윤이 설명을 하자 길영의 표정이 굳어졌다. 복잡한 얼굴로 무언가를 생각하는 그녀에게 그는 가볍게 고개를 숙이고 맡은 자리로 발걸음을 돌렸다. 경비실로 가는 동안 그녀는 화평이 왜 이렇게까지 집착하면서 빙의자를 구하고 박일도를 찾는지 알 것도 같았다. 실시간 CCTV 영상을 띄운 화면을 응시하다가 문득 화평을 본 그녀는 마음이 저릿했다.

밤이 깊은 시간, 입구 주변에 숨어 오가는 사람들을 지켜보던 화평은 주머니에서 진동을 느꼈다. 휴대전화를 꺼내 보니 이혜경이었다.

"무슨 일 있어요?"

"방금 서윤이가 전화했었어요! 다들 올라와 주세요."

이혜경이 다급한 말투로 대답했다. 화평은 두 사람을 불러 집으로 찾아갔다. 문 앞에 도착해 문을 두드리자 할머니가 나왔다.

"서윤이 전화 왔다면서요? 따님은요?"

화평이 고개를 내밀고 집 안을 훑으며 말했다. 할머니는 영문을 모르겠다는 말투로 물었다.

"못 봤어요? 방금 댁들 만나러 간다고 급하게 나갔는데?"

셋은 당황한 표정으로 시선을 교환하다가 아차 싶은 얼굴로 다시 내려갔다. 길영이 주차해 둔 차로 달려가 운전석에 앉자 최윤과 화평이 뒤따라 올라탔다.

"빨리요, 빨리. 서윤이가 엄마를 해칠 수도 있다고요."

화평이 재촉하자 길영이 짜증스럽게 대꾸했다.

"가고 있잖아. 어디로 갔는지 알 수가 있어야지!"

"전화로 속이고 불러낸 거예요."

최윤이 침착한 말투로 설명했다. 갑자기 길영이 브레이크를 밟자 차가 앞으로 쏠리며 그 자리에 멈췄다.

"이렇게는 못 찾아! 지금이라도 경찰에 증원 요청해서 찾자."

"애가 살인범이라고 알리자고요? 수배해서 찾자고요?"

화평이 완강히 반대하며 나섰다. 길영이 답답하다는 듯이 목청을 높였다.

"이러다 이혜경 씨까지 죽어!"

"일단 우리끼리 찾아봐요. 아직 멀리 못 갔을 겁니다. 서윤이는 당신 어릴 때처럼 안 될 테니까 진정해요."

최윤이 중재에 나섰다. 화평은 그제야 정신을 차린 듯 입을 굳게 다물었다. 길영이 둘을 돌아보며 말했다.

"둘이 뛰어다니면서 찾아봐. 난 차로 멀리까지 가볼게. 내려! 빨리!"

말이 끝나기도 전에 화평과 최윤이 차 문을 열고 내렸다. 급하게 차가 출발하자 둘은 서로 다른 방향으로 멀어지며 서윤의 이름을 불렀다.

얼마나 시간이 흘렀을까. 화평은 휴대전화를 꺼내어 시간을 확인했다. 삼십 분이 넘도록 연락이 오지 않은 걸 보니 아직 아이를 찾지 못한 듯했다. 그는 이마에 흐르는 땀을 훔치며 크게 심호흡을 했다. 눈앞에는 좁고 어두운 골목길이 보였다. 검은 형체가 어른거리는 것 같은 착각에 눈을 감았다 떴다. 마치 창가에 움직이는 그림자처럼 시야에 보이는 것이 있었다. 그는 눈을 가늘게 뜨고 그것을 더 자세히 보기 위해 앞으로 걸어갔다. 발을 내딛자 어느새 폐건물 옥상을 보고 있었다. 안개가 낀 것처럼 흐릿한 시야 사이로 환영이 펼쳐지고 있었다. 누군가 옥상에서 서윤을 부르며 뛰어가는 이혜경을 보고 있었다. 잠시 지켜보다가 몸을 돌리고 무언가를 찾더니, 옥상 입구에 있는 공사용 벽돌을 발견하고 머리 위로 들어올렸다. 앞으로 힘을 쏟으며 돌을 떨어뜨리려는 찰나, 누군가 번쩍 들어 올린 화평의 팔을 붙들었다. 골목 한가운데서 악령에 감응했다가 깨어난 그가 멍한 시선으로 바닥을 응시했다.

"방금 봤죠? 어디 있어요?"

최윤의 목소리에 정신이 번쩍 든 화평은 머릿속에 지나간 환영을 떠올렸다. 폐건물 옥상과 무덤처럼 쌓여 있던 벽돌, 그리고 벽돌 하나를 집어 드는 작은 손, 허공으로 내던진 돌, 밤의 정적을 깨는 비명.

"이혜경 씨가 위험해!"

화평이 지체 없이 달려나가기 시작했다. 최윤이 그 뒤를 따라가며 길영에게 위치를 알렸다. 그녀가 차를 타고 도착한 폐건물 앞에는 이혜경이 쓰러져 있었고, 옆에는 화평이 환영에서 보았던 공사용 벽돌이 깨져 나뒹굴고 있었다. 그녀는 재빨리 이혜경의 몸을 돌려 상태를 확인했다. 이마에서 피를 흘리고 있었지만 희미한 숨소리가 들렸다. 화평이 두려운 표정으로 물었다.

"어떻게 됐어요? 설마……."

"숨은 쉬어."

길영이 단호하게 말했다. 그리고 이혜경의 몸을 흔들며 이름을 외쳤다.

"이혜경 씨, 이혜경 씨! 의식이 없어. 여기는 내가 맡을 테니까 애를 찾아."

화평은 순간 어릴 적 보았던 엄마의 마지막 모습을 떠올렸다. 햇빛이 비치는 바다와 그 위를 둥둥 떠다니던 엄마의 시신. 만약 서윤이 빙의된 채 자기 엄마를 죽게 한다면, 자신과 같은 고통 속에서 평생을 살아가야 할 것이다. 그는 입가에 힘을 주며 소리 없이 신음했다. 길영은 멍한 얼굴로 서 있는 그를 향해 소리를 질렀다.

"윤화평! 애를 찾으라고!"

"내가 찾아볼게요."

최윤이 말하고 폐건물 안으로 급하게 뛰어갔다. 길영은 휴대전화를 꺼내어 119를 누르며 화평에게 외쳤다.

"혼자 보내면 안 돼. 너도 같이 가. 내가 구급차 부를 테니까. 윤화평!"

귓가에 날아드는 길영의 목소리에 정신을 차린 화평이 서둘러 폐건물을 향해 달려갔다.

함정

먼저 건물 안으로 들어온 최윤은 불빛 하나 없는 복도를 걸었다. 한 발 한 발 나아갈 때마다 바닥에 돌가루가 스쳤고 가끔 쥐가 찍찍거리며 멀어지는 소리가 들렸다. 그는 휴대전화로 불빛을 비추어 눈앞을 밝히고 그 빛에 의지해 계단을 내려갔다. 바람 소리마저 들리지 않는 지하로 내려오자 굳게 닫혀 있는 철문 하나가 보였다. 조심스레 손을 뻗어 철문을 열자 녹슨 쇠가 마찰하는 소리가 났다. 무덤같이 쌓여 있는 어둠 속으로 발을 딛고 들어서니 불빛에 자욱하게 일어나는 먼지가 보였다. 벽 한쪽에는 커다란 거울들이 붙어 있었는데 오래도록 사람이 오지 않았는지 거미줄로 뒤덮여 있었다. 그가 한 바퀴를 빙 돌며 거울을 살폈을 때 엉망으로 깨진 거울들 사이에 몸을 웅크리고 앉아 있는 서윤이 보였다. 순간 놀란 그는 몸이 얼어붙은 듯 서서 아이를 응시했다. 아이는 고개를 숙인 채 누군가와 대화를 하는 것처럼 중얼거렸다.

"거봐, 올 거라고 했잖아. 내 말이 맞잖아."

최윤이 조심스레 전화를 걸었고, 화평의 목소리가 들리자 빠르게 말했다.

"찾았어요. 지하실이에요. 빨리 와요."

최윤이 다시 고개를 들었을 때 눈앞에 앉아 있던 서윤은 어느새 어둠속으로 사라지고 없었다. 그가 불빛을 움직이며 아이를 찾으려고 하는 찰나 쾅, 소리와 함께 철문이 닫히며 지하실에 커다란 진동이 울렸다. 당황한 그가 걸어가 문고리를 잡아당겼지만 굳게 닫힌 문은 열리지 않았다. 하는 수 없이 그는 화평이 올 때까지 기다려야겠다는 생각을 하고 다시 아이를 찾기 위해 몸을 돌렸다. 그때였다. 순식간에 앞으로 다가온 아이가 그를 올려다보았다. 놀란 그의 까만 동공이 빠르게 커졌고, 그 모습을 본 아이가 씨익 웃으며 미소를 지었다. 그는 온몸으로 스며드는 불쾌한 기운을 느꼈다. 팔과 다리를 휘감으며 들러붙는 서늘한 공기. 그것은 아이의 눈 안에 우물처럼 고여 있는 것과 똑같은 기운이었다. 시선을 마주한 두 사람 사이에 팽팽한 긴장감이 흘렀다. 문득 어디선가 역한 냄새가 풍겨오며 악취가 그의 코를 찔렀다. 아이는 재미있는 놀이를 기다리는 것처럼 해맑게 웃었다. 쾅쾅, 쾅쾅. 그때 등 뒤에서 다급하게 문을 두들기는 소리가 들렸다.

"마태오! 최윤!"

화평이었다. 최윤이 서윤에게 시선을 떼지 않은 채 소리쳤다.

"안에 있어요!"

"문이 안 열려! 문 좀 열어봐!"

"안 열려요. 일부러 가둔 것 같아요."

최윤은 대답을 하며 서윤의 표정을 살폈다. 아이는 키득거리며 신이 난 얼굴을 하고 있었다. 그가 미간을 찌푸리며 아이에게 물었다.

"왜 문을 잠갔지?"

"아저씨랑 단둘이서 할 말이 있어서요."

최윤은 천천히 몸을 움직여 휴대전화를 바닥에 놓고, 목에 건 십자가 목걸이를 꺼내어 손에 감았다. 그런 다음 앞으로 다가가 주머니에서 꺼낸 손수건으로 서윤의 손을 묶었다.

"미안해. 아파도 좀 참아."

말을 하자마자 최윤이 단호한 동작으로 손을 뻗어 서윤의 머리에 십자가를 가져갔다.

"주 예수 그리스도님의 이름으로 네 안의 마귀와 네 밖의 마귀를 단교한다."

장엄한 목소리가 지하실에 울려 퍼졌다.

"아파요! 아저씨! 엄마한테 데려다줘요. 엄마, 엄마!"

서윤이 몸부림을 치며 소리를 질렀고, 눈에서 눈물을 뚝뚝 흘렸다. 최윤은 서윤의 팔을 더 세게 붙들고 경건하게 외쳤다.

"주 예수 그리스도님의 이름으로 나는 너희들을 성령의 끈으로 묶는다."

콜록콜록, 콜록콜록. 서윤은 목이 조이는 것처럼 고통스러운 표정으로 계속 기침을 해댔다. 숨소리가 점점 거칠어지며 입에서 끅끅거리는 신음이 났다.

"너희 모두는 성령의 자루 속에 들어가라!"

최윤의 기도문이 계속되자 서윤이 하얗게 질린 얼굴로 눈을 희번덕거렸다. 아이가 흰자위를 보이며 점점 가늘게 숨을 쉬자 그의 눈동자가 흔들렸다. 아이가 계속 버티지 못하고 숨을 놓을까 봐 불안했다. 머릿속의 복잡한 생각들이 뒤엉키며 호흡이 어지러워져서 그는 가까스로 기도문을 이어나갔다.

"무한한 능력을 가지고 계시는 주 예수 그리스도님의 이름으로 명령한다. 이 모든 악령들아, 지옥으로 가라!"

최윤의 기도가 비수처럼 쏟아지자 서윤이 갑자기 제 목덜미를 잡고 숨을 멈췄다. 그리고 덫에 걸린 짐승처럼 신음조차 내지 못하다가 앞으로 푹 고꾸라졌다. 당황한 그가 기도를 멈추고 아이의 상태를 살폈다. 뒤엉킨 머리카락을 쓸어 올리고 눈을 감고 있는 아이를 바라보며 몸을 흔들었다.

"서윤아, 서윤아!"

서윤의 얼굴은 온기가 빠져나간 시신처럼 검푸른 빛이 감돌았다. 다급해진 최윤이 숨소리를 들으려고 가까이 귀를 기울이는 순간 아이가 속삭였다.

"아저씨, 아저씨 옆에 있는 사람들은 누구야?"

멀쩡한 서윤의 목소리에 화들짝 놀란 최윤이 고개를 들었다. 자신을 무표정하게 바라보는 아이의 시선과 마주치자 온몸에 소름이 끼쳤다. 그는 눈앞이 아찔하게 흔들리며 맹렬하게 번져오는 악령의 기운을 느꼈다. 함정에 빠졌다는 생각이 드는 순간 목덜미에 식은땀이 주룩 흘러내렸다. 아이가 호기심 가득한 말투로 말을 이었다.

"피 때문에 얼굴이 안 보여. 아저씨네 엄마 아빠야? 어? 옆에는 아저씨랑 똑같은 옷을 입은 아저씨도 있네?"

최윤의 얼굴이 딱딱하게 굳어졌고, 바늘로 심장을 꿰는 듯한 고통을 느꼈다. 충격을 받은 그는 입을 벌린 채 오랜 기억을 떠올렸다. 거실에서 들리던 비명과 방 안에 숨은 채 지켜보았던 부모님의 시신, 그리고 으깨진 머리와 엉망이 된 다리, 피 웅덩이가 생겨난 방바닥, 거칠게 숨을 쉬며 기이한 소리를 내던 형, 손에 쥔 야구 배트에서 떨어지던 끈적끈적한 핏방울, 자신을 찾아낸 형의 괴기한 표정. 다리가 덜덜 떨리며 온몸에 힘이 빠져나갔다. 아이가 그의 옆을 힐긋거리며 마치 다른 존재가 있는 것처럼 외쳤다.

"다 아저씨를 원망하는 얼굴로 서 있어. 방구석에 숨어 있다 살았다고! 배신자! 겁쟁이! 우린 죽었는데 너만 살았어!"

서윤이 불같이 화를 내며 이글거리는 살기로 최윤을 쏘아붙였다. 뒤로 밀려난 그가 중심을 잃고 몸을 휘청거렸다. 아이의 까만 눈동자에 어른거리던 칠흑 같은 어둠은 그의 영혼을 파고들며 썩은 내를 풍겼다. 마치 자신의 영혼이 가진 생기를 그 어둠이 모두 빨아들이는 듯했다. 그는 문득 자신이 발을 디딘 곳에 무언가 밟혀 부서지는 것을 느꼈다. 고개를 숙여 아래를 보니 어느새 떨어뜨린 십자가가 두 동강이 나 있었다. 그는 아찔한 표정으로 눈을 감았다. 유일한 빛이 사라지고 까마득한 어둠 속에 모든 것이 잠겨 들었다.

부마자의 예언

"마태오, 괜찮아?"

화평은 문에 바짝 얼굴을 대고 안에서 들려오는 소리에 집중했다. 기도문을 외우는 최윤의 목소리가 들렸지만, 기계 소음처럼 가늘고 희미했다. 짜증이 치민 화평이 거칠게 어깨를 부딪쳤지만 문은 단단한 벽처럼 꼼짝도 하지 않았다. 다급해진 그가 연달아 몸을 부딪치며 문을 부술 기세로 달려들었다. 그때 뒤에서 손전등 불빛이 비쳤고, 계단에서 길영이 내려왔다.

"뭐 해?"

"귀신들이 최윤을 가뒀어요! 그런데 이혜경 씨는요?"

"응급실로 갔어. 상태가 안 좋아."

길영의 얼굴에 어두운 기색이 짙었다. 매듭처럼 꼬여버린 상황에 화평이 머리카락을 쥐어뜯으며 괴로워했다.

"일단 이 문부터 열어야 해요. 최윤이 위험해요. 당장 꺼내줘야 해요!"

화평이 다시 문을 향해 달려들어 몸을 부딪쳤다. 길영이 자세를 잡고 그와 함께 움직여 힘을 보탰다. 쿵쿵거리는 소리가 지하를 울렸지만 문은 꼼짝도 하지 않았다. 여러 번 동작을 반복하던 그녀가 지끈거리는 어깨를 매만지며 짜증스럽다는 듯이 발길질을 해댔다. 문은 요란한 소리를 내면서도 요지부동이었다. 그녀는 어이가 없는 표정으로 말을 뱉었다.

"이 문 도대체 뭐야? 꿈쩍도 안 해. 다른 출입구 없어?"

길영의 물음에도 화평은 대답이 없었다. 그녀가 이상한 낌새를 느끼고 바라보자 그가 동작을 멈춘 채 허공을 빤히 응시하고 있었다.

"야!"

길영이 소리를 질렀지만 화평은 아무것도 들리지 않는 사람처럼 반응이 없었다. 서윤에게 빙의한 악령에 감응하고 있는 게 분명했다.

화평의 눈에는 서윤이 바라보는 모습이 그대로 보였다. 앞에 선 최윤이 비틀거리며 허리를 숙여 십자가에 손을 뻗었다. 바닥에 두 동강이 나 있는 십자가를 손에 쥐고 일어서는 찰나 사방을 둘러싼 거울에 어른거리는 검은 형상들이 보였다. 새까만 형체들은 어둠의 기운이 거세지면서 점점 더 뚜렷한 형상으로 드러났다. 중년 남자와 젊은 여자, 그리고 입꼬리를 귀까지 끌어올리고 웃는 할머니까지. 수십 명의 귀신들이 거울 안에서 최윤을 향해 손을 뻗었다. 부패한 시체처럼 검게 썩은 살들이 보였고 뭉그러진 손가락이 그의 몸에 닿을 듯이 가까웠다. 땅에 발을 딛지 않은 그들은 점점 앞으로 쏟아지며 거울 밖으로 나왔고 바닥을 기어 그를 향해 몰려들었다. 그의 눈에는 그들이 보이지 않는지 고통스러운 표정으로 부러진 십자가만 바라보고 있었다.

"아저씨, 이제는 구마 사제도 아니잖아요. 사제의 서약을 어겼어요. 쫓겨날 거야. 앞으로 하느님 보호도 못 받을 거야."

서윤의 목소리가 울렸다. 최윤이 불안한 기색으로 주위를 두리번거렸다. 아이는 쾌활한 말투로 말을 이었다.

"윤화평 말에 넘어가지 말았어야죠. 이제 아저씨 형처럼 곧 죽겠네?"

최윤의 얼굴이 붉게 달아올랐다. 십자가를 든 손이 분노로 떨렸고, 서윤을 쏘아보는 눈빛이 날카로웠다.

"이 사람들이 전해달래요. 오늘 이후 매일 밤 칼에 찔리는 고통을 겪을 거라고."

최윤이 영문을 모르겠다는 표정으로 서윤을 쳐다보았다. 아이는 누군가의 말을 그대로 따라 하는 것처럼 쉬지 않고 말했다.

"두 번째로 우리를 만나면, 칼에 찔린 상처가 온몸에 드러나고, 살이 썩고, 피가 썩고, 영혼이 썩어갈 것이며."

낯빛이 창백하게 변한 최윤이 두려운 목소리로 중얼거렸다.

"부마자의 예언……?"

"세 번째로 우리를 만나면, 그때는 반드시 죽을 거라고!"

충격을 받은 최윤이 몸을 휘청거리자 빈틈을 노리고 있던 검은 형상들이 순식간에 달려들었다. 가장 앞에 서 있던 남자가 히죽 웃으며 최윤의 몸에 부엌칼을 푹 찔러 넣었다. 그는 살을 찢는 고통에 비명조차 지르지 못하고 가슴을 쥐어뜯었다. 남자가 칼을 찌르자 주위를 둘러싸고 있던 다른 귀신들도 칼을 들어 그의 등과 옆구리, 팔과 다리를 사정없이 찔러댔다. 그의 온몸에서 피가 뿜어져 나왔고, 으깨진 토마토처럼 생살이 찢기고 뼈가 벌어지는 고통에 숨을 꺽꺽거렸다. 그가 무릎을 힘없이 꺾으며 바닥에 고꾸라지자, 귀신들에게 가려 더 이상 그의 모습이 보이지 않았다.

'헉헉, 헉헉.' 감응에서 깨어난 화평이 거친 숨을 몰아쉬었다. 잔혹한 광경에 온몸에 전기가 흐르는 것처럼 요동쳤다. 길영이 불안한 기색으로 그의 어깨를 흔들었다.

"뭘 본 거야? 마태오 신부는?"

"마태오 신부가…… 공격을 받았어요."

화평이 울음 섞인 목소리로 대답하는데, 끼익 소리와 함께 문이 열렸다. 화평과 길영이 깜짝 놀라 문을 쳐다보자 최윤이 느리게 걸어 나왔다. 혼이 빠져나간 사람처럼 멍한 눈빛이었다. 그녀가 괜찮은지 물으려고 하는 찰나 그가 무너지듯 바닥으로 쓰러졌다. 화평과 길영이 그를 붙잡아 안았지만, 시체처럼 팔을 늘어뜨린 그는 의식이 없었다.

"야, 최윤! 의식이 없어!"

길영이 긴박하게 외쳤다. 마치 죽은 사람처럼 보이는 최윤의 창백한 얼굴에 화평은 충격에서 벗어나지 못했다. 귀신이 몰려들어 잔혹하게 그를 찔러대는 광경이 뇌리에서 사라지지 않았다. 미칠 것 같은 심정에 화평은 두 손으로 얼굴을 감쌌다.

구급차에 올라탄 길영은 의식이 돌아오지 않는 최윤을 살폈다. 의사와 간호사가 재빠른 손동작으로 그의 상태를 확인하고 응급 처치에 들어갔다. 그녀가 그 모습을 보며 어쩔 줄을 모르고 서 있는데 화평에게 전화가 걸려왔다.

"어떻게 됐어요?"

"아직 의식이 없어."

길영이 무거운 목소리로 말했다. 휴대전화 너머에서는 아무런 소리도 들리지 않았다. 가슴이 철렁 내려앉은 그녀가 소리쳤다.

"야! 듣고 있어?"

"내 잘못이에요. 구마 사제도 아닌데…… 못 하겠다고 했는데. 내가 우겨서, 고집 피워서 그래요. 최윤 형도, 가족도, 다 그렇게 만들었는데……."

화평이 정신이 나간 사람처럼 중얼거리자 길영이 버럭 화를 냈다.

"쓸데없는 이야기하지 마! 거기나 잘 지키고 있어. 정신 똑바로 차리라고. 알았어?"

길영은 전화를 끊은 다음 병원으로 들어가 응급실 안을 들여다보며 최윤을 찾았다. 분주하게 움직이는 의료진들 사이로 고통스러워하는 환자들이 보였고, 한쪽에서 응급조치를 받는 그의 모습이 보였다. 핏기가 사라진 얼굴로 팔을 늘어뜨리고 있는 모습을 보자 가슴 깊은 곳이 욱신거렸다. '도대체 무슨 일이 있었던 거야.' 그녀는 가늘게 떨리는 입술을 깨물며 눈가에 힘을 주었다.

응급실 반대편 복도로 걸어간 길영은 의자에 자리를 잡고 앉았다. 눈을 감고 두 손으로 얼굴을 감싸자 눈앞이 어두워졌고, 머릿속에는 이번 사건과 관련한 일들이 주마등처럼 스쳐 지나갔다. 아파트에서 돌을 맞고 즉사한 남자와 그 남자가 사고로 죽인 여대생, 그리고 죽은 여대생을 보는 남자의 딸, 그 사실을 숨기려는 남자의 아내, 귀신을 없애기 위해 돌을 던진 딸, 딸을 쫓아다니는 귀신들, 빙의된 딸을 구마 하려는 사제. 그녀는 마치 물속에서 숨을 참고 있었던 것처럼 크게 숨을 토해냈다. 이제 어디까지 믿어야 하고, 어디서부터 의심해야 할지 알 수가 없었다. 서윤은 정말 귀신을 보고 자신의 아버지를 죽인 걸까? 그렇다면 경찰이 해야 하는 일은 무엇일까. 경찰서에서 구마를 할 수도 없고, 사람을 죽이게 만드는 귀신을 잡아다가 감옥에 가둘 수도 없는 노릇이었다. 그녀는 피곤이 몰려들면서 어깨가 딱딱하게 굳어졌다. 번뜩 고개를 들고 다시 최윤의 상태를 살피려는 찰나 복도 끝에서 화려한 무복을 입고 허겁지겁 달려오는 남자가 보였다. 남자는 주위의 시선에 민망한 표정을 지으면서도 사람을 찾기 바빴다. 가까이 오는 모습을 보니 화평과 함께 있던 무속인 육광이었다. 그녀가 앞을 막아서며 물었다.

"여기는 무슨 일이에요?"

가까이서 보니 무복은 훨씬 더 화려했다. 길영이 육광을 아래위로 훑어보자 그가 변명하듯이 말했다.

"아니, 밖에서 씻김굿을 하는데 화평이 자식이 빨리 가보라고 해서요. 그보다 마태오 신부는 어때요?"

육광의 물음에 길영이 고개를 돌려 다시 응급실 안을 들여다보았다.

"안에 있어요. 아직 의식이 없어요."

"아이고, 살을 제대로 맞았네. 구마 의식을 함부로 했어. 큰일이네."

육광이 근심 가득한 목소리로 말하며 살펴보니 파리한 얼굴로 눈을 감고 있는 최윤이 보였다. 육광은 심각한 표정으로 가까운 의자에 앉아 눈을 감고 경을 외우기 시작했다. 낮고 우직한 목소리가 응급실 복도를 울렸다.

어둠이 깊은 밤, 최윤은 눈꺼풀을 파르르 떨었다. 흐릿한 시야에는 낯선 풍경이 보였다. 그가 힘겹게 몸을 일으키자 뼈가 산산조각난 것처럼 온몸이 욱신거렸고, 머리가 깨질 듯한 두통이 느껴졌다. 상체를 세우고 앉은 그는 불이 꺼진 어두운 병실을 둘러보았다. 다른 침대들은 텅 비어 있었고, 오가는 사람은 아무도 없었다. 그가 사람을 찾기 위해 고개를 두리번거리는데 갑자기 심장에 전기가 흐르는 것 같은 감각이 일었다. 허겁지겁 가슴을 더듬으며 아픈 부위를 살펴보자 손에 축축하고 끈적거리는 액체가 느껴졌다. 깜짝 놀라 쳐다보니 손에 붉은 피가 잔뜩 묻어 있었다. 당황한 그가 사제복 단추를 풀고 자신의 가슴을 살폈다. 맨살이 드러나자 짧고 날카로운 칼날에 여기저기 찔린 상처가 보였고, 그 부위에서 피가 흘러나오고 있었다. 창백하게 질린 그가 두 손으로 흐르는 피를 막아보았지만 별 소용이 없었다. 새빨간 피가 점점 더 흥건해지며 사제복을 물들였고, 하얀 시트 위로 번지는 핏자국을 만들었다. 문득 뼈가 닿을 때까지 살을 파고들던 차가운 칼날의 느낌이 생생하게 되살아났다. 살갗이 벌어지며 상처가 더 심해지자 그는 경악스러운 얼굴로 온몸에서 뿜어져 나오는 피와 상처를 바라보았다. 정신이 아찔해지면서 호흡이 가빠지기 시작했다.

헉, 헉, 헉. 최윤이 벌떡 일어나 거친 숨을 몰아쉬었다. 환한 불빛에 눈을 찡그리는데 귀에 익은 목소리가 들렸다.

"최윤! 괜찮아?"

시야가 선명해지자 걱정스러운 얼굴로 자신을 바라보는 길영과 육광이 보였다. 최윤이 의아한 목소리로 물었다.

"여기에…… 왜?"

"기억 안 나? 폐건물에서 쓰러졌잖아."

길영의 말에 최윤이 시선을 떨어뜨렸다. 목덜미와 심장, 그리고 가슴과 옆구리를 마구 찌르는 것 같은 극심한 고통이 되살아나자 식은땀이 흘렀다. 무덤처럼 어두웠던 지하실과 깊은 어둠 속으로 빨려 들어간 아이. 그가 번뜩 고개를 들고 물었다.

"그 아이는 어떻게 됐어요?"

"윤화평이 혼자 지키고 있어."

"혼자요?"

최윤이 입술을 지그시 깨물었다. 혼자서는 절대 감당할 수 없는 악령이었다. 한시라도 지체한다면 화평까지 화를 입을 것이 분명했다. 최윤이 신음을 내며 바닥으로 다리를 끌어 내렸다. 그런 다음 두 손으로 침대를 짚고 몸을 일으키려는 순간 육광이 말리며 말했다.

"어허, 급살을 맞았다니까. 사악하고 모진 기운이 들어온 거니까 꼼짝 말고 누워 있어, 신부 양반!"

"윤화평 씨 혼자 위험해요. 빨리 가야 합니다."

최윤이 고집을 부리자 길영이 버럭 소리를 질렀다.

"들었잖아. 누워 있으라니까!"

"제가 안 가면 그 아이도, 윤화평 씨도 위험합니다."

최윤이 비장한 눈빛으로 말했다. 길영과 육광은 난감하다는 듯이 시선을 교환했다. 그의 말은 사실이었다. 이대로 지하에 서윤을 가둬둘 수 없었고, 언제까지 화평 혼자서 그곳을 지키고 있을 수도 없었다. 그리고 만약 구마를 하지 않고 아이를 경찰서로 연행한다면 전에 김영수가 그랬던 것처럼 극단적인 상태를 반복하다가 오른쪽 눈을 찌를지도 몰랐다. 그녀는 짜증스러운 표정으로 머리카락을 마구 헝클어뜨렸다. 그리고 이내 체념한 얼굴로 그를 부축했다.

구마와 평화

쾅, 쾅, 쾅! 계단에 앉아 있던 화평은 화들짝 놀라 어깨를 움찔거렸다. 지하실 문 안쪽에서 나는 소리였다. 서윤이 발로 문을 걷어차는지 연달아 요란한 소리가 울렸다. 그가 긴장감이 가득한 눈빛으로 문을 응시했다.

"그 신부, 아저씨 때문에 죽을 거야. 이 애 엄마도 곧 죽을 거고, 이 애도 죽을 거야. 다 너 때문이야. 너랑 있으면 다 죽어."

서윤의 목소리였다. 그러나 며칠 전과는 다르게 악에 받친 서늘한 말투였다. 화평은 핏기 없는 얼굴로 걸어 나와 쓰러진 최윤이 생각나자 눈가가 파르르 떨렸다. 아이의 말은 사실이 될지도 몰랐다. 이제까지 그의 곁에 있던 사람들은 하나둘 돌아올 수 없는 길을 떠났다. 소중한 사람들 모두 끔찍한 죽음을 맞이했고, 그는 늘 그들이 죽어간 이유가 자신과 관련이 있을지도 모른다는 의심을 했다. 단지 어릴 적 빙의가 되었던 것 때문에 그런 일들이 일어났다고 설명하기에는 너무나 많은 사람들이 죽었으니까. 만약 최윤까지 잘못된다면 더 이상 버틸 수 없을 것 같았다. 그는 금방이라도 울음이 터질 것 같은 얼굴로 지하실 문을 바라보았다. 그때였다. 끼익, 쇠가 긁히는 소리와 함께 지하실 문이 천천히 열렸다.

"죽었어. 죽었다고."

서윤의 목소리가 바로 옆에서 속삭이는 것처럼 들려왔다. 화평의 심장이 세차게 뛰기 시작했다.

"그 신부가 지금 막 죽었다고. 애 엄마도 죽었어."

순간 화평의 목울대가 크게 움직였다. 울컥 울음이 터지려는 것을 참으며 지하실 문 안으로 들어서려는 찰나 뒤에서 누군가 그를 확 잡아당겼다. 몸의 중심을 잃은 그가 휘청거리며 다리에 힘을 주었다.

"뭐 하는 거야?"

길영이 인상을 쓰며 물었다. 그러자 화평이 고개를 돌려 앞을 바라보았다. 분명 열려 있던 지하실 문이 굳게 닫혀 있었다.

"문이 열려 있었는데……."

악령에게 정신이 홀려 스스로 문을 열고 들어가려 했다는 것을 깨달은 화평이 말끝을 흐렸다. 그때 누군가 계단을 내려오는 발소리가 울렸다. 고개를 들어보니 육광의 부축을 받으며 걸어오는 최윤이 보였다. 화평이 최윤을 향해 소리쳤다.

"너 여기는 왜 왔어?"

"마무리해야죠."

"뭐? 왜 안 말렸어요?"

"말려도 어쩔 수 없었어. 가야 한다고 고집을 피우잖아!"

불똥이 튄 길영이 목청을 높였다. 답답한 얼굴로 인상을 쓰던 화평이 이번에는 육광을 향해 소리를 질렀다.

"구마 의식 할 다른 사람 좀 알아보라니까!"

"왜 엄한 나한테 그래? 다른 사람 없다고!"

육광이 억울한 표정으로 말했다.

"됐어요. 내가 합니다."

"안 돼! 또 쓰러지고 싶어? 죽을 수도 있다고."

최윤이 물러서지 않자 화평이 열을 올렸다.

"방법이 없잖아요. 늦어지면 서윤이가 위험하다고요."

최윤의 목소리는 단호했다. 화평은 달리 대답할 말이 없어 입안을 쓰게 삼켰다. 혼란스러운 표정으로 망설이는 화평을 향해 최윤이 다시 말을 이었다.

"대신 부탁이 있어요. 빙의된 악령의 힘이 너무 강해요."

최윤은 지난번처럼 힘을 약하게 만드는 방법을 찾아달라고 부탁했다. 김영수의 집 안에서 죽은 새를 찾아 불태웠던 것처럼. 화평은 고개를 끄덕이며 육광과 함께 서둘러 지하실을 나섰다.

화평과 육광이 서둘러 향한 곳은 서윤의 아파트였다. 화평은 아이의 할머니를 만나 허락을 받고 집 안 곳곳을 살펴보다가, 문득 부부가 별거 중이었다는 사실을 떠올렸다. 함께하지 않는 공간에 악령의 힘을 강력하게 만드는 물건을 둘 리가 없었다. 인상을 찌푸리던 화평이 뭔가 깨달았다는 듯 육광에게 설명했다.

"김영수 때는 죽은 새를 집 안에 두었어. 그걸 없앴더니 박일도의 힘이 약해졌었어. 서윤이 아빠에게 빙의를 걸기 위해 뭔가 숨겨 놓았을 거야."

이야기를 들은 육광이 진지한 눈빛을 보였다. 잠시 생각에 잠겨 있던 그가 물었다.

"아이가 아빠에게 빙의된 귀신을 어떻게 보았다고 했지?"

"아빠랑 차 타고 가다가……."

순간 화평이 고개를 들고 육광과 시선을 마주쳤다. 두 사람 모두 같은 생각을 떠올린 표정이었다. 화평이 할머니에게 서윤이 아빠와 함께 탔던 차에 대해 물었다. 그런 다음 차 키를 받아 들고 서둘러 주차장으로 내려왔다. 육광이 주차된 차들을 빠르게 훑었다.

"저기 있네!"

육광이 손가락으로 가리키는 방향에 할머니가 말한 중형차가 있었다. 화평이 차 키로 문과 트렁크를 열었다. 육광은 상체를 숙여 트렁크 안을 샅샅이 뒤졌고, 화평은 차 안을 살폈다. 서랍을 열어 쌓여 있는 물건을 헤집다가 운전석 아래 손을 집어넣은 순간, 손끝에 냉기가 도는 쇠가 만져졌다.

"여기 뭔가 있어."

육광이 앞으로 걸어와 팔을 뻗은 화평을 지켜보았다. 화평이 손에 닿은 물건을 밖으로 꺼내자 시퍼렇게 날이 선 낡은 식칼이 나타났다.

"빨리 이리 내!"

육광이 조심스럽게 칼을 받아서 준비해 온 한지로 둘둘 말았다. 한 겹 두 겹 식칼을 두르는 손길에 긴장감이 역력했다.

"간사사음 요무반역 종미지서 삼관고필 태을이문 즉부오뢰……."

육광이 낮고 단단한 목소리로 주문을 외우며 신중하게 식칼을 봉인했다. 의식을 마친 육광은 칼을 다시 화평에게 건넨 다음 운전석에 올랐고,

화평은 칼을 들고 조수석에 앉았다. 넓은 도로로 빠져나온 차는 거친 엔진 음을 내며 속도를 높였다. 화평이 다리에 올려둔 칼을 보며 물었다.

"이거 어떻게 해야 해?"

"임시방편으로 억지로 누른 거고, 완전히 없애려면 칼을 똑 쪼개버려야지."

"어떻게 쪼개? 어떻게?"

"운전하잖아! 가고 있잖아! 찾고 있잖아!"

화평이 다그치자 예민해진 육광이 성을 냈다. 어두워진 길을 한참 달리던 그가 멀리 정비소를 발견했다. 정비소라면 칼을 부술 만한 도구가 있을 거라는 생각이 들었다. 서서히 속도를 줄이고 정비소 입구에 차를 세우자 직원이 무슨 일인지 물었다. 그가 칼을 집어서 불쑥 앞으로 내밀었다.

"이걸 반으로 댕강 자르려고 합니다. 부탁합니다, 선생님."

직원은 고개를 갸웃거리며 육광이 내민 물건을 쳐다보았다. 칼을 보는 순간 얼굴이 굳어진 직원은 황급히 사무실로 뛰어가 문을 잠갔다. 칼을 든 괴한들이라고 오해한 모양이었다. 상황이 이상하게 돌아가자 당황한 화평이 눈앞에 보이는 판금 망치를 집어 들었다.

"이거 좀 빌릴게요!"

화평이 다급한 목소리로 외쳤고, 육광이 허겁지겁 시동을 걸었다. 직원은 창문으로 상황을 살피며 전화기를 귀에 가져갔다. 신고를 하려는 것처럼 보이자 육광은 재빨리 차를 출발시켰고, 길을 달려 근처에 있는 공원으로 향했다.

밤이 깊은 공원에는 인적이 드물었다. 두 사람은 길을 따라 줄지어 늘어선 가로등 불빛을 피해 어둑한 곳에 차를 세웠다. 육광이 헤드라이트를 켜고 차에서 내린 다음 환한 불빛이 둥글게 비춘 곳에 큰 돌을 날랐다. 화평은 칼을 들고 와 돌 위에 올린 다음 손에 쥔 망치로 힘껏 내리치기 시작했다. 칼날이 부딪치며 요란한 소리가 울렸다. 반동에 의해 망치가 튕겨 나갔지만 칼날은 여전히 멀쩡했다. 겁이 난 육광은 뒤로 한 걸음 물러섰고, 화평은 인상을 찌푸리며 자세를 고쳤다. 대장장이처럼 망치로 쇠를 두들기는 소리가 계속 이어졌지만 단단한 칼날은 그대로였다.

"내가 할게."

육광이 앞으로 나서며 말했다. 그는 진중한 눈빛으로 망치를 받아들고 크게 심호흡을 했다.

"간사사음 요무반역 종미지서 삼관고필 태을이문!"

빠르고 나직한 목소리가 어두운 공원을 울렸다. 주문을 외우며 육광이 망치를 내리치자 여러 장의 거울이 동시에 깨지는 것 같은 소리와 함께 칼이 부러졌다. 바닥에 나뒹구는 반쪽짜리 칼날을 보는 순간 화평의 얼굴에 화색이 번졌다.

"윤화평 씨가 뭔가 찾았나 봐요."

지하실 문이 저절로 열리자 최윤이 말했다. 그는 가방에서 포박할 때 쓰는 기다란 천을 꺼내어 손에 두르고 안으로 들어갔다. 손전등을 켜고 뒤따라 들어가는 길영의 눈빛에는 긴장감이 역력했다. 칠흑같이 어두운 지하실 안은 손전등 불빛이 비추는 둥근 자리 말고는 아무것도 보이지 않았다.

"화평 아저씨는 어디 갔어요? 아저씨가…… 찾았어. 안 돼!"

최윤과 길영은 걸음을 멈추고 소리가 난 방향을 바라보았다. 서윤이 소리를 지르며 몸을 비틀고 괴로워하고 있었다. 둘은 동시에 달려들어 아이의 몸을 붙들었다. 그가 천으로 아이의 몸을 두르고 두 팔을 묶은 다음 눈을 가리자, 아이가 날카로운 비명을 내지르며 울부짖었다. 그는 단호한 동작으로 천을 잡아당겨 단단하게 조였다. 그녀는 괴로운 얼굴로 미안하다는 말을 중얼거리며 아이의 입을 천으로 동여맸다.

최윤이 눈과 입, 그리고 몸을 천으로 묶은 서윤을 안아 들자 길영이 재빨리 앞으로 나섰다. 지하 계단을 올라온 그녀가 차에 시동을 거는 사이 그는 아이를 안은 상태로 뒷좌석에 올라탔다. 그는 땀을 흘리며 거칠게 발버둥 치는 아이를 품 안에 꼭 안았고, 그녀는 다급하게 차를 출발시켰다.

서윤을 안고 병원에 들어선 두 사람은 빠르게 눈빛을 교환했다. 길영이 앞장서서 병실을 안내하자 업무를 보고 있던 간호사가 멀리서 다가왔다. 사제의 품 안에서 아이가 버둥거리는 모습이 의심스러운 얼굴이었다.

"어디 가세요? 지금 면회 안 돼요."

간호사의 말에 길영이 곤란한 표정을 지었다. 그 순간 서윤이 날카로운 비명을 지르며 거칠게 발길질을 했다.

"애가 비명을 지르잖아요."

간호사가 겁에 질린 목소리로 말하며 수상해 보이는 세 사람을 신고하기 위해 휴대폰을 찾았다. 그때 길영이 주머니에서 신분증을 꺼내 보여주며 설득했다.

"경찰이에요. 수사 때문에 그러니까 협조해 주세요!"

신분을 확인한 간호사가 갈등하며 머뭇거리는 사이 최윤이 병실로 서윤을 옮겼다. 병실 안에는 돌을 맞은 팔과 어깨에 깁스를 한 이혜경이 의식이 없는 상태로 누워 있었다. 그는 의자를 끌어다가 침대가 잘 보이는 자리에 아이를 앉힌 다음, 몸을 가린 옷을 치우고 눈을 가린 천을 풀었다. 엄마의 모습을 본 아이가 격렬하게 몸을 흔들며 악에 받친 말들을 쏟아냈다. 걱정스러운 눈길로 그 모습을 지켜보던 길영이 입을 열었다.

"이 방법이 통할까?"

"서윤은 엄마가 자신을 미워한다고 생각했어요. 그게 빙의가 된 원인입니다. 그걸 없애기 위해서는 이렇게 만나게 해야 합니다."

"윤화평 쪽은 잘하고 있을까?"

"알아서 할 겁니다. 믿습니다."

길영은 고개를 끄덕이며 동의했지만, 이어서 조심스럽게 물었다.

"너 진짜 구마 의식 할 수 있겠어?"

순간 최윤의 얼굴에 어두운 기색이 번졌다. 지하에서 공격을 받을 때 느꼈던 고통은 아직까지 생생하게 남아 있었다. 살을 찢으며 뼈까지 밀고 들어오는 차가운 쇠의 감촉. 온몸이 불타는 것 같았던 기억이 떠오르자 그는 입술을 파르르 떨었다. 그때 갑자기 서윤이 홱 고개를 돌려 살기 어린 눈빛으로 그를 노려보았다. 무언가를 중얼거리며 입 근육을 움직이는 아이의 얼굴은 웃는 것 같기도 하고 우는 것 같기도 했다. 아이의 기이한 표정을 바라보는 순간 그는 기다란 칼날이 심장을 천천히 파고드는 착각이 일었다. 컥, 숨이 막힌 그가 손으로 가슴을 움켜쥐고 신음했다. 핏기가 사라진 얼굴로 땀을 흘리는 그를 보고 놀란 길영이 외쳤다.

"괜찮아?"

"잠시만 시간을 주세요."

최윤은 힘겹게 말을 뱉고 화장실로 걸어갔다. 걸음을 내디딜 때마다 다리가 후들거리며 온몸에 희미한 경련이 일었다. 세면대 앞에 두 팔을 짚고 선 그는 깊은숨을 내쉬었다. 혈관을 따라 구석구석 독이 퍼진 것처럼 뼈와 살을 파고든 악령의 기운이 숨통을 조이려 하고 있었다. 앞을 바라보자 거울 속에 비친 자신의 모습이 보였다. 병색이 완연한 사람처럼 푸석푸석한 얼굴은 시신처럼 창백했다. 그는 텅 빈 눈동자를 움직이며 힘겹게 자신을 마주 보았다. 모든 것을 포기하고 이대로 집으로 돌아가 깊이 잠들고 싶었다. 그리고 환한 햇살이 쏟아지는 아침에 잠에서 깨어나 아무 일도 없었던 것처럼 살아갈 수만 있다면……. 이대로 도망친다면 다시는 무덤 같은 어둠 속에서 혼자 악령들에게 끔찍한 고통을 당하지 않고 살아갈 수 있을지도 몰랐다. 세면대를 붙잡은 손가락이 미세하게 떨렸다. 잠시 숨을 고르던 그는 여기서 물러서면 두 번 다시 구마를 할 수 없을 거라는 사실을 직감했다. 수도꼭지를 열자 찬물이 쏟아졌다. 두 손을 뻗어 찬물에 적시고 연거푸 세수를 했다. 얼굴 가득 냉기가 뻗치며 희미해지던 의식을 세게 끌어당겼고, 심장이 두근거리며 팽팽한 긴장감이 돌았다. 그의 귓가에 서윤의 목소리가 반복되었다.

'오늘 이후 매일 밤 칼에 찔리는 고통을 겪을 거라고.'

최윤은 찬물을 덮어쓴 얼굴을 들어 다시 거울을 보았다. 그의 검은 눈동자가 단단한 빛을 내고 있었다.

병실로 돌아온 최윤은 영대를 목에 둘렀다. 남색의 영대는 가장자리에 금색 실로 수가 놓여 있었고, 가슴 부근에 십자가가 새겨져 있었다. 그는 성수가 든 병을 열어 엄지손가락을 집어넣고 성수를 묻힌 다음 비장한 표정으로 서윤의 이마에 십자가를 그렸다. 그러자 아이가 허공을 찢을 듯한 비명을 내질렀다. 그는 냉기가 도는 얼굴로 살기를 누르려는 것처럼 아이의 머리 위에 손을 얹었고, 반대편 손으로 영대의 십자가를 짚고 기도문을 외우기 시작했다.

"성 미카엘 대천사님, 싸움 중인 저희를 지켜주시고, 악마의 사악함과 속임수에서 저희를 보호해 주소서!"

병실에 기도문이 퍼지자 서윤이 컥컥거리며 고개를 비틀었고, 물속에 잠긴 사람처럼 가느다란 숨소리를 냈다. 지켜보던 길영이 애가 타는 목소리로 외쳤다.

"애가 숨을 못 쉬나 봐!"

"괜찮아요!…… 저희는 하느님께서 그를 묶어버리시기를 엎드려 간청하나이다!"

최윤이 성스러운 존재를 눈앞에 떠올리며 강하게 외쳤다. 말이 끝나는 동시에 서윤이 구역질을 하는 것처럼 울컥거렸다. 그때 그는 아이의 등 뒤에 나타난 그림자를 바라보았다. 의자에 앉은 아이의 몸을 단숨에 집어삼킬 것처럼 입을 벌리던 검은 형체는 몸부림을 치며 발악하다가 불빛에 밀려 희미해졌다. 아이가 상체를 흔들며 앞으로 무언가를 쏟아내려 하자 그가 다가가 입에 묶인 천을 풀었다. 그 순간 아이가 입을 크게 벌리고 속에서 무언가를 밀어냈고, 입에서 바닷물이 분수처럼 쏟아져 나오며 병실 바닥을 흥건하게 적셨다. 바닷물을 토해낸 아이가 지친 기색으로 의자에 등을 기댔다.

쾅쾅. 병실 문을 거칠게 두드리는 소리가 들렸다. 문밖에는 어느새 인상을 쓴 간호사들이 모여 있었다. 길영이 재빨리 문을 열고 나가자 무슨 일인지 묻는 간호사와 실랑이가 벌어졌다. 그 사이 최윤은 쐐기를 박기 위해 서윤의 얼굴을 붙잡고 잠들어 있는 이혜경을 바라보게 했다. 으르렁거리는 짐승처럼 입가를 끌어올린 아이가 살기 어린 시선으로 엄마를 노려보았다.

"서윤아, 엄마를 봐! 서윤아! 엄마가 저기 있잖아."

최윤이 악령에게 짓눌려 있는 서윤을 향해 말했다. 아이의 몸에 빙의된 악령은 영매의 몸을 떠나지 않으려고 최후의 발악을 했다. 아이가 악다구니를 쓰며 발길질을 해대자 그가 아이의 입을 틀어막았다. 병실 밖에서 이 모습을 본 간호사가 언성을 높이며 항의하는 소리가 들려왔다. 그가 간절한 표정으로 외쳤다.

"엄마는 너만 걱정했어! 너 구하려고 혼자 그곳으로 간 거야!"

서윤이 계속 비명을 질렀다. 그때 침대 위에서 정신을 잃고 있던 이혜경의 눈꺼풀이 파르르 떨렸다. 의식이 깨어난 이혜경은 눈앞에 보이는 딸의 얼굴을 보자마자 눈물을 흘리며 두 팔을 뻗었다. 딸의 작은 몸을 품에 꼭 안고 온기를 느끼고 싶어 하는 얼굴이었다. 아이는 깨어난 엄마를 보고 눈물을 흘리면서도 날카롭게 소리를 질러댔다. 사악한 악령들이 아이의 영에 달라붙어 끈질긴 싸움을 벌이고 있었다. 그가 악령들을 베어내듯이 단호하게 외쳤다.

"천상군대를 지휘하시는 분이시여! 영혼들을 멸망시키려고 세상을 쏘다니는 사탄과 모든 악령들을 하느님의 힘으로 지옥에 내던지소서! 아멘."

병실 불빛이 미친 듯이 점멸하다가 어둠에 휩싸였을 때 병실 밖에서는 경비원까지 합세해 설전이 벌어지고 있었다. 병원 규칙을 언급하며 안으로 들어가려는 간호사들과 문을 막고 있는 길영이 대치하는 상황이었다. 갑자기 복도를 따라 이어진 전등이 나가버리고 눈앞이 어두워지자 당황한 사람들이 어둠 속에서 고개를 두리번거렸다. 마침 병원에 도착한 화평과 육광이 그녀와 빠르게 시선을 교환하고 병실 안으로 들어섰다.

길영이 경비원의 전등을 가져와 병실 안을 비추었다. 지친 기색으로 어깨를 늘어뜨리고 의자에 앉아 있는 최윤의 모습이 보였다. 침대에는 의식을 되찾은 이혜경이 딸을 어루만지며 울고 있었다. 화평은 눈물을 흘리는 서윤의 눈빛을 살펴보고는 안도의 숨을 내쉬었다. 깊은 구덩이처럼 까마득하던 어둠이 사라지고 투명한 빛이 깃들어 있었다.

병실에는 다시 전등 빛이 환하게 켜졌다. 숨이 차오르도록 달려온 화평은 그제야 바닥에 털썩 주저앉았다. 최윤은 갑작스러운 불빛에 눈이 시린 듯 미간을 찡그렸고, 온몸이 땀에 젖은 육광은 안쓰러운 눈길로 모녀를 바라보았다. 이혜경이 딸의 뺨에 흐르는 눈물을 닦아주며 말했다.

"네 잘못이 아니야."

서윤이 서러운 표정으로 말했다.

"나 때문이야. 엄마가 다쳤잖아. 아빠도…… 아빠도 내가 한 거야?"

"네 잘못 아니야."

이혜경이 힘껏 딸을 끌어안았고, 서윤은 또래 아이들처럼 엉엉 울음을 터뜨렸다.

다음 날 화평과 최윤은 이혜경의 집을 찾았다. 최윤은 방으로 들어가 침대에 걸터앉은 서윤에게 물었다.

"그 사람들, 더 이상 안 보이는 거지? 소리도 안 들리고?"

"네."

"혹시 새벽 세 시에 잠에서 깬 적은 있니?"

서윤이 잠시 생각하다가 고개를 흔들었다. 문턱 너머에서 대화를 듣고 있던 화평이 물었다.

"시간은 왜?"

"새벽 세 시는 악령들이 가장 강한 시간입니다. 그리스도가 돌아가신 시간이고요."

최윤이 화평에게 설명했다. 그리고 다시 서윤을 바라보며 부드럽게 말했다.

"이제 진짜 괜찮은 것 같아. 마지막으로 하나만 더. 엄마 생각하면 무슨 생각 들어?"

서윤이 시선을 떨어뜨리며 우울한 기색을 보였다. 최윤이 조심스럽게 물었다.

"엄마에게 아직도 미운 마음이 드는지…… 알아보는 거야."

"미안해요. 너무 미안해요."

서윤이 힘없는 목소리로 대답했다. 최윤이 더 이상 말을 잇지 못하고 안쓰러운 표정을 지었다. 지켜보던 화평이 안으로 들어서며 말했다.

"서윤아, 엄마한테 미안해하지 마. 엄마도 그랬잖아. 서윤이 잘못 아니라고. 아저씨들도 다 그렇게 생각해, 응?"

서윤이 고개를 숙인 채 머뭇거렸다.

"내가 이런 애가 아니었으면, 엄마도 아빠도 그렇게 되지 않았어요. 내 잘못이에요."

"아저씨도 너랑 같은 생각을 했었어."

서윤이 의아한 표정을 지으며 화평을 쳐다보았다.

"아저씨도 어렸을 때 빙의됐다고 했잖아. 그때 아저씨 엄마가 돌아가셨어. 아저씨 때문에."

놀란 서윤이 눈을 크게 떴다. 화평이 무거운 목소리로 말을 이었다.

"그때 아저씨한테 들어온 게 박일도야. 너희 아빠를 빙의하게 한 것도 그 박일도고."

"박일도? 그게 뭐예요?"

"나도 잘 몰라. 우리 마을에 내려오는 전설인데, 박일도한테 빙의된 남자가 나타나서 한쪽 눈을 찌르고 바다에 뛰어들었다고 들었어."

화평이 설명하자 서윤이 흠칫했다. 무언가를 떠올리는 아이의 얼굴에 그늘이 짙어졌다.

"나…… 본 적 있어요. 한쪽 눈…… 없는 무서운 남자."

"봤어? 진짜?"

화평이 자신의 귀를 의심하며 몸을 기울였다. 그러자 최윤이 서윤을 살피며 물었다.

"서윤아, 자세히 이야기해 볼래?"

"기억은 잘 안 나는데, 아빠랑 같이 차 타고 가다가 봤어요."

서윤은 마치 찬바람이 불어온 것처럼 몸서리를 쳤다. 기억을 떠올리는 것만으로도 두려운 기색이 역력했다. 두 손을 만지작거리며 한참을 망설이다가 다시 말을 이었다.

"아빠랑 차 타고 가다가 잠이 들었는데요. 아빠가 내려서 어떤 사람한테 인사를 해서 깼어요. 누군지 보려고 밖을 봤는데요. 거기 있었어요. 한쪽 눈 없는 무서운 남자."

서윤이 울먹거리며 말했다. 그날 본 남자가 바로 눈앞에 서 있는 것처럼 겁에 질린 모습이었다. 최윤이 사시나무처럼 몸을 떠는 아이의 손을 잡아주었다. 잠시 후 아이가 진정되자 최윤과 화평이 거실로 나왔다.

"진짜 박일도를 본 걸까요?"

화평이 심각한 표정으로 고개를 끄덕였다.

"맞는 거 같아. 보자마자 너무 무서워서 기절을 했으니까. 진짜 박일도의 실체를 본 거야. 그 충격으로 기억은 잘 못 하지만."

"기억을 못 하다니……. 유일하게 실체를 본 건데."

최윤이 미간을 찡그렸다. 화평이 잠시 생각에 잠겨 있다가 불현듯 말했다.

"그래! 서윤이를 박홍주와 만나게 하자. 서윤이가 본모습을 알아볼 거야."

"그렇지만 너무 위험해요. 또 빙의될 수도 있어요. 그런 거에 예민한 영매라고요."

"확인만 하면 되잖아. 멀리서 보게 하면 돼. 확실한 방법이야!"

화평이 간절하게 외쳤다. 그러나 최윤은 굳은 표정으로 거실에 비친 햇살을 응시하며 말했다.

"그래도 어린애한테 너무 가혹한 일이에요. 가족이 죽고 다쳤어요. 아직 충격에 빠져 있다고요."

"그래, 네 말이 맞아. 그 생각을 못 했어. 내가 너무 성급했어."

자책하듯이 중얼거리는 화평의 얼굴에 허탈한 기색이 가득했다. 그때 방에서 나온 서윤이 끼어들었다.

"제가 할게요."

당황한 화평이 서윤이를 돌아보며 횡설수설했다.

"들었어? 아니야. 아저씨가 잘못 말한 거야."

"박일도가 아빠를 그렇게 만들었다면서요. 제가 할게요."

화평과 최윤은 서로를 마주 보았다. 둘 다 어떻게 해야 할지 몰라 난처한 표정이었다.

최윤은 성당 안의 뒤쪽 구석에서 서윤의 손을 잡고 서 있었다. 미사 시간이 다가오자 하나둘 사람들이 들어오기 시작했다. 그는 아이가 박홍주의 모습을 보게 되면 어떻게 반응할지 모른다는 생각에 바짝 긴장했고, 맞잡은 손에 가벼운 땀이 돌았다. 자리를 채워가는 성당을 크게 둘러보며 말했다.

"서윤아, 지금이라도 무서우면 안 해도 돼."

"괜찮아요. 제가 볼게요."

서윤은 고개를 숙인 채 말했고, 작고 낮은 목소리는 무덤덤했다. 최윤이 작은 손을 꼭 잡으며 곁에 있다는 표시를 했다. 사람들이 드나드는 입구를 주시하는데 문득 뒤에서 그를 부르는 소리가 들렸다.

"마태오 신부님?"

깜짝 놀라 고개를 돌아보니 뒤에는 박홍주가 서 있었다. 당황한 최윤이 얼떨결에 인사를 했다.

"아, 네. 안녕하세요."

"안녕하세요."

박홍주가 싱긋 웃으며 반가운 기색을 보였다. 여유가 흐르는 눈빛과 반듯한 어깨, 그리고 힘찬 걸음걸이에 자신감이 묻어났다. 그 사이 옆에 있던 서윤이 고개를 들어 박홍주를 바라보았다. 최윤은 두려운 눈빛을 띤 채 표정이 딱딱하게 굳어지는 아이를 보며 조바심이 났다.

"이 아이는…… 누구죠?"

박홍주가 가까이 다가오며 서윤을 빤히 응시했다. 박홍주가 거리를 좁

힐수록 아이는 불안한 기색을 보이며 뒷걸음질 쳤다. 최윤의 뒤로 몸을 숨긴 아이가 고개를 푹 숙이고 손을 잡아당겼다. 얼른 이곳에서 벗어나고 싶다는 의미였다.

성당 밖으로 나온 최윤은 서윤을 품에 안고 진정시켰다. 하늘이 맑고 쾌청한 날인데도 아이는 마치 빗속에 있는 것처럼 몸을 움츠렸다. 아이를 달랜 그는 주차된 차를 향해 천천히 걸어갔다. 안에서 기다리고 있던 길영과 화평이 다급하게 차에서 내렸다.

"어떻게 됐어?"

"서윤아! 괜찮아?"

"박홍주와 갑자기 마주쳤어요. 서윤이가 너무 무서워했어요."

최윤이 설명하자 화평이 서윤을 향해 물었다.

"서윤아, 그 한쪽 눈 없는 남자……. 봤어?"

세 사람의 시선이 모두 서윤에게 쏟아졌다. 입술이 파래진 아이는 겁에 질린 얼굴로 힘겹게 말했다.

"아니요."

눈이 동그래진 최윤이 상체를 숙였다.

"그러면 왜 그렇게 놀란 거야?"

"그 아줌마 뒤에…… 어떤 언니가 서 있었어요. 교복 입은 언니가 머리에 피를 흘리고 있었어요."

서윤의 목소리가 가늘게 떨렸다. 세 사람은 빠르게 시선을 교환했다. 교복을 입고 피를 흘리는 언니. 죽은 송현주가 분명했다. 누구도 입을 열지 못한 채 무거운 침묵이 흘렀다.

길영의 차에 올라탄 서윤은 얼마 지나지 않아 잠이 들었다. 박홍주를 만나 무서운 경험을 하는 바람에 기진맥진한 모양이었다. 곤히 잠든 아이를 가만히 바라보던 최윤이 혼잣말처럼 중얼거렸다.

"박홍주는 박일도가 아니었어요."

"대체 박홍주는 뭐야? 뭐냐고!"

울컥 열이 뻗친 화평이 핏대를 세웠다. 그러자 길영이 허탈한 목소리로 말했다.

"그냥 악마 같은 인간이었어. 사람을 죽이고 죄책감도 없이 아무렇지 않게 사는……."

"지금까지 박일도인 줄 알고 쫓았던 게 미친 짓만 했던 거잖아."

화평이 구시렁거리며 말을 뱉었다. 가만히 이야기를 듣고 있던 최윤이 미간을 찡그리며 입을 열었다.

"그래도 박일도와 관계는 있을 거예요. 아니라면 이십 년 전 송현주 사건 목격자들이 갑자기 죽은 게 설명이 안 돼요."

"맞아, 모든 상황이 꼭 박일도가 박홍주를 도와주는 것 같아."

길영이 날카로운 눈빛을 보였다.

"박홍주가 아니라면…… 박일도는 대체 누구야?"

화평의 질문에 차 안은 다시 침묵에 잠겼다. 각자 다른 생각을 하고 있었지만 얼굴에 드리운 어두운 그림자는 같았다. 박일도와 연결된 가느다란 실들이 서서히 드러나고 있다고 생각했는데, 다시 원점으로 돌아온 것 같았다.

한참을 달려 도착한 곳은 육광의 집이었다. 먼저 와서 기다리고 있던 서윤의 할머니가 사람들을 맞이했다. 뒤이어 집에서 나온 육광이 아이의 눈치를 살피며 화평에게 속삭였다.

"진짜 눌림굿 할 거야? 박일도를 알아본다며? 눌림굿 하면 이제는 못 봐! 박일도 쉽게 찾을 기회 놓치는 거잖아."

"아냐, 됐어. 죽은 사람 보는 거 어린 나이에 힘들 거야."

화평이 한숨을 푹 내쉬며 말했다. 그러자 육광이 무겁게 고개를 끄덕이고는 할머니에게 다가가 친절하게 웃으며 안내했다.

"할머니, 안에 들어가셔서 날짜 잡으시죠."

할머니가 육광과 함께 집 안으로 들어가자 화평이 서윤의 곁으로 다가 갔다.

"이거 하면 이상한 게 더 이상 안 보일 거야. 좋지?"

서윤이 작게 고개를 끄덕였다. 화평은 싱긋 웃으며 아이의 작은 머리를 부드럽게 쓰다듬었다. 문득 아이가 얼굴을 들어 그를 빤히 쳐다보았다. 아니, 정확히 말하면 그의 뒤쪽 어딘가를 응시하는 듯했다. 이상한 낌새를 눈치챈 그가 고개를 갸웃거리며 물었다.

"서윤아, 눌림굿 하기 전에 마지막으로 물어볼게. 혹시 아저씨 뒤에도 누가 보여?"

서윤은 입을 굳게 다문 채 시선을 마주 보았다. 화평이 무릎을 굽히고 앉아 눈높이를 맞추고 설명했다.

"저번에 말했지? 아저씨 때문에 우리 엄마랑 할머니가 돌아가셨다고. 혹시 그 두 사람 내 옆에 있니?"

서윤은 대답을 할지 말지 망설이며 고개를 숙였다. 화평은 그런 아이의 표정을 살피며 초조한 심정으로 작은 입술이 열리기를 가만히 기다렸다.

반지

"서윤이 그 이상한 무당 아저씨 만났어?"

"네, 날 잡아서 눌림굿 바로 할 거예요."

"잘했네."

"그거 물어보려고 부른 거예요?"

"아니, 그 서윤이 아빠 사건. 너한테는 말해줘야 할 것 같아서."

길영의 목소리가 무겁게 가라앉았다. 화평이 긴장한 표정으로 물었다.

"어떻게 돼 가요?"

"서윤이 엄마한테 진술서 받았어. 서윤이 피의자로 사건 처리할 거야. 불기소처분으로 끝날 거고."

길영의 말에 화평은 대답이 없었다. 굳은 표정으로 미간을 찡그리고 있는 모습이 화가 난 듯했다.

"화났냐?"

"아니요. 어쩔 수 없죠. 경찰이잖아요."

"그래, 난 경찰이라서 이 방법밖에 없어. 너랑 달라. 서윤이도 시간이 지나면 잘 이겨내겠지."

"이겨낼 수 없어요. 그런 건 아무리 시간이 지나도……."

말끝을 흐리는 화평의 목소리에 씁쓸함이 묻어났다. 잠시 시선을 멀리 보내며 한숨을 내쉬던 길영이 말을 돌렸다.

"국회의원 박홍주는 박일도가 아니었어. 우리 이제 앞으로 어떻게 해야 해?"

"이번에 다시 한번 느꼈어요. 박일도 그놈 꼭 잡고 싶어요. 어린 서윤이까지 살인자로 만든 그 귀신 놈 꼭 없애고 싶어요."

길영이 공감한다는 표정으로 고개를 끄덕였다.

"나도 그래. 경찰로서 꼭 잡고 싶어."

"죽은 최 신부부터 다시 시작해야죠. 최윤한테 미안하지만 거기서부터 다시 시작해야 해요."

"과거 최 신부 사건부터 다시 조사하겠다는 거야?"

화평이 대답 대신 고개를 끄덕였다. 눈빛에는 확고한 결심이 서려 있었다.

"걔는 좀 어때? 몸은 괜찮대?"

"이제 보러 가야죠."

화평이 피식 웃으며 가볍게 인사를 했다. 길영이 귀찮은 얼굴로 가라는 듯이 손을 휘휘 흔들었다.

경찰서를 벗어나 발길을 돌린 화평은 최윤의 집을 찾았다. 현관 앞에 도착했을 때는 이미 땅거미가 내려앉은 저녁이었다. 그는 주먹으로 현관문을 두드리고 대답을 기다렸지만 안에서는 인기척이 들리지 않았다. 다시 문을 두드리려는 찰나 벌컥 문이 열렸다. 그가 최윤의 얼굴을 살피며 말했다.

"뭐야? 없는 줄 알았잖아."

"뭡니까. 연락도 없이."

최윤이 힘없이 말하며 손등으로 이마에 맺힌 땀을 훔쳤다.

"어디 아프냐?"

"그냥 감기예요."

"강아지도 안 걸린다는 여름 감기?"

화평이 허락도 구하지 않고 제멋대로 집 안으로 들어서며 말했다. 최윤은 내키지 않는 얼굴로 문을 닫았다. 마치 자기 집에 들어온 것처럼 소파에 털썩 주저앉으며 화평이 물었다.

"감기 맞아? 강 형사도 너 걱정하던데?"

뒤따라 들어온 최윤이 옆에 자리를 잡고 앉았다. 그러고는 시선을 마주치지 않은 채 냉랭하게 대답했다.

"감기 맞아요."

화평은 눈가를 찌푸리며 안색이 수척한 최윤의 얼굴을 자세히 살폈다. 그러더니 엉거주춤 일어서려는 자세로 주머니에 손을 넣어 무언가를 꺼냈다.

"이거……."

화평이 말끝을 흐리며 최윤의 팔 안쪽으로 반듯하게 접은 흰 봉투를 슥 집어넣으려고 했다. 그러자 최윤이 반사적으로 제지하며 말했다.

"뭐 하는 겁니까?"

최윤이 황당한 표정으로 화평의 팔을 붙들었다.

“그냥 묻지 말고 이거 몸에 잘 지니고 있어.”

화평이 나름 진지한 말투로 다시 최윤의 품속으로 손을 뻗었다. 그러자 최윤이 손에 힘을 주며 시선을 마주 보았다.

“뭐냐고요?”

봉투의 정체를 묻는 최윤의 눈빛이 진지했다. 평소 그의 태도를 떠올려 보면 솔직하게 말할 때까지 거부할 게 분명했다. 물론 솔직하게 말해도 거부할 테지만. 화평이 체념한 표정으로 대답했다.

“육광 형이 준 부적이야. 너 살 맞았잖아.”

눈을 치켜 뜬 최윤이 봉투와 화평을 번갈아 쳐다보았다. 아무리 걱정이 된다고 해도 사제에게 부적이라니. 한심스러운 말투로 목소리를 높였다.

“교회의 사제한테 이런 걸 주는 겁니까?”

“야! 살이라는 게 사람 해치는 모진 기운이라 그냥 두면 안 돼! 그냥 가지고만 있어.”

화평이 고집을 꺾지 않고 힘주어 손을 뻗었다. 지하실에서 나오는 순간 창백한 얼굴로 쓰러지던 최윤이 마음에 걸려 육광에게 특별히 부탁한 부적이었다.

“됐습니다.”

최윤이 냉랭한 표정으로 단호하게 말했다.

“와, 힘도 세네. 됐다!”

화평은 언짢은 태도로 봉투를 다시 집어넣었고, 입술을 비쭉 내민 채 투덜거렸다.

“걱정돼서 그러는 건데.”

최윤은 시선을 바닥에 둔 채 아무런 대답도 하지 않았다. 집 안에 정적이 흐르자 민망해진 화평이 누그러진 목소리로 입을 열었다.

"아니, 걱정이 아니라 구마 의식 부탁해서 다치고…… 미안해서."

"괜찮습니다. 나도 서윤이 때문에 꼭 해야 했어요."

최윤이 고개를 돌리며 대답했다. 화평은 달리 덧붙일 말이 생각나지 않았다. 어색한 공기를 느낀 그는 문득 옆에 내려두었던 검은 봉지를 떠올렸다. 그 안에서 시원한 맥주를 꺼내 최윤 앞에 내밀었다.

"마실래? 안 마시지?"

예상과 달리 최윤은 맥주를 받아 뚜껑을 따고 벌컥벌컥 들이마셨다. 화평이 의아한 표정으로 물었다.

"웬일이야? 신부님?"

"그냥 갈증이 나서요."

최윤이 반쯤 비어버린 캔을 쥐고 대답했다. 화평이 검은 봉지에서 남은 맥주를 꺼내며 말했다.

"서윤이 육광 형 만났어. 눌림굿할 거야."

"괜찮아요? 서윤이만 박일도를 알아볼 수 있는데."

"어쩔 수 없잖아. 죽은 사람을 본다는 건 너무 고통스러운 거야."

화평이 씁쓸한 말투로 대답했다. 잠시 멍하니 생각에 잠겨 있던 그가 눈가를 찡그리며 다시 입을 열었다.

"그런데 내가 아까 또 서윤이한테 힘든 일 시켰어. 혹시 내 주위에도 우리 엄마랑 할머니 보이느냐고 물었거든."

최윤이 고개를 들었다. 기억을 떠올리는 화평의 눈빛에 복잡하고 미묘한 감정이 스쳤다.

"아무것도 없대. 보이지도 않는대. 그것도 모르고 가끔 말도 걸고 그랬는데……. 미안하다고."

최윤이 위로의 말을 고르다가 포기하고 안쓰러운 표정을 지었다.

"엄마랑 할머니는 내 근처에 오는 것도 싫은 걸까. 아니면 박일도에게 빙의된 일 때문에 남들과 다른 건지……. 나한테는 아무것도 볼 수가 없대."

화평의 목소리에는 울음이 희미하게 섞여 있었다. 최윤이 차분한 말투로 말했다.

"박일도 때문이겠죠. 그것 때문에 영매에게도 아무것도 안 보이는 거고. 박일도의 부마자들에게 감응하는 거고요."

"모르겠다, 나도. 그리고 오늘 내가 찾아온 이유는……."

"형 이야기인가요?"

화평이 미안한 기색을 보이며 고개를 끄덕였다. 최윤은 자리에서 일어나 방 안으로 들어간 다음 구석에서 작은 상자를 꺼내 왔다. 상자 안에는 경찰서에서 전해 받은 최 신부의 유품들이 들어 있었다.

"형의 유품들이에요. 유골 옆에서 발견된 것들이요."

화평이 눈가에 힘을 주며 상자 안을 자세히 들여다보았다. 그 안에는 사제들이 지니는 십자가 목걸이와 오랜 세월에 잉크가 지워져 글자를 알아보기 힘든 신분증이 있었다. 그리고 낡은 볼펜과 지갑, 묵주 반지와 보석이 박힌 금반지가 들어 있었다. 천천히 물건들을 살피던 그의 시선이 금반지에 머물렀다. 기억을 더듬는 것처럼 눈가를 찡그리더니 불현듯 어떤 기억이 떠오른 듯 놀란 표정을 지었다. 그는 갑자기 주머니에서 휴대전화를 꺼내어 가족사진을 살폈고, 무언가를 찾다가 입을 벌리고 숨을 삼켰다. 최윤이 무슨 일인지 묻는 얼굴로 그를 쳐다보았다.

"이 반지 뭐야? 묵주 반지도 있는데……."

"나도 모르는 거예요. 워낙 어렸을 때라서 기억도 없어요."

화평은 말없이 반지를 집어 들고 유심히 모양새를 살펴보았다.

"왜 그래요?"

최윤이 묻자 화평이 휴대전화 화면을 보여주며 부모님의 손가락 부분을 크게 확대했다. 두 사람이 끼고 있는 결혼반지가 화면을 가득 채웠다. 사진을 응시하던 최윤은 그것이 유품에서 발견된 반지와 똑같은 모양이라는 것을 알아챘다.

"이 반지가 왜 너희 형 유골에서 발견됐지?"

두 사람은 혼란스러운 표정으로 시선을 교환했다. 죽은 최 신부와 실종된 화평의 아버지가 이십 년 전에 만난 적이 있었을 거라는 생각이 머릿속에서 소용돌이를 일으키기 시작했다.

반지를 가지고 집으로 돌아온 화평은 깊은 생각에 잠겼다. 거실에는 냉장고에서 울리는 묵직한 기계음만 흘렀고, 마치 아무도 없는 것처럼 고요했다. 그는 반지를 눈앞으로 끌어당겨 주의 깊게 살폈다. 오랜 시간 땅속에 있던 터라 꽤 낡았지만 녹색 보석은 아직 희미한 빛을 발하고 있었다. 그는 문득 할아버지를 떠올리고 전화를 걸었다.

"할아버지, 별일 없지?"

"시골에 무슨 일이 있겠냐? 언제 올 거야? 젓갈 좀 담갔어. 와서 가져가."

"택배로 부쳐."

"내가 읍내로 나가기가 힘드니까 그렇지."

"차멀미 때문에 그래? 요즘도 버스 기름 냄새만 맡아도 어지럽고 속이 안 좋아?"

"응, 너 사는 곳도 한번 가봐야 하는데. 차 타기가 힘드니."

수화기 너머로 무거운 한숨 소리가 들렸다.

"조만간 갈게. 그보다 물어볼 게 있어. 아빠 이야기인데……."

화평이 조심스럽게 말을 꺼내자 할아버지가 갑자기 가라앉은 목소리로 대답했다.

"마음 안 좋게 무슨 이야기를 하려고?"

"혹시 말이야, 나한테 안 한 이야기 있어?"

할아버지는 잠시 말이 없었다. 예전 기억을 머릿속에 곰곰이 떠올리는 모양이었다. 마른기침을 두어 번 하고 난 그가 입을 열었다.

"그날 그렇게 없어지고, 실종 신고까지 했었잖아. 몇 년 있다가 서울에 있는 거 겨우 찾았었다. 그런데 그놈이 죽어도 집에는 안 돌아오겠대. 그 후로 연락이 끊겼지."

할아버지의 이야기를 듣고 있던 화평의 표정이 점점 어두워졌다.

"그 뒤로 네 할미랑 어미 기일 때 산소에 가면 그놈이 왔다 간 흔적이 있었는데, 요 몇 년 사이에는 그것도 없어졌어. 다시 찾고 싶어도 내가 차를 타고 돌아다닐 수가 있어야지."

"연락처도 아예 모르는 거지?"

"그렇지. 그놈이 옛날부터 도망가서 참 잘 숨었어. 가출하면 꼭 차 타고 멀리 도망치고…… 내가 차 못 타는 거 알고."

"가출은 왜?"

"세습무 이어받는 거 싫다고. 제 어미 고생하는 거 봐서 그렇지. 너 태어났을 때도 나가 살겠다고 난리를 쳤는데, 내가 그때 말리지만 않았어도…….”

할아버지가 더 이상 말을 잇지 못하고 말끝을 흐렸다. 목까지 차오른 감정이 넘실대고 있었다.

“그런 말 좀 그만해.”

“생각하면 할수록 참 모진 놈이야. 제 핏줄이 있는데 한 번 보러 오지도 않고.”

할아버지의 말투에 슬픔과 원망이 뒤섞여 있었다. 화평은 착잡한 표정으로 전화를 끊고 반지를 만지작거렸다. 자신 때문에 집을 나간 아버지였다. 이십 년이 지난 지금까지도 아들이 밉고 원망스러운 걸까. 아직도 아들이 온 가족을 죽게 했다고 믿고 있는 걸까. 화평은 아무런 기억도 나지 않는 어린 시절을 떠올리다가 머리카락을 쥐어뜯었다. 비극을 향해 흘러온 이 모든 일들이 어디서부터 시작되었는지 알 수 없었다. 앞으로 어디까지 흘러갈 것인지도. 그는 쓸쓸한 눈빛으로 많이 달라졌을 아버지의 얼굴을 상상해 보았다. 눈가의 주름이 더 깊어졌을까. 살이 찌거나 너무 말라서 한눈에 못 알아보지는 않을까. 그는 아버지의 얼굴을 떠올리다가 허무한 마음에 사로잡혔다. 퍼즐 조각을 잃어버린 것처럼 아버지의 모습이 완성되지 않았다.

윤곤호

길영은 고 형사와 함께 경찰서 복도를 걸어가고 있었다. 고 형사는 한 손에 김밥 한 줄을 쥔 채 쉴 새 없이 입을 오물거렸다. 그때 멀리 누군가를 기다리고 있는 남자가 보였다. 그를 먼저 발견한 고 형사가 입안 가득 김밥을 넣은 채 손가락으로 남자를 가리켰다. 그녀가 시선을 옮기자 고개를 꾸벅이며 인사하는 화평이 보였다. 그녀가 눈치를 주며 곤란한 목소리로 화평에게 말했다.

"밖에서 기다리라니까."

고 형사가 인상을 쓰고 한마디 하려는 찰나, 길영이 재빨리 대꾸했다.

"쓸데없는 이야기 하지 말아요."

고 형사가 밖으로 나가는 두 사람을 향해 무어라 중얼거렸지만, 입안에 가득한 음식 때문에 정확하게 들리지 않았다.

"급한 일이 뭔데?"

입구로 나온 길영이 화평에게 단도직입적으로 물었다.

"사람 좀 찾아줘요. 우리 아버지요. 이십 년 전, 그 사건이 있던 날 집을 나갔어요."

"갑자기 왜?"

"최 신부 유품에서 아버지 결혼반지가 나왔어요."

"그게 왜 거기서 나왔지?"

"나도 그걸 알고 싶어요. 최 신부의 자살과 관련이 있는지."

다시 자리로 돌아온 길영은 화평 아버지의 이름을 조회하고 화면을 쳐다보았다. 윤근호. 거주지가 불분명하게 기록되어 있었고, 그동안 폭행으로 경찰 조사를 받은 기록이 남아 있었다. 가장 눈에 띄는 기록은 최근 것이었다. 그녀는 그 내용을 토대로 윤근호의 행방을 찾기 위해 상용시로 향했다.

한적한 동네에 세워진 작은 교회에 도착하자 연락을 받은 집사가 기다리고 있었다. 길영이 자신의 신분을 밝히고 윤근호에 대해 묻자 그는 곧바로 불편한 표정을 보였다.

"윤근호요? 그 사람은 왜 찾아요?"

길영이 질문에 대답하지 않은 채 추궁했다.

"윤근호 씨와 쌍방 폭행으로 경찰 조사를 받으셨던데."

"내가 이 교회 집사입니다. 쌍방 폭행이 말이 되겠어요? 그 사람이 진짜 이상한 사람이에요."

목소리를 높이는 집사의 얼굴에 불쾌한 기색이 역력했다.

"자세히 말씀해 보시겠어요?"

"그 사람이 우리 교회에 처음 왔을 때는 참 독실한 사람이구나 했어요.

근데 나중에 보니까 악마가 자기를 쫓고 있대요."

집사가 생각만 해도 진절머리 난다는 듯이 거칠게 숨을 내쉬었다.

"악마요?"

"네, 그 악마 이야기 좀 그만하라고 하니까 싸움이 난 거예요."

"윤근호 씨 이제 교회에 안 나오나요?"

"못 오죠. 나중에 들으니까 교회를 여러 군데 다녔더라고요. 절도 다니고, 무당도 만나고. 진짜 이상한 인간이라고요."

"어디 사는지 아세요?"

"거주지도 없어요. 여기 사거리 인력 사무소 나가서 겨우 산대요."

"그 인력 사무소 위치 좀 가르쳐 주세요."

길영은 집사가 종이에 적어서 건네준 글씨를 응시하며 골똘히 생각에 잠겼다.

다음 날 새벽, 동이 트지 않은 하늘에는 검푸른 기운이 돌았다. 길영은 화평과 함께 어느 낡은 건물 근처로 가 차를 세웠다. 허름한 건물 간판에는 인력 사무소라는 글씨가 보였다. 그는 초조한 눈길로 말없이 건물을 바라보았다. 마음이 심란한지 머리카락을 털어내다가, 숨을 크게 내쉬다가, 목을 매만졌다. 옆에서 지켜보던 그녀가 물었다.

"괜찮냐?"

"모르겠어요. 이십 년 만에 만나는 건데 무슨 말을 해야 할지, 날 알아보기는 할지……."

화평의 목소리에서 긴장감이 묻어났다. 길영은 그런 그를 가만히 응시하다가 갑자기 팔을 휘둘러 그의 등짝을 내리쳤다. 화들짝 놀란 그가 몸을 꼬며 얼굴을 찌푸렸다.

"왜요?"

"긴장 풀라고! 왜 긴장해? 아빠 만나는 건데."

"와, 힘만 세 가지고."

상체를 움직이며 몸을 푸는 화평이 투덜거렸다. 그때 인력 사무소 건물 앞으로 등이 조금 굽은 남자가 모자를 눌러쓰고 다가왔다. 화평은 고개를 내밀고 모자에 가려진 남자의 얼굴을 살폈다. 거뭇해진 피부와 거친 인상이 어색했지만 둥근 눈매와 작은 입을 보니 아버지가 분명했다. 순간 그의 가슴 깊은 곳에서 울컥 뜨거운 덩어리가 치밀었다. 오랜만에 보는 아버지는 한쪽 다리를 절뚝이며 새벽 속을 걷고 있었다.

"저 사람 맞는 것 같아요."

화평이 바로 차에서 내렸다. 길영은 건물을 향해 걸음을 옮기는 그의 초조한 뒷모습을 응시했다.

인력소 안으로 들어온 화평은 고개를 두리번거리며 안을 살폈다. 창가 쪽에는 두 개의 책상이 옆으로 놓여 있었고, 가운데에는 일거리를 기다리는 사람들이 몸을 붙이고 앉아 있었다. 그는 긴장감이 도는 눈빛으로 천천히 사람들의 뒷모습을 살폈고, 건물 안으로 들어가던 아버지의 모습을 찾아 신중하게 눈길을 옮겼다. 그때 모자를 푹 눌러쓰고 고개를 숙인 채 스포츠 신문을 읽고 있는 중년 사내가 눈에 들어왔다. 화평이 가까이 다가가 얼굴을 확인하는 순간 남자가 홱 고개를 들며 경계하는 눈빛을 보였다. 낯선 남자는 아까 보았던 아버지가 아니었다. 당황한 화평이 꾸벅 사과하며 돌아서는 찰나 다른 남자와 몸을 부딪쳤다. 툭, 하는 소리와 함께 남자의 손에 들려 있던 커피가 흘러넘치자 남자는 짜증스러운 신음을 뱉었다. 자신의 옷에 묻은 커피를 털어내는 남자의 얼굴을 보고 화평은 그

자리에 얼어붙었다. 마주 보고 선 남자는 바로 이십 년 만에 만나는 아버지였다. 앞에 선 젊은 남자를 보지 못한 윤근호는 커피를 털어내며 애꿎은 소장에게 버럭 소리를 질렀다.

"일을 안 주니까 별게 다 재수 없잖아!"

"또 술 마셨네. 그러니까 작업반장하고 툭하면 싸우지."

앞에 앉은 소장이 익숙하다는 표정으로 퉁명스럽게 대꾸했다. 울컥 화가 치민 윤근호가 소장을 향해 절뚝거리며 다가갔고, 살벌한 표정으로 노려보며 악다구니를 썼다.

"한 달째 일을 못 했다고! 사람 죽는 거 보고 싶어? 같이 죽을까?"

불쾌한 얼굴로 위협을 가하는 윤근호를 보고 움찔한 소장이 시선을 피했다. 그때 화평이 다가가 조심스럽게 말을 걸었다.

"아버지……."

"누구?"

갑작스러운 목소리에 고개를 돌리며 윤근호가 물었다.

"아버지, 저예요. 화평이. 아버지 아들 화평이라고요."

화평이 떨리는 목소리로 말하자 얼굴을 살피던 윤근호가 눈을 치켜뜨고 쳐다봤다. 잠시 할 말을 잃고 화평을 보던 그는 기겁하며 소리를 질렀다. 그는 화평을 밀치고 입구를 향해 허둥지둥 달려가다가 의자에 발이 걸려 바닥으로 나뒹굴었다. 앉아 있던 사람들의 시선이 모두 그에게 쏟아졌다. 하지만 그는 아랑곳하지 않고 허겁지겁 일어나 절뚝거리는 다리로 도망치기에 바빴다. 아버지의 반응에 놀란 화평이 멍하니 그 모습을 바라보다가 서둘러 쫓아갔다.

거리로 나온 윤근호는 뒤도 돌아보지 않고 달리기만 했다. 잔뜩 겁에 질린 그는 마치 누군가에게 쫓기는 것처럼 다급해 보였다. 화평은 멀어지는 아버지를 따라가며 거리를 좁혔다. 골목길에 들어선 그가 턱까지 차오르는 숨을 몰아쉬며 더 심하게 한쪽 다리를 끌었다. 화평이 두 팔을 벌리고 아버지의 앞을 막아서며 물었다.

"왜 도망치는 거예요?"

"저리 가! 저리 가라고!"

윤근호가 두려운 얼굴로 외쳤다. 화평은 겁에 질린 아버지를 마주 보며 답답하다는 듯이 가슴을 쳤다.

"나예요. 아들 화평이라고!"

"이 귀신 새끼! 이 악마! 저리 가!"

손을 휘두르며 거리를 벌리던 윤근호가 갑자기 안주머니에서 작은 칼을 꺼냈다. 팔을 쭉 뻗으며 화평을 향해 위협적으로 칼날을 세우는 그의 동작에는 조금의 망설임도 없었다. 화평은 자신에게 필사적으로 칼을 휘두르는 아버지를 보며 억울하고 서러운 마음이 들었다.

"왜 이래요?"

"평생을 도망쳤는데 또 쫓아와? 박일도!"

"박일도?"

"오지 마! 오지 말라고! 옴 가라지야 사바하! 옴 가라지야 사바하! 부처님, 예수님, 도와주세요!"

하늘을 향해 필사적으로 기도를 올리는 윤근호의 모습은 애처로울 지경이었다. 말문이 막힌 화평이 당황한 채 서 있는데 마침 한 남자가 식당에서 음식물 쓰레기를 들고 나왔다. 그 순간 윤근호가 낯선 사람에게 다가가 애원하듯이 말했다.

“저놈 좀 잡아줘요! 날 죽이려고 해요!”

“예?”

영문을 모르는 남자는 칼과 화평을 번갈아 바라보며 어쩔 줄을 몰랐다. 그러자 화평이 설명하듯 외쳤다.

“우리 아버지예요. 신경 쓰지 말고 가세요!”

“넌 내 아들 아니야! 넌 내 아들 아니라고!”

윤근호가 험악한 눈길로 화평을 바라보며 악을 썼다. 낯선 남자가 겁에 질려 다시 주방으로 사라지자 위기를 느낀 그가 화평에게 달려들었다. 칼을 휘두르자 화평이 뒤로 물러났고 그 틈을 타 그는 다시 필사적으로 도망쳤다. 화평은 기가 막힌 얼굴로 멀어져 가는 아버지의 뒷모습을 바라보았다. 그때 뒤따라온 길영이 넋이 나간 화평을 살피며 팔을 붙들었다.

“다쳤잖아?”

칼날이 스친 자리에서 피가 흐르고 있었다. 화평은 길영의 말이 귀에 들리지 않는 사람처럼 중얼거렸다.

“이십 년 전과 똑같아요. 나보고 박일도래요.”

화평은 허탈한 표정으로 어깨를 축 늘어뜨렸다. 박일도를 잡으면 남은 가족들과 함께 편안하게 지낼 수 있을 거라고 믿었는데……. 아무리 시간이 흘러도 바뀌지 않는 것이 있었다. 칼을 쥐고 있던 아버지의 눈빛에 서린 공포는 오래도록 몸집을 불린 것처럼 단단하고 거대했다. 화평은 그 공포가 아버지를 집어삼켰다는 생각에 가슴이 미어졌다.

가방을 멘 사제가 어두운 거리를 걸어가고 있었다. 굳은 얼굴에는 아무 감정도 보이지 않았지만 길을 재촉하는 걸음에서 조바심이 느껴졌다. 고개를 두리번거리며 낯선 길을 확인하는 사제는 최윤이었다. 인력 사무소로 향하는 길에 전화를 받으며 그가 말했다.

"늦었어요. 가고 있어요."

"이쪽 말고 화평 아버지가 사는 곳으로 좀 가줘."

무겁게 가라앉은 길영의 목소리가 들리자 최윤이 걸음을 멈추었다.

"왜요? 무슨 일 있어요?"

"윤화평을 보더니 박일도라며 바로 도망쳤어. 칼까지 휘둘렀고."

"윤화평 씨는 괜찮아요?"

"안 괜찮지. 네가 대신 좀 만나봐. 윤화평 이야기는 하지 말고."

길영의 말을 들은 최윤이 눈가를 찡그렸다. 이십 년 만에 만난 아버지가 칼을 휘둘렀다니. 화평의 마음이 어떨지 짐작조차 가지 않았다. 최윤은 발길을 돌려 윤근호가 사는 거처로 향했다.

길영이 알려준 주소는 어느 여관이었다. 어둑한 골목길로 들어서자 음식물 쓰레기 냄새가 코를 찔렀다. 최윤이 인상을 구기며 건물 안으로 들어갔다. 계단을 올라갈 때마다 건물이 텅텅 울렸고, 낡은 벽면에는 오랜 얼룩이 무늬처럼 새겨져 있었다. 입구로 들어서자 맞은편에서 꾸벅꾸벅 졸고 있는 여관 주인이 보였다. 잠을 깨워 윤근호를 찾아왔다고 말하자 주인이 짜증스러운 표정으로 따라오라는 손짓을 했다.

쾅쾅, 쾅쾅! 여관 주인은 좁은 간격으로 줄지어 늘어선 나무 문 중 가장 마지막 방을 두들겼다. 하지만 두세 번 두드려도 안에서는 아무런 대답이 없었다. 쾅쾅! 다시 한번 두들기자 문이 천천히 열리더니 손가락 한 마디 정도에서 멈추었다. 작은 틈 사이로 윤근호가 얼굴을 붙이고 눈알을 굴리고 있었다. 머리끝까지 신경질이 난 여관 주인이 따지듯이 물었다.

"오늘도 공친 거지? 월세는 언제 줄 거야? 응?"

윤근호는 손가락질해 대는 여관 주인을 바라보다가 다시 문을 닫았다. 그러자 여관 주인이 질색하며 버럭 소리를 질렀다.

"씨, 진짜! 누가 찾아왔다고!"

슬그머니 닫히던 문이 멈추고 윤근호가 작은 틈으로 눈알을 돌렸다. 옆에 선 사제를 발견한 그가 경계하며 물었다.

"누구세요?"

여관 주인은 한심하다는 듯이 고개를 절레절레 흔들며 자리로 돌아갔다. 최윤은 가늘게 벌어진 문틈을 향해 자신을 소개했다.

"남부 성당의 마태오 신부입니다. 잠시만 이야기를 할 수 있을까요?"

"신부? 십자가…… 십자가 있어요?"

윤근호가 말을 더듬었다. 최윤이 목에 걸고 있던 십자가를 가까이 보여 주자 문틈이 조금 더 열렸다.

"무슨 이야기요?"

"박일도 때문입니다."

박일도의 이름이 나오는 순간 윤근호가 문고리를 잡아당겼다. 그러나 재빨리 문을 잡은 최윤이 밖으로 확 잡아당기자 놀란 그가 뒤로 물러났다. 그는 두려운 얼굴로 칼을 꺼내 들었다.

"그놈이 보냈구나! 이 악마 놈들!"

"아닙니다. 박일도를 찾는 겁니다."

최윤은 예리한 칼날을 힐긋거리며 차분하게 설명했다. 윤근호는 넋이 나간 사람처럼 울먹거렸다.

"결국 찾아왔어……. 지독한 놈들. 십자가를 든 사제까지 빙의시켰어…….”

“진짜 사제 맞습니다. 박일도를 찾는 거라니까요.”

최윤이 시선을 마주 보며 설득했다. 그러나 윤근호는 칼을 높이 치켜들며 소리쳤다.

“거짓말하지 마! 박일도가 보낸 거잖아! 날 죽이려고!”

“최상현 신부!”

“뭐?”

“당신 아들이 빙의됐을 때 갔던 젊은 신부. 그 때문에 가족들이 죽은 신부 말입니다! 그 최상현 신부가…… 제 형입니다.”

윤근호는 말문이 막힌 얼굴로 최윤을 뚫어져라 쳐다보았다. 머릿속에 복잡한 생각들이 뒤엉키는 모양이었다. 칼을 쥔 손이 부들부들 떨리더니 점차 바닥으로 기울었다.

방 안으로 들어온 최윤은 기괴한 광경에 시선을 뗄 수가 없었다. 방문 안쪽의 벽면에는 종교적인 그림과 부적들이 빼곡히 붙어 있었다. 가운데에는 무섭게 앞을 노려보는 장군 그림과 머리에 뿔이 솟은 도깨비가 있었고, 귀신이 그려진 무속화도 보였다. 구석에는 제단처럼 상이 차려져 있었는데, 상 위에 커다란 십자가가 걸려 있었고, 그 아래에는 온화하게 미소 짓고 있는 부처상이 놓여 있었다. 그야말로 온갖 종교를 한자리에 모아둔 광경이었다. 그중에 눈에 가장 선명하게 들어온 것은 촛불 옆에 세워둔 가족사진이었다. 사진 속에는 화평의 가족들이 모두 환하게 웃고 있었지만, 오직 한 사람의 얼굴에만 구멍이 뚫려 있었다. 바로 어린 화평의 얼굴이었다. 최윤이 눈썹을 움찔하며 칼로 파낸 자리를 응시했다. 옆에서 윤근호가 경계하는 눈길로 두리번거리는 그를 관찰했다. 끝까지 의심을 버리지 않는 것이 지금까지 살아남은 방법이었다. 그가 문득 윤근호의 시선을 느끼고 주머니에서 화평에게 전해 받은 결혼반지를 꺼냈다. 반지를 알아본 윤근호의 눈이 휘둥그레졌다.

"형의 유골 옆에서 발견됐습니다. 당신 반지가 왜 거기에 있었죠?"

"그건……."

최윤의 질문에 윤근호가 인상을 구겼다. 괴로운 기억이 떠오른 모양이었다. 윤근호가 머뭇거리자 최윤이 설득했다.

"말해주세요. 혹시 죽은 형을 묻어주셨나요? 아니면……."

"당신 형의 죽음을 내가 도왔으니까."

윤근호가 불쑥 말하자 놀란 최윤이 물었다.

"그게 무슨 말입니까?"

"그때 그놈을 죽이지는 못했지만……."

윤근호가 말을 하다 말고 마른침을 삼켰다. 관자놀이의 핏줄이 굵어지며 극도로 긴장하는 모습이었다. 그가 시선을 떨구고 덜덜 떨리는 자신의 두 손을 내려다보았다. 천천히 숨을 고르다가 최윤에게 그날의 이야기를 들려주었다.

이십 년 전 윤근호가 어린 화평의 목을 조르던 밤이었다. 손안에 가득 들어오는 어린 아들의 목덜미를 조르며 그는 심장이 터질 듯한 불안감에 휩싸였다. 순간 방으로 뛰어 들어온 할아버지가 그를 밀어내며 컥컥거리는 화평에게 소리쳤다. 얼른 도망가라고. 멀리 가버리라고. 할아버지 손에 몸이 붙들린 그는 어린 화평이 방문을 열고 맨발로 마당을 달려나가는 모습을 보았다. 그리고 얼마 지나지 않아 그는 할아버지의 손을 뿌리치고 화평을 찾아 나섰다. 그때 그는 어딘가에 홀린 사람처럼 같은 생각만 반복했다. 박일도가 어머니를 죽이고 아내를 죽였다. 박일도를 찾아서 없애야 한다. 박일도가 모두를 죽일지도 모른다. 그의 눈빛에 살기가 번뜩였다. 턱까지 차오르는 숨을 몰아쉬며 캄캄한 길을 따라 앞으로 나아갔다.

집에서 꽤 떨어진 곳까지 걸어갔을 때 갑자기 윤근호 옆으로 경찰차와 구급차가 사이렌을 울리며 지나갔다. 정신을 차린 그가 무슨 일인지 보기 위해 앞쪽을 살폈다. 그때 눈에 들어온 사람은 낮에 본 젊은 사제였다. 웃는 것도 아니고 우는 것도 아닌 표정으로 자신을 뚫어지게 응시하는 젊은 사제와 눈이 마주친 순간, 그는 온몸에 소름이 끼쳤다. 어린 화평을 보았냐고 물어보기 위해 가까이 다가가자 손과 얼굴에 튄 핏방울이 보였다. 이전과는 달리 싸늘한 기운이 흐르는 젊은 사제의 눈동자는 텅 비어버린 우물처럼 보였다. 그가 움찔거리며 뒤로 물러서는데 젊은 사제가 갑자기 성큼성큼 걸어오며 옆을 스쳐 지나갔다.

"신부님, 우리 집 애 못 보셨어요?"

윤근호가 다급하게 물었지만 젊은 사제는 아무 소리도 듣지 못하는 것처럼 반응이 없었다. 그저 기이하게 고개를 꺾은 채 앞으로 가기만 했다. 그 모습을 의아하게 쳐다보던 그는 헐레벌떡 젊은 사제를 따라가기 시작했다.

젊은 사제는 논밭을 지나 산등성이를 올랐다. 윤근호는 야밤에 산을 오르는 사제가 이상했으나 점점 거리가 벌어져서 붙잡고 말릴 수도 없었다. 더욱 이상한 일은 한 치 앞도 보이지 않는 밤중에 산길을 오르느라 숨이 터질 것 같은 자신과 달리, 사제는 한결같은 속도로 나아가다가 시야에서 사라진 것이었다. 그는 더 이상 보이지 않는 사제를 부르며 사방을 두리번거렸다. 그러나 어둠이 깔린 산속에는 검게 변한 나뭇잎들만 바람에 요동쳤고, 대답 대신 동물들 울음소리가 들려왔다.

사제의 모습이 도통 보이지 않아 발길을 돌리려던 찰나였다. 어디선가 나뭇가지가 부러지는 둔탁한 소리가 들려 화들짝 고개를 들었다. 소리가 난 방향으로 가보니 멀리 검은 덩어리가 공중에서 흔들리고 있었다. 더 가까이 다가가자 사제가 나뭇가지에 목을 맨 채 허공에서 다리를 버둥거리고 있었다. 깜짝 놀란 윤근호가 달려가 사제의 두 다리를 붙잡고 들어 올렸다. 크고 건장한 남자의 몸을 아래서 받쳐 들자 묵직한 신음이 절로 나왔다. 그가 애처로운 목소리로 물었다.

"왜, 왜 이러세요?"

사제는 이미 의식을 잃었는지 두 팔을 축 늘어뜨린 채 눈을 감고 있었다. 윤근호는 어깨를 짓누르는 무게에 잔뜩 인상을 쓰고 필사적으로 외쳤다.

"누구 없어요? 도와주세요! 도와주세요!"

야심한 시간, 산속을 지나가는 사람은 아무도 없었다. 얼마나 시간이 흘렀을까. 윤근호는 두 다리가 바들바들 떨리며 서서히 한계가 오는 것을 느꼈다. 결국 무릎이 꺾이자 어깨에 올린 최 신부의 다리가 미끄러지며 허공으로 떨어졌다. 사제의 목을 맨 밧줄이 팽팽하게 당겨지면서 목덜미를 바짝 조였다. 최 신부가 숨을 꺽꺽거리며 가느다란 숨소리를 냈다. 아직 살아 있는 모양이었다. 숨소리를 들은 그는 다시 최 신부의 다리 아래에서 몸을 받치고 손을 뻗어 붙들었다. 갑자기 눈을 번쩍 뜬 최 신부가 그를 노려보며 다리를 잡고 있던 그의 손을 잡고 뒤로 확 꺾었다. 손가락을 부러뜨릴 것 같은 강력한 힘에 그가 고통스러운 비명을 질렀다. 활시위처럼 뒤로 휘어진 손가락은 뼈마디가 터지는 소리를 내며 우두둑 부러졌다. 그는 극심한 고통에 입을 악다물며 피가 흐르는 손을 감싸 안았다.

공포가 가득한 눈빛으로 고개를 올려다보자 기괴하게 일그러진 최 신부의 얼굴이 보였다. 최 신부는 숨이 넘어가는 마지막 순간에 입을 열어 그에게 말했다. 입을 벌렸다가 오므리며, 느리지만 확실하게 이야기했다. 그런 다음 손가락을 빳빳하게 펴고 제 눈을 향해 휘두르기 시작했다. 푹, 푹, 푹. 단단한 손톱 끝이 최 신부의 눈알을 파고들며 엉망으로 만들었다. 기겁하며 물러서던 그는 바닥에 그만 주저앉고 말았다. 나뭇가지에 목을 매단 사제가 제 손으로 오른쪽 눈을 찔러대는 광경이 도저히 믿기지 않았다. 연거푸 팔을 휘둘러 눈을 찌르던 최 신부는 무표정하게 숨을 멈추었다. 그는 새빨간 피가 흐르는 최 신부의 얼굴을 응시하며 아무 말도 할 수가 없었다.

이야기를 마친 윤근호는 핏기가 가신 얼굴로 덜덜 떨리는 손에 힘을 주었다. 무려 이십 년 전의 기억인데도 온몸을 휘감은 공포가 뼛속 깊이 각인되어 있었다. 충격을 받은 최윤이 목덜미를 매만졌다. 형이 부모님을 죽이고 야밤에 산으로 올라가 목을 매달고 죽었다는 사실이 끔찍하게 느껴졌다. 게다가 스스로 제 눈을 찌르며 죽었다니……. 형의 마지막 모습을 떠올리던 최윤이 고통스러운 신음을 흘렸다.

"형이 뭐라고 하던가요?"

"다음은…… 당신 차례야. 아들한테서 도망쳐."

불안한 얼굴로 안절부절못하던 윤근호는 갑자기 안쪽으로 걸어가 구석에 쌓여 있던 여러 권의 노트를 들고 왔다.

"이게 뭐죠?"

"박일도를 찾아다녔어요. 그게 진짜 존재했던 인간인지, 왜 귀신이 되었는지, 왜 엄마와 아내를 죽였는지……."

최윤의 시선이 낡은 노트에 머물렀다. 겉표지가 헤진 노트는 오랜 시간 동안 기록해온 흔적이 묻어났다. 손을 뻗어 가장 가까이에 있는 노트를 하나 펼치자 빽빽하게 채워진 글씨가 보였다. 내용에는 순서가 없었고, 정보도 무작위로 나열된 것처럼 보였지만 그중에서 눈에 띄는 이름이 있었다. 그 이름은 바로 박일도였다. 일종의 명단처럼 보이는 목록에는 1940년부터 1980년 사이에 태어난 박일도들이 적혀 있었다. 모두 같은 이름들 옆에는 서로 다른 출생 연도와 출생지, 생사 여부가 표기되어 있었다. 최윤이 입가에 힘을 주며 노트 가까이 얼굴을 가져다 댔다. 옆에서 지켜보던 윤근호가 설명을 보탰다.

"전국의 박일도라는 사람들을 다 찾아다녔어요. 죽은 사람부터 살아 있는 사람까지. 죽은 귀신인지, 살아 있는 생령인지. 그런데……."

윤근호가 말을 잇지 못하고 머뭇거렸다. 최윤이 이상한 느낌이 들어 고개를 들자 윤근호가 혼란스러운 눈빛으로 중얼거렸다.

"박일도는 없어……. 그런 인간은 존재하지 않았다고! 그놈은 애초에 인간이 아니었던 거야! 박일도는 없었어!"

윤근호가 노트 하나를 열어서 손가락으로 짚으며 정신없이 말했다. 펼쳐진 노트에는 어지럽게 적힌 글씨들이 엉켜 있었다. 최윤은 악령들이 장난을 치고 있는 것 같다는 생각에 목덜미가 서늘해졌다. 제대로 알아보기 어려운 글씨들처럼 사방에 함정을 파놓고, 그곳에 휘말린 사람들을 절망 속으로 끌어당기는 것 같았다.

여관방을 나와 식당으로 들어간 최윤은 일행을 찾아 두리번거렸다. 식당 안쪽에서 길영과 화평이 소주를 마시고 있었다. 그가 자리에 앉자 화평이 음료수 잔에 소주를 따른 다음 내밀었다.
"마셔. 형 이야기 들었을 거 아냐……. 괜찮냐?"
"괜찮습니다. 그쪽이나 술 좀 적당히 마셔요."
"말려도 마실 거야."
화평이 본인 앞으로 술잔을 끌어당기며 말했다. 길영이 대화를 나누는 둘을 번갈아 쳐다보다가 입을 열었다.
"둘 다 정신 좀 차려. 힘내고."
"단서 때문에 찾았지만 괜히 만났어요. 아버지 괜히 만났다고요."
화평이 우울한 말투로 넋두리를 했다. 그러자 최윤이 한숨을 푹 내쉬며 물었다.
"당신 아버지가 한 이야기, 해도 될까요?"
화평이 괴로운 얼굴로 고개를 끄덕이며 빈 잔에 소주를 부었다. 최윤은 윤근호에게 들은 이야기를 빠짐없이 전했다. 자신의 부모님이 살해당한 날, 어린 화평의 목이 졸린 날, 윤근호가 젊은 사제였던 최 신부를 만난 날, 형사였던 길영의 엄마가 죽은 날, 형이 목을 매달고 제 눈을 찔러 자살한 날, 끔찍한 운명 속으로 세 아이가 휘말리던 날, 바로 그날에 대해. 이야기를 들으며 소주 두 병을 비워낸 화평이 불쾌해진 얼굴로 물었다.
"아들에게서 도망치라고? 도대체 그게 무슨 의미야?"
"최 신부 자신이 박일도잖아. 왜 그런 말을 했지?"
길영이 의문을 보태자 최윤이 가볍게 고개를 흔들며 대답했다.
"모르겠어요. 혼란을 주려고 한 건지, 악령의 장난인지……."
"박일도에 씌인 최 신부의 말을 듣고 도망친 거야? 평생을? 아버지는 지금도 내가 박일도라고 생각한다고! 그걸 왜 믿어? 그 시점에 박일도는 내 몸에서 빠져나갔는데! 한심하게 평생 도망만 다니고……."

화평이 목에 핏대를 세우고 울분을 토해냈다. 그러다 울컥 감정이 솟구치는지 말끝을 흐렸다. 최윤이 씁쓸한 눈길로 그를 바라보다가 말했다.

"도망만 다닌 건 아닙니다."

최윤이 가방에서 윤근호에게 받은 노트들을 꺼냈다. 길영이 노트 안을 훑어보며 물었다.

"이게 뭐야?"

"윤근호 씨가 준 노트입니다. 박일도를 조사하면서 전국을 헤맸어요. 당신 아버지도 고통받고 있었습니다."

"고통받아? 고통에서 도망친 거지! 늙은 아버지 버리고, 어린 아들 팽개치고. 우리 할아버지는 밤마다 대문 앞에서 서성거려. 혹시 아버지가 돌아올까 봐."

최윤과 길영이 서글픈 눈빛으로 소주잔을 들이켜는 화평을 쳐다보았다. 잠시 무거운 침묵이 흘렀다. 생각에 잠겨 있던 그녀의 머릿속에 번뜩 생각이 스쳤다.

"지금까지는 생각도 못 했는데, 박일도라는 이름이 있다면 진짜 인간이었다는 거잖아."

"그런 건 관심 없어요. 그냥 찾아서 없애면 돼요."

"뭐라도 알아야 박일도를 찾지. 어릴 때 더 들은 이야기 없어?"

"없어요. 우리 마을에서도, 친척들 사이에서도, 할아버지조차 박일도는 금기어였다고요."

별다른 정보가 없자 길영이 한숨을 푹 내쉬었다.

"너희 고향 마을에 가서 조사라도 해봐야겠다."

"도망쳐서 평생 쓸데없는 짓만 했네. 한심하게. 사람 박일도를 찾지 말고, 귀신 박일도를 없앴어야지."

화평의 목소리에는 원망이 가득했다. 최윤이 조심스럽게 입을 열었다.

"아버지는 그럴 수 없었을 겁니다. 자기 아들을 박일도라고 여기니까."

"자기 아들이라서 못 없앤다고? 그 인간…… 이십 년 전 그날, 나를 목 졸라 죽이려고 했어. 박일도 귀신이라고 진짜 죽이려고 했다고."

두 사람은 놀란 얼굴로 화평을 쳐다보았다. 더 이상 견딜 수 없다는 듯이 자리에서 일어난 그는 툭 건들면 눈물을 쏟을 듯했다.

"에이씨, 난 간다."

의자가 움직이며 거칠게 바닥을 긁는 소리가 났다. 화평이 불콰한 얼굴로 비틀거리며 자리에서 일어섰다. 바다 한가운데에서 흔들리는 부표처럼 불안하게 휘청거리던 그가 급하게 테이블을 잡았다. 보다 못한 길영이 도와주려하자 그가 손을 뿌리치며 몸을 돌렸다.

"밥도 안 먹고, 소주만 처마시고!"

길영이 화평의 뒤통수를 향해 걱정스러운 목소리로 잔소리를 했다. 자리에서 일어나 뒤따라 나가려는데 최윤이 앞으로 나서며 말했다.

"내가 데려다줄게요."

화평과 최윤을 번갈아 쳐다보던 길영이 고개를 끄덕였다. 급하게 식당을 나온 최윤은 홀로 걸어가는 화평에게 다가가 몸을 부축했다.

현관문을 열고 들어온 화평의 집은 서늘한 기운이 고여 있었다. 술기운을 이기지 못한 그는 방에 들어서자마자 무너지듯 이불 위에 누워 눈을 감은 채 최윤을 향해 엉성한 손짓을 하며 괜찮다는 말을 반복했다. 제대로 발음도 못 하고 중얼거리는 그를 잠시 바라보던 최윤은 고개를 들어 방 안을 살폈다.

화평의 집은 마치 사람이 살지 않는 곳처럼 보였다. 제대로 된 가구나 침대도 없었고, 간소한 옷가지와 물건 들만 엉성하게 놓여 있었다. 부엌으로 나온 최윤은 냉장고 문을 열어 안을 살폈다. 음식이나 생수 대신 반쯤 먹다 남긴 소주병만이 있었다. 그가 나지막이 한숨을 뱉으며 방 안쪽을 향해 목청을 높였다.

"물도 없어요?"

"그냥 가. 물 없어. 돈도 없고."

화평이 몸을 뒤척이며 잠꼬대처럼 대답했다. 최윤이 고개를 절레절레 흔들며 다시 방으로 들어왔다.

"혼자 살잖아요. 몸 좀 챙기고 살아요."

"너나 챙겨……. 지도 혼자면서……."

볼륨을 낮춘 것처럼 목소리가 희미해진 화평은 이내 잠이 들었다.

화평의 집을 나온 최윤은 고개를 두리번거리며 주변을 살폈다. 멀지 않은 곳에서 편의점을 발견하고 안으로 들어가 바구니에 컵라면 여러 개와 음료수, 그리고 생수병을 담았다. 급한 대로 간단하게 먹고 마실 수 있는 것들을 고른 것이었다. 계산을 마치고 다시 화평의 집으로 돌아온 최윤은 커다란 봉지를 화평의 발치에 조심스럽게 내려놓았다. 방 안에는 일정한 간격으로 들리는 깊은 숨소리만이 가득했다. 최윤은 마치 방 안에 있는 가구처럼 미동도 없이 잠시 서 있다가 천천히 발길을 돌렸다.

계양진

다음 날 길영과 최윤은 계양진으로 내려갔다. 한산한 고속도로를 막힘없이 달렸지만, 차 안에는 어색한 공기가 흐르고 있었다. 운전대를 잡고 있던 그가 침묵을 깨고 말했다.

"혼자 가도 되는데. 바쁘잖아요."

"바쁘지. 당직 쓰고 비번이라 가는 거야. 윤화평 그 자식이 안 간다니까 나라도 가야 할 거 아냐. 그런데 우리끼리 찾을 수 있을까?"

"그 마을 사람들이 윤화평 씨를 싫어한다잖아요. 박일도에 대한 정보를 얻는 건 우리가 하는 게 더 수월할 겁니다."

길영이 고개를 끄덕이다가 확인하듯 물었다.

"그 마을에 최초의 박일도 빙의자가 있었다고?"

"윤화평 씨가 어릴 때 들었답니다. 그것부터 알아봐야죠."

"그래, 마을 사람 붙잡고 물어보자. 뭐든 나오겠지."

길영의 대답을 마지막으로 다시 정적이 흘렀다. 최윤은 창밖으로 펼쳐진 바다를 바라보며 생각에 잠겼다.

계양진 바닷가에 도착한 두 사람은 차에서 내려 신선한 공기를 들이마셨다. 기지개를 켜며 멀리 내다보니 어선들이 나란히 정박해 있었고, 빨간 등대가 바다를 향해 있었다. 고요하고 푸르른 바다에 자리 잡은 어촌은 평화로운 모습이었다. 길영은 사람들이 지나다니는 길로 나와 어부 한 명을 발견하고 다가갔다. 중년의 사내는 그물을 둘러매고 집으로 돌아가는 길이었다. 그녀가 눈을 마주치며 인사를 하자 어부가 무슨 일인지 묻는 얼굴로 바라보았다.

"말씀 좀 여쭐게요."

어부가 걸음을 멈추었다.

"이 마을 전설 같은 걸 알아보고 있어요. 박일도라고……."

길영의 입에서 박일도의 이름이 나오자 어부의 표정이 순식간에 험악해졌다. 어부가 불같이 화를 내며 소리쳤다.

"그걸 왜요? 나는 몰라요!"

어부의 예상치 못한 반응에 길영은 그의 뒷모습만 멍하니 쳐다보았다. 그는 뒤도 한 번 돌아보지 않고 빠른 걸음으로 멀어졌다. 다른 방법을 찾지 못한 둘은 동네 입구에 보이는 노인정으로 향했다. 하지만 기대와 달리 그곳에 있던 어르신들도 모두 같은 반응이었다. 박일도의 이름을 듣자마자 핏기가 가신 얼굴로 정색하며 쫓아내기 바빴다. 어떤 할머니는 노인정에서 떠밀려 나온 두 사람을 향해 소금을 뿌려대며 소리쳤다.

"어디서 이상한 걸 듣고 와서 묻고 있어?"

인상을 잔뜩 쓴 길영은 목덜미로 들어온 소금을 털어냈다. 그때 슬쩍

다가온 다른 할머니가 그녀에게 조용히 말을 걸었다.

"우리는 잘 모르니까 저기 사는 노인네한테 물어봐요."

최윤이 할머니가 가리키는 방향을 돌아보았다. 마을 중턱에는 다른 집들로부터 약간 거리가 있는 외딴집이 있었다.

"누가 사시나요?"

"가면 혼자 사는 노인네 있어. 노인정도 안 나오고 혼자만 지내는 이상한 노인네."

할머니는 주변을 두리번거리며 속삭이듯 말하고는 곧장 다시 노인정으로 들어갔다. 최윤과 길영은 의문스러운 표정으로 마을 중턱을 바라보다가 걸음을 옮겼다.

할머니가 알려준 집에 도착한 길영이 대문을 두드렸다. 잠시 후 한 할

아버지가 나오자 최윤이 물어볼 이야기가 있어서 왔다고 설명했다. 할아버지는 그의 사제복을 훑어보고는 흔쾌히 문을 열어주었다. 두 사람을 방으로 안내한 할아버지는 음료수를 가져오겠다며 부엌으로 나갔다. 그 사이 먼저 자리에 앉은 두 사람은 문득 텔레비전 위에 놓인 가족사진을 보았고, 가족들 속에서 웃고 있는 화평의 모습을 발견했다. 놀란 그녀가 그에게 눈짓하며 속삭였다.

"윤화평의 할아버지였어. 어떡하지?"

"박일도 쫓는 걸 숨기고 있으니까 화평 씨 이야기는 하지 말죠."

최윤이 곤란한 표정으로 조용히 대답했다. 그때 마루에서 화평의 할아버지가 음료수가 담긴 컵들을 쟁반에 담아 들고 왔다.

"이런 시골에 사니까 오는 손님이 없어요. 손주 놈이 하나 있는데 잘 오지도 않고."

길영과 최윤이 빠르게 시선을 교환했다. 손주라면 화평을 말하는 모양이었다.

"그래, 우리 마을에 대해서 뭐가 궁금한 거요?"

할아버지가 흥미로운 말투로 물었다. 그러자 길영이 조심스럽게 입을 열었다.

"저…… 박일도에 대해 알고 싶어서요."

할아버지의 표정이 순식간에 굳어졌다.

"그 이야기요?"

"꼭 알아야 할 이유가 있습니다."

길영이 설득하려는 듯이 힘주어 말했다. 하지만 할아버지는 성난 얼굴로 손가락으로 마당을 가리키며 소리쳤다.

"나가시오. 내 집에서 나가라고요."

"마을 분들이 박일도에 대해서 잘 아신다고 했어요. 부탁합니다."

길영의 말을 들은 할아버지가 울컥 열이 뻗친 얼굴로 자리에서 벌떡 일어났다.

"어떤 벼락 맞을 것들이 그럽디까? 그 재수 없는 이름 함부로 말하지 말고 당장 나가쇼!"

당황한 길영이 얼떨결에 벌떡 일어섰다. 최윤이 옆에서 곤란한 표정으로 망설이고 있는데 할아버지가 거칠게 리모컨을 집어 들었다. 그런 다음 집어 던질 기세로 나가라고 다그쳤다. 그때 갑자기 최윤이 앞으로 나서며 다급하게 말했다.

"최상현 신부 아시잖아요."

"뭐?"

"이 집 손자의 빙의 때문에 온 최상현 신부 말입니다."

할아버지가 움찔하며 동작을 멈추었다. 어째서 그 이야기를 알고 있는지 놀라는 눈치였다.

"제가 그 신부의 동생입니다. 그래서 박일도를 찾고 있는 겁니다."

최윤이 말을 마치는 순간 할아버지가 바닥에 털썩 주저앉았다. 불같이 화를 내던 조금 전과 달리 온몸에서 힘이 빠져나간 듯했다. 예상과 다른 반응에 두 사람은 할 말을 잃고 쳐다보았다. 바닥에 앉은 채 허공을 응시하던 할아버지가 안타까운 얼굴로 입을 열었다.

"들었어요. 당신네 집 이야기…… 미안합니다. 이제야 그 말을 하네요. 미안합니다."

할아버지의 서글픈 목소리가 방 안을 맴돌았다. 최윤의 가슴속에서 뜨거운 덩어리가 파도처럼 출렁거렸다.

잠시 정적이 흐르던 방에 세 사람이 다시 자리를 잡고 앉았다. 할아버지는 무슨 말을 꺼내야 할지 모르겠다는 얼굴로 고개를 숙이고 있었다. 최윤이 먼저 입을 열었다.

"과거 이 마을에 박일도에 빙의된 자가 바다에 뛰어들어서 죽었다는 이야기를 들었습니다. 그 사람이 진짜 존재했는지, 누구였는지 알고 싶습니다."

"그 사람이라면 내가 직접 봤어요. 벌써 육십 년이 지난 일인데……. 잊을 수가 없어요."

오랜 기억을 떠올리는 할아버지의 눈가에 그늘이 짙어졌다. 그는 아득해진 표정으로 어린 시절 보았던 일을 이야기하기 시작했다.

어린 학생이었던 윤무일은 바닷가에 모여 있는 마을 사람들을 발견하고 다가갔다. 사람들은 공포에 질린 얼굴로 손에 죽창이나 농기구를 움켜쥐고 있었고, 횃불을 든 이들은 팔을 앞으로 뻗어 해가 저문 바닷가를 환하게 밝혔다. 사람들이 계속 웅성거렸고, 간혹 날카로운 비명이 들렸다. 호기심에 앞으로 나아간 윤무일은 사람들이 손가락질하는 방향을 쳐다보다가 검은 바다에서 무언가를 발견했다. 수면 위에 둥둥 떠서 기이한 표정으로 이쪽을 쳐다보는 것은 사람의 머리였다. 그것은 죽지도 않고 살아서 살기가 이글거리는 눈동자로 사람들을 노려보고 있었다. 마을 사람들 중 하나가 두려움이 가득한 목소리로 외쳤다.

"저거 봐! 며칠을 살아 있어!"

"사람이 아니야. 귀신이야……. 저건 귀신이라고!"

마을 사람들은 정신이 홀린 것처럼 초점 없는 눈빛으로 중얼거렸다. 마을에 불길한 일이 일어나고 있다는 무서운 예감이 주위를 집어삼켰다. 어린 윤무일은 오른쪽 눈에 날카로운 칼을 찔러 넣은 채 바닷속에서 피 흘리고 있던 남자를 잊을 수가 없었다. 눈을 마주친 순간 온몸이 종이에 베이는 것 같은 충격을 받았기 때문이었다. 며칠 내내 물속에서 사람들을 노려보던 남자는 이철용이라는 사람이었다. 마을 사람들은 그가 사십 대 초반이라는 것 외에는 아는 것이 없었다.

할아버지는 수십 년의 세월이 흐른 지금까지도 끔찍했던 그 모습이 생생하게 떠오르는지 눈가를 찡그렸다. 가만히 이야기를 듣던 최윤이 의문스럽다는 듯 물었다.

"그 남자는 누구인가요? 원래 이 마을 사람이었나요?"

"아니요. 어느 날 갑자기 우리 마을에 나타나서 사람을 죽였어요. 마을 사람들이 쫓자 자기 눈을 찌르고 바다에 뛰어들었어요. 며칠 밤낮을 죽지 않고 물에서 버텼지요."

"그 사람이 박일도한테 처음 빙의된 사람입니까?"

문득 할아버지는 방 한쪽에 놓아둔 상자 하나를 가지고 왔다. 그런 다음 그 안에서 색이 바랜 누런 봉투를 꺼내며 말했다.

"그건 모르지만 박일도가 뭔지 알아내서 우리 손자를 어떻게든 살려보려고 했어요. 결국 그 물에 빠진 남자 가족밖에 단서가 없겠구나 싶어서 백방으로 수소문했고요. 겨우 그 남자 이름하고 가족이 살았던 곳을 알아냈는데……. 다 소용없었어요. 결국 우리 집안은 풍비박산 났으니까."

할아버지의 목소리에 가느다란 떨림이 느껴졌다. 봉투를 받아든 최윤이 안타까운 표정으로 입안을 쓰게 삼켰다. 길영은 무슨 말을 해야 할지 몰라 선뜻 입을 열 수가 없었다. 위로하는 말이라도 건네고 싶었지만, 끔찍하게 가족을 잃어버린 사람에게 위로가 되는 말은 없다는 걸 누구보다 잘 알고 있었다. 최윤도 길영과 비슷한 생각을 하는지 건네받은 봉투만 어색하게 만지고 있었다. 이야기를 모두 들은 두 사람은 인사를 하고 화평의 본가를 나섰다.

시골길을 달리며 길영은 할아버지의 허탈하고 쓸쓸한 얼굴을 떠올렸다. 의도하지는 않았지만 윤화평에게 미리 이야기하지 않고 그의 할아버지를 조사한 일이 마음에 걸렸다. 그녀는 마음속에 맴도는 말을 최윤에게 털어놓았다.

"괜히 윤화평한테 미안하네. 말도 안 하고 할아버지 만난 거."

"윤화평 씨 과거……. 알면 알수록 힘들게 살았던 거 같아요. 우리만 그런 줄 알고 윤화평 씨 탓도 했었는데."

최윤이 낮은 목소리로 혼잣말처럼 중얼거렸다. 가볍게 고개를 끄덕이던 길영은 불현듯이 의문이 스쳤다.

"그런데 박일도가 육십 년 전부터 사람을 죽여 왔잖아. 박일도는 왜 그러는 걸까? 박일도의 목적이 뭘까?"

박일도에 대한 이야기를 꺼내자 최윤의 눈빛이 순식간에 변했다.

"악마는 목적 같은 거 없어요. 그냥 인간의 고통을 즐기는 겁니다. 죽은 사람들, 박일도에 씌인 사람들, 쫓고 있는 우리들까지 모두 그 박일도라는 악마의 놀이에 들어온 겁니다. 계속 사람을 죽일 거예요. 그걸 우리가 멈춰야 합니다."

최윤이 냉기가 흐르는 목소리로 대답했다.

"그래. 최초의 박일도 빙의자 이름이 이철용이라고 했나? 그 사람부터 조사해 보자."

길영이 오른편으로 핸들을 돌리며 외진 길로 들어섰고, 봉투 안에 적힌 주소를 따라 계양진 외곽의 시골집으로 향했다.

길영과 최윤이 시골집 안으로 들어섰을 때 집주인은 마당 가운데 놓인 평상에 앉아 채소를 다듬고 있었다. 육십 대 후반으로 보이는 김 노인은 인기척이 들려도 관심 없는 듯 돌아보지 않았다. 능숙하게 채소를 만지는 그에게 다가가 길영이 말을 걸었다.

"육십 년 전에 이 집에 세 들어 사신 이철용이라는 분을 찾고 있어요."

"참 별일이네. 그런 옛날 일을."

김 노인이 채소에서 시선을 떼지 않은 채 대답했다. 그러자 옆에서 지켜보던 최윤이 거들었다.

"너무 오래되긴 했지만……. 혹시 그 이철용이라는 분을……."

"너무 오래됐지. 그런데 다 기억나."

"기억나세요?"

"이철용……. 자기가 박일도 귀신이라고 한 그 미친 사람. 내가 그 사람을 알아봤지. 응, 제대로 봤어."

예기치 못하게 박일도의 이름이 나오자 두 사람은 놀란 얼굴로 서로를 쳐다봤다. 김 노인이라면 박일도에 대해 무언가를 알고 있을지 모른다는 예감이 들었다. 그는 여전히 바쁘게 손을 움직이면서도 오래전 일에 대해 이야기하기 시작했다.

"여덟 살이었을 땐가. 마당에서 놀고 있는데 그 집에서 대화하는 소리가 들리는 거야. 안에 사람은 혼자인데 대화 소리가 들리니까 열려 있는 문틈으로 들여다봤지. 그런데 이철용이 벽을 보고 앉아서 뭐라고 중얼중얼하더라고."

“뭐라고 말하던가요?”

길영이 묻자 김 노인이 잠시 기억을 떠올렸다.

“가라고. 자기를 내버려 두라고. 가라고 막 그러더라고. 그러다가 자기 혼자 대답하는 것처럼 나와 함께하자고 했어. 싫다고 소리 지르면서 누구냐고 그러다가 마지막에는 자기가 박일도라고 소리치더라고.”

“박일도요?”

“그래. 피가 나는데도 목을 긁어대질 않나, 박일도라고 외치면서 노려보지를 않나. 완전히 미친 사람이었어.”

김 노인이 고개를 들고 허리를 바로 세웠다. 그리고 움츠렸던 어깨를 펴며 숨을 크게 들이마시고 내뱉었다. 채소 손질을 끝낸 김 노인은 양봉장으로 자리를 옮겼고, 둘은 남은 이야기를 듣기 위해 따라갔다.

“그때부터 자기를 박일도라고 했어. 그리고 끔찍한 일을 저질렀지.”

길영이 심각한 얼굴로 물었다.

“그 사람 가족은 어떻게 됐나요?”

“아내와 내 또래의 아들이 있었는데 아저씨가 바다에서 죽자 밤중에 조용히 마을을 떠났어.”

“다른 건 기억나는 거 없으세요?”

길영의 질문에 김 노인이 멀리 시선을 옮기며 대답했다.

“그 집 애가 맨날 자랑하더라고. 자기 아빠는 원래 서울에서 높은 분 운전기사였다고. 일본 사람들도 많이 태워줬다고.”

“그 가족은 어디로 갔는지 아세요?”

이번에는 최윤이 물었다. 그러자 김 노인이 가볍게 고개를 흔들었다.

“몰라. 기억나는 건 그 집 아들 이름이…… 상철이. 이상철이야. 이십 년 전에도 똑같은 질문을 한 사람이 있었지. 자기 애가 그 박일도 귀신에 씌었다고 하면서. 그런데 그 사람 갑자기 사라졌다지?"

말을 마친 김 노인은 더 이상 해줄 이야기가 없다는 듯이 일에 집중하기 시작했다. 양봉장을 분주하게 오가며 작업을 시작하자 둘은 꾸벅 인사를 하고 돌아섰다. 자기 애가 박일도 귀신에게 씌었다는 사람, 그리고 갑자기 사라졌다는 사람. 화평의 아버지 윤근호는 여기까지 조사를 한 모양이었다. 그런데 왜 결국 박일도가 없다고 말했을까. 둘은 복잡한 표정으로 골똘히 생각에 잠겼다.

윤근호는 공사장 한쪽에 세워진 컨테이너 뒤에 숨을 죽인 채 숨어 있었다. 공사를 마무리하고 퇴근하는 인부들이 손을 흔들며 입구로 빠져나갔고, 그 모습을 지켜보는 그의 눈빛은 분노로 이글거렸다. 잠시 후 불이 꺼지고 컨테이너에서 마지막으로 한 남자가 나왔다. 옷을 갈아입고 나와 문을 닫는 사람은 공사 현장의 작업반장이었다. 작업반장이 몸을 돌리는 순간 그가 재빠르게 다가가 억세게 잡아끌었다.

"뭐야! 여기는 왜 또 왔어?"

화들짝 놀란 작업반장이 윤근호의 얼굴을 보자 짜증을 냈다. 그가 표정을 험악하게 일그러뜨리며 다그쳤다.

"당신이 인력 사무소에다가 나 일거리 주지 말라고 시켰지?"

"일을 못하니까 그렇지. 가라고. 가!"

작업반장이 윤근호의 팔을 뿌리치고서 더러운 먼지가 묻은 것처럼 불쾌한 손짓으로 옷을 탁탁 털어냈다. 그가 절뚝거리며 더 가까이 얼굴을 들이밀었다.

"내 돈도 떼먹었지? 내 일당이 남들보다 적은 거 알고 있어! 네가 몰래 슬쩍했잖아!"

"수수료 뗀 거라고 말했잖아."

작업반장은 무시하는 말투로 대답하고 돌아섰다. 그러자 윤근호가 작업반장의 옷자락을 과격하게 잡아챘다. 화가 치민 작업반장이 욕지기를 하며 그의 다리를 걷어찼고, 중심이 무너진 그가 바닥에 나뒹굴며 고통스러운 신음을 내뱉었다. 작업반장이 가소롭다는 표정으로 비웃으며 다시 발길질하는 시늉을 하자 겁이 난 그가 팔을 들어 얼굴을 가리고 몸을 움츠렸다. 그때 갑자기 누군가 뒤에서 작업반장의 등을 세게 떠밀었다.

"당신 누구야?"

"이 사람 아들! 또 그러면 다음에는 그냥 안 둬."

화평이 매서운 눈길로 노려보자 작업반장이 움찔하며 대답했다.

"아니…… 저쪽이 먼저……."

화평은 횡설수설하는 작업반장을 지나쳐 아버지 윤근호에게 다가갔다.

"일어나요. 뭐 하는 거예요?"

그 사이 작업반장은 서둘러 자리를 떠났다. 눈앞에 있는 사람이 화평이라는 걸 깨달은 윤근호는 소리를 질렀다.

"저리 가! 저리 가라고!"

윤근호는 화평이 내민 손을 거칠게 뿌리치며 입술을 파르르 떨었고, 황급히 주위를 두리번거리며 불편한 다리를 일으켜 세웠다. 그 모습을 본 화평이 울화통을 터뜨렸다.

"제발 그만 좀 해! 그만 좀 도망가라고!"

"가라고! 가!"

"도대체 왜 그래요? 당신 아들이잖아!"

"너는 내 아들이 아니야! 넌 박일도야!"

윤근호의 말이 화평의 가슴에 비수처럼 날아들었다. 화평은 손에서 놓쳐버린 유리잔처럼 마음이 산산조각 나는 듯했다. 그가 애원하는 목소리로 말했다.

"정신 좀 차려요, 제발. 똑바로 봐요. 내가 빙의된 거로 보여요? 상처 없이 깨끗하죠? 눈도 다 보인다고요."

화평이 허겁지겁 목덜미를 드러내고 소매를 걷어 팔을 보여주면서 말했다. 그런 다음 한쪽 손을 펼쳐 왼쪽 눈을 가리고 시선을 마주 보았다. 윤근호는 그 모습을 놓치지 않고 보면서도 여전히 몸을 덜덜 떨었다.

"아버지도 같이 있었잖아요. 이십 년 전에 최 신부가 찾아왔을 때, 박일도가 최 신부한테 옮겨갔다고요. 그래서 최 신부가 눈을 찌르고 죽은 거고! 직접 봤다면서요!"

"아냐, 아니야! 최 신부는 박일도가 아냐!"

윤근호가 발작하는 것처럼 고개를 마구 흔들었다.

"맞다니까요! 제발 내 말 좀 믿으라……."

"아니라고! 최 신부는 박일도가 아니야! 박일도가 부리는 잡귀가 든 사람이지!"

날카롭게 말을 자르며 소리치는 윤근호는 확신에 가득 차 있었다.

"그게 무슨 소리예요?"

"그때 최 신부가 그랬어! 다음 차례는 나라고! 아들한테서 도망치라고!"

"그거 제대로 들은 거 맞아요?"

"그래! 아직도 생생해! 박일도 님이 보냈다고 했어! 박일도는 우리 집에 있다고!"

순간 충격을 받은 화평은 눈앞이 아찔했다. 부마자가 죽기 전에 거짓말을 할 리는 없었다. 최 신부에게 박일도가 옮겨간 거라고 믿었는데, 단지 잡귀를 부린 것이었다면? 그의 이마에 식은땀이 주룩 흘러내렸다. 넋이 나간 그의 눈치를 살피던 윤근호는 슬금슬금 뒤로 물러나다가 곧바로 줄행랑을 쳤다. 그는 혼란스러운 표정으로 두 손을 들어 얼굴을 감쌌다. 손바닥에는 두 볼에 오르는 열기와 뜨거운 숨이 느껴졌다. 집에 남아 있던 사람은 분명 할아버지와 자신 둘뿐이다. 박일도가 집에 있었다면 할아버지와 자신 둘 중 하나가 박일도라는 이야기였다. 거리로 나온 그는 굳은 얼굴로 최윤에게 전화를 걸었다.

"지금 어디야?"

"강 형사님과 계양진에 왔어요. 박일도에 대해 알아보려고요."

"방금 아버지를 만났는데……. 최 신부 말이야, 너희 형이 박일도한테 빙의된 게 아니었어. 그냥 하급령한테 빙의된 거였어."

"그게 무슨 말이에요?"

"나한테서 박일도가 옮겨간 줄 알았는데, 아니었다고!"

"자세히 말해봐요."

"그날 나를 보러 양 신부와 너희 형이 왔고, 그 후 갑자기 오른쪽 눈이 보이고 몸이 나았어. 그래서 최 신부에게 옮겨간 줄 알았는데 그게 아니야. 그럼 그날 누구한테 옮겨간 거지?"

"그날 그 자리에 양 신부님과 형, 또 누가 있었죠?"

"할아버지와 아버지."

"그럼 거기 있었던 사람에게 확인해 보죠."

최윤이 단호하게 말했다. 화평은 무슨 의미인지 알겠다는 듯이 고개를 끄덕였다. 최윤과 길영은 다시 화평의 할아버지에게 돌아가 확인을 해보기로 했고, 화평은 다시 아버지를 찾아가 묻기로 했다. 발길을 돌리는 세 사람의 얼굴에는 긴장감이 역력했다.

아버지가 있는 여관으로 향하는 화평의 발걸음은 어딘지 모르게 비장했다. 마치 박일도가 손에 닿을 듯이 가깝게 느껴졌다. 그러나 짙은 안개가 주위를 둘러싸고 있는 것처럼 앞을 똑바로 볼 수가 없었다. 여관 복도에 선 그는 주먹을 불끈 쥐고 크게 심호흡을 했다. 만약 박일도가 가족 중 하나라면…… 제대로 구마 할 수 있을까? 불길한 예감과 뒤섞인 두려움이 온몸을 관통했다. 그러나 아버지처럼 악령을 피해 평생을 도망 다니면서 숨어 살 수는 없었다.

"문 열어봐요. 할 이야기가 있어요!"

화평이 주먹으로 문을 두들기며 말했다. 그러자 여관방 문 너머로 아버지의 목소리가 들려왔다.

"나 있는 데는 어떻게 안 거야? 돌아가! 가버려!"

"글쎄 물어볼 게 있다니까요! 열어요!"

화평이 계속 문을 두드렸다. 그러자 아버지가 혼란스러운 말투로 중얼거렸다.

"더, 더 이상 다가오면 죽어버릴 거야! 죽어버릴 거라고! 이대로 더는 못 살아. 너한테 죽느니 차라리……."

이상한 낌새를 눈치챈 화평이 다급하게 소리쳤다.

"알았어! 알았어요! 갈게요. 갈 테니까 이거 하나만 말해줘요. 이십 년 전, 두 신부가 왔을 때 집에 또 다른 사람은 없었는지."

"아무 일도 없었다니까! 그냥 나랑 아버지가 넋 놓고 너만 쳐다보고 있었지. 손쓸 방법이 없으니까……."

문에 귀를 바짝 대고 있던 화평이 마른침을 삼켰다. 그날 밤 집에 남아 있던 사람이 자신과 아버지, 그리고 할아버지라면 박일도는 누구일까.

"그럼 그날 우리 셋이 계속 방에 있었다는 거예요?"

"집에 나, 너, 그리고 아버지까지. 셋이 있었다니까. 방에 앉아 있는데 갑자기 아버지가 밖으로 나를 불렀어. 이대로는 힘들 것 같다고. 우리 집안에 마가 낀 것 같다고. 우리가 끝내야 한다고……."

"잠깐, 끝내다니? 뭘요?"

"화평이 몸에 악귀를 그대로 두면 우리 집안은 물론 마을 전체까지 화를 당할 거라고. 남의 손을 빌릴 순 없으니까 애비인 네가 직접…… 하라고 하셨어."

"지금 무슨 소리를 하는 거예요?"

화평은 자신의 귀를 의심했다. 지금까지 자신을 죽이려고 했던 아버지를 원망하며 살아왔는데, 아버지는 그 일이 할아버지가 시킨 일이라고 말하고 있었다. 충격을 받은 그의 손이 덜덜 떨리면서 눈앞이 어지러웠다. 아버지가 쐐기를 박듯 소리쳤다.

"그날…… 내가 네 목을 조른 건 아버지가 시켜서 한 일이야! 박일도를 없애야 한다고 아버지가 시켰다고!"

순간 화평은 뒷걸음질을 치며 몸을 휘청거렸다. 할아버지는 이제까지 왜 아무 말도 하지 않았을까. 온몸에 열이 나며 근육이 빳빳하게 굳어졌다. 그는 몸을 돌려 여관을 빠져나온 다음 밤거리를 걸으며 할아버지에게 전화를 걸었다.

"응, 나다. 밥은 먹었……."

"이십 년 전에 아버지한테 나 죽이라고 시킨 게 사실이야?"

할아버지의 말을 자르며 화평이 다짜고짜 물었다.

"뭐? 뭐라고 했냐, 방금?"

"아버지가 그날 나 목 졸랐을 때 할아버지가 말렸잖아. 그런데 아버지 말이 할아버지가 시켰대!"

화평이 잔뜩 흥분한 목소리로 소리쳤다.

"그게 무슨 말이여. 아버지 말? 너! 네 아빠 만났냐? 그놈 지금 어디 있냐! 근호 그 자식 어디 있어!"

"대답해 봐! 사실이야?"

화평이 끈질기게 묻자 할아버지가 억울하다는 듯이 대답했다.

"아니야! 그런 말 한 적 없어! 걔 어디 있어! 옆에 있어?"

화평은 믿을 수 없다는 표정으로 통화를 끊어버렸다. 지금까지 박일도를 찾으려고 여기저기 돌아다닌 일이 헛짓거리였다는 생각만으로도 분노가 치밀었는데, 한평생 믿어왔던 할아버지까지 자신을 죽이려고 했다는 사실에 치가 떨렸다. 배신감을 느낀 그는 서럽고 억울한 마음에 눈물이 쏟아졌다. 무작정 걷기 시작했으나 마땅히 갈 곳이 생각나지 않았다.

"왜 그러세요? 괜찮으세요?"

화평의 할아버지를 찾아간 길영이 걱정스러운 표정으로 물었다. 할아버지는 화평과 통화를 하고 난 후 정신이 반쯤 나간 사람처럼 멍하니 허공을 보고 있었다. 그녀가 할아버지의 안색을 살피며 재차 물어보자 그가 몸을 홱 돌리며 말했다.

"이제 내가 해줄 말은 다 했어요. 그만들 가요!"

갑자기 냉랭한 반응을 보이는 할아버지를 향해 최윤이 말했다.

"저기, 아직 조금만 더……."

"가라고요. 빨리 가라고요!"

할아버지는 최윤의 말을 끝까지 듣지도 않고 허겁지겁 자리를 박차고 나가버렸다. 질문에 친절하게 대답을 해주던 조금 전과는 완전히 달라진 모습이었다. 둘은 서로를 쳐다보며 고개를 갸웃거렸다. 분명 화평에게서 온 전화였는데. 아버지를 찾아가 직접 물어보겠다던 그가 무언가를 알아낸 모양이었다.

주인이 자리를 비운 집을 서둘러 나온 둘은 집으로 돌아가는 차 안에서 화평에게 전화를 걸었다. 그러나 신호음만 길게 이어질 뿐 통화는 연결되지 않았다. 조수석에서 계속 화평에게 전화를 거는 그에게 그녀가 물었다.

"윤화평 아직도 전화 안 받아?"

"네, 아예 전원을 꺼놨네요."

"할아버지랑 무슨 일이지?"

"모르겠어요."

"내일 서에 가서 그 빙의자 아들이란 사람 찾아보고 연락할게."

차 안에는 다시 침묵이 흘렀다. 그날 집에 있었던 사람이 정확히 누구였는지, 화평의 가족 중 하나가 박일도라면 어떻게 해야 하는지, 최윤은 답이 보이지 않는 질문들을 떠올리며 어둠이 짙은 창밖을 바라보았다. 운전대를 잡은 길영은 헤드라이트가 밝히는 앞을 살피며 답답한 숨을 내뱉었다. 박일도를 찾기 위해 파고 들어갈수록 깊은 구덩이 속으로 빠져드는 기분이었다. 만약 박일도를 찾아낸다고 하더라도 지금까지 함께했던 화평과 이어져 있거나, 화평의 가족이 연루될 가능성이 높았다. 그녀는 형사로서 어디까지 행동해야 할지 마음의 준비를 해야겠다고 생각하면서도 선뜻 결심이 서지 않았다. 사건이 끝나도 누구 하나 행복해질 수 없을 거라는 예감에 마음이 불편했다.

숙소 근처에서 내린 최윤은 어깨를 늘어뜨린 채 터벅터벅 걸음을 옮겼다. 숙소 앞에 도착하자 계단에 앉아 고개를 푹 숙이고 있는 사내가 보였다. 눈에 익은 정수리와 옷을 보고 그가 놀라서 말했다.

"여기 있었어요?"

고개를 든 화평의 얼굴에는 우울한 기색이 가득했다. 입을 굳게 다문 채 말이 없었지만 아버지를 만나고 무슨 일이 있었던 게 분명해 보였다.

"윤화평 씨……."

"박일도를 그렇게 찾아다녔는데……. 한 번도 의심조차 하지 않았어."

화평이 허탈한 목소리로 혼잣말처럼 중얼거렸고, 최윤이 몸을 기울이며 물었다.

"그게 무슨 소립니까?"

"박홍주도, 너희 형도 박일도가 아니었어. 양 신부님과 네 형이 떠나고 남은 사람은 할아버지와 아버지……. 둘 중 한 명이라는 말이잖아. 뭔가 잘못됐어."

화평이 숨을 삼키며 힘겹게 말을 이어갔다. 그리고 악몽을 꾸고 있는 사람처럼 괴로운 얼굴로 머리를 흔들었다. 최윤이 그의 말을 듣고 잠시 생각을 하다가 말했다.

"당신 할아버지는 그날 밤 집에 없었다고 했어요."

"그게 무슨 말이야?"

화평이 번뜩 고개를 들자 최윤이 미안한 기색을 보였다.

"사실 오늘 계양진에 갔다가 우연히 만났어요."

"할아버지를 만났다고? 할아버지가 그날 이야기를 했다고?"

"그날 밤에 할아버지는 친척 집에 가시고, 아버지와 당신 두 사람만 집에 남아 있었다고 했어요."

"아버지는 분명 셋이 같이 있었다고 했어. 아버지와 할아버지……. 왜 말이 다르지? 누군가 거짓말을 하는 거야. 그 거짓말 하는 사람이 박일도라는 거야?"

화평은 두 손으로 머리카락을 쥐고는 혼란스러워했다. 안타까운 눈길로 그를 바라보던 최윤은 손에 땀이 고이는 걸 느꼈다. 문득 불안감이 밀려오며 심장 박동 소리가 빨려졌다. 악령의 그림자가 그 어느 때보다 선명하게 보이기 시작했다.

다음 날 최윤은 잠에서 깨자마자 양 신부를 찾아 성당으로 향했다. 갑작스러운 연락을 받고 기다리던 양 신부가 그를 맞이했다. 그는 최근에 알아낸 일들을 털어놓았고, 양 신부는 믿기지 않는다는 얼굴로 되물었다.

"네 형이 박일도 본체가 아니라 하급령의 빙의였다고?"

"네, 윤화평 씨 아버지께서 이십 년 전 그날 형을 마지막으로 목격한 사람이에요. 부마자가 된 형한테서 그런 이야기를 들었답니다. 박일도가 아직 그 집에 있다고……."

"그 집? 윤화평의 집 말이야?"

놀란 양 신부의 목소리가 한층 더 커졌다. 그러자 최윤이 고개를 끄덕이며 물었다.

"그래서 말인데…… 이십 년 전에 형과 함께 그 집에 찾아간 날 이상한 점 없었습니까? 윤화평 씨 할아버지와 아버지한테서요."

"글쎄다. 워낙 옛날 일이라 특별히 생각나는 건 없구나."

양 신부가 눈을 깜빡거리며 미간을 찌푸렸다. 희미한 기억을 되살리느라 집중하는 표정이었다. 최윤이 무거운 목소리로 질문을 보탰다.

"혹시 그 이후라도 만나신 적은 없나요?"

"없지. 그날이 처음이자 마지막으로 그 집에 간 거니까."

"네."

대답을 하는 최윤의 얼굴에는 아쉬운 기색이 가득했다. 그날의 비밀을 풀어야 박일도가 누구인지 확실하게 알 수 있는데, 형은 오래전에 죽었고 양 신부는 기억이 희미해진 모양이었다. 그는 답답한 마음에 두 손을 맞잡으며 한숨을 내쉬었다. 마지막 방법이라고는 화평의 가족들이 서로를 의심하며 확인해 나가는 것뿐이었다. 그때 양 신부가 입을 열었다.

"윤아, 그 아이가 그날 마지막으로 만난 사람이 나와 할아버지와 아버지라고 했지? 그렇다면 다 의심해 봐야 된다. 나를 포함해서, 그 윤화평이란 청년도 말이다."

양 신부의 목소리는 느리고 부드러웠으나 그 속에 담긴 의미는 무겁고 불안했다. 최윤이 고개를 들어 그의 시선을 마주 보며 물었다.

"윤화평도요?"

"악마는 한 번 노린 인간은 끝까지 쫓아가 영혼을 빼앗고 차지한다. 너도 조심해야 해, 마태오."

양 신부의 눈에 두려운 빛이 스쳤다. 말끝이 희미하게 떨렸지만 분명 진심으로 하는 이야기였다. 그의 경고를 들은 최윤의 얼굴이 딱딱하게 굳어졌다. 그날 그 집을 다녀간 사람 중에 죽은 사람은 형뿐이었다. 살아 있는 사람 모두를 의심해야 한다면, 양 신부와 화평을 제외할 수는 없었다. 악마에게 가까이 다가갈수록 함께 있는 서로를 의심해야 하는 상황이었다. 최윤은 악마에게 놀아나고 있다는 생각에 불쾌한 기분을 감출 수가 없었다.

계양진 본가에 도착한 화평은 할아버지를 부르며 방문을 벌컥 열었다. 그러나 방 안에는 아무도 없었고 옷가지들만 여기저기 널려 있었다. 그가 고개를 갸웃거리며 재차 할아버지를 불렀지만 부엌과 마당 어디에서도 인기척은 들리지 않았다. 휴대전화를 꺼내어 전화를 걸자 방 한구석에서 벨 소리가 울렸다. 소리가 나는 곳을 찾아보니 할아버지의 휴대전화에 '우리 손자'라는 글씨가 반짝이고 있었다. 그는 자신도 모르게 휴대전화를 쥔 손에 힘을 주며 미간을 찡그렸다. 집 근처의 밭으로 달려가 계속 할아버지를 찾았지만, 그곳에는 친척 노인만 웅크리고 앉아 일을 하고 있었다. 그는 두 손을 입가에 대고 크게 소리쳤다.

"어르신!"

밭일을 하던 친척 노인이 느리게 뒤를 돌아보았다. 화평이 서 있는 것을 보자 몸을 움찔하며 대답했다.

"어, 어. 왔어?"

"저희 할아버지 어디에 있는지 아세요? 휴대전화도 두고 가셨던데."

"아, 저기, 또 거기 갔나 보네. 시외버스터미널."

친척 노인은 화평이 불편한지 거리를 두고 서서 어색한 말투로 대답했다. 화평이 의아한 표정을 지었다.

"네? 거긴 왜요?"

"왜긴, 버스 타고 서울이라도 갔겠지."

"그럴 리가요. 차 타고 멀리 못 가시잖아요. 차멀미가 심해서."

"아녀, 종종 버스 타고 어디 멀리 갔다 와. 누구를 좀 만난다고."

친척 노인의 말을 들은 화평은 목덜미에 식은땀이 흘렀다. 할아버지는 멀미가 심해서 멀리 못 간다고 했었는데……. 그 모든 말들이 거짓이었을까. 할아버지는 멀리 어디에 다녀왔을까. 매번 누구를 만났을까. 왜 거짓말까지 하면서 그 사실을 숨겼을까. 그는 순식간에 꼬리를 물며 이어지는 질문에 괴로운 신음을 흘렸다. 수많은 질문들을 따라가면 결국 한 가지 사실을 인정해야만 하는 순간이 올지도 몰랐다. 그는 세차게 고개를 흔들며 머릿속에 선명하게 떠오르는 생각을 애써 지워냈다.

집으로 돌아온 화평은 눈에 불을 켜고 방을 뒤지기 시작했다. 옷장을 열어 어두운 구석까지 손을 짚어보며 모든 물건을 살펴보았고, 서랍장을 열어 안에 들어 있는 수첩을 펼쳐보고, 고지서가 날아온 기관이 어디인지도 확인했다. 할아버지가 놓고 간 휴대전화도 예외는 아니었다. 휴대전화에 남아 있는 통화내역과 문자들을 하나도 빼놓지 않고 읽어보고, 사진이나 메모도 모두 확인했으나 특별히 이상한 점은 보이지 않았다. 그가 마지막으로 방을 휙 둘러보던 찰나 한쪽 구석에 놓여 있는 낡은 상자 하나가 눈에 들어왔다. 상자를 열어보자 그 안에는 행선지와 시간이 적힌 수십 장의 종이가 들어 있었다. 그는 그것이 시외버스 탑승권이라는 걸 깨닫고 충격에 휩싸였다. 손을 덜덜 떨면서도 글자를 두 번 세 번 반복해서 읽었다. 직접 눈으로 보면서도 할아버지가 이제까지 거짓말을 했다는 사실이 도무지 믿기지 않았다. 그때 그의 휴대전화가 요란하게 울렸다. 화면을 보니 낯선 번호로 걸려온 전화였다. 통화를 연결하자마자 다급한 목소리가 튀어나왔다.

“너 어디냐! 당장 나 좀 보자!”

“아버지예요? 제 전화번호는 어떻게…….”

화평이 어리둥절한 표정을 지었다. 휴대전화 너머로 빠르게 대답하는 윤근호의 목소리가 들렸다.

“최 신부 동생한테 방금 물어봤다. 너 할아버지 집에 갔다며? 할아버지는 지금 여기에 있어!”

“네?”

“빨리 와! 박일도가 누군지 알아냈으니까!”

화평이 무슨 일인지 물으려는 찰나 전화가 뚝 끊어졌다. 무슨 일이 어떻게 돌아가는지 알 수가 없었지만, 그날 밤 그 집에 있었던 세 사람, 자신과 아버지, 그리고 할아버지 모두가 한자리에 모여서 박일도가 누구인지 밝혀낼 기회가 눈앞에 있었다. 화평은 곧장 일어나 차를 타고 아버지가 있는 여관을 향해 속도를 높였다.

쾅쾅. 화평이 문을 두들기자 기다렸다는 듯이 문이 열렸다. 윤근호는 몸을 반쯤 내밀고 복도를 두리번거리며 주변을 살피더니 얼른 들어오라고 손짓을 했다. 화평은 자신을 박일도라고 부르며 경계를 하던 아버지가 완전히 다른 태도를 보이자 어안이 벙벙했다. 얼떨결에 여관방 안으로 들어간 그는 안쪽 벽을 가득 메우고 있는 기이한 사진들을 발견하고 작게 입을 벌렸다. 그때 뒤에서 아버지가 누그러진 목소리로 이름을 불렀다.

“화평아…….”

화평은 자신의 귓가에 들려온 목소리에 뒤를 돌아보았다. 그동안 그리워했던 아버지는 언제나 자신을 죽이려고 하거나 멀리 도망치려고만 했었다. 하지만 지금 이 순간만큼은 외아들을 애지중지하던 예전의 아버지 모습 그대로였다. 윤근호는 눈가에 맺힌 눈물을 손등으로 훔치며 그의 모습을 천천히 살폈다.

"얼굴 좀 보자. 진짜…… 어른이 됐구나. 다시 봐도 네 엄마랑 붕어빵이네."

윤근호가 서글픈 목소리로 말하며 화평의 얼굴을 어루만졌다. 그는 갑작스러운 상황에 무슨 말을 해야 할지 몰랐다. 울컥 감정이 치민 윤근호가 시선을 떨구며 울음이 섞인 목소리로 말했다.

"내가 잘못했다. 너를 버리고 가서……. 어린 나이에 험한 일 겪고 엄마도 잃었는데, 나까지 도망가고."

"갑자기 왜?"

"네가 아니었어. 넌 박일도가 아니었어."

"아버지, 이제 아신 거예요?"

"그것도 모르고 계속 너한테 그런 말을 했어. 미안하다. 용서해라."

"그런데 어떻게 아신 거예요?"

화평이 의문스러운 눈길로 묻자 아버지가 단호하게 대답했다.

"그야 박일도는 할아버지니까."

"네?"

예상치 못한 대답에 당황한 화평이 되물었다. 아버지는 번뜩이는 눈빛으로 그의 시선을 마주 보며 말했다.

"그놈이 나를 찾아왔어. 알지? 네 할아버지 절대 계양진 밖으로는 못 나오는 거. 차멀미가 심해서 어디 가지도 못해. 어릴 때 아빠가 가출해도 찾으러 나오지도 못했어. 그런 양반이 나를 찾아왔어. 사람이 바뀐 거야!"

아버지가 목청을 높이며 흥분한 기색을 보였다. 당황한 화평이 아무 말도 하지 못하자 아버지가 그의 두 팔을 잡고 흔들었다.

"오늘은 다행히 도망쳤지만, 또 찾아올 거야. 도망가야 해! 같이 도망가자! 응? 그래! 짐! 짐을 싸야지!"

윤근호가 돌연 눈빛을 바꾸더니 벽에 붙은 사진들을 마구잡이로 뜯기 시작했다. 거칠게 뜯기는 종이 소리와 함께 거뭇한 곰팡이가 핀 벽이 드러났다. 가운데 붙은 기괴한 사진들을 떼어낸 다음 가방에 쑤셔 넣고 상위에 올려둔 촛대와 십자가도 집어 들었다. 그는 짐 가방이 가득 찰 때까지 모든 물품들을 빠른 동작으로 쓸어 넣었다. 뒤에서 그 모습을 바라보던 화평은 씁쓸한 얼굴로 마른침을 삼켰다. 이번에는 할아버지를 박일도라고 믿고 다시 도망치려는 아버지의 모습이 참담하게 느껴졌다.

"진짜 할아버지가 찾아왔어요? 여기를 어떻게 알고?"

"귀신 놈들은 우리가 숨어 있어도 다 알아! 가야 해! 이번에 잡히면 내 차례라고!"

윤근호는 흥분한 목소리로 외쳤다. 물건을 집어넣는 손이 벌벌 떨려서 추위를 타는 것처럼 보였다.

"알겠으니까 진정 좀……."

쾅쾅. 화평이 가까이 손을 뻗는 찰나 갑자기 누군가 문을 두드렸다. 화들짝 놀란 두 사람이 고개를 돌아보았다.

"안에 있어? 전화 왔어!"

짜증스럽게 말을 내뱉는 사람은 여관 주인이었다. 안도하는 기색을 보이며 윤근호가 소리쳤다.

"됐어요! 안 받아요!"

"인력 사무소야! 급하대! 빨리 받아봐!"

윤근호는 잠시 동작을 멈추고 곤란한 표정을 지었다. 그러더니 이내 몸을 돌려 문으로 걸어가며 화평에게 말했다.

"잠깐만 기다려. 전화만 받고 금방 올게."

문에 건 자물쇠를 풀고 윤근호가 나가자 방 안에는 화평만 남겨졌다. 그는 엉망이 된 방을 둘러보며 목에 걸려 있던 숨을 토해냈다. 아버지가 어둡고 비좁은 여관방에 숨어 귀신을 피하게 해달라고 빌면서 그 오랜 세월을 버텼다고 생각하니 마음이 찢어지는 듯했다. 그러다 문득 한쪽 구석에 놓인 가족사진을 발견한 그는 입술을 질끈 깨물었다. 사진에는 그의 존재를 도려내려는 듯이 화평의 얼굴만 검게 구멍이 뚫려 있었다. 울컥 서러운 감정이 치밀어 오른 그는 눈을 질끈 감았다. 그 순간 온몸이 깊은 바다에 잠기는 것처럼 감각이 둔해지면서 눈앞에 보이던 가족사진이 일그러지고 누군가와 감응하기 시작했다.

수화기 너머로 기괴한 음성이 들렸다. 여러 사람들이 비명을 지르며 우는 소리 같기도 했고, 작은 짐승이 덫에 걸려 서서히 죽어가는 신음 같기도 했다. 귀에는 하나의 소리가 들렸지만 그 안에는 무수한 고통이 뒤섞여 있었다. 그리고 그 중심에 소름 끼치는 악령의 음성이 있었다. 그 음성이 귓가에 파고들어 온몸을 관통하는 순간 세상에 대한 증오와 분노가 들끓었다. 자신을 고통으로 몰아넣는 사람들을 모두 죽이고 싶은 충동이 일었고, 검은 동공에 살기가 번뜩였다. 이마에서 땀이 줄줄 흐르면서 머리부터 발끝까지 광기가 서렸고, 주체할 수 없는 힘이 느껴졌다. 그때 옆에서 누군가 짜증스럽게 말을 뱉는 소리가 들렸다. 시끄럽게 울리는 벌레 소리. 귀찮고 짜증스러운 소음. 손가락으로 단숨에 눌러 죽이고 싶은 충동이 솟구치며 눈이 희번덕거렸다. 전화를 끊는 순간 시야에 들어온 소화기를 들어 벌레 소리를 내는 사람의 머리통을 향해 힘껏 내려쳤다. 이마가 깨지면서 피가 터졌고 사방으로 붉은 피가 흩뿌려졌다. 머리를 부여잡고 꿈틀거리는 사람을 향해 다시 수화기를 들어 힘껏 내려쳤다. 퍽, 퍽, 퍽. 뼈가 부서지며 머리가 박살 나는 소리가 귓가를 가득 메웠다. 바닥에 쓰러진 채 잠시 꿈틀거리던 사람은 더 이상 아무런 미동도 없었다. 눈가를 찡그리며 희미한 시야를 통해 쓰러진 사람이 누구인지 보려 했지만 이미 뭉그러진 고기처럼 짓이겨진 얼굴은 형체를 알아보기 어려웠다. 새빨간 피가 두 손에 흐르자 소화기가 미끄러지며 제대로 잡히지 않았다. 거친 숨을 몰아쉬며 책상 한쪽에 쌓여 있는 수건으로 피를 닦았다. 그리고 발밑으로 흘러나오는 피를 건너 입구로 나왔다. 눈앞에 어둡고 긴 복도가 깊은 터널처럼 이어졌고, 뚜벅뚜벅 앞으로 걸어가는 발소리가 허공을 울렸다.

화평은 초점이 없는 눈으로 바닥을 바라보고 있었다. 그의 몸은 마치 그 공간에 어울리지 않는 장식처럼 어색하게 겉돌았다. 그가 온몸을 휘감은 환영에서 깨어나지 못하고 있을 때 갑자기 휴대전화가 시끄럽게 울리며 정신을 잡아챘다. 잠에서 깨어난 것처럼 멍한 표정으로 고개를 든 그가 느리게 팔을 들어 전화를 받았다. 길영의 목소리가 들려왔다.

“여보세요? 강 형사님?”

화평이 가까스로 목소리를 내고 있는데 천천히 문이 열리면서 윤근호가 들어왔다. 윤근호의 얼굴은 핏자국으로 엉망이었고, 한쪽 손에 든 소화기에서는 핏방울이 뚝뚝 떨어졌다. 깜짝 놀란 화평은 불길한 예감에 입을 벌리고 아무 말도 하지 못했다. 조금 전 감응을 통해 본 사람이 아버지라니. 그는 잠깐 사이에 아버지가 끔찍한 살인을 저질렀다는 사실이 믿기지 않았다. 자신을 바라보는 아버지의 눈빛이 살기로 번들거렸다.

"아버지 왜……."

"너 때문이야. 너만 아니었으면……."

"언제 빙의된 거예요? 언제부터?"

"네가 내 아내를 죽였어. 내 엄마도 죽였어. 너 때문에 내 가족이……. 이십 년 전에 죽였어야 했는데."

윤근호는 제대로 말을 듣지 못하는 것처럼 혼자 중얼거렸다. 목소리에 거친 파열음이 섞여 나왔고, 이죽거리는 표정에는 짙은 어둠이 깃들어 있었다. 전형적인 부마자의 모습이었다. 그 모습을 본 화평은 온몸이 산산이 부서지는 듯했다. 어째서 우리 가족은 단 한 순간도 평범하고 화목하게 지낼 수 없는 걸까. 이대로 아버지 손에 죽어버린다면 이 비극을 여기서 끝낼 수 있을까. 절망한 그는 모두 포기하고 싶은 충동에 몸을 떨었다. 눈시울이 뜨거워지며 눈물이 솟았다. 윤근호가 그런 그의 얼굴을 무표정하게 바라보다가 안으로 들어오기 시작했다. 소화기를 쥔 손에 바짝 힘이 들어갔고, 방 안에는 팽팽한 긴장감이 흘렀다. 섬뜩한 표정으로 자신을 노려보는 아버지를 향해 그가 울먹거리며 말했다.

"아버지……."

"너 때문이야. 너 때문이라고!"

입가를 찡그리며 이를 드러내는 윤근호의 얼굴은 피에 굶주린 짐승처럼 보였다. 고함을 치던 그가 숨을 씩씩거리다가 갑자기 화평에게 달려들어 소화기를 크게 휘둘렀다. 반사적으로 상체를 뒤로 눕혀 소화기를 피한 화평이 다리에 힘을 주고 중심을 잡았다. 그때 그가 힘으로 밀어붙이며 벽 쪽으로 화평을 몰아갔고, 두 사람은 그대로 뒤엉켰다. 그가 한 손에 든 소화기를 놓지 않고 화평의 머리를 향해 던지려고 팔을 들었고, 화평이 필사적으로 소화기를 밀어내면서 격렬한 몸싸움이 이어졌다. 이전과 달리 그의 두 손에서 무지막지한 힘이 느껴졌다. 버거운 얼굴로 숨을 몰아쉬던 화평이 뒤로 밀려나자 그 사이 팔을 뻗은 그가 목을 조르기 시작했다. 벽에 등을 기댄 채 버티던 화평은 목이 졸리면서 얼굴이 터질 듯이 부풀었고, 괴로움에 몸을 비틀었다. 그가 다시 소화기를 들어 머리를 내리치려는 찰나 화평이 벽에 붙어 있던 등을 문으로 옮겼다. 그가 소화기를 내리치는 동시에 화평이 뒤로 힘을 쏟자 문이 부서지면서 두 사람은 복도로 나뒹굴었다. 재빨리 화평의 몸을 누르고 그 위에 올라탄 그가 다시 목을 졸랐다. 숨이 막힌 화평이 간절한 표정으로 아버지를 쳐다보았다. 악령이 집어삼킨 아버지의 영혼은 검은 그림자처럼 깊고 어두워져 있었다. 아들을 죽이고 나서 정신이 들면 아버지는 어떻게 살아. 화평은 입을 웅얼거리며 말을 내뱉으려고 했으나, 몸에서 점점 힘이 빠졌고 시야가 뭉그러졌다. 그가 손에 더욱 힘을 주며 부들부들 떨었다.

"우리 엄마……. 내 아내. 다 네가 죽였어. 네가 죽였어!"

그때 복도를 울리는 시끄러운 소리를 듣고 앞 방에 있던 사내가 고개를 내밀었다. 무슨 상황인지 보려고 무심코 문을 열었다가 목을 조르는 모습을 목격하자 놀라서 기함을 했다. 화평을 완전히 제압하고 있던 윤근호가 인기척을 듣고 고개를 들었다. 윤근호와 눈이 마주친 사내는 몸을 움츠리며 재빨리 문을 닫았다. 그때 화평이 다른 곳으로 신경이 쏠린 그를 온 힘으로 밀어냈다. 중심이 기울어진 그가 비틀거리는 사이 화평이 손을 쳐내고 숨을 몰아쉬었다. 이번에는 화평이 바닥에서 일어나 그를 제압하려는 찰나, 눈치를 챈 그가 벌떡 일어나 여관 밖으로 도망을 쳤다. 화평은 목덜미를 매만지며 거친 숨을 몰아쉬었다. 빙의가 된 아버지는 이제 무슨 짓을 할지 몰랐다. 화평은 급하게 계단을 뛰어 내려가 아버지의 뒷모습을 찾았다. 그러나 윤근호는 어두운 거리 속으로 순식간에 자취를 감추었다.

주위를 둘러보던 화평은 문득 환영 속에서 본 장면을 떠올렸다. 사방에 튄 새빨간 피와 비명 한 번 지르지 못하고 바닥에 쓰러지던 남자, 그리고 추위를 타는 것처럼 경련을 일으키던 손. 화평이 다시 발길을 돌려 여관 건물로 돌아왔다. 그리고 복도를 지나 카운터로 향하자 끔찍한 현장이 보였다. 그는 아비규환 속에 쓰러져 있는 여관 주인에게 다가가 다급하게 몸을 흔들었다.

"이봐요!"

화평이 간절한 심정으로 호흡을 확인했지만 여관 주인은 이미 싸늘했다. 멍한 얼굴로 여관 주인의 시신을 바라보았다. 깨진 이마에서 흘러나온 피와 살이 뒤엉켜 있는 것을 보자 속이 뒤집혔다. 피 냄새가 폐부를 찔렀고, 생기가 사라진 회색 눈동자가 자신을 노려보는 듯했다. 그때 복도에서 여러 사람의 발걸음 소리와 함께 인기척이 들렸다. 그가 나와 고개를 두리번거리는 순간 반대편에서 싸움을 목격했던 사내가 손가락을 가리키며 소리쳤다.

"저 사람이야!"

순간 화평은 고개를 숙여 두 손에 묻은 피를 바라보았다. 도로에서 울리는 사이렌 소리가 점점 가까워지고 있었다. 경찰이 현장을 목격한다면 제일 먼저 잡혀갈 사람은 누가 봐도 바로 자신이었다. 잠시 고민하던 그는 계단을 내려가 밖으로 도망치기 시작했다. 그의 머릿속에는 경찰에 잡히기 전에 아버지를 찾아 구마를 해야 한다는 생각뿐이었다.

여관

신고를 받고 여관으로 출동한 길영이 처참하게 살해당한 시신을 내려다보았다. 머리가 으깨질 만큼 여러 번 반복해서 흉기를 내려친 것을 보아 증오심으로 인한 사건 같았다. 그녀가 잔뜩 인상을 쓰며 여관에서 거주하는 사내를 탐문하는 고 형사에게 다가갔다.

"밖이 하도 시끄러워서 나가봤는데 두 놈이 싸우고 있더라고요."

사내가 흥분한 목소리로 말했다. 그러자 고 형사가 수첩에 적힌 글씨를 힐긋거리며 물었다.

"그중 한 명이 여기 사는 윤근호 맞아요?"

"이름은 모르겠고요. 여기 사는 사람 맞아요. 젊은 놈은 처음 보고요."

사내의 말을 듣는 순간 길영의 머릿속에 번뜩 윤화평의 모습이 스쳤다.

"윤 머시기인지 그 사람이 젊은 놈에게 '네가 죽였어!' 이렇게 소리치더라고요."

"여관 주인을 죽였다고 했어요?"

고 형사가 확인하려는 듯이 재차 물었다. 그러자 사내가 말을 얼버무렸다.

"뭐 그랬던 거 같기도 하고……."

"확실해요? 젊은 남자에게 죽였다고 했다고요?"

길영이 끼어들며 묻자 사내가 고개를 끄덕였다.

"네, 분명 죽였다고 소리쳤다니까요."

여관에 살고 있던 윤화평의 아버지 윤근호와 갑작스럽게 살해당한 여관 주인, 그리고 아버지를 찾아왔던 윤화평. 시신은 이곳에 누워 있었지만 살아 있는 두 사람은 보이지 않았다. 이곳에서 무슨 일이 벌어졌던 걸까. 누군가 빙의되어 끔찍한 일을 벌인 걸까. 그렇다면 윤근호일까, 윤화평일까. 꼬리를 물고 이어지는 의문에 길영이 혼란스러워 하고 있을 때 후배 형사가 허겁지겁 달려와 보고했다.

"인근 CCTV 영상 확보했어요. 그런데 윤근호와 싸우고 도주한 남자요. 김영수 사건 때 참고인이던데요? 그 택시 기사요."

"윤화평이?"

고 형사가 깜짝 놀라 언성을 높였다. 그러자 길영이 무겁게 숨을 내쉬며 말했다.

"윤화평 맞을 거예요. 윤근호는…… 윤화평 아버지고요."

"뭐?"

고 형사가 길영을 쳐다보며 경악스러운 표정을 지었다. 언제부터 알고 있었냐고 묻는 얼굴이었다. 그녀가 대답하려는 찰나 후배 형사 뒤에서 팀장이 걸어오며 날카롭게 말했다.

"신원 확보했어? 용의자 신원 확보했으면, 당장 긴급 체포해."

"제가 아는 사람이에요."

길영이 다급하게 끼어들었다.

"안다고? 누군데?"

"윤화평이라고 김영수 사건 때 발견자예요. 그 친구는 용의자에서 제외해 주세요."

"이건 또 무슨 소리야?"

팀장이 인상을 찌푸리며 짜증을 냈다. 길영이 물러서지 않고 설명했다.

"이 여관에 사는 아버지를 만나러 와서 엮인 겁니다. 윤화평은 범인이 아닙니다."

"살해 장소에서 싸우고 도주했다며? 누가 봐도 용의자잖아! 아니라는 증거라도 있어?"

팀장이 더 이상 못 들어주겠다는 듯이 길영을 다그쳤다. 난처한 상황에 몰린 그녀가 애타는 목소리로 부탁했다.

"그럼 긴급 체포만이라도 미뤄주세요. 제가 윤화평을 데려오겠습니다."

"용의자 둘 다 긴급 체포해! 알았어?"

팀장이 길영을 노려보며 명령을 내렸다. 그녀는 답답한 마음에 입술을 질끈 깨물었다. 복잡했던 상황이 더 엉망으로 꼬이고 있었다.

여관을 빠져나온 길영은 인적이 드문 골목에서 화평에게 전화를 걸었다. 이어지는 신호음이 한없이 길게 느껴졌다. 그가 전화를 받자 그녀가 다짜고짜 소리쳤다.

"어떻게 된 거야? 너 지금 어딘데?"

"아버지 찾고 있어요!"

"당장 경찰서로 와. 너 지금 여관 주인 살인 용의자라고."
"아버지가 빙의됐어요."
"짐작은 했지만……. 그러면 아버지가 살해한 거야?"
"네."
화평의 목소리가 급격하게 가라앉았다. 길영이 답답한 마음에 목청을 높였다.
"넌 왜 도망친 거야? 너까지 용의자로 의심받잖아!"
"아버지가 도망치니까요! 어쩔 수 없었다고요. 빨리 찾아야 해요."
"혼자서 못 찾아. 살인 용의자라 경찰이 찾을 거야. 나랑 최윤도 있으니까 넌 당장 경찰서로 와!"
"그럼 늦어요! 또 사람을 죽일 거예요. 눈을 찌르고 자살할 거고요!"
화평의 목소리에서 절박함이 묻어났다. 그러나 이대로 그를 내버려 두었다가 다른 경찰의 손에 잡히기라도 한다면 살인 용의자로 강도 높은 조사를 받아야 했다. 그런 경우엔 누명을 벗기 위해 더 힘들고 오랜 시간을 보내야 할 게 분명했다.
"일단 서로 오라니까!"
"이럴 시간도 없다고요!"
"야! 윤화평! 이 바보 같은 자식!"
길영이 통화가 끊긴 휴대전화를 향해 욕지기를 뱉었다. 그리고 최윤에게 다급히 전화를 걸었으나 응답이 없었다. 그녀는 그림자가 드리운 골목 어귀에서 혼자 발길질을 해댔다. 박일도 가까이 다가가면 다가갈수록, 모든 상황이 어긋나고 있다는 생각이 들었다.

성당 앞에 선 최윤은 주머니에서 휴대전화를 꺼냈다. 화면에는 길영의 이름이 보였다. 그가 전화를 받으려던 찰나 화평이 낚아채며 말했다.

"강 형사 전화야. 받지 마."

"무슨 일인데요?"

"아버지가 빙의돼서 사람을 죽였어. 나 좀 도와줘."

화평이 계속 진동이 울리는 휴대전화를 돌려주며 최윤에게 말했다. 그가 심각한 표정으로 입을 열었다.

"강 형사는 왜 전화하는 겁니까?"

"나 찾으려고 하는 거야. 나도 살해 용의자가 된 것 같아. 당장 경찰서로 오라고 하는데, 그러면 아버지를 못 구해."

화평의 말에 잠시 고민하던 최윤이 휴대전화 전원을 끄고 앞서 걸어가며 말했다.

"같이 아버지를 찾죠. 어떻게 찾을 겁니까?"

"아버지가 죽일 가능성이 있는 사람. 그 사람한테 가자."

화평이 눈가에 힘을 주며 대답했다. 짐작하는 사람이 있는 듯했다. 그가 찾아간 곳은 공사장 컨테이너였다. 이미 작업을 정리한 공사장에는 고요한 그림자만 머물러 있을 뿐 아무도 보이지 않았다. 컨테이너 안에서는 작은 불빛이 새어 나왔는데, 작업반장이 피곤한 얼굴로 서류를 보고 있었다. 그곳에서 조금 떨어진 곳에 차를 세운 그는 최윤과 함께 작업반장을 지켜보았다. 최윤이 캄캄한 차 안에서 낮은 목소리로 물었다.

"진짜 저 사람을 노리고 올까요?"

"저 사람이랑 평소 사이가 안 좋았던 것 같아. 가능성은 있지."

"저 사람이 아니면요?"

화평이 잠시 생각에 잠겼다. 윤근호는 사람들과 거의 어울리지 않고 지내왔기 때문에 의심할 만한 사람이 몇 명 없었다. 그는 갑자기 휴대전화를 꺼내 육광에게 전화를 걸었다. 그러자 수화기 너머로 육광이 투덜거리는 소리가 들렸다.

"왜? 지키고 있다고! 네가 내 차를 가져가는 바람에 장구재비 차를 억지로 빌렸잖아!"

"그 사무소 사람 거기 그대로 있는 거지?"

"안에서 꼼짝을 안 해. 뭘 하는지 집에도 안 가."

"끝까지 잘 봐야 해, 형."

"그런데 너희 아빠가 진짜 나타나면 나는 어쩌냐? 혹시나 나한테 달려들면? 내 얼굴이 기분 나쁠 수도 있잖아. 그리고 왜 거기는 둘이 지키고 나는 혼자야?"

육광이 잔뜩 겁을 먹은 목소리로 주절거렸다.

"오면 전화해! 바로 갈게!"

육광의 말이 길어지려고 하자 화평이 서둘러 대답하고 전화를 끊었다. 그 순간 백미러에 순찰차 한 대가 다가오는 게 비쳤다. 재빠르게 시선을 교환한 둘은 최대한 고개를 숙이고 순찰차가 완전히 사라질 때까지 숨을 죽였다. 잠시 후 최윤이 몸을 세우고 멀어지는 순찰차 불빛을 응시하며 말했다.

"진짜 범죄자 같네요."

"범죄자지. 아버지가 진짜 범죄자가 되었어……. 사람을 죽였어. 또 죽일 거고……."

괴로운 얼굴로 중얼거리는 화평의 눈빛이 어지러웠다. 최윤이 안타까운 눈길로 바라보며 말했다.

"괜찮아요. 찾아서 막아야죠. 꼭 막을 겁니다."

"애초에 내가 왜 몰랐을까? 같이 있었는데, 손이 와버렸어. 막을 수 있었는데……."

화평이 두 손으로 머리카락을 쥐어뜯었다.

"자기 탓하는 거 그만 좀 해요! 그보다 박일도는 어떻게 빙의되도록 한 걸까요?"

"분명 만났을 때는 괜찮았어. 전화 받으러 가서 변했다고. 만나기 전에 이미 빙의가 되어 있을 수도 있고. 그 마지막 말……."

"무슨 말이었어요?"

"할아버지가 박일도라고 했어."

"무슨 근거로요?"

"모르겠어. 아버지가 할아버지를 만났다고 했어. 그리고 빙의가 됐고. 진짜 할아버지가…… 박일도일까? 최윤…… 네가 도와줘. 아버지를 살리려면 구마 의식을 해야 해. 경찰에 잡히기 전에 꼭!"

화평은 누군가를 죽이려는 아버지를 기다리며 할아버지를 의심해야 하는 상황을 감당하기가 힘들었다. 지금 당장이라도 끔찍한 현실로부터 도망치고 싶은 마음이 간절했다. 하지만 이대로 아버지처럼 도망을 가버린다면 남은 가족들은 고통 속에서 살아야 했다. 그는 그 마음을 누구보다 잘 알고 있었기에 누구보다 두려웠다. 최윤은 그런 그의 모습을 바라보며 심란한 표정으로 고개를 끄덕였다. 그러나 그 순간 밤마다 악몽처럼 찾아오는 고통이 생생하게 되살아나는 착각이 일었다. 악마에게 빙의되었을 때 자신을 저주하던 서윤의 목소리가 귓가에 맴돌았다. 두 번째로 우리를 만나면, 칼에 찔린 상처가 온몸에 드러나고, 살이 썩고, 피가 썩고, 영혼이 썩어갈 것이며……. 최윤이 눈가를 찡그리며 입술을 깨물었다.

"여기서 지키고 있어. 난 가볼 데가 있어."

화평이 불쑥 차 문을 열며 말했다.

"어디요?"

"한 군데가 더 있어. 아버지가 찾아갈 만한 곳이."

최윤이 고개를 끄덕이자 화평은 결심이 선 얼굴로 거리를 향해 빠르게 걸어갔다. 차 안에 홀로 남은 그는 온몸에 쏟아지는 칼날의 서늘한 감각을 떨쳐내려고 고개를 흔들었다. 그런 다음 손에 묵주를 쥐고 힘을 주었다. 손바닥에 하나하나 이어진 묵주 알들이 느껴졌다. 그는 어둠 속에서 보았던 기괴한 악령의 모습을 지워내고 환한 빛으로 주위가 가득 차오르는 광경을 상상했다. 그리고 따뜻한 햇살이 쏟아져 들어오는 성당과 그 안을 경건하게 울리는 기도를 떠올렸다. 수런거리던 마음이 잔잔한 호수처럼 가라앉았고, 내면에 희미한 온기가 도는 기분이 들었다.

한 시간이 지났을 때 뒤편에서 거친 엔진 소리가 들렸다. 최윤이 뒤를 바라보자 낯익은 차가 이쪽을 향해 속도를 높여 달려왔다. 요란한 소리와 함께 급하게 멈춰 선 사람은 길영이었다. 화가 잔뜩 난 그녀가 차에서 내리자 그도 밖으로 나왔다.

"너까지 그럴 거야? 휴대전화도 꺼놓고!"

길영이 따져 묻자 최윤이 곤란한 말투로 대답했다.

"어쩔 수 없었어요."

"윤화평은 어디 갔어?"

길영이 비어 있는 조수석을 살피며 물었지만 최윤은 대답이 없었다.

“진짜 말 안 할 거야?”

참다못한 최윤이 발끈하며 대답했다.

“윤화평 씨 말이 맞아요! 아버지부터 찾아야죠. 아버지까지 그렇게 되면 윤화평 씨 제정신으로 못 살 겁니다. 강 형사님도 아시잖아요!”

“맞아! 나도 알아. 너도 알고. 우리도 그랬으니까. 그런데 다른 경찰에 잡히면 어떻게 할 거야? 감옥에 갇혀서 걔 그 이상한 능력으로 박일도가 사람들 죽이는 거 구경만 할 거라고. 그게 더 고통이라고!”

최윤은 화평이 부탁한 대로 이 자리를 지켜야 하는지, 길영의 말대로 화평을 먼저 찾아야 할지 판단이 서지 않았다.

“긴급 체포 떨어졌어. 잡히는 거 시간문제야!”

쐐기를 박듯이 말하는 길영의 목소리가 날카롭게 울렸다.

체포

캄캄한 집 안으로 들어선 화평은 천천히 발걸음을 옮겼다. 아버지가 미워하고 죽이고 싶은 사람은 누구일까. 화평은 인력소 직원과 작업반장일 거라고 말했지만, 사실 한 사람이 더 있었다. 가족을 죽게 한 원수이자 끔찍한 귀신이라고 생각했던 사람. 바로 자신이었다. 그는 아버지가 자신을 찾아올지도 모른다는 생각이 들자 서둘러 집으로 돌아왔다. 그가 어둠에 잠긴 방 안을 조심스럽게 살피던 찰나, 누군가 몸을 일으키며 다가왔다.

"아버지?"

화평이 눈을 크게 뜨고 맞은편에 있는 사람을 바라보았다. 거리가 좁아지자 창문으로 들어오는 불빛에 얼굴이 드러났다.

"왔구나. 왜 이렇게 늦었어?"

걱정스러운 눈길로 화평을 바라보는 사람은 할아버지였다. 당황한 그가 놀라서 물었다.

"여기는 어떻게 왔어?"

"네가 지난번에 알려준 주소 보고 왔지. 문은 집주인이 따주더구나."

화평은 복잡한 생각들이 뒤엉키며 말문이 막혔다. 아버지는 어디로 간 걸까. 할아버지는 갑자기 왜 찾아온 걸까. 어떻게 여기까지 왔을까. 차를 타지 못한다는 말은 거짓이었을까. 박일도는 정말 가족 중 한 사람일까.

"할애비가 왔는데 반갑지도 않냐? 불 좀 켜봐. 얼굴 좀 보게."

화평이 떨떠름한 반응을 보이자 할아버지가 서운한 말투로 말했다.

"불 켜면 안 돼. 그럴 일이 좀 있어. 그보다 왜 갑자기 왔어?"

"너 사는 거 한번 보러 온다고 했잖아. 젓갈도 가져왔어."

할아버지가 냉장고로 걸어가 안에 넣어둔 젓갈을 보여주었다. 화평은 냉장고에서 새어 나오는 불빛에 비친 할아버지의 얼굴이 어쩐지 낯설게 느껴졌다. 반가운 건지, 의아한 건지, 감정이 보이지 않는 무심한 표정과 눈빛에 비치는 서늘한 기색. 식은땀을 흘리던 그는 판도라의 상자를 여는 심정으로 입을 열었다.

"왜 말을 안 했어?"

"뭘?"

"아버지 만났었잖아."

화평이 단도직입적으로 묻자 할아버지의 얼굴이 굳어졌다. 그가 의심하는 말투로 계속 다그쳤다.

"거짓말하려고 했어? 아버지는 어떻게 찾은 거야?"

"애비한테서 전화가 왔어. 번호 뜬 거 보고 여관에 찾아간 거다."

"그래서 갔다고? 버스도 못 타면서. 아니! 여태껏 버스를 못 타는 줄 알았어. 그런데 그 많은 승차권은 뭐야? 집에서 다 봤어!"

화평이 소리치자 할아버지가 난처한 기색을 보였다. 불안한 시선으로 화평의 모습을 훑어보던 할아버지가 힘들게 입을 열었다.

"그건…… 너한테 말을 못 했다만, 모르는 전화가 오면 그 번호를 보고 지금처럼 찾아간 거야. 혹시 네 아빠일까 봐. 그걸 한 오 년은 했다."

"아빠를 찾아다녔다고?"

화평이 믿지 않는다는 듯이 이죽거렸다.

"왜 그러냐? 화평아, 왜 그런 눈으로 봐?"

할아버지가 속상해하며 다가오자 화평이 뒤로 물러났다.

"가까이 오지 마! 할아버지…… 믿을 수 없어. 아버지도 할아버지 만나고 변했다고."

"그게 무슨 소리야? 애비한테 뭔 일이 있는 거냐?"

"오른쪽! 오른쪽 눈 보여?"

화평이 날을 세우며 소리쳤다.

"무슨 말이야? 그게?"

"왼쪽 눈 가리고 날 봐! 왼쪽 눈 가려보라고!"

화평이 다급한 동작으로 손을 들어 눈을 가리는 시늉을 했다. 그러자 할아버지가 충격받은 얼굴로 걸음을 멈추었다.

"너…… 이 할애비를 손이 왔다고 믿는 거야?"

화평은 아랑곳하지 않고 할아버지의 팔을 붙들고 움직였다.

"해보라고. 보여?"

"그만둬! 이놈아!"

할아버지가 기분 나쁘다는 듯이 화평의 손을 뿌리쳤다.

"왜 안 하는 거야?"

"정신 좀 차려! 의심할 사람이 없어서……."

"거짓말했잖아! 이십 년 동안! 아버지가 날 죽이려고 한 줄 알았어. 할아버지가 시켰다잖아!"

화평이 할아버지의 말을 날카롭게 자르며 악다구니를 썼다.

"그게 아니라니까!"

"왜 날 죽이려고 했어? 우리 할아버지 맞아? 당신! 박일도……."

화평이 참고 참았던 울분을 토해내는 순간이었다. 감정이 격해진 할아버지가 손을 들어 그의 뺨을 후려쳤다. 별안간 날아든 손바닥에 얼굴이 불에 덴 것처럼 뜨거워진 그는 현기증이 일었다. 자신도 모르게 손찌검을 한 할아버지가 뒤늦게 후회하는 표정으로 머뭇거렸다. 화평은 서럽고 억울한 감정이 복받쳐 오르면서 울컥 눈물이 터질 것 같았다. 자신도 모르게 주먹을 움켜쥔 그가 몸을 돌려 현관을 나섰다.

밖으로 나온 화평의 얼굴에 서늘한 바람이 스쳤다. 박일도를 없애버리면 남은 시간만큼은 가족들이 모여 행복하게 지낼 수 있을 거라고 믿었는데……. 그는 딱딱하게 굳은 얼굴로 성큼성큼 걸었다. 그때 길영이 나타나 앞을 가로막았고, 그는 반사적으로 몸을 돌려 도망쳤다.

"야! 윤화평!"

목덜미를 잡아채는 듯한 길영의 목소리가 골목을 울렸다. 화평이 더욱 속도를 높이기 시작했으나 반대편으로 차 한 대가 멈춰 서며 남은 길마저 가로막았다. 고 형사가 운전석에서 그를 흘겨보고 있었다. 중간에 갇힌 그가 어찌할 바를 모르는 표정으로 두리번거리자 그녀가 말했다.

"일단 서에 가자. 가서 이야기해."

"아버지 찾아야 한다니까요! 이러다가 죽는다고요!"

"경찰이 찾고 있다고! 나랑 최윤이 찾을 거야."

길영이 슬금슬금 다가오자 화평이 뒤로 물러났다. 고개를 돌려보니 어느새 고 형사도 차에서 내려 그에게 접근하고 있었다. 잔뜩 화가 난 그가 그녀를 향해 외쳤다.

"진짜 이럴 거예요?"

길영이 어쩔 수 없다는 표정을 보이자 화평이 제자리에 멈춰 섰다. 고 형사가 재빨리 다가와 그의 등을 돌리고 손목에 수갑을 채웠다.

"형사소송법 212조에 의해 녹일동 여관 주인 살인 혐의로 영장 없이 긴급 체포합니다. 변호인을 선임 및 체포 적부심을 청구할 수 있습니다. 고지했다, 응?"

고 형사가 또박또박 말하며 수갑을 조였다. 화평은 암울한 눈빛으로 고개를 떨구었다.

화평을 태운 경찰차는 상용 동부 경찰서로 향했다. 고 형사는 그와 길영이 아는 사이라는 이유로 직접 취조실에 들어갔다. 뒤로 밀려난 그녀는 유리 너머로 고 형사의 질문에 대답하는 그를 지켜보았다.

"아버지가…… 죽인 거 같아요."

힘겹게 말을 내뱉는 화평의 얼굴이 어두웠다. 고 형사가 물었다.

"아버지가 범인인데, 왜 도망친 거야?"

"아버지를 찾으러 간 거예요."

"목격자들은 윤근호 씨가 네가 죽였다고 소리를 질렀다는데, 이건 어떻게 설명할래?"

"그건 저희 가족……."

화평이 말을 하다 말고 무겁게 고개를 숙였다. 어디서부터 무슨 말을 해야 믿어줄지 알 수가 없었다. 가족들이 귀신 때문에 죽었고, 그래서 원수지간이 되었다고 말해야 하는 걸까. 네가 죽였다는 말은, 귀신에게 씌여 가족들을 죽게 했다는 의미였다고 하면 고개를 끄덕여줄까. 그는 입을 열기도 전에 아무도 자신을 믿어주지 않을 거라는 절망감에 휩싸였다. 그가 변명을 둘러댔다.

"그 사람들이 잘못 들은 거예요."

"둘이 왜 싸운 거야? 부자지간에 죽일 듯이 싸웠다는데."

화평은 다시 꿀 먹은 벙어리처럼 입을 다물었다. 아버지가 빙의되어서 갑자기 자신을 죽이려고 하는 바람에 싸웠다고 설명하면 되는 걸까. 기다리던 고 형사가 짜증스럽게 물었다.

"이것도 말 못 해?"

"그럴 일이 있어요. 그럴 일이……."

화평이 한숨을 푹 내쉬었다. 고 형사가 눈을 가늘게 치켜뜨며 의심스럽게 쳐다보았다.

"점점 더 수상해지는 거 알아? 윤화평 네가 범인 같다고! 응?"

화평은 허공 어딘가를 향해 시선을 돌렸다. 상황이 최악으로 향하고 있는데 취조실에 갇혀 말을 삼키는 것 말고는 할 수 있는 게 없었다. 취조가 끝난 후 길영은 아이스커피를 사서 그에게 건넸다. 그는 그녀를 향해 비아냥거리는 투로 말했다.

"살인범한테 이런 거 줘도 돼요?"

"진작 출두해서 진술했으면 체포도 안 당했다고. 나도 지금 나가서 찾아볼 거니까 얌전히 기다리고 있어."

"늦으면…… 나 때문이에요. 내가 아버지를 찾았기 때문이에요."

화평이 울컥하며 말했다.

"네 잘못 아니야! 박일도가 나쁜 거지. 아버지 찾아서 구하면 돼. 서윤이도 우리가 구했어. 우리가 같이 구했다고!"

"그래도…… 내 잘못이에요. 평생을 숨어서 살았던 사람이었는데. 내가 찾아내는 바람에 박일도에게 당한 거예요."

경찰서를 빠져나온 길영은 공사장으로 향했다. 혼자서 컨테이너를 지키고 있을 최윤이 윤근호를 만났을지 궁금했다. 당분간 윤화평은 발이 묶인 상태라서 한시라도 빨리 윤근호를 잡는 게 중요했다. 멀리 차를 세워두고 걸어간 그녀가 최윤의 옆자리에 앉으며 초조한 목소리로 물었다.

"어때?"

"아무 일 없어요. 인력 사무실 쪽도 그렇고요."

줄곧 신경을 곤두세우고 있던 최윤은 피로해 보였다. 길영이 입술을 깨물며 컨테이너를 향해 시선을 옮겼다.

"대체 어디 있는 거지? 빙의된 거라면 벌써 누군가를 찾아갔어야 하는데. 꼭 찾아야 해. 찾아서 막아야 해."

"윤화평 씨는요?"

"지금 제정신 아닌 것 같아. 아버지가 그렇게 됐는데. 용의자로 의심까지 받고 있으니까."

"윤화평 씨 아버지를 빨리 찾는 방법밖에 없군요."

"그런데 박일도가 화평 아버지를 어떻게 빙의시킨 거야?"

최윤이 미간을 가볍게 찡그리며 고개를 흔들었다.

"모르겠어요. 우리가 모르는 사이에 접촉을 했다는 건데……. 참, 박일도에 대해 뭔가 알아냈다고 하지 않았어요?"

급격히 표정이 굳어진 길영은 '이상철'이라는 이름의 목록을 조사하다가 알게 된 사실을 떠올렸다. 계양진에 산 적이 있는지 묻는 순간 황급히 전화를 끊어버리던 노인……. 그녀는 뇌리에 스치는 직감을 따라 계양진에 갔고, 이상철이라는 이름을 가진 그 노인을 직접 만나볼 수 있었다.

"이야기할 상황이 아니라서 못 했는데 박일도 말이야. 실제로 존재했던 사람이더라고."

"처음 빙의된 이철용이란 사람, 그 사람 아들을 만났다는 거죠?"

길영은 사람 하나가 겨우 앉을 수 있는 작은 공간에서 구두를 만지고 있던 이상철의 모습을 떠올렸다. 육십 대 후반으로 보이는 노인의 눈빛은 인적이 드문 호수처럼 고요했다. 하지만 그녀가 박일도에 대해 묻자 수면에 돌을 던진 것처럼 표정에 파문이 일어났다. 이상철은 불같이 화를 내다가 박일도에게 가족을 잃었다는 그녀의 이야기를 듣고 태도를 바꾸었다. 잠시 침묵하던 그는 노련한 솜씨로 구두 밑창에 망치질을 하며 어린 시절 기억을 들려주었다.

"그분이 어린 시절 박일도를 직접 봤다고 하더라고. 그분 아버지, 육십 년 전에 박일도에 빙의됐었던 이철용이라는 사람이 박일도 집안의 운전기사였대. 박일도 집안은 일제 강점기 때부터 부를 쌓은 가문이었고. 형제들이 정치인이나 기업인이 되었는데 박일도만 이상한 남자였나 봐. 집안사람들도 쉬쉬하면서 그의 존재를 숨겼대."

귀를 기울이는 최윤의 눈빛이 무겁게 가라앉았다. 길영은 이상철에게 들은 끔찍한 이야기를 이어나갔다.

"일본 유학을 갔다 와서는 더 이상해져서 결국 집안에서 일하던 여자들을 죽였대. 아무 이유 없이. 그 시신들을 우물에 숨겨둔 걸 나중에 발견했다고 하더라고. 발견했을 때는 우물 안에 시신 여덟 구가 쌓여 있었대."

아무런 잘못도 없이 죽어간 여자들과 우물에 버려진 시신들, 그리고 끔찍한 살인을 저질렀던 인간 박일도. 최윤은 믿기 어려울 만큼 잔혹한 이야기에 작게 신음을 흘렸다. 길영은 이야기를 들었을 때 느꼈던 감정을 떠올리며 그의 반응에 공감했다.

"가문의 힘으로 사건 자체를 덮어버렸다는데, 당시에는 가능했겠지. 대신 가족들이 박일도를 호적에서 없애고 요양을 보내버렸어. 그때 따라간 게 운전기사 이철용이고."

최윤이 번뜩 고개를 들었다.

"요양이요? 혹시 요양 보낸 곳이……."

"맞아, 동해의 바닷가. 계양진 근처야. 그런데 그 바다 근처로 간 뒤 상태가 더 심해졌나 봐. 자신은 인간으로 태어났지만, 인간이 아니라고 했다는 거야. 다시 본래의 것으로 돌아가야 한다고. 그러기 위해서는 버려야 한다고."

최윤은 머릿속에 흩어진 이야기들을 이어가며 잔혹한 인간 박일도가 악마가 되어가는 모습을 떠올렸다. 인간으로 태어난 의미를 찾지 못하고, 끔찍한 살인으로 악행을 저지르는 모습을. 지금까지 이어진 수많은 죽음들이 단 한 사람으로부터 시작되었다는 사실이 믿기지 않았다.

"아내와 아들을 죽이고, 자신의 오른쪽 눈을 찌른 다음 바닷속으로 들어가 자살을 했대. 그걸 이철용이 목격한 거고."

"오른쪽 눈. 그래서 박일도와 관련된 부마자들은 오른쪽을 찌르는 거군요."

"그래. 그리고 박일도가 생전에 이철용에게 이런 말을 했었대. 가족과 자신의 목숨을 제물로 바쳐서 큰 귀신이 될 거라고."

"그럼 박일도는 스스로 귀신이 되었다는 겁니까?"

"모르겠어. 확실한 건 죽음을 목격한 이철용이 박일도에게 씌었고, 이십 년 전에는 윤화평의 친척 남자에게 빙의되어 나타났다는 거야."

윤화평까지 이야기가 이어지자 최윤이 우울한 기색을 보였다. 이후로 이어지는 일들은 자신의 가족과 길영의 가족까지 모두 연결되어 있었으니까. 지금 이 순간에도 박일도가 누군가의 몸에 숨어 있다는 생각이 들자 치가 떨렸다. 길영도 비슷한 생각을 했는지 그에게 말했다.

"지금도 악령 박일도가 누군가의 몸속에서 여전히 존재한다는 거지. 그런데 그날 들은 것 중에 또 놀라운 이야기가 있어."

길영의 목소리에 힘이 들어가자 최윤이 자세를 고쳐 앉았다.

"박일도의 큰형이 박광모야. 과거 유명했던 정치인이자 기업인. 그런데 그 박광모라는 사람이 누구인지 알아? 바로 박홍주의 할아버지야. 박일도와 국회의원 박홍주는 친척 관계라는 거지."

예상하지 못했던 이름이 나오자 최윤이 눈을 커다랗게 떴다. 투명하게 이어져 있던 거미줄이 새까만 머리카락처럼 선명해지는 기분이었다. 그는 잠시 말이 없어졌다. 설명을 하던 길영도 입을 다물고 생각을 정리하는 데 몰두했다. 지금까지 알아낸 정보대로라면 이제 박일도가 누구인지 밝히는 것은 시간문제라는 예감이 들었다. 다만 박일도는 이제 인간이 아니라 실재하지 않는 존재였다. 과거의 인간 박일도라면 수갑을 채우고 감옥에 집어넣었겠지만, 귀신 박일도는 달랐다. 박일도가 누구인지 알게 되더라도 어떻게 막아야 할지 뾰족한 방법이 떠오르지 않았다.

"박홍주가 계양진에 자주 내려갔다고 했잖아요."

"계양진에 있는 학교 재단 때문이잖아."

"계양진에 있는 누군가를 만나러 간다면요?"

"누구를 말하는 거야?"

"윤화평 씨가 할아버지를 박일도라고 의심하고 있어요. 아버지도 할아버지를 만나고 난 뒤에 갑자기 빙의됐고요."

"난 모르겠어. 계양진에서 봤을 때는 그냥 평범한 분이었는데."

"만약 완전히 빙의된 거라면 알아볼 수가 없어요."

"할아버지가 박일도라고?"

"윤화평 씨 아버지가 빙의됐고, 할아버지마저도 박일도일 가능성이 있기 때문에 지금 많이 힘들 겁니다."

최윤은 차마 확실한 대답을 하지 못했다. 다만 경찰서에서 오도 가도 못하고 홀로 괴로워하고 있을 화평을 생각하니 마음이 불편했다. 길영은 이대로 기다릴 수는 없다는 생각이 들어 더 조사를 해보겠다고 말한 뒤 여관으로 향했다.

현장 조사가 끝난 여관에는 바닥에 눌러 붙은 핏자국만 남아 있었다. 퀴퀴한 냄새와 스산한 공기가 끔찍했던 살인을 다시 보여주는 듯했다. 예리한 눈길로 카운터 주변을 둘러보던 길영은 윤근호가 지냈던 방으로 들어갔다. 화평과 격렬한 몸싸움이 있었다는 말대로 방 안에는 물건들이 엉망으로 굴러다니고 있었다. 그녀는 윤근호가 급하게 짐을 싸던 가방을 열어 안에 있는 물건들을 살피기 시작했다. 기이한 그림들과 십자가, 불상, 그리고 종교를 가리지 않는 온갖 물품들을 눈여겨보고 있을 때였다. 문득 카운터에서 투박한 발걸음 소리가 들려왔다. 금세 숨을 죽였는지 더 이상 인기척이 들리지 않았지만 분명 사람이 움직이는 소리였다. 그녀는 신경을 곤두세우고 조용히 방에서 나와 카운터를 바라보았다. 그러자 카운터에서 튀어나온 한 남자가 폴리스라인을 뛰어넘어 계단으로 내려가기 시작했다. 그녀가 반사적으로 뒤를 쫓자 허름한 옷차림을 한 남자는 속도를 제대로 내지 못하고 비틀거렸다. 길영이 남자를 따라잡은 다음 손으로 뒷덜미를 힘껏 잡아당겼다. 중심이 무너진 남자가 바닥에 나뒹굴며 고통스러운 신음을 냈다. 그녀가 빠른 동작으로 남자의 옷을 붙잡고 모자를 벗겼다. 사십 대인지 오십 대인지 정확히 나이를 가늠하기 어려운 남자는 처음 보는 사람이었다. 그녀가 남자의 얼굴을 살피는데 술 냄새가 훅 끼쳐왔다.

"당신 누구야? 왜 도망쳤어?"

겁에 질린 남자가 몸을 웅크리며 길영을 힐긋거렸다. 남자를 살피는 그녀의 시선에 만 원짜리 몇 장이 눈에 들어왔다. 머릿속에서는 빠르게 추측이 이어졌다.

'사람이 죽어 나간 장소에서 돈을 가지고 간 사람이다. 이전에 왔을 때 살인 사건을 목격했을 수도 있다. 살인 사건이 일어난 것을 알고도 온 거라 현장을 보고도 놀라지 않았던 것이다. 경찰이 돌아가고 카운터가 비어 있다는 사실을 알았다면 줄곧 지켜보던 사람일 것이다…….'

길영이 남자의 목덜미를 거칠게 잡아당기며 똑바로 일으켜 세웠다. 이어 수갑을 채우고 경찰서로 끌고 가며 남자를 추궁했다.

강력 2반 사무실 문을 거칠게 열자 동료들의 시선이 길영에게 쏟아졌다. 그녀의 손에 붙들린 남자를 보고 고 형사가 물었다.

"뭐야? 그 사람?"

"여관에서 절도 현행범으로 붙잡았어요. 그리고 살인 사건 목격자예요."

길영이 일부러 또박또박 발음했다.

"목격자라니?"

길영은 대답하는 대신 손바닥으로 남자의 등을 치며 앞으로 떠밀었다.

"말해요! 빨리!"

"그, 그게 술이 좀 취해서…… 술값 때문에 가지러 간 거예요."

남자가 풀이 죽은 얼굴로 고 형사를 힐끔거리며 말했다.

"그거 말고요, 저녁에요!"

"여관에 갔다가 봤어요. 거기 사는 남자……."

남자가 느리게 대답하자 길영이 답답한 표정으로 윤근호의 사진을 꺼내서 보여주었다.

"윤근호! 이 사람 맞죠?"

"네, 맞아요."

"이 사람이 뭘 했어요?"

"여관 주인을…… 소화기로 때리더라고요. 너무 무서웠어요."

남자가 기어들어 가는 목소리로 말하자 고 형사가 화를 내며 따졌다.

"아니! 그럼 왜 신고를 안 했어요?"

"하려고 했는데…… 옆에 돈 통이 보이기에……."

"돈 통에서 일부를 꺼내 들고 도망갔다가 오늘 다시 가지러 온 거예요. 그때 잡힌 거고요."

길영이 빠르게 설명했다. 이어 남자를 바라보며 확인을 받는 것처럼 물었다.

“분명히 윤근호 그 사람이 혼자 한 거 맞죠? 다른 사람은 없었죠?”

남자가 고개를 끄덕였다. 길영이 팀장을 바라보며 당당하게 말했다.

“윤화평은 용의자에서 제외해 주세요.”

팀장은 대답 대신 길영을 빤히 노려보았다. 사사건건 이상한 방향에서 튀어나와 수사를 방해하는 그녀가 마뜩잖은 표정이었다.

아버지

혼자 컨테이너를 지켜보던 최윤은 손가락으로 눈가를 눌렀다. 숨을 들이마시며 어깨를 펴자 긴장감이 돌던 근육이 팽팽하게 당겼다. 공사장에는 윤근호의 모습은커녕 지나가는 고양이조차 없었다. 피로가 몰려오는 것을 느끼며 목덜미를 매만지는 순간, 휴대전화가 울리며 발신자를 알 수 없는 번호가 보였다. 고개를 갸웃거리던 그가 전화를 받자 거칠고 탁한 숨소리가 흘러나왔다.

"누구시죠?"

최윤이 눈가를 찌푸리며 신경을 곤두세웠다. 섬뜩한 느낌이 심상치 않았다.

"신부님, 지금 우리를 기다리고 있어?"

윤근호의 목소리였다. 놀란 최윤이 주위를 두리번거리며 물었다.

"윤근호 씨? 지금 어디입니까?"

"거기서 지키고 있어 봐야 아무 소용없어."

최윤은 재빨리 차에서 내려 공사장 주위를 살펴보았다. 그러나 그곳에는 지금까지 지켜본 어두운 그림자 말고는 아무것도 없었다.

"지금 날 보고 있는 겁니까?"

"우린 어디서든 볼 수 있어. 당신이 우리한테 찔린 상처 때문에 고통스러워하는 것도 다 알아!"

윤근호의 목소리가 귓가에 날카롭게 파고들었다. 기괴하고 섬뜩한 음성. 이 소리는 분명 인간이 아닌 악령들의 울림이었다. 최윤은 속에서 치미는 분노를 느끼며 소리쳤다.

"그 사람한테 무슨 짓을 시키려는 거야?"

"이놈이 원하던 걸 해줄 거다! 우리는 윤화평을 만나러 간다. 그날 그곳에서 끝내지 못했던 걸 해야 해."

최윤은 자신도 모르게 전화기를 쥔 손에 바짝 힘을 주었다. 통화가 끊어지자 그는 차로 돌아가 급히 시동을 걸었다. 악령들보다 먼저 화평에게 가야한다는 생각에 마음이 조급해졌다.

경찰서 앞에 도착한 최윤은 입구에서 대화를 나누고 있는 화평과 길영을 발견했다. 화평이 그를 발견하고 놀라 물었다.

"여기서 뭐 해? 거기 지키고 있던 거 아냐?"

"그럴 필요 없어졌어요. 당신 아버지가 찾는 건 당신이니까."

최윤이 단호하게 말했다.

"뭐?"

"당신 아버지한테서 전화가 왔었어요."

"어디서 건 전화야? 전화번호 있지?"

"다시 걸었더니 꺼져 있어요."

지켜보던 길영이 대화에 끼어들었다.

"아무래도 훔친 휴대전화를 이용한 것 같아. 장소는 추적할 수 있는데 하려면 허가도 받아야 하고, 시간도 걸려. 게다가 경찰 전체가 아버지가 있는 곳을 알게 되는 거야."

화평이 고민스러운 표정으로 갈등했다. 그러자 최윤이 조심스럽게 말했다.

"제 생각에는 반드시 윤화평 씨를 찾아올 겁니다. 빙의된 아버지가 제일……."

"날 제일 미워했다는 거잖아. 죽이고 싶을 만큼."

"정확히 이렇게 말했어요. 윤화평을 찾아갈 거다. 그날 그곳에서 끝내지 못했던 걸 해야 한다고요."

"그날 그곳에서 끝내지 못한 거? 그날 그곳?"

화평이 최윤의 말을 반복하며 미간을 찌푸렸다. 한시라도 빨리 아버지가 한 말 속에 숨겨진 의미를 알아야 했다. 혼잣말처럼 중얼거리던 화평은 불현듯 무슨 생각을 떠올렸고, 어디론가 전화를 걸어 길게 이어지는 신호음에 집중했다. 통화가 연결되는 순간 그가 다짜고짜 말했다.

"여보세요? 할아버지? 여보세요?"

수화기 너머에서는 아무런 소리도 들리지 않았고, 쌕쌕거리는 숨소리만 이어지다가 바로 끊어졌다. 불길한 예감이 확신으로 바뀌는 순간이었다. 화평이 허겁지겁 차로 뛰어가자 길영이 앞을 막아서고 자신의 차를 가리켰다. 그는 이제까지 살인 혐의로 취조를 받다가 겨우 풀려난 상태였다. 지금처럼 불안한 상태로는 계양진에 도착하기도 전에 사고를 낼지도 몰랐다. 우뚝 멈춰 서 있던 그는 체념한 표정을 짓더니 그녀의 차에 올라탔다.

고속도로를 달리는 차 안에는 긴장감이 가득했다. 화평을 죽이고 싶다고 했던 윤근호가 할아버지가 있는 계양진으로 간 이유를 알 수 없었다. 만약 함정이라고 해도 화평으로서는 속아줄 수밖에 없는 상황이었다. 아버지가 할아버지를 볼모로 잡고 아들을 죽이려는 상황이었으니까. 그녀는 황당한 얼굴로 입을 열었다.

"계양진으로 도망쳤다니……."

"거기가 맞을까요?"

수화기에서 아무 소리도 들리지 않았다는 점을 의심하며 최윤이 말했다. 그러자 화평이 자신의 불길한 추측에 대해 설명했다.

"그날 그곳에서 끝내지 못한 걸 하겠다는 말, 그거 이십 년 전에 할아버지 집에서 나를 죽이려고 했던 걸 말하는 거야. 분명해. 거기밖에 없어. 거기로 나를 불러들이는 거야."

"그런데 그 모든 검문을 다 뚫고 갔다는 게 이해가 안 돼. 도대체 어떻게 계양진까지 갔다는 거야?"

길영이 고개를 갸웃거리며 물었다. 그러나 상황이 어떻게 돌아가는지 알고 있는 사람은 오로지 악령이 빙의된 윤근호뿐이었다.

계양진에 들어선 차는 화평의 본가 근처로 접어들었다. 화평은 멀리 보이는 시골길을 살피며 말했다.

"이제 거의 다 왔어요. 아직도 전화가……."

화평이 할아버지에게 다시 전화를 걸기 위해 화면을 보는 찰나, 온몸이 얼어붙은 것처럼 말을 멈추었다. 갑자기 움직임이 없어진 그를 보며 최윤이 물었다.

"전화 안 돼요? 윤화평 씨!"

"또 그거야?"

길영이 뒤를 돌아보며 말했다.

"그런 것 같아요."

화평은 어딘가에 홀린 사람처럼 의식이 없었다. 눈을 뜨고 있었지만 이곳이 아닌 다른 곳에 존재하는 듯했다. 길영과 최윤은 심각한 표정으로 그를 지켜보았다. 어둠 속으로 정신이 빨려 들어간 그는 악령의 눈을 통해 악몽처럼 펼쳐진 현실을 보기 시작했다.

물통을 들고 벌컥벌컥 물을 마신 남자는 손을 벌벌 떨었다. 이어 온몸이 간지러운 것처럼 인상을 찡그리더니 목뒤를 거칠게 긁어댔다. 손톱 사이로 피가 배어나고 살갗이 벗겨지도록 목을 긁던 남자는 번뜩 무슨 생각이 난 것처럼 작은 칼을 꺼내 들었다. 옆에서 놀란 목소리가 들려왔다.

"그건 뭐냐? 그 흉측한 건 왜?"

"방해하지 마세요."

거칠고 음울한 음성이 대답했다.

"정신 차려! 이 방에서 나가지 마라! 귀신한테 넘어가면 안 돼!"

"비켜요! 이제 곧 집 앞에 도착해요! 그놈을 죽여야 돼!"

일그러진 환영 속에서 살기 넘치는 눈빛이 번뜩였다. 누군가 앞을 막아서고 악다구니를 썼다.

"내 손자 건드리지 마! 당장 내 아들 몸에서도 나가!"

"당신도 죽이라고 했잖아. 그 어린놈을 죽이라고. 목을 비틀어 죽이라고."

차가운 목소리가 비수처럼 쏟아지자 앞을 막아선 사람의 얼굴이 급격하게 굳어졌다. 남자가 아랑곳하지 않고 방을 나가려고 하자 팔을 붙들고 소리쳤다.

"못 간다! 이 귀신 놈들! 절대 못 가! 그 칼 이리 내!"

순간 원망과 분노가 뻗치며 칼을 쥔 손에 빳빳한 힘이 들어갔다. 남자가 앞을 막아선 사람을 밀어내려다가 몸싸움이 일어났다. 손에서 칼을 빼앗으려는 사람과 누군가를 죽이려고 하는 사람이 혼란스럽게 뒤엉켰다. 잠시 후 막아서던 사람이 힘에 밀리면서 바닥에 넘어졌고, 날카롭게 벼린 칼날이 허공을 그으며 그대로 가슴 부근에 내리꽂혔다. 옷 위로 붉은 피가 번지는 것을 보는 순간 귓가에 단단한 목소리가 파고들며 화평의 정신을 잡아끌었다.

"왔어! 정신 차려!"

화평이 몽롱한 상태로 고개를 들자 흐릿한 시야에 길영의 얼굴이 보였다. 최윤이 그의 어깨를 흔들며 물었다.

"윤화평 씨! 방금 뭘 봤어요?"

"칼 이리 내……. 칼 이리 달라고……."

악몽처럼 펼쳐진 장면을 떠올리며 화평이 정신 나간 사람처럼 중얼거렸다. 그러다 화들짝 놀라 고개를 들고 신음처럼 말을 내뱉었다.

"할아버지?"

앞을 막아서며 외치던 목소리와 칼을 빼앗으려던 손, 가슴에서 번지는 피, 고통에 일그러진 얼굴. 물에 젖은 것처럼 흐트러진 시야 속에 보였던 사람은 바로 할아버지였다. 화평이 차에서 뛰쳐나가 대문을 열고 들어갔다. 두 사람도 뒤따라 화평의 본가로 들어가자 마루에 쓰러져 피를 흘리고 있는 화평의 할아버지가 보였다. 화평은 허겁지겁 할아버지를 품에 안고 상태를 살폈다. 상체 곳곳에 칼에 찔린 자국이 보였고, 땀을 줄줄 흘리며 서서히 의식을 잃고 있었다. 화평이 다급하게 소리를 질렀다.

"할아버지! 구급차! 구급차 불러요!"

길영이 빠르게 신고를 했다. 최윤은 임시방편으로 할아버지의 상처를 손바닥으로 틀어막았다. 화평을 알아본 할아버지가 가까스로 눈꺼풀을 뜨고 느리게 말했다.

"여긴…… 왜 왔어?"

"말하지 말고 가만히 있어!"

화평이 울음 가득한 표정으로 말했다. 덜덜 떨리는 손으로 상처를 막았지만 벌어진 살갗에서 피가 울컥 새어 나왔다.

"피를 너무 많이 흘려요. 이대로는……."

최윤이 절망스러운 얼굴로 말했다. 그러자 화평이 기도를 하듯 중얼거렸다.

"아냐……. 살 수 있어, 살 수 있어. 괜찮아."

"화평아…… 미안하다……."

눈물을 쏟는 화평을 바라보며 할아버지가 서글프게 말했다.

"말하지 말라니까!"

"내가 이십 년 전에 네 아빠한테 너를 해하라 해서……."

갑작스러운 고백에 놀란 화평이 고개를 들었다. 할아버지는 마지막 힘을 쏟아내는 것처럼 힘겹게 말을 이어나갔다.

"어린 네가…… 그날 물에 빠진 남자처럼 될까 봐…… 사흘 밤낮 죽지도 못하고, 물에 떠 있던 그 남자처럼…… 고통스럽게 죽는 꼴 보기 싫어서…… 그래서…….”

“알았다고! 그만해!”

“이십 년 동안 늘 후회했어……. 널 볼 때마다.”

말을 하던 할아버지가 갑자기 몸에 힘을 빼고 축 늘어졌다. 그 순간 흥분한 화평이 할아버지의 몸을 흔들며 소리쳤다.

“할아버지! 안 돼! 안 돼! 일어나! 할아버지!”

“비켜봐!”

마당에서 구급차를 기다리던 길영이 뛰어와 할아버지의 심장에 두 손을 포개어 올렸다. 그녀는 팔에 단단하게 힘을 주고 응급 처치를 시작했다. 입으로 숫자를 세며 아래로 힘껏 내리누를 때마다 할아버지의 몸이 빈 상자처럼 흔들렸다. 뒤로 주저앉은 화평은 창백한 얼굴로 눈앞에 펼쳐진 상황을 넋 놓고 바라보았다. 그때 문득 마당 쪽에서 문이 열리는 소리가 들렸다. 화평과 최윤이 동시에 소리가 난 방향을 돌아보자 굵은 밧줄을 들고 있는 윤근호가 보였다. 화평은 순식간에 자리에서 일어나 아버지를 뒤쫓았다. 갑작스러운 상황에 놀란 최윤도 둘을 따라 달려가기 시작했다.

윤근호는 길이 나지 않은 산등성이를 올랐다. 미끄럽고 가파른 비탈이었지만 마치 계속 힘이 솟아나는 사람처럼 지칠 줄 몰랐다. 눈에 불을 켜고 뒤를 쫓는 화평은 이를 악다물고 아버지에게 눈을 떼지 않았다. 흙을 디딘 발이 미끄러지며 먼지를 일으켰지만 옆에 있는 나뭇가지를 움켜쥐고 계속 위로 올라갔다. 두 사람을 뒤쫓던 최윤은 불편한 옷차림 때문에 비탈을 뛰어오르기가 어려웠다. 이대로 둘이서만 대면하게 된다면 모든 상황이 윤근호가 원하는 대로 돌아가는 셈이었다. 최윤이 다급하게 발을 내디뎠으나 경사가 심한 흙 위로 구두가 미끄러지면서 균형을 잃고 바닥에 엎어졌다.

"윤화평 씨! 혼자 가면 위험합니다! 윤화평 씨!"

최윤은 멀어져가는 화평을 바라보며 크게 외쳤다. 그러나 그의 귓가에는 아무것도 들리지 않는 것 같았다.

산등성이를 넘어간 화평은 작은 길이 나 있는 산속으로 뛰어 내려왔다. 분명 아버지가 이쪽으로 달려가는 것을 보았는데, 길 위에는 그림자조차 보이지 않았다. 그는 긴장한 얼굴로 좁은 산길을 주시하며 귀를 기울였다. 아버지가 움직인다면 분명 희미한 발소리라도 들릴 거라는 생각 때문이었다. 그가 가만히 서서 숨을 고르는 사이 바람에 몸을 떠는 나뭇잎 소리가 들려왔다. 부스럭거리는 수풀을 향해 몸을 돌리는 순간 갑자기 뒤에서 윤근호가 튀어나와 그를 덮쳤다. 윤근호는 재빨리 화평의 목에 밧줄을 걸고 뒤로 확 잡아당겼고, 숨이 막힌 그는 두 팔을 허우적거렸다. 화평이 목덜미를 짚으며 굵은 밧줄을 잡아당겨 보았지만 갈고리에 걸린 것처럼 단단하게 목을 조여서 아무런 소용이 없었다. 화평이 입을 벌리고 고통스러운 신음을 내뱉으며 몸을 비틀었다. 다리에 힘이 풀리면서 무릎을 꺾고 바닥에 털썩 주저앉자, 윤근호는 광기가 가득한 눈빛으로 그를 내려다보았다. 그가 희미한 목소리로 말했다.

"아버지……."

화평은 눈앞이 희미해지려는 찰나 무언가를 떠올렸다. 남은 힘으로 주머니에 손을 넣어 반지를 꺼내 윤근호의 눈앞으로 들어 올렸다. 악령에게 모든 영혼이 먹히지 않았기를. 조금이라도 남아 있는 아버지의 영혼이 반지에 반응하기를. 화평은 손을 덜덜 떨면서도 마지막 기도처럼 어머니의 반지를 놓지 않았다. 손에 밧줄을 감으며 더 힘껏 잡아당기려던 윤근호가 반지를 발견하고 멈칫했다. 이어 놀란 사람처럼 눈을 크게 뜨더니 손을 아래로 툭 떨어뜨렸다. 팽팽했던 밧줄이 늘어지자 화평은 붉어진 얼굴로 괴로운 듯 기침을 해댔다. 윤근호는 바닥에 떨어진 반지를 차마 만지지 못하고 복잡한 표정으로 뚫어져라 쳐다보았다.

"여보……. 여보……."

중얼거리는 윤근호를 보며 화평이 외쳤다.

"정신 돌아왔어요? 아버지!"

"화평아……. 여긴 어디……."

이제 막 잠에서 깨어난 사람처럼 윤근호가 멍한 눈빛으로 주위를 둘러보았다. 그러다 번뜩 기억이 났는지 순식간에 눈가를 일그러뜨리며 소리를 질렀다.

"아버지는!"

화평은 금방이라도 눈물이 터질 것 같았지만 애써 참으며 대답했다.

"할아버지는 집에 있어요. 같이 돌아가요. 집에서 할아버지가 기다리니까……."

화평이 아버지를 향해 조심스럽게 손을 내밀었다. 하지만 윤근호는 자신의 주머니에서 느껴지는 딱딱하고 서늘한 물건을 꺼내 보았다. 눈앞에 보이는 것은 피가 흥건한 칼이었다. 자신이 빙의된 사이에 누군가를 해쳤다는 사실을 깨달은 그는 절망감에 사로잡혔다.

"화평아……. 너한테 꼭 할 말이 있어."

윤근호가 무언가를 결심한 눈빛으로 화평을 향해 말했다. 그러나 입을 열기가 무섭게 화평의 뒤쪽 어딘가를 노려보며 두려운 기색을 보였다. 윤근호는 칼을 움켜쥐고 앞으로 휘두르며 발작하는 것처럼 소리를 질렀다.

"오지 마! 가까이 오지 마! 우리를 내버려 둬!"

윤근호가 허공에 칼을 휘두르자 바람이 잘리는 것처럼 휙휙 소리가 났다. 화평은 아버지의 시선이 향하는 곳을 돌아보았다. 인적이 없는 좁은 산길에는 검은 그림자만 머물러 있을 뿐이었다. 그러나 윤근호는 여전히 누군가가 점점 거리를 좁혀오는 것처럼 뒷걸음질 치고 있었다.

"가, 가! 우리 아들은 건들지 마!"

소리를 지르던 윤근호가 갑자기 화평을 바라보고 절망적인 목소리로 빠르게 말했다.

"화평아! 여기서 멀리 도망쳐! 아버지가 그동안 미안했다."

말을 마치는 순간 몸을 돌린 윤근호는 우거진 나무들 사이로 도망쳤다. 화평이 아버지를 부르며 뒤따라 달려갔지만 속도를 따라잡기가 어려웠다. 소리가 나는 방향을 쫓아 나무들을 지나자 나뒹굴고 있는 신발 한 짝이 눈에 들어왔다. 달려가 확인해 보니 아버지의 신발이었다. 그가 고개를 쭉 빼고 아버지의 모습을 찾고 있을 때, 길게 이어진 다리에서 자신을 빤히 쳐다보는 사람이 보였다. 계곡 사이를 연결한 다리 가운데서 밧줄을 목에 걸고 차분한 표정으로 서 있는 사람은 윤근호였다. 화평은 아버지가 자신의 목에 올가미처럼 두른 밧줄을 보고 숨을 삼켰다. 손발에 경련이 일었지만 내색하지 않으면서 천천히 접근했다. 그는 온몸을 관통하는 두려움을 느끼며 가까스로 말했다.

"아버지! 거기 그대로 가만히 있어요. 내가 구해줄게요……."

"네 옆에 있으면 다 죽어. 네 부모도, 조부모도. 네 옆에 있는 신부 놈과 여자 경찰도!"

화평이 다가올 틈을 주지 않고 소리친 윤근호는 칼을 쥔 손을 거침없이 휘둘러 자신의 오른쪽 눈을 푹 찔렀다. 뾰족한 칼끝이 그의 눈알에 박히는 순간 새빨간 피가 흘렀다. 그는 고통이 느껴지지 않는 듯한 무심한 얼굴로 화평을 응시했다. 화평은 눈앞에서 벌어진 끔찍한 광경에 온몸이 얼어붙은 듯 서 있었다. 과거와 달라진 것은 아무것도 없었다. 어린 시절이나 지금이나 가족들이 죽어가는 동안 할 수 있는 일은 아무것도 없었으니까. 화평은 깊은 절망이 자신의 영혼을 집어삼키는 것을 느꼈다. 그 순간 윤근호가 알 수 없는 표정으로 화평을 응시하다가 그대로 다리 아래로 뛰어내렸다. 화평이 기겁하며 달려갔지만 그의 몸은 이미 허공으로 떨어진 후였다. 다리에 연결된 밧줄이 팽팽하게 당겨지면서 그의 목에 몸무게만큼의 압력이 그대로 전해졌다. 우둑, 묵직한 소리가 울리며 부러진 나무처럼 목이 꺾인 그가 온몸을 늘어뜨렸다. 화평은 줄에 매달려 허공에 흔들거리는 그를 바라보며 절규했다. 뼈마디가 끊어지는 고통을 느끼며 통곡했지만 더 이상 아버지는 이 세상 사람이 아니었다.

뒤늦게 화평이 있는 곳까지 따라온 최윤은 경악스러운 표정으로 걸음을 멈추었다. 까마득한 절벽 아래로 매달린 시신이 누구인지는 한눈에 알아볼 수 있었다. 바닥에 주저앉아 굵은 밧줄을 더듬고 있는 화평을 보자 울컥 눈물이 솟구쳤다. 그는 미친 사람처럼 중얼거리며 아버지의 몸을 끌어올리려고 애썼다.

"아냐……. 아직 안 죽었어! 살려야 해! 아버지……."

가까이 다가간 최윤은 화평의 어깨를 붙잡으며 안타까운 목소리로 말했다.

"윤화평 씨……. 이미 늦었어요."

화평은 눈앞에 벌어진 상황을 받아들일 수 없는지 고개를 흔들며 절규했다. 짐승처럼 울부짖는 소리가 산속을 울렸다.

의심의 씨앗

"윤무일 씨 보호자 분, 윤무일 씨 보호자 분!"

낯선 목소리가 들려왔다. 병원 복도에 앉아 넋을 놓고 있던 화평이 화들짝 고개를 들었다. 검은 상복을 입은 그는 품에 안고 있던 아버지의 영정 사진을 들고 무거운 표정으로 자리에서 일어났다.

중환자실로 들어서자 일정하게 울리는 기계음이 이어졌다. 눈시울이 붉어진 화평은 입을 벌린 채 힘없이 누워 있는 할아버지를 슬픈 눈길로 쓰다듬었다.

"과다 출혈로 인한 의식 불명입니다. 언제 깨어날지 알 수 없습니다. 길면 몇 달 갈 수도 있고요."

옆에 선 의사가 담담한 말투로 설명을 했다. 화평은 아버지의 영정 사진을 할아버지 얼굴 앞으로 가져가며 말했다.

"할아버지……. 아버지 마지막으로 인사하러 왔어. 이제 진짜 떠나는

거야. 내가 잘 보내고 올게……."

화평의 입술이 파르르 떨렸다. 병원을 나온 그는 곧바로 화장터로 향했다. 유족 대기실에 마련된 의자에 멍한 표정으로 앉아 있는 그에게 최윤과 길영은 위로의 말조차 건네지 못했다. 진행 상황을 알려주는 전광판에 윤근호의 이름이 깜빡거리며 화장 중이라는 글씨가 나타났다. 육광이 다가와 화평의 어깨를 두드리며 낮은 목소리로 말했다.

"화평아, 수골실 가서 유골 받아야 해."

화평은 해쓱한 얼굴로 힘없이 대답했다. 최윤은 수골실로 향하는 화평의 뒷모습을 안쓰러운 눈길로 쳐다보며 말했다.

"지난번 형 화장할 때 윤화평 씨가 같이 있어줬어요. 이번에는 그 반대가 되었네요."

"결국 박일도가 윤화평 가족을 다 죽인 거야. 이십 년에 걸쳐서……."

길영이 몸서리를 쳤다.

"윤화평 씨의 아버지도, 할아버지도, 박일도의 희생자지 박일도가 아니었어요. 진짜 박일도는 누구일까요?"

"이번 사건으로 확실히 느꼈어. 우리를 지켜보고 있는 거야. 분명…… 우리 근처에 있어. 윤화평을 위해서라도 박일도 그 새끼 꼭 잡아야 해."

길영이 강한 의지를 보이며 말했다. 그때 누군가 대기실에 들어서는 기척이 들렸다. 최윤이 고개를 돌려 바라보니 양 신부가 서 있었다. 최윤이 의아한 표정으로 일어서자 양 신부가 심각한 목소리로 해야 할 이야기가 있다고 말했다. 잠시 고민하던 최윤이 그녀에게 사정을 말하고 양 신부와 화장터를 빠져나왔다.

근처 낡은 식당으로 향한 양 신부는 주문한 음식이 나올 때까지 말이 없었다. 숟가락을 든 채 망설이던 그는 문득 최윤을 향해 물었다.

"넌 괜찮니?"

"윤화평 씨 가족이 저렇게 된 걸 보니까 힘듭니다. 제가 뭔가 했다면…… 제가 빨리 구마 예식을 했다면……."

최윤이 우울한 말투로 말하는데 갑자기 귓가에 불쾌한 목소리가 날아들었다.

'안 했잖아. 우리 예언을 믿은 네가 안 했지. 그래서 죽었지!'

깜짝 놀란 최윤이 고개를 들고 두리번거렸다. 식당에는 반대편 테이블에서 조용히 식사를 하는 노부부 말고는 아무도 없었다. 당황한 그가 목덜미를 매만지며 식은땀을 흘렸다. 그 모습을 본 양 신부가 미간을 살짝 찌푸렸다.

"윤아, 너 괜찮니?"

"아, 아무것도 아닙니다."

최윤이 서둘러 대답했지만 양 신부는 안쓰러운 기색을 감추지 못했다.

"아무래도 가까이 있기 때문인 것 같다."

"무슨 말씀입니까?"

"윤화평 말이다."

최윤이 의아한 얼굴로 쳐다보자 양 신부가 말을 이었다.

"넌 윤화평을 어떻게 생각하니? 그 사람을 믿고 있니?"

"믿습니다. 처음에는 너무 싫었지만……. 같은 아픔을 겪은 사람입니다. 같이 목숨을 걸고 싸우는 사람입니다."

"속았군! 넘어갔어! 저번에 네가 한 말 기억하지? 이십 년 전, 윤화평의 집에 있었던 사람은 윤화평의 할아버지, 아버지, 최상현 신부, 나 그리고 어린 윤화평까지 다섯이 전부라고 했잖아."

"네. 할아버지와 아버지, 두 분도 다 그렇게 말했습니다."

"남은 건 윤화평밖에 없다."

양 신부가 단호하게 말했다. 윤화평의 아버지가 죽었고, 할아버지는 의식이 없으니 윤화평이 의심스럽다는 의미였다. 최윤이 입안을 쓰게 삼키며 중얼거렸다.

"남은 건…… 윤화평?"

양 신부가 심란한 표정으로 술잔을 들어 소주를 들이켜더니 쐐기를 박는 것처럼 말했다.

"박일도는 윤화평인 것 같아."

"윤화평 씨는…… 아닙니다. 그 사람은 아닙니다."

"이십 년 전 윤화평 집에는 박일도에 씌인 자가 분명 있었어. 그건 부마자였던 네 형도 그렇게 말했잖아. 그 다섯 명 중에 두 명이 죽었다. 한 명은 의식을 잃었고, 나와 윤화평만 남았어."

"신부님을 의심한 적은 없어요. 마찬가지로 윤화평 씨도요. 본인이 박일도면서 박일도를 증오하고 쫓아다녔다는 거잖아요."

"두 가지 가능성이 있어. 박일도의 악령이 든 윤화평이 우리를 철저히 속이고 있거나 아니면 윤화평 본인도 본인 속의 박일도를 모르고 있거나."

이야기를 듣던 최윤이 작게 신음을 흘렸다. 양 신부가 하는 이야기들은 한 번도 들어본 적 없는 사례였다. 일말의 가능성이라도 있다면 화평을 의심하고 구마해야 하는 걸까. 최윤은 복잡하게 얽혀 있는 상황을 떠올리며 입술을 깨물었다.

"박일도에 빙의된 것을 모른다는 겁니까?"

"이십 년 전, 가족들이 윤화평에게 눌림굿을 했다고 들었다. 그 눌림굿이 악령 박일도의 힘과 기를 눌러놓은 것일 수도 있어."

"자신도 모르게 사람들을 빙의시켜 부마자로 만드는 게 가능할까요?"

최윤은 믿고 싶지 않은 사실을 확인하는 것처럼 어렵게 물었다.

"가능하다. 박일도가 만든 부마자들이 살인을 할 때 윤화평만 감응을 하고 알아보잖아. 이것도 그 증거야."

"그건 어릴 때 박일도에게 빙의되었기 때문이라고 생각했습니다."

"전 세계 구마 사제들이 남긴 기록에도 그런 건 없었어."

더 이상 할 말이 없어진 최윤이 당황한 표정으로 시선을 피했다. 이제 겨우 윤화평을 믿고 함께 할 수 있겠다고 생각했는데. 함께 박일도를 잡고 오랫동안 이어진 비극을 끝내겠다고 다짐했는데. 윤화평이 박일도일지도 모른다고 생각하자 가시방석에 앉은 것처럼 불편했다.

"이제부터 내가 조사해 볼 생각이다. 윤화평 가족들까지 저렇게 된 이상 나도 그냥 보고만 있을 수는 없어. 네 형이 그렇게 됐을 때 진작 나섰어야 했어."

연거푸 술을 삼키는 양 신부의 표정에 쓸쓸한 기색이 가득했다. 최윤은 두 손을 들어 얼굴을 감싸고 마른세수를 했다. 눈을 질끈 감고 깊은숨을 내쉬는 순간 빙의되었던 김영수의 모습이 번뜩였다.

'그놈 옆에 있으면 다 죽어. 그놈은 우리와 같아.'

부마자 김영수의 입에서 흘러나오던 악령의 소리가 되살아나며 서늘한 냉기를 뿜어냈다.

"난 상용시로 돌아가마. 나중에 보자."

양 신부가 자리에서 일어나 가게를 나간 이후에도 최윤은 한참 동안 움직일 수 없었다.

"정식 장례식은 아니었지만 잘 치렀어. 아버지 잘 보내줬어."

밤이 깊은 병실에 화평의 목소리가 울렸다. 그가 말을 거는 사람은 여전히 의식이 돌아오지 않은 할아버지였다. 침상 옆에서 할아버지의 손을 쓰다듬으며 그가 말을 이었다.

"의식 없는 사람들도 옆에서 말을 하면 알아듣는대. 할아버지도 그럴 거 같아. 내 말 듣는 거지?"

화평이 잠시 주저하다가 다시 말을 이었다.

"내가 하고 싶은 말이 있는데 그게……. 할아버지 말 안 믿어서 미안하다고. 차멀미 때문에 억지로 타고 다녔다는 거 믿었어야 했어. 아버지 찾아 그 많은 곳 다녔다는 거 말이야. 또 어릴 때 먼 친척들한테 보냈다고 할아버지 탓했는데. 그거 날 위해서 한 거 알아. 엄마랑 할머니 죽은 곳에서 살 수는 없었으니까. 그리고 진짜 미안한 건……."

감정이 복받친 화평이 손등으로 눈가를 훔쳤다.

"아버지 못 구했어. 구하려고 했는데…… 못 구했어. 그게 진짜 미안해. 미안해, 할아버지……. 나 이제 어떻게 해야 할까?"

화평이 무너지듯이 앞으로 몸을 기울이고 울음을 터뜨렸다. 얼굴을 파묻은 그는 어깨를 들썩이며 어린아이처럼 울었다. 흘러나온 눈물이 할아버지의 손등을 적셨지만 다정하게 그를 부르던 목소리는 더 이상 들려오지 않았다.

한참을 울고 난 화평은 지친 얼굴로 자리에서 일어났다. 어두운 병실 복도로 나와 터덜터덜 걸어가는데 문득 인기척이 느껴져 뒤를 돌아보았다. 시선을 옮기는 순간 마치 화살이 날아와 꽂힌 것처럼 오른쪽 눈에 지독한 통증이 뻗쳤다. 그는 두 손으로 눈을 감싸며 외마디 비명을 질렀다. 온몸에서 땀이 흐르며 시야가 흔들리자 중심을 잃고 몸을 휘청거리며 벽에 기댔다. 통증은 짧은 순간에 그치지 않고 더 깊이 파고들며 심장까지 옥죄는 듯했다. 누군가 낚싯바늘을 눈 속에 집어넣고 힘껏 잡아당기는 것 같아 정신이 혼미했다. 바닥에 주저앉은 그는 축축한 손바닥을 펴 보았다. 새빨간 핏덩어리가 손을 흥건하게 뒤덮고 있었고, 세상의 절반이 잘린 것처럼 앞이 캄캄했다. 그때 복도 맞은편에서 기이한 음성을 내며 무언가가 그를 노려보았다. 그가 남은 한쪽 눈으로 앞을 보자 새빨간 눈을 빛내는 검은 형체가 보였다. 그것이 그를 향해 괴성을 질러대자 통증이 거세지며 근육이 딱딱하게 굳어졌다. 그는 천장까지 거대한 몸집을 불리며 악령들을 부리는 이 검은 형체가 바로 박일도라는 것을 알았다. 분노가 치민 그가 살기 어린 눈빛으로 노려보며 악다구니를 썼다.

"박일도! 이 귀신 새끼!"

화평이 고통에 몸부림치며 비명을 질러대는 순간 주위가 까마득한 어둠으로 뒤덮였고, 한순간에 악령들의 괴성이 사라졌다. 온몸이 온통 땀으로 흥건해진 그는 숨을 헐떡이며 박일도의 흔적을 찾았다. 그러나 어느새 그 자리에는 창밖에서 새어 들어온 희미한 달빛만 어른거리고 있었다. 정신을 차린 그는 눈가를 더듬으며 상처를 확인했다. 손바닥에 묻어 있던 피는 온데간데없었고, 다시 시야가 온전하게 보였다. 그는 넋이 나간 채 한참 동안 골똘한 생각에 빠졌다. 할아버지가 누워 있는 병실 복도에서 박일도의 형체를 보게 된 이유를 알 수가 없었다.

"무슨 일이야?"

피곤한 얼굴로 키보드를 두드리던 길영이 휴대전화에 대고 말했다.

"지금 바쁘세요? 뭐 하세요?"

"서류 작업 중이야. 윤화평 아버지 사건 보고서. 밤샐 거 같아. 형사들이 맨날 밖에만 돌아다니는 줄 아는데 서류 작업이 제일 많아."

길영이 한숨을 푹 내쉬며 하소연을 했다. 잠시 뜸을 들이던 최윤이 조심스럽게 물었다.

"어떻게 할 거예요?"

"생각 중이야. 목적은 박일도인데 거기까지 가려면 중간 다리인 박홍주를 어떻게 해야 하고……. 아직 잘 모르겠어, 넌?"

"그게…… 계양진에 다시 내려갈 생각입니다."

최윤이 대답하자 길영의 의아한 목소리로 말했다.

"계양진에 왜?"

"윤화평 씨 때문에 조사할 게 있어서요. 그게…… 나중에 갔다 와서 말할게요. 일하세요."

말을 마친 최윤이 서둘러 전화를 끊었다. 길영은 이상한 낌새를 느끼고 눈가를 찌푸렸지만 무슨 일인지 짐작이 가지 않았다. 다시 전화를 해서 자세히 물어볼까 고민하는데 시끌벅적한 소리와 함께 고 형사가 들어왔다.

"어디 갔다 왔어요?"

"옆에 1반 홍식이가 타이거파 애들 정보 있다고 해서. 그런데 정보는 개뿔. 진짜 동남아로 튄 거 아냐? 타이거 두목 어떻게 찾지?"

고 형사가 신경질적으로 뒤통수를 긁으며 말했다.

"거기 중간 두목 소재는 알잖아요."

"그럼 뭐 해? 몸 사리고 꼼짝도 안 하는데. 옛날 스타일로 해? 확 찾아가서 들이대고, 겁주고? 그러면 쪼르르 자기네 두목한테 달려갈 텐데."

"선배, 뭐라고요?"

불현듯 생각이 떠오른 길영이 눈을 크게 떴다. 그러자 고 형사가 고개를 갸웃거리며 말을 반복했다.

"쪼르르?"

"겁주면 두목한테 달려간다……. 내일 저 비번인데 할 거 없죠?"

"뭐 하려고?"

"중간 두목한테 겁주러 가려고요."

길영이 눈빛을 반짝이며 입가에 만족스러운 미소를 지었다.

다음 날 길영이 찾아간 곳은 박홍주의 사무실이었다. 맞은편에 앉은 박홍주는 팔짱을 낀 자세로 그녀를 빤히 쳐다보았다. 그녀가 습관적으로 사무실 이곳저곳을 훑어보고 있는데 불쑥 박홍주가 말했다.

"갑자기 이렇게 찾아오시고. 지난번 사건 조사는 다 끝났을 텐데. 무슨 일이죠?"

박홍주는 예의 바른 미소를 보였지만 탐탁지 않은 눈빛이었다. 숨겨진 표정을 읽은 길영이 더 과장된 미소를 지으며 대답했다.

"별일 없어요. 형사라는 게 일단 찾아가서 비비고 해야 뭐라도 건지니까요. 제가 요즘 사건을 조사하다가 박일도라는 사람 아니, 귀신에 대해 알게 됐는데요. 의원님도 흥미로워하실 것 같아서요."

"그게 무슨 말이죠?"

박홍주가 웃음기를 지우며 냉랭하게 말했다.

"육십 년 전 계양진에 박일도라는 귀신에 씌인 남자가 나타났었대요. 그런데 그 남자, 알고 보니 살아 있을 때 박일도의 운전기사였더라고요. 그러니까 박일도가 실존 인물이었다는 거죠."

"그래서요?"

박홍주가 짜증이 섞인 말투로 물었다. 길영은 여유로운 표정을 유지하며 말을 이어나갔다.

"재미있는 사실은…… 박일도가 의원님 할아버지의 동생이고, 박일도와 의원님은 친척 관계더라고요?"

박홍주가 싸늘한 눈빛으로 길영을 천천히 뜯어보며 대답했다.

"지금 경찰이 현역 국회의원 붙잡고 죽은 사람 이야기나 하고 있는 건가요?"

"죽은 사람인데 누군가의 몸속에 살아 있죠. 아무도 안 믿지만."

"그런 쓸데없는 이야기 그만하죠. 또 할 얘기 있나요?"

"아니요. 그런데 그 박일도가 누구 몸에 있는지 알아냈어요. 의원님은 관심 없겠지만, 그럼."

길영은 자신감 넘치는 목소리로 말하며 자리에서 일어났다. 박홍주가 박일도와 관계가 있다면 불안하게 만드는 방법이 먹힐 거라는 생각이 들었다. 한쪽에서 불을 지피면 위기를 느낀 짐승은 믿을 구석을 향해 달려가는 법이니까. 불이 충분히 타오를 때까지 기다려야 한다. 그녀는 사무실을 나서며 생각했다.

길영은 경찰서로 돌아가지 않고 박홍주의 사무실 근처에 차를 세웠다. 그런 다음 익숙한 자세로 건물을 드나드는 사람들을 눈여겨보았다. 서너 시간이 지났을 때 화려한 옷을 차려입은 박홍주가 다급한 걸음으로 건물을 빠져나왔고, 멀리서 빠르게 달려온 검은색 세단이 급하게 정차하며 길가에 멈췄다. 박홍주가 올라탄 차가 다시 출발하자 그녀는 핸들을 잡은 손에 힘을 주며 액셀러레이터를 밟았다. 시내 중심을 달리던 세단은 속도를 높이며 외곽 도로로 빠져나갔다. 그녀는 일정한 거리를 유지하기 위해 속도를 내지 않았다. 해가 저물도록 도로를 달리던 세단은 어느 마을로 들어섰고, 이면 도로에서 갑자기 정차했다. 운전석에서 내린 남자가 뒷문을 열자 차에서 내린 박홍주가 혼자 터널을 향해 걸어가기 시작했다.

길영은 멀리서 박홍주가 다가가는 터널 쪽을 바라보면서 고개를 갸웃거렸다. 지나가는 사람은 한 명도 보이지 않는 외진 도로였다. 게다가 터널이 길게 이어져 있어서 소리가 음울하게 울렸고, 삭막한 주변 풍경 때문에 으슥한 분위기가 감돌았다. 발소리를 죽인 그녀는 민첩한 동작으로 박홍주의 뒤를 밟았다. 터널 안은 조도가 낮아서 깊숙이 들어가는 박홍주의 모습이 마치 검은 덩어리처럼 보였다. 일정한 간격을 유지하던 그녀가 누군가와 대화를 나누고 있는 박홍주를 발견하고는 재빨리 몸을 뒤로 숨기고 상대를 확인하기 위해 눈을 가늘게 떴다. 상대의 모습은 박홍주에게 가려져 잘 보이지 않았지만 심각한 분위기와 무거운 말투가 심상치 않았다. 그녀는 팽팽한 긴장감을 느끼며 자신도 모르게 주먹을 움켜쥐었다. 박홍주가 은밀하게 만나는 상대가 누구인지 알기 위해 천천히 몸을 앞으로 숙이고 가려져 있던 얼굴을 확인하는 순간, 그녀는 숨을 들이켰다. 여러 번 만난 적이 있던 터라 한눈에 양 신부를 알아볼 수 있었다. 들키지 않도록 조용히 몸을 돌린 그녀가 서둘러 자리를 떠났다.

요양원 복도를 걷는 보호사의 걸음은 차분했다. 최윤은 마른 햇볕이 쏟아져 들어오는 창밖을 바라보며 계절이 변하는 것을 느꼈다. 앞서가던 보호사가 어느 방에서 걸음을 멈추고 그를 돌아보았다.

"몇 년 동안 찾아온 사람이 아무도 없었는데, 황윤심 할머니 치매 초기예요. 말씀 오래 하지 마시고요. 그리고 이상한 말해도 놀라지 마세요. 원래 유명한 무당이었다는데 지금도 조금 무섭거든요. 저희도 깜짝깜짝 놀라요."

차분하게 설명하는 보호사에게 최윤이 고개를 끄덕였다. 방 안으로 들어서자 허공을 바라보며 초점 없이 앉아 있는 할머니가 보였다. 하얗게 센 머리가 산발이 되어 있었고, 살짝 벌어진 입가에는 침이 묻어 있었다. 그가 침대 옆으로 조심스럽게 다가가 화평을 기억하는지 물었다. 눈을 빠르게 깜빡거리던 할머니가 시선을 멀리 던지며 웅얼거렸다.

"호정마을 세습무 집안의 아이……. 기억하지. 기억해."

"저 할머니……."

"만신님!"

"아, 네. 만신님, 그때 그 세습무 집안 아이에게 한 굿이 무엇이었나요?"

"눌림굿이었지. 큰 신…… 아니 큰 귀신이 그 몸에 내려왔었어. 쫓아낼 수가 없었어……. 그래서 그 무서운 기운을 그냥 달랬어. 자제시킨 거야."

황윤심 할머니가 어깨를 움츠리며 몸을 떨었다. 최윤이 상체를 앞으로 숙이며 물었다.

"그게 박일도였나요?"

순간 할머니가 고개를 들고 소리쳤다.

"박일도든 뭐라고 부르든! 그 큰 귀신은 걔가 자기 것이라고 했어! 절대 그 몸에서 나가지 않을 거야. 그 안에 있을 거야. 그런데…… 눌림굿 효험이…… 없어질 때가 됐지."

"그럼 어떻게 되나요?"

"기운이 사람을 잡아먹겠지. 큰 귀신이 온전히 들어앉겠지. 보이지 않는 게 보이고! 들리지 않는 게 들리고!"

할머니는 한겨울에 칼바람을 맞는 사람처럼 덜덜 떨며 주위를 둘러보았다. 깨끗하게 정돈된 병실에는 얼룩 한 점 없었지만 할머니는 눈치를 보는 것처럼 허공을 힐긋거렸다. 그러다 최윤을 향해 홱 고개를 돌리고 쏘아붙였다.

"너한테도 귀신들이 수작을 부렸지? 저주를 줬지? 큰 귀신이 사람을 죽이고! 사람이 죽어 나가고! 사람이 죽어!"

할머니가 발작을 일으키며 마구 소리를 질러댔다. 당황한 최윤이 어찌할 바를 모르고 주춤거렸다. 곧이어 멀리서 빠르게 뛰어오는 발소리를 들

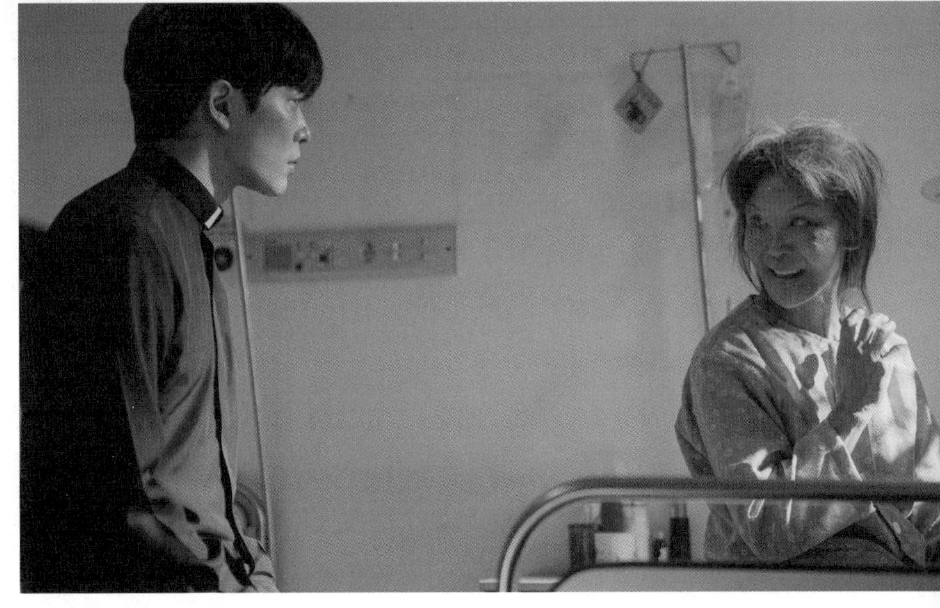

으며 그는 더 깊은 혼란에 빠졌다.

계양진에서 돌아온 최윤은 곧바로 상용 동부 경찰서로 향했다. 연락을 받은 길영이 입구로 나오자 그는 화평이 의심스럽다고 이야기했다. 그녀는 황당한 표정을 지으며 목청을 높였다.

"뭐? 너 지금 그게 무슨 말이야?"

"양 신부님이 윤화평 씨를 의심합니다. 그날 그 자리에 있었던 다섯 사람 중 진짜 박일도는 윤화평 씨라고요."

"윤화평을?"

"박일도인 윤화평 씨가 주위 사람들을 철저히 속이고 있거나 아니면, 윤화평 씨 본인이 박일도인지 모를 수도 있다고 하더군요."

"윤화평이 스스로가 박일도인지 모른다고?"

"그래서 계양진에 가서 윤화평 씨에게 눌림굿을 했던 무당을 만났어요. 그 무당도 악령이 윤화평 씨 몸에 있을 거 같다고 하더군요."

최윤이 확신하는 말투로 말하자 길영이 발끈했다.

"지금껏 같이 박일도를 쫓았다고!"

"부마자들한테 감응하는 능력……. 사실 그런 건 불가능합니다. 박일도 본인이 아니고서야."

"윤화평은 아닐 거야."

"나도 그렇게 믿고 싶습니다."

"난 윤화평보다 양 신부가 수상해."

길영이 무거운 목소리로 말하자 최윤이 화들짝 놀라며 물었다.

"양 신부님이요? 그게 무슨 말입니까?"

"박홍주한테 갔었어. 일부러 박일도 정체를 알고 있다고 찔러봤지. 그랬더니 바로 움직이더라고. 박홍주가 만나는 자가 박일도일 거라고 생각했어. 그런데 양 신부를 만난 거야."

길영이 의심스러운 눈빛으로 힘주어 말했다. 최윤은 그럴 리 없다는 듯이 대수롭지 않게 대답했다.

"나눔의 손 때문에 만났겠죠."

"아니야. 늦은 밤, 그 장소, 확실해! 양 신부가 박일도가 아니라면 최소한 박일도를 알고 있는 거야."

길영은 물러서지 않았다. 그날 밤 목격했던 두 사람 사이에는 분명 이상한 분위기가 흐르고 있었다. 그녀가 미간을 찡그리며 말을 이어나갔다.

"게다가 박홍주가 경찰 윗선에 압력을 가하고 있어. 내가 신경 쓰인다는 거지. 양 신부가 진짜…… 수상해."

최윤은 혼란스러운 표정으로 시선을 떨어뜨렸다. 박일도가 누구인지는 몰라도 한 가지는 분명했다. 모두를 철저하게 속일 만큼 간교하고 사악하다는 것. 그는 마음속에서 박일도를 가리키는 바늘이 화평과 양 신부 사이에서 흔들리는 것을 느꼈다.

거꾸로 된 십자가

화평은 익숙한 골목을 걸으며 서둘러 움직였다. 오른쪽 눈에 느껴지는 열기가 심상치 않은 것을 보아 또다시 통증이 찾아올 모양이었다. 멀리 보이는 집 현관을 향해 다가가는 순간 그가 신음을 뱉으며 몸을 휘청거렸다. 손을 뻗어 벽을 짚고 가쁜 숨을 몰아쉬었다. 기다란 꼬챙이가 오른쪽 눈을 관통하는 것처럼 고통이 일었고, 심장 박동이 미친 듯이 뛰었다. 집 현관을 몇 걸음 남겨두고 꼼짝도 하지 못하던 그는 문득 누군가 골목 끝에서 자신을 바라보고 있다는 것을 눈치챘다. 가까스로 고개를 들자 골목 어귀에서 무표정한 얼굴로 자신을 빤히 쳐다보는 남자가 보였다. 깜짝 놀란 그가 말을 뱉었다.

"아버지……."

윤근호의 몸에선 검푸른 빛이 일렁거렸다. 그 모습이 한낮의 열기에서 겉돌며 이질적으로 보였다. 통증이 줄어든 화평은 곧바로 아버지가 서 있던 자리로 달려갔으나 이미 자취를 감추고 없었다. 체념하고 돌아서려는 찰나 다시 아버지의 뒷모습이 보였다. 그는 좁은 골목을 지나 한참을 뒤쫓아 가다가 문득 죽은 아버지가 무언가를 알려주고 싶어 한다는 느낌을 받았다. 웃지도 않고 화도 내지 않는 표정으로 그저 어딘가를 향해 움직이고 있었으니까. 그리고 마지막으로 아버지의 모습이 나타난 곳은 공중전화 부스였는데, 그 안에서 윤근호는 그를 빤히 쳐다보며 알 수 없는 표정을 지었다. 그는 갑자기 사라진 아버지의 흔적을 찾으며 두리번거렸으나 더 이상은 나타나지 않았다.

집으로 돌아온 화평은 등이 땀으로 흥건하게 젖어 있었다. 지친 얼굴로 멍하니 서 있는데 현관 밖에서 요란하게 문을 두들기는 소리가 들렸다. 화들짝 놀란 그가 머리카락을 흐트러뜨리며 벌컥 문을 열었다. 그러자 앞에 서 있던 육광이 눈을 커다랗게 뜨고 말했다.

"깜짝이야! 표정이 왜 그래? 귀신이라도 봤냐?"

화평은 어두운 기색으로 다시 안으로 들어갔다. 그런 다음 소파에 털썩 앉아 넋이 나간 표정으로 허공을 응시했다. 뒤따라 들어온 육광이 바닥에 주저앉아 의아한 눈길로 그를 살폈다. 그가 우울한 목소리로 말했다.

"아버지를 봤어."

"아버지를 봤다고?"

"응. 어릴 때 죽은 사람들을 가끔 봤어. 그거랑 같았어."

육광이 눈가를 찡그리며 무언가 골똘히 생각했다.

"눌림굿이 그 효험을 다 한 거야."

"오른쪽 눈이 아픈 것도?"

"그것도 어릴 때 박일도에 씌어서 그런 거고. 이유는 모르지만 눌림굿 때문에 없어졌던 네 신기가 풀린 거다."

"그럼 어떻게 되는데?"

화평이 몸을 당겨 앉으며 물었다.

"보면 안 되는 게 보이고, 들으면 안 되는 게 들리겠지."

"왜 갑자기 눌림굿 효험이 끝났을까?"

화평이 말을 하는 동시에 구석을 응시하며 눈을 가늘게 떴다. 순간 육광이 그가 바라보는 방향을 힐끔거리며 겁먹은 목소리로 물었다.

"왜? 뭐 또 보여?"

"아니, 안 보여."

"당분간 몸 사리고 있어. 괜히 무섭네. 난 갈란다."

육광이 오한을 느끼는 것처럼 몸을 움츠리며 자리에서 일어났다. 갑자기 화평이 큰소리로 육광을 불러 세웠다.

"형!"

"왜?"

"조금 전에 아버지가 보여준 게 뭔지 생각났어. 지난번 여관에서 아버지 만났을 때 아버지가 전화를 받고 와서 갑자기 변했거든. 그 전화 분명 박일도한테서 온 전화일 거야. 전화를 통해서 잡귀를 들게 한 거야. 그 여관에 온 전화번호 좀 알아봐 줘. 형 아는 사람 중에 경찰도 있잖아."

"강 형사한테 알아봐. 그게 더 빠르지."

"강 형사한테 연락 안 해. 자꾸 이 일에 끼어들게 할 수 없어."

화평이 진지한 말투로 대답했다. 육광은 입안에 맴도는 말을 삼키고는 고개를 끄덕였다.

다음 날 화평은 육광에게서 받은 쪽지를 들고 집 근처 공중전화로 향했다. 수화기를 손에 든 그는 긴장한 얼굴로 숨을 크게 내쉬었다. 동전을 집어넣고 쪽지에 적힌 번호를 누르자 신호가 길게 이어졌다. 연결이 끊어지려던 찰나 딸칵 소리가 들렸고, 그는 마른침을 삼키며 귀를 기울였다.

"여보세요?"

"아 저기…… 혹시 거기가 어딥니까?"

"상용 동부 성당입니다. 누구시죠?"

상용 동부 성당, 중년 남성의 목소리, 낯익은 느낌. 화평은 전등이 켜진 것처럼 머릿속에 한 사람의 얼굴이 번쩍 떠오르자 말을 잇지 못했다. 아버지에게 전화를 걸었던 사람은 바로 양 신부였다. 그가 의아한 말투로 다시 물었다.

"여보세요?"

충격을 받은 화평은 다급하게 전화를 끊고 한참을 서 있었다. 이제까지 박홍주를 의심하며 뒤쫓아 왔는데 전혀 예상치 못했던 사람이 나타난 셈이었다. 그는 오른쪽 눈의 통증이 더 심해지기 전에 양 신부를 만나 정체를 밝혀야겠다고 생각했다.

화창하게 갠 하늘을 바라보며 화평은 눈가를 찌푸렸다. 여유롭게 떠다니는 구름 사이로 뾰족한 탑이 높게 솟아 있었다. 그는 동부 성당에 가까이 다가갈수록 음울한 기운을 느끼며 휘청거렸다. 지나가던 수녀가 그 모습을 보고 다가와 팔을 부축해 주었다. 그는 손을 내저으며 괜찮다는 인사를 하고 곧바로 양 신부의 집무실로 향했다.

일을 마치고 돌아온 양 신부는 화평을 마주 보고 앉았다. 서로 말을 꺼내지 않았지만 둘 사이에는 묘한 기류가 흘렀다. 비극적인 사건이 일어났던 그날, 그 집에 있었던 사람은 다섯이었다. 두 명은 죽었고, 한 명은 의식이 없었으므로, 남은 두 명은 화평과 양 신부였다. 화평은 양 신부를 가만히 뜯어보다가 날카롭게 말했다.

"아버지가 빙의된 날, 여관으로 전화한 적 있으시죠? 여관으로 걸려온 전화번호를 조사했습니다."

양 신부가 입가에 미지근한 미소를 띠며 대답했다.

"맞아요. 전화했습니다."

"왜죠?"

"할아버지께서 부탁했으니까요."

"할아버지가요?"

화평이 움찔하며 물었다.

"아들이 자신을 보자마자 박일도라고 했다더군요. 도움을 청할 사람이 없어서 교구청을 통해 저를 찾아왔습니다. 박일도의 존재를 믿어줄 사람은 나밖에 없으니까요."

화평은 긴장을 풀지 않은 채 의심스러운 눈빛을 보였다.

"아버지랑 무슨 대화를 했습니까?"

"사실 통화도 제대로 못 했습니다. 내 목소리를 듣더니 전화를 그냥 끊었습니다."

"그게 다라고요?"

화평이 목청을 높이자 양 신부가 의아한 얼굴로 대꾸했다.

"왜 그러죠? 전화한 게 문제가 됐나요?"

"신부님과 통화한 후 바로 빙의됐으니까요."

화평은 말을 하는 동시에 예리한 눈길로 양 신부의 표정을 살폈다.

"그 말은……. 아니, 그보다 그때 당신 아버지가 마지막으로 만난 사람이 바로 윤화평 씨라는 거죠?"

양 신부가 냉랭한 표정으로 말했다. 화평은 기분 나쁜 듯이 눈썹을 꿈틀거렸다.

"무슨 뜻이죠?"

"부마자와 서로 감응하는 그 증세를 가진 게 언제부터입니까?"

"그건 왜 물어보냐고요?"

"혹시 감응해서 깰 때 다른 장소에서 깬 적은 없습니까? 몽유병같이 낯선 장소에 서 있거나……."

"없어요, 그런 적!"

양 신부의 말을 자르며 화평이 소리쳤다. 그가 박일도를 의심하며 양 신부를 찾아온 것처럼, 양 신부도 그를 의심하고 있었다. 급격히 표정이 굳어진 그는 싸늘한 눈길로 양 신부를 쳐다보았다. 양 신부는 무심한 얼굴로 휴대용 스테인리스 병을 들어 찻잔에 술을 부었다. 그는 찻잔을 입가로 가져가는 양 신부의 손이 희미하게 떨리는 것을 보았다. 집무실 안에 흐르는 무거운 침묵이 그의 어깨를 짓눌렀다. 서로에 대한 의심은 극에 달했지만, 정체를 드러나게 할 수 있는 방법은 대화가 아니었다. 그는 무거운 숨을 내쉬며 시선을 돌렸고, 문득 양 신부 뒤편에 걸려 있는 십자가가 눈에 들어왔다.

"저 십자가…… 거꾸로 됐어요."

"저거요? 못이 헐거워서 자꾸 빠지네요."

자리에서 일어난 화평이 거꾸로 뒤집힌 십자가를 향해 다가갔다.

"못이 안 보이는데요?"

화평이 손끝으로 벽을 더듬으며 못이 빠진 흔적을 찾았다. 그런 다음 다시 십자가를 붙잡고 제 모양으로 돌리려는 찰나, 시야가 일그러지며 캄캄한 어둠이 몰려왔다. 누군가 손으로 눈알을 잡아당기는 것 같은 강렬한 충격이었다. 그는 가까스로 비명을 참으며 손으로 오른쪽 눈을 더듬거렸다. 뒤편에서 양 신부의 목소리가 날아들었다.

"왜요? 어디 불편합니까?"

"아, 아뇨. 오늘은 그만 가볼게요."

화평은 심장을 조이는 고통에 입을 악다물었다.

화평의 집을 찾아온 최윤은 주먹을 쥐고 문을 두드렸다. 쾅쾅, 쾅쾅. 문이 요란하게 울리자 멀리서 개 짖는 소리가 사납게 들려왔다. 그가 머뭇거리며 시간을 확인하려는데 마침 전화가 걸려왔다.

"네, 신부님."

"너 지금 어디냐?"

수화기 너머에서 양 신부의 목소리가 들렸다.

"윤화평 씨 만나러 왔어요."

"윤화평, 방금 날 찾아왔었다."

"네? 신부님을요?"

"내 이야기 잘 들어라. 방금 내가 일부러 방 안에 십자가를 거꾸로 뒀어. 그런데 그 십자가를 만지더니 몸이 아픈지 이상한 반응을 보였어."

양 신부가 목소리를 낮추며 말했다. 최윤은 믿을 수 없다는 표정으로 고개를 갸웃거렸다.

"그럴 리가요. 지금까지 저와 다니면서 십자가에 반응한 적 없어요."

"그건 네가 보고 싶은 거만 봐서 그런 거야! 진짜 제대로 윤화평의 반응을 본 적 있니? 넌 의심조차 안 했잖아. 네 형처럼 너까지 당하는 수가 있어! 내가 말했지. 악마는 한 번 노린 인간은 끝까지 쫓아간다고!"

버럭 화를 내는 양 신부의 목소리에는 조바심이 묻어났다. 최윤까지 잘못될까 봐 전전긍긍하는 말투였다. 최윤은 입술을 지그시 깨물며 복잡한 표정으로 말했다.

"신부님, 제가 윤화평 씨를 만나 보겠습니다."

"그래, 윤화평 그자를 살펴봐. 내 말을 믿고 자세히 살펴봐. 조심하고! 그 말을 믿지 마! 의심하고, 끝까지 경계해야 해!"

"네……."

무거운 대답과 함께 전화가 끊어졌다. 화평의 집 앞에 선 최윤은 조각처럼 굳어버린 채 한동안 깊은 생각에 빠졌다. 한시라도 빨리 진실을 밝히지 않으면 눈덩이처럼 불어난 의심에 깔려버리고 말 거라는 예감이 들었다.

다음 날 최윤은 버스 정류장을 향해 걸어갔다. 머리 위로 쏟아지는 뜨거운 햇볕이 온몸을 짓누르는 것처럼 느껴졌고, 걸음을 내디딜 때마다 다리에 족쇄가 묶인 것처럼 무거웠다. 버스 정류장에 도착하자마자 벤치에 털썩 주저앉은 그는 목덜미를 매만지며 크게 숨을 들이켰다. 며칠 동안 충분히 잠을 자지 못한 데다 제대로 먹지 않아서 지친 기색이 역력했다. 그는 힘없이 어깨를 늘어뜨리고 두 손으로 얼굴을 감싸 쥐었다. 눈을 감고 잠시 휴식을 취하려는데 갑자기 귓가에 속삭이는 낯선 여자의 목소리가 들렸다.

"첫 번째…… 밤마다 칼에 찔리는 고통을 겪을 거야."

팔에 소름이 쫙 끼친 최윤이 번뜩 고개를 들었다. 그러자 옆에 선 젊은 여자가 이어폰을 낀 채 음악을 듣고 있는 모습이 보였다. 젊은 여자는 오로지 버스만 살피고 있었다. 그가 고개를 갸웃거리며 긴장을 풀었다. 너무 피곤한 탓에 착각을 한 모양이었다. 그때 이번에는 바로 앞에 선 남자로부터 목소리가 들려왔다.

"두 번째로 우리를 만나면, 칼에 찔린 상처가 온몸에 드러나고, 살이 썩고, 피가 썩고, 영혼이 썩어갈 것이다."

이번에는 분명 등을 돌리고 서 있는 남자의 목소리가 분명했다. 최윤은 인상을 찌푸리며 신경질적으로 귀를 막았다. 주파수가 맞지 않는 라디오처럼 잡음이 섞인 음성은 기분 나쁘게 신경을 긁어댔다. 그가 환청을 들으며 괴로워하는 사이, 가슴에 날카로운 칼이 꽂히는 통증이 일었다. 쓰러지듯 상체를 앞으로 숙인 그는 가슴을 쥐어뜯으며 괴로운 신음을 흘렸다. 주위에 서 있던 사람들이 놀라 그에게 다가왔다. 정신이 아찔해지며 시야가 뭉그러진 그는 식은땀을 흘리며 몸을 비틀었다. 속에서 치미는 구역질을 느끼며 입을 틀어막고 눈에 보이는 건물로 뛰어갔다. 화장실 빈칸에 쓰러져 토악질을 하고 난 그는 아무런 실체가 없는 상처에 온몸을 떨었다. 깊은 밤이면 찾아오는 음울한 기운이 한낮까지 손길을 뻗쳐오며 영혼을 손아귀에 쥐려 했다. 저주처럼 느껴지는 통증의 시간은 점차 길어지고 있었으며, 내부에 들어찬 생기를 빨아먹으며 몸집을 부풀리는 것 같았다. 괴로운 마음에 신경질적으로 입술을 깨물자 입가에 비릿한 피가 돌았다. 그는 세면대로 걸어가 찬물을 세게 틀고 얼굴에 연거푸 물을 끼얹었다. 찬기가 감돌자 정신이 든 그는 거울 속에 비친 자신의 모습을 바라보았다. 초췌한 얼굴에는 우울한 기색이 짙게 배어 있었고, 생기가 사라진 볼은 움푹 패여 있었다. 뒤편에서 다시 중년 남자의 목소리가 들렸다.

"세 번째로 우리를 만나면 그때는 반드시 죽을 거다."

거울에 비친 칸막이에서 험악하게 인상을 쓴 남자가 최윤을 노려보고 있었다. 심장이 미친 듯이 뛰기 시작한 그가 허겁지겁 다가가 칸막이를 살폈다. 모든 곳을 열어 보아도 사람의 흔적은 찾을 수 없었다. 그가 몸을 돌려 화장실을 나가려고 하자 중년 남자가 크게 외치는 소리가 들려왔다.

"그놈이 박일도다. 윤화평, 그놈이 박일도야!"

최윤의 검은 동공이 순식간에 부풀었다. 모든 정황이 정말 윤화평을 가리키는 것인지, 아니면 그저 악령들의 간사한 목소리에 놀아나고 있는 것인지, 그는 더 이상 판단할 수가 없었다. 언제부턴가 길을 잃고 미로 속을 맴돌고 있다는 생각이 들었다. 그는 화장실에 난 작은 창으로 새어 들어오는 한 줄기 빛을 보며 깊은 절망을 느꼈다. 환한 빛 속에서도 악령의 손길을 막을 수 없었고, 무엇보다 더 이상 악마와 싸워서 무너지지 않을 자신이 없었다. 자신의 영혼이 균열을 일으키며 조각조각 부서지고 있다는 착각에 눈앞이 아찔했다.

그날 밤 최윤은 육광의 집을 찾았다. 현관을 열고 나온 육광이 그를 확인하고 의아한 표정을 지었다. 사제가 갑자기 무속인의 집을 찾아온 이유가 도무지 짐작 가지 않는 얼굴이었다. 그는 육광이 무슨 말을 하기도 전에 다짜고짜 집 안으로 들어섰다. 머릿속에 떠오르는 질문들을 해결하지 않으면 돌아버릴 것 같은 심정이었다. 현관을 닫고 뒤따라 들어온 육광이 자리에 앉자 그가 물었다.

"윤화평 씨랑 안 지가 얼마나 됐습니까?"

"대략 십 년쯤 되죠. 걔가 스무 살쯤 인가? 애가 거지꼴을 하고 나타나선 미친놈처럼 귀신을 쫓을 수 있냐고 했죠."

"그때부터 박일도를 쫓았다는 겁니까?"

"그랬죠. 박일도 때문에 삶이 망가졌어요. 잡겠다는 그 집념으로 겨우 버틴 거지. 어휴, 내가 잔소리하고 잡아주니까 그나마 사람처럼 사는 거예요."

육광이 한숨을 내쉬며 한탄했다. 최윤이 냉랭한 눈빛을 바꾸지 않자 육광이 이상한 낌새를 느끼고 물었다.

"그 자식 참 불쌍한 놈입니다. 그런데 왜…… 갑자기?"

"윤화평 씨 요즘 이상하지 않습니까?"

"뭐가요? 이상해? 여자라도 만나요?"

"평소와 다르거나. 혹시 한쪽 눈이 안 보이거나."

육광이 곰곰이 기억을 떠올리다가 대답했다.

"한쪽 눈…… 맞아요. 한쪽 눈이 계속 아프다고 했어요."

"오른쪽 눈 맞죠?"

최윤이 눈빛을 번뜩이자 육광이 눈치를 채고 말했다.

"에이, 설마?"

"그 오른쪽 눈! 박일도일 가능성이 있습니다!"

"어허, 그건 어릴 적에 했던 눌림굿이 효력이 다 돼서 그런 거예요! 화평이가 어떻게 박일도예요? 걔가 잡겠다고 몇 년을 쫓아다녔는데!"

육광이 확고한 목소리로 손사래를 쳤지만 최윤은 물러서지 않았다.

"속을 수도 있는 겁니다! 도사님도 속고, 윤화평 본인도 속았을 수 있다고요! 그 악령이 자기 속에 있는 걸 모를 수도 있다고요."

최윤이 심각하게 말하자 육광이 급격히 안색을 바꾸었다.

"어허, 무서운 소리 하시네."

"이십 년 전 우리 형이 죽기 전에 윤화평 아버지에게 이런 말을 했답니다. 박일도가 윤화평의 집에 아직 있다고. 이게 무슨 의미겠습니까? 당시 집에 있었던 어린 윤화평을 가리킨 거겠죠. 윤화평 속에 박일도가 있다는 겁니다!"

"그 집에 뭔가 있다는 건가?"

육광은 말속에 숨겨진 의미를 곱씹었다. 그러다 문득 정신을 차리고 최윤을 쏘아보았다.

"그런데! 지금 힘을 합쳐도 모자랄 판에 왜 서로 의심합니까? 신부 양반, 평소에 참 침착해서 제일 안 휘둘릴 줄 알았는데 혹시 뭔가에 홀려서……."

"됐습니다! 그쪽이야말로 악마 잡귀에 홀렸겠죠! 이런 걸 믿으니까!"

갑자기 최윤이 화를 내며 제단 위에 올려진 그림과 물품 들을 가리켰다. 육광은 어이가 없다는 듯이 혀를 차며 대꾸했다.

"허 참! 서로 다른 거지. 잘못된 건 아니잖수!"

"됐습니다. 제가 알아서 하죠."

최윤이 자리를 박차고 일어섰다.

"에이, 그러지 말고. 의심을 풀고 싶으면 내가 뭘 하면 돼요? 네?"

육광이 한결 누그러진 말투로 물었으나 최윤은 냉기가 도는 얼굴로 입을 다문 채 돌아섰다. 그는 성큼성큼 걸어 나가는 최윤의 뒷모습을 바라보며 혼잣말을 중얼거렸다.

"둘이 붙어 다니더니 화평이만큼 버럭 성질을 내네. 그런데…… 아직 그 집에 있다……. 그 집? 그 집이라?"

천천히 말을 되짚어 보던 육광의 눈빛이 깊어졌다.

집으로 돌아온 화평은 극심한 갈증을 느꼈다. 신발을 벗고 들어서자마자 냉장고를 열고 물을 꺼내 벌컥벌컥 들이마셨다. 뚜껑을 닫고 다시 넣어두는 순간 오른쪽 눈이 욱신거리며 시야가 뭉그러졌다. 검은 물감이 물에 퍼져나가듯이 앞에 보이던 불빛이 캄캄하게 물들었다. 당황한 그가 눈을 마구 비비며 빠르게 눈을 감았다 떴다. 그런 다음 왼쪽 눈을 가리고 고개를 들어 현관을 바라보았다. 선명했던 시야가 일그러지며 희미한 형태로 보였다. 눈가에 힘을 주며 초점을 잡으려는 찰나 문득 현관에 사람 형체가 어른거렸다. 그가 미간을 찡그리며 놀란 목소리로 물었다.

"아, 아버지?"

화평이 손을 내리며 자세히 보려고 하자 사람의 형체가 가까이 다가오며 몸을 숙였다. 그는 눈앞에 보이는 사람이 최윤임을 알아보고 긴장을 풀었다.

"어? 최윤……."

"눈은 왜 그러는 겁니까? 역시 안 보이는 겁니까?"

최윤은 무서운 표정으로 화평의 얼굴을 뜯어보았다. 기분 나빠진 화평이 뒤로 물러서며 소리쳤다.

"뭐야? 갑자기 와서!"

"진짜! 안 보이는 겁니까?"

최윤이 화평을 거칠게 밀어붙이며 다그쳤다. 뒤로 밀려난 화평은 울컥울화가 치밀었다.

"왜 이래?"

최윤은 아랑곳하지 않고 다급하게 가방을 열어 작은 병을 꺼냈다. 그런 다음 손가락을 넣어 병 안에 든 성수를 적셨다. 그가 자신을 의심하고 있다는 사실을 알아챈 화평이 소리를 질렀다.

"미쳤구나?"

최윤은 아무 말도 들리지 않는 것처럼 동작을 이어나갔다. 묵주를 손에 쥐고 준비를 마친 그가 화평에게 거칠게 달려들었다. 화평은 방어 자세를 취하면서 그의 양팔을 붙들었고, 화가 난 목소리로 경고하듯 외쳤다.

"그만하라고!"

최윤은 손에서 힘을 풀지 않은 채 화평을 무섭게 노려보았다. 화평 역시 최윤의 시선을 피하지 않았다. 둘 사이에 팽팽한 긴장감이 흘렀고, 누구 하나 물러설 생각이 없는 듯했다. 결심을 내린 최윤이 묵주를 감은 손을 거칠게 뿌리치고 구마 예식을 진행하기 시작했다.

"거룩한 십자가 우리의 빛이 되게 하소서!"

배신감을 느낀 화평은 입을 굳게 다문 채 기도를 읊는 최윤을 노려보았다.

"마귀가 우리를 지배하지 못하게 하소서!"

"그래! 해봐!"

화평이 악에 받쳐 소리를 질렀다. 최윤은 거친 목소리로 계속 기도를 이어나갔다.

"마귀야 물러가라! 네가 원하는 것은 악이니! 그 독은 네가 마셔라!"

최윤은 묵주를 쥔 손에 힘을 풀지 않은 채 화평의 반응을 살폈다. 그러나 그는 안색 하나 바꾸지 않고 최윤을 계속 노려보았다. 그의 상태가 예상과 다르자 혼란스러워진 최윤이 뒤로 물러서며 힘을 풀었다.

"아무런 반응이……."

"왜? 이상해?"

최윤이 넋이 나간 표정으로 중얼거리자 화평이 따지듯이 물었다.

"진짜 아닙니까?"

"아니라고 했잖아! 네가 그렇게 믿고 따르는 양 신부가 박일도라고! 강 형사도 양 신부를 의심하고 있어. 너도 들었지? 박홍주가 양 신부를 찾아간 거!"

"그, 그건……."

"아버지 여관에 전화한 것도 양 신부야! 네가 그랬잖아. 남은 두 명 중 한 명은 박일도라고! 난 아니니까 양 신부잖아. 같이 가서 확인해 보자고!"

"양 신부님이……. 아니요. 믿을 수 없습니다."

최윤은 악몽을 꾸는 사람처럼 몸서리를 쳤다. 그러다가 갑자기 몸을 돌려 도망치듯 자리를 벗어났다. 화평은 안색이 창백해진 그를 향해 외쳤다.

"어디가? 최윤!"

최윤은 나사가 풀린 사람처럼 비틀거리며 현관을 나섰다. 검은 사제복이 마치 몸에 엉겨 붙은 검은 그림자처럼 느껴졌다.

마음이 심란해진 화평은 육광의 집으로 향했다. 최윤의 상태가 어쩐지 이상하게 느껴졌다. 육광의 집 앞에 도착한 그가 손바닥으로 대문을 두들기며 소리쳤다.

"육광 형! 육광 형! 이 밤에 대체 어딜 간 거야?"

화평이 까치발을 들며 집 안을 들여다보려고 애썼다. 창가에는 육광이 항상 켜두는 촛불만 빛을 내며 일렁거리고 있었다. 그는 주머니에서 휴대전화를 꺼내 육광에게 전화를 걸었다.

"왜?"

"어디야? 형 집에 왔는데."

"지방에 좀 왔어."

"형! 아무래도 최윤이 이상한 거 같아."

"야! 나 올라가면 이야기하자. 너도 열쇠 있잖아. 냉장고에 고기 좀 남았어. 그거 먹고. 혼자 술 많이 마시지 말고. 잠도 좀 자고. 이놈아."

화평은 차에서 육광의 집 열쇠를 꺼내온 다음 문을 열고 안으로 들어갔다. 형광등을 켜고 방 가운데 앉은 그는 우울한 기색으로 멍하니 신당을 쳐다보았다. 자세를 고쳐 앉으며 긴장을 푸는 순간, 촛불 하나가 훅 꺼지며 뿌연 연기를 피웠다. 까만 심지만 남은 촛불을 발견한 그가 가까이 다가가 다시 불을 붙였다. 작은 불꽃이 일며 다시 빛이 켜지려는데 문득 등 뒤로 한기가 스치며 또 다른 촛불이 꺼졌다. 그는 알 수 없는 불안감에 입술을 질끈 깨물었다.

이불을 펴고 누운 화평은 연신 몸을 뒤척이며 잠들지 못했다. 무슨 일이 벌어질지 예측할 수 없었지만, 불행에 대한 예감은 언제나 빗겨나가지 않았기 때문이었다. 그는 나지막이 신음을 흘리며 몸을 웅크렸다. 언제나 무력하게 당하기만 하는 자신이 바보처럼 느껴졌다. 그때 문득 휴대전화가 울리며 번쩍거렸다. 그가 전화를 받자 육광의 다급한 목소리가 튀어나왔다.

"화, 화평아! 나 봤어! 봐…… 봤다고!"

"어디야!"

화평이 벌떡 일어나 앉으며 소리쳤다.

"화평아, 나 박일도! 박일도가 누군지 알았다. 알았다고……."

겁에 질린 육광의 목소리가 벌벌 떨렸다. 화평이 휴대전화를 귀에 바짝 붙이며 물었다.

“무슨 소리야? 그게?”

“박일도는……. 컥!”

말을 하던 육광이 갑자기 숨이 막히는 것처럼 앓는 소리를 냈다. 놀란 화평이 자리에서 일어나 안절부절못하며 애타는 목소리로 소리쳤다.

“형! 육광 형! 무슨 일이야?”

화평이 계속 육광을 불렀지만 그는 대답하지 못하고 꺽꺽거리기만 했다. 그러다 통화가 끊어졌고 화평은 서둘러 다시 전화를 걸었다. 그러나 이번에는 신호음만 길게 이어질 뿐이었다.

양신부

버스 정류장 벤치에 앉은 최윤은 멍한 표정으로 오랜 기억을 길어 올렸다. 어린 시절 가족들이 죽은 이후 계양진 보육원으로 보내진 어린 최윤은 우울한 날들을 보냈었다. 사람들은 수군거리며 손가락질을 했고, 또래 아이들은 보육원 건물 뒤편으로 끌고 가 툭하면 시비를 걸었다. 그는 지금까지도 귓가에 생생하게 맴도는 아이들의 목소리에 눈가를 찡그렸다. 비극적인 일을 감당하기에는 너무 어린 나이였고, 사람들의 비난 섞인 말에는 차가운 얼굴로 침묵하는 것이 최선이었다.

"어이! 최윤! 말해봐. 말 못 해? 악마가 씌어서?"

"웃지도 못하지? 악마 자식!"

"너희 형도 악마고, 너도 악마지?"

서너 명의 아이들이 어린 최윤을 둘러싸고 몸을 밀치거나 침을 뱉었다. 그가 냉랭한 표정으로 가만히 서 있으면 주먹을 들어 얼굴을 후려치기도

했다. 입가에 비릿한 피가 흘러도 그는 꼿꼿이 선 채 아무런 대응도 하지 않았다. 그러면 오히려 약이 바짝 오른 아이들은 더 세게 발길질을 해댔다. 어린 최윤에게는 자주 일어나는 일이었다. 마음의 문이 두꺼워지며 단단하게 닫혔고, 표정을 드러내는 일이 줄어들었다. 매 순간 세상 사람들 모두가 손가락질하며 수군거리는 것처럼 느껴졌다. 여느 때처럼 아이들이 어린 최윤을 몰아붙이고 있을 때 멀리서 누군가 고함을 쳤다. 깜짝 놀란 아이들이 뒤를 돌아보자 이쪽을 향해 달려오는 신부님이 보였다. 굳은 표정으로 서 있는 그에게 다가온 신부님은 달아나는 아이들을 혼내며 혀를 찼다. 그런 다음 시선을 낮추고 그를 바라보며 따뜻한 목소리로 물었다.

"윤아 괜찮니?"

어린 최윤이 대답하지 않자 양 신부가 얼굴을 살펴보며 말했다.

"잠깐만, 내가 가서 약상자 가져올게."

양 신부가 돌아서서 건물 안으로 가려는데 최윤이 작은 돌을 던졌다. 양 신부가 놀라서 바라보자 눈물이 그렁그렁 고인 아이가 씩씩거리고 있었다.

"윤아……."

"우리 형이 한 짓 아니라고요! 악마가 아니라고요!"

커다란 목소리로 소리친 최윤이 울음을 터뜨렸다. 굳어버린 표정을 풀고 처음으로 제 속내를 꺼내 보인 순간이었다. 양 신부가 안쓰러운 눈길로 어린 최윤을 바라보다가 가까이 다가가 품 안에 감싸 안았다. 어린 최윤은 목청껏 울면서 작은 어깨를 들썩였다. 양 신부가 두 팔에 힘을 주고 더 세게 안으며 다정하게 말했다.

"그래, 너희 형이 한 짓이 아니야. 괜찮아……. 이제 내가 널 돌봐주마. 괜찮아."

어린 최윤은 양 신부의 품에 얼굴을 파묻고 서럽게 울었다. 양 신부는 그의 여린 머리를 쓰다듬으며 울음이 그칠 때까지 따뜻한 온기를 나누어 주었다.

어둠이 짙게 내려앉은 밤, 최윤은 자신을 걱정하던 양 신부의 눈빛을 기억했다. 그에게 양 신부는 유일한 가족과 다름없었기에, 양 신부가 박일도일지 모른다는 생각만으로도 온 세상이 무너지는 기분이 들었다. 그가 문득 고개를 들어 우울한 눈빛으로 밤거리를 응시했다. 현란하게 번쩍이는 불빛들과 속도를 높이는 자동차 소리, 그리고 어디론가 바쁘게 걸어가는 사람들이 보였다. 그는 괴로운 표정으로 머리를 감싸 쥐었다. 어린 시절의 그날처럼 누군가 툭 건드리기만 해도 울음이 터질 것 같았다.

밤늦게 동부 성당을 찾아온 최윤은 양 신부의 집무실 문을 두드렸다. 대답을 기다리는데 지나가던 수녀가 그에게 다가와 인사를 건넸다. 그가 고개를 숙이며 수녀에게 물었다.

"양 신부님 안 계신가요?"

"지방 교육관에 가셨어요. 새벽 기도 때 오실 겁니다."

"네."

수녀의 말에 발길을 돌리던 최윤은 문득 걸음을 멈추었다. 그리고 양 신부가 없는 집무실을 응시했다. 양 신부가 박일도라면 악마의 본성을 드러낸 표시가 남아 있을지도 모른다는 생각이 스쳤다. 눈가에 힘이 들어간 그가 주위를 살폈다. 수녀가 지나간 복도에 다른 사람은 보이지 않았다. 그는 재빠르게 문을 열고 안으로 조용히 몸을 밀어 넣었다.

어둠이 고여 있는 집무실은 이전과 특별히 달라 보이지 않았다. 최윤은 책장에 꽂혀 있는 책들을 살펴보다가 책상 앞으로 다가갔다. 소지품을 확인하기 위해 서랍을 열려고 하다가 잠시 불편한 마음에 손을 멈추었다. 양 신부의 집무실을 뒤지는 일은 그야말로 그가 박일도라고 의심하는 것이었다. 그러나 계속 커져가는 불안감에 그는 벼랑 끝으로 떠밀리는 기분이었다. 결국 모두를 의심하며 박일도의 정체를 제대로 밝혀내지 않으면 절대 끝나지 않을 비극이었다. 그는 서랍을 열고 안에 들어있는 소지품들을 하나하나 살펴보기 시작했다. 양 신부의 물건들에는 특이점이 없었고, 부마자가 남길 만한 흔적도 없었다. 긴장한 기색으로 신경을 곤두세우던 그는 안도의 숨을 내쉬었다. 물건을 원래대로 정리한 다음 서랍을 닫고 다른 곳을 둘러보았지만 역시 마찬가지였다.

최윤이 가벼운 마음으로 집무실을 빠져나가려고 고개를 들었다. 그때 불현듯 책상에 올려둔 성경책이 눈에 들어왔다. 수시로 펼치고 읽어보았는지 손때가 묻은 성경책은 심하게 낡은 상태였다. 무심코 성경을 펼쳐본 그는 깜짝 놀라 숨을 삼켰다. 손을 덜덜 떨며 빠르게 페이지를 넘기자 처음부터 끝까지 한 글자도 보이지 않을 정도로 심하게 훼손된 종이들이 보였다. 충격을 받은 그가 믿기지 않는 표정으로 검게 칠해진 성경을 바라보았다. 머리를 세게 얻어맞은 것처럼 눈앞이 아찔했다.

새벽이 밝아오자 하늘에 검푸른 기운이 돌았다. 집무실에서 나온 최윤은 예배당에 앉아 장엄한 합창곡을 들었다. 미사보를 쓰고 기도에 몰두하는 신도들 사이에서 그는 두 손을 움켜쥐고 숨을 죽였다. 합창단이 목소리를 높이며 대영광송을 불렀고, 단상 위에 선 양 신부는 눈을 감은 채 입을 다물고 있었다. 그는 판도라의 상자를 여는 심정으로 양 신부의 차례를 기다렸다. 미사 순서가 지나가고 차례가 된 양 신부가 여유로운 표정으로 강단에 올랐다. 신도들이 강론을 듣기 위해 앞을 바라보자 양 신부가 미소를 보이며 입을 열었다.

"오늘의 강론은 특별히 성경 구절 하나를 인용해 보겠습니다. 제가 새벽 놀의 날개를 달아 바다 맨 끝에 자리 잡는다 해도……."

양 신부가 엄숙한 목소리로 구절을 읊기 시작하자 최윤이 눈썹을 꿈틀거리며 혼잣말을 했다.

"시편 백삼십구 편?"

"거기에서도 당신 손이 저를 이끄시고 당신 오른손이 저를 붙잡으십니다."

"거기에서도 당신 손이 저를 이끄시고 당신 오른손이 저를 붙잡으십니다."

양 신부는 기도가 깊어질수록 미묘하게 표정을 일그러뜨렸고, 최윤은 기도를 따라 외우며 신경을 곤두세웠다.

"어둠이 나를 뒤덮고 내 주위의 어둠이 또 밤이 되었으면!"

"어둠이 나를 뒤덮고 내 주위의 빛이 밤이 되었으면!"

최윤은 양 신부가 일부러 다르게 구절을 외운다는 사실을 깨닫고 번뜩 고개를 들었다. 그는 굳은 표정으로 기도에 집중하며 목청을 높였다.

"암흑인 듯 광명인 듯 어둠도 당신과 나에게는 어둡고 또 어두운 밤이 낮을 삼킵니다."

"암흑인 듯 광명인 듯 어둠도 당신께는 어둡지 않고 밤도 낮처럼 빛납니다."

충격을 받은 최윤이 자신의 귀를 의심하며 양 신부를 쳐다보았다. 그는 광기 어린 눈빛으로 허공을 바라보고 있었다. 마치 이곳에 절대 있어서는 안 될 존재를 갈구하는 것처럼 간사하고 악한 기운을 뿜어냈다. 최윤은 십자가 아래서 검은 미사를 진행하는 그를 보며 배신감에 몸을 떨었다. 가슴 깊은 곳에서 뜨거운 덩어리가 치밀어 오르며 얼굴이 붉게 달아올랐다.

미사 막바지에 이르자 양 신부는 영성체 예식을 진행하기 시작했다. 오른손으로 영성체를 잡고 왼손으로 영성체 접시를 이마 위로 들었다. 신도들은 고개를 숙이고 엄숙한 태도를 보였지만, 최윤은 분노를 억누르지 못하고 그를 사납게 노려보았다. 그는 최윤을 보지 못했는지 평소와 다름없이 선창을 시작했다.

"보라! 하늘의 어린양, 세상의 죄를 없애시는 분이시니 이 성찬에 초대받은 이는 복되도다."

양 신부의 목소리가 성당 안을 울리자 신도들이 일제히 선창을 반복했다. 그는 신도들이 복창을 하는 동안 성체를 쪼개어 입에 가져다 대었다. 그러나 입안으로 넣어 삼키지 않고, 먹은 것처럼 시늉만 했다. 최윤은 더

이상 견딜 수 없다는 듯이 자리에서 벌떡 일어났다. 그가 성작을 들어 포도주를 마시는 사이 최윤이 성당 가운데로 성큼성큼 걸어가 단상에 올랐다. 험악하게 일그러진 표정을 한 최윤의 이상한 행동을 발견한 신도들이 웅성거리기 시작했다. 의아하다는 얼굴로 서 있는 그의 손에서 성작을 낚아채며 최윤이 소리쳤다.

"이거 그냥 물이잖습니까!"

성작을 뒤집자 바닥에 투명한 물이 쏟아졌다. 최윤이 입가를 일그러뜨리며 양 신부를 쏘아붙였다.

"아까 그 시편은 도대체 뭡니까? 왜 성체를 영하지도 않았습니까?"

양 신부는 무심한 표정으로 최윤을 응시했다. 차가운 기운이 가득한 양 신부의 검은 동공에서 악마의 그림자가 보였다. 최윤은 이제까지 눈치를 채지 못한 자신이 원망스러울 지경이었다. 감정이 폭발한 그가 악다구니를 썼다.

"당신이었다고, 당신이었다고!"

최윤이 분노를 뿜어내며 양 신부에게 다가가자 주위에 있던 신도들이 달려들어 제압했다. 그는 바닥에 엎어져 발버둥 치면서도 양 신부를 끝까지 노려보았다. 그를 내려다보는 양 신부의 눈빛은 텅 빈 상자처럼 어둡고 공허했다.

동부 성당 회의실로 끌려간 최윤은 다른 사제들에게 추궁을 받았다. 양 신부는 그들 사이에서 굳은 얼굴로 허공을 응시했다. 나이 든 사제가 얼굴을 일그러뜨리며 소리를 내질렀다.

"그게 무슨 짓이야? 신성한 미사 의식을 방해하다니!"

최윤이 억울한 목소리로 대답했다.

"그건 검은 미사였습니다!"

나이 든 사제가 불쾌한 표정을 지었다.

"검은 미사라니?"

"양 신부가 악령에 씌었습니다! 박일도라는 악령에 씌었다고요!"

주위에서 상황을 지켜보던 사제들이 수군거리며 최윤을 힐끔거렸다. 양 신부는 시선을 바닥으로 향한 채 침묵을 지키고 있었다. 흥분한 그가 양 신부의 집무실에서 가져온 성경책을 들어 보였다.

"이거 보십시오!"

나이 든 사제가 최윤이 건넨 성경책을 받아들고 펼치자 검은색으로 마구 칠해진 페이지가 드러났다. 빠른 동작으로 남은 페이지를 넘겨보아도 모두 마찬가지였다. 최윤이 목청을 높이며 설명을 덧붙였다.

"양 신부의 성경입니다. 이것이 그 증거입니다!"

그때 입을 굳게 다물고 있던 양 신부가 무표정한 얼굴로 말했다.

"난 모르는 일입니다. 마태오, 이거 네가 한 짓이냐? 도대체 왜 이런 짓을 하지? 혹시 한 신부처럼 정신에 문제가 있는 거 아니야?"

최윤은 한 신부를 꺼내어 비난하는 양 신부의 말에 분노가 일었다. 그때 나이 든 사제가 양 신부에게 물었다.

"정신 문제라니요?"

"마태오 신부가 한 신부의 사망 후 구마 활동에 지나치게 집착했습니다. 병들었어요. 악마에 집착해서 오히려 당한 겁니다."

양 신부가 걱정스러운 말투로 대답했다. 그러자 최윤이 자리에서 벌떡 일어나 손가락질을 했다.

"악마에게 당한 건 당신이야!"

"보세요! 미친 겁니다. 정신과 육체가 먹힌 겁니다. 마태오! 그렇게 집착하고 광적으로 매달리면 한 신부처럼, 네가 옛날에 한 것처럼! 또 자살기도를 하게 된다고!"

양 신부가 과거의 일을 꺼내자 사제들이 또다시 웅성거리기 시작했다. 양 신부는 둘만 알고 있던 최윤의 과거를 치명적인 약점으로 이용하고 있었다. 그는 믿고 따르던 양 신부의 이중적인 모습을 대면하고 충격에 휩싸였다. 어리고 약했던 그때와 여전히 다르지 않은 자신에게도 화가 치밀었다. 회의실에 모인 사제들은 순식간에 그에 대한 신뢰를 잃고 양 신부의 말을 듣기 시작했다. 막다른 상황에 직면한 그는 묵주를 급하게 손에 감고 양 신부에게 달려들어 머리 위를 짚었다. 그런 다음 단단한 목소리로 기도를 외쳤다.

"거룩한 십자가 우리의 빛이 되게 하소서! 마귀가 우리를 지배하지 못하게 하소서!"

순간 양 신부가 입을 벌리고 눈을 크게 치켜떴다. 그러나 그 모습을 보지 못한 사제들이 달려들어 최윤의 행동을 저지했다. 두 팔이 붙들린 그가 애원하며 소리쳤다.

"제 말을 믿어주십시오! 제 말을!"

"미쳤구나! 미쳤어! 마태오! 징계받을 줄 알아!"

나이 든 사제가 머리끝까지 화가 나서 소리를 질렀다. 그 순간 최윤은 갑자기 숨이 막힌 것처럼 가슴을 부여잡고 고통에 몸부림쳤다. 털썩 무릎을 꿇고 주저앉은 그는 거친 숨을 몰아쉬며 얼굴을 일그러뜨렸다. 수십 개의 칼날이 몸을 스치며 살을 베어내는 듯한 통증이 생생하게 느껴졌다. 그가 발작을 일으키는 것처럼 보이자 당황한 사제들이 뒤로 물러섰다. 시신처럼 창백해진 얼굴로 바닥에 쓰러진 그는 양 신부를 노려보며 입술을 파르르 떨었다. 시선이 마주친 양 신부는 여전히 무감한 얼굴이었다. 마치 곤충의 다리를 잡아 뜯고 반응을 지켜보는 아이처럼.

실종

화평은 계양진으로 향하는 도로를 달리고 있었다. 길영에게 부탁해 가까스로 알아낸 정보에 의하면 육광이 마지막으로 통화를 한 위치는 계양진 호정마을이었다. 그곳에서 육광에게 무슨 일이 일어났는지, 지금까지 왜 연락이 되지 않는지 생각할 때마다 불안한 예감이 태풍처럼 몰려왔다. 계양진에 도착한 화평은 지나가는 사람이 보일 때마다 차를 세우고 육광의 사진을 내밀었다. 오후 내내 근방을 돌아다니며 그를 본 적이 있는지 물었지만 모두 고개를 흔들었다. 화평은 다급한 마음에 계양진 경찰서를 찾았고, 형사는 사진을 보더니 귀찮은 표정으로 말했다.

"성인이면 실종 접수도 쉽지 않아요. 성인이 하루 연락 안 된다고……. 파출소로 좀 가지."

"실종 맞습니다. 부탁합니다. 사람 좀 찾아주세요."

화평이 간절하게 말하자 형사가 시선을 마주 보며 물었다.

"가족이세요?"

"아뇨. 그 형 가족은 없어요."

"그 사람 뭐 하는……. 가만, 당신 지난번에 송현주 사건 발견자?"

화평의 얼굴을 알아본 형사가 눈가에 힘을 주며 말했다.

"네, 맞아요. 실종된 사람은 그때 그 무속인이에요."

"아아, 소도둑같이 생긴?"

"네. 무슨 일 당한 것 같아요. 부탁합니다."

"에이, 무당이면 또 산에 들어가서 이상한 짓 하고 있겠죠."

"진짜 무슨 일 당했다니까요! 사람 좀 찾아주세요!"

형사는 접수는 해두겠다며 가라는 듯이 손짓을 했다. 화평은 입술을 지그시 깨물며 자리에서 일어났다. 그는 계양진 경찰서를 나오며 길영에게 전화를 걸었다.

"계양진 경찰서에서 안 도와줘요. 사고 난 게 확실해요. 아니 양 신부한테 당한 거예요."

"내가 한번 알아볼게. 알아보고 전화할게."

통화를 마친 화평은 무거운 발걸음으로 병원을 향했다. 병실에는 할아버지가 호흡기를 매단 채 의식 없이 누워 있었다. 매번 올 때마다 이전과 똑같은 상태였다. 화평은 할아버지 옆에 앉아 얼굴을 감싸 쥐고 괴로운 신음을 흘렸다. 박일도에게 가까이 다가갈수록 소중한 사람들이 하나둘 다치거나 죽어갔다. 그는 언제나 곁에 있어주던 육광을 떠올리며 무력한 자신에게 분노가 일었다. 눈가에 눈물이 차오른 그가 고개를 들어 나무토막처럼 미동이 없는 할아버지를 응시했다.

"할아버지…… 육광 형 알지? 강신 무당이라고 할아버지가 싫어했잖

아. 그 형이 무슨 일을 당한 것 같아. 육광 형…… 할아버지 말고 유일하게 가족 같은 사람인데. 처음부터 나를 도와준 유일한 사람인데…….”

화평이 목멘 소리로 울먹거리는데 문득 오른쪽 눈에 통증이 느껴졌다. 손바닥으로 눈을 세게 누르며 고통을 이겨보려고 애쓰는 찰나 뒤에서 친척 노인의 목소리가 들렸다.

“어? 아직 안 갔구나?”

화평이 급하게 아무렇지 않은 표정을 하고 말했다.

“아, 지, 지금 가려고요.”

“어디 아프냐?”

“아니요, 피곤해서요. 그럼 잘 부탁할게요, 어르신.”

화평이 고통을 참으며 재빨리 자리에서 일어났다. 병실을 빠져나온 그는 차로 돌아왔다. 화평은 운전석에 앉아 식은땀을 흘리며 숨을 몰아쉬었다. 갑작스럽게 통증이 일어나는 일이 잦아지고 있었다. 눌림굿의 효험이 완전히 사라진 것인지, 박일도가 가까워진 것인지 알 수 없었지만, 상황이 빠르게 변하는 것은 분명했다. 그는 최근 벌어진 모든 일들이 소용돌이를 일으키는 것처럼 느껴졌고, 자신은 그 속에 휩쓸려 떠내려가는 기분이 들었다. 차를 몰기 시작했으나 어디로 가야 할지 막막했다.

한참을 달려 다른 마을에 다다랐을 즘 도로 옆에 화려한 무복을 입은 사내가 화평의 시야에 들어왔다. 깜짝 놀란 화평이 브레이크를 꽉 밟으며 길가에 차를 세웠다. 허겁지겁 내려서 보니 분명 가까이 있던 사내가 좀 더 멀어진 곳에 서 있었다. 화평이 홀린 듯이 그 사내를 향해 다가가며 화색이 도는 얼굴로 외쳤다.

“형! 육광 형! 살아 있었네!”

육광은 심각한 표정을 띤 채 먼 곳을 바라보고 있었다. 비장한 눈빛이 심상치 않았고, 입에서 피가 흘러나오고 있었다. 화평이 이상한 낌새를 느끼고 표정을 일그러뜨렸다. 육광을 향해 달려가도 어느새 육광은 그 자리에서 사라져 버리고 없었다. 화평은 심장이 두근거리며 불안하게 요동치는 것을 느꼈다. 미친 사람처럼 사방을 두리번거리며 찾아봤더니 더 먼 곳에서 한쪽을 가리키며 무표정하게 서 있는 육광이 보였다. 그가 그곳을 향해 달려가자 또다시 육광의 모습은 희미하게 사라졌다. 거리가 좁혀지지 않는 사람과 검푸른 기운이 감도는 얼굴, 그리고 바람에 사라질 것처럼 희미한 영의 모습. 화평은 육광의 모습이 실제가 아니라 자신이 어릴 적부터 보았던 죽은 사람의 혼이라는 것을 깨닫고 털썩 주저앉았다. 충격을 받은 그가 비통한 얼굴로 육광의 혼을 바라보았다. 그가 육광을 향해 손을 뻗는 순간 갑자기 환영이 섬광처럼 눈앞을 덮쳐왔다. 초점이 멀어지며 그의 정신이 환영 속으로 빠르게 빨려 들어갔다. 한낮이었지만 주위가 짙은 어둠으로 뒤덮이며 육광의 마지막 모습이 되살아났다. 잔뜩 화가 난 얼굴로 크게 고함을 치는 육광의 목소리가 허공을 갈랐다.

"그래서! 또 사람을 해코지하려고! 화평이는 건들지 마! 이놈!"

온 힘을 다해 고함을 친 육광이 울컥 핏덩어리를 토해냈다. 그리고 엄청난 힘이 머리통을 내리친 것처럼 목이 꺾이더니 앞으로 고꾸라지며 바닥에 처박혔다. 풀 위로 쓰러진 육광은 눈을 뜬 채로 그대로 숨이 끊어졌다.

환영에서 풀려난 화평은 울음을 터뜨리며 절규했다. 바로 이곳에서 육광이 죽음을 맞이한 모양이었다. 강력한 기운이 엉겨 있는 장소에 발을 딛는 순간, 영매의 기질이 있는 화평이 그 환영 속으로 끌려들어 간 것이었다. 그는 가슴을 치며 애통한 목소리로 육광을 불렀다. 이곳에서 맞이한 육광의 처참한 죽음이 모두 자신의 잘못 같았다.

차로 돌아온 화평은 멍하니 앉아 육광의 영이 나타났던 장소를 바라보았다. 지금이라도 그의 집에 찾아가면 잔소리를 늘어놓으며 문을 열어줄 것만 같았다. 화평이 손등으로 눈물을 훔치는데 휴대전화가 울렸다. 잠시 망설이다가 전화를 받자 길영의 목소리가 들렸다.

"어디야?"

"그게…… 육광 형이 죽은 것 같아요."

화평이 울음을 참으며 힘겹게 말했다.

"무슨 소리야? 시신을 찾았어?"

"아니요. 그런데 죽은 거 같아요. 뭔가…… 느꼈어요. 봤다고요……."

"확실하지 않잖아. 그쪽 경찰에서도 곧 수사할 거야. 일단 상용시로 돌아와. 할 말이 있어."

"못 가요. 육광 형 시신 찾기 전까지 못 가요."

화평이 단호하게 말하는데 불쑥 최윤의 목소리가 들렸다.

"최윤이에요. 당신 말이 맞았어요. 양 신부가…… 박일도였어요."

화평이 미간에 주름을 잡으며 생각이 깊어졌다. 얼마 전까지만 해도 화평을 박일도라고 의심하던 최윤이었다. 그런데 양 신부가 박일도라는 증거를 발견한 듯했다. 화평은 마지못해서 그쪽으로 가겠다는 대답을 하고 통화를 끊었다. 육광이 박일도에게 당한 거라면 육광이 어디 있는지 아는 사람은 바로 양 신부일 터였다. 화평은 그늘이 짙은 얼굴로 시동을 걸었다.

상용시 거리로 들어서자 화평은 두 사람이 기다리는 곳으로 방향을 틀었다. 얼마 안 가 한적한 도로가 나왔고, 환한 가로등 아래서 이야기를 나누고 있는 두 사람이 보였다. 그가 가까운 곳에 차를 세우고 걸어가자 길영이 단도직입적으로 물었다.

"육광 아저씨 얘기는 대체 뭐야?"

화평은 자신이 본 환영에 대해 말하기가 어려웠다. 잠시 머뭇거리다가 말을 돌리며 최윤에게 물었다.

"양 신부한테서 뭔가 찾아냈어?"

최윤은 화평에게 성경책을 내밀었다. 함부로 훼손된 성경책을 보며 놀라는 그에게 최윤이 설명했다.

"양 신부의 성경입니다. 성경을 훼손하는 짓은 악마에 빙의된 자들이 하는 짓입니다. 미사 때도 성경 구절을 교묘하게 변조했어요. 직접 들었습니다."

"그럼 이제 할 일은 딱 하나네! 양 신부 때려잡아야지!"

화평이 울컥 열을 내며 소리쳤다. 그러자 길영이 끼어들며 물었다.

"육광 아저씨는 어떻게 된 건데?"

"계양진에서 행방불명된 거 맞습니까?"

화평은 복잡한 생각들이 뒤엉키며 말문이 막혔다. 어디서부터 무슨 말을 해야 할지 막막하게 느껴졌다. 그는 고통스러운 표정을 지으며 우울한 목소리로 중얼거렸다.

"행방불명……. 그게 아니라 당한 것 같아. 양 신부한테……. 도대체 왜 갑자기 계양진에 간 건지……."

화평이 답답하다는 듯이 숨을 토해내자 최윤이 불쑥 말했다.

"나 때문입니다."

"뭐?"

최윤이 미안한 기색을 보였다.

"내가 윤화평 씨 의심한다고 이야기했어요. 그 집에 뭔가 있다고. 그걸 알아보려고 간 거 같아요. 내 말 듣고. 내 잘못입니다."

순간 감정을 억누르지 못한 화평이 주먹을 휘둘렀다. 충격과 함께 고개가 돌아간 최윤이 비틀거렸다. 화평이 최윤의 멱살을 쥐고 다시 주먹을 날리려는 찰나 길영이 막아섰다. 씩씩거리며 사납게 노려보는 화평의 주먹이 부들부들 떨렸지만, 더 이상 움직이지는 않았다. 길영이 그를 붙잡은 채 낮은 목소리로 말했다.

"최윤 잘못 아닌 거 알잖아."

눈빛이 흔들리던 화평이 이내 손을 풀었다. 그는 분이 풀리지 않은 얼굴로 차를 향해 걸어갔다. 길영이 따라와 그를 멈춰 세우며 물었다.

"어디가?"

"성당으로 가야죠! 양 신부 잡아야죠!"

"늦었어. 양 신부, 이미 그만두고 사라졌어."

화평이 성질을 이기지 못하고 주먹으로 차 지붕을 내려치며 마구 소리를 질러댔다. 지금까지의 일들을 하나하나 돌이켜 볼수록 박일도에게 놀아나고 있다는 생각이 들었다. 가까이 접근했다 싶으면 소중한 사람이 눈앞에서 죽었고, 앞질러 덮치려고 하면 이미 안다는 것처럼 다음 수를 내보였다. 그는 문득 이대로 당하기만 하다가 끝장 날 거라는 두려움이 일었다. 분통을 터뜨리는 그를 안쓰럽게 바라보며 길영이 어깨를 쓰다듬었다.

정체

똑똑. 문을 두드리는 소리에 최윤이 고개를 들었다. 이른 아침부터 그의 집을 찾아온 사람은 지난번 동부 성당 회의실에 함께 있던 사제였다. 그가 얼떨결에 인사를 하며 집 안으로 안내했다. 소파에 앉은 중년 사제는 그가 따라 들어오자마자 바로 본론을 꺼냈다.

"양 신부님이 정말 검은 미사를 했다고 생각하지는 않지만……."

중년 사제가 말끝을 흐리며 미간을 일그러뜨렸다. 무언가 마음속에 걸리는 일이 있었던 모양이었다. 최윤이 기다리자 그가 다시 말을 이었다.

"전에도 그런 말을 하던 신부님이 있긴 있었어. 양 신부가 이상하다고. 그때 다들 흘려들었는데……."

최윤이 눈을 커다랗게 떴다. 지금보다 훨씬 전에 누군가 양 신부의 이면을 알아차렸다는 이야기였다.

"그 신부님이 누군가요?"

중년 사제는 대답 대신 주머니에서 종이 한 장을 꺼내서 내밀었다. 그 안에는 이름과 주소가 적혀 있었다. 최윤이 종이를 받아들며 물었다.

"그때 뭐가 이상하다고 하던가요?"

"시간이 지나서…… 정확히 기억나지는 않는다."

중년 사제는 말이 끝나기도 전에 자리에서 일어났다. 더 이상 무어라 말을 하기에는 껄끄러운 모양이었다. 최윤이 따라 일어서자 나오지 말라는 듯이 손사래를 쳤다. 다시 혼자 남겨진 그는 길영과 화평에게 연락을 했다.

몇 시간 뒤 최윤의 집 앞에 차 한 대가 급하게 멈췄다. 그가 차에 올라타자 운전대를 잡은 길영과 옆에 앉은 화평이 보였다. 그가 뒷좌석에 실린 종이상자를 발견하고 그녀에게 물었다.

"이거 뭐예요? 혹시……."

"응, 당분간 쉬기로 했어. 나중에 더 쉴지도 모르고."

최윤은 상자에 가득 찬 물건들을 응시했다. 당분간 쉰다고 말했지만 짐을 죄다 챙겨 나온 것 같았다. 길영이 말을 돌리며 물었다.

"양 신부의 과거를 아는 사제라고?"

"네, 혹시 양 신부의 행방을 알 수 있을까 해서요."

"그래, 빨리 양 신부 잡아야지."

화평이 무거운 목소리로 대답했다.

주소에 적힌 집은 오래되어 보이는 양옥집이었다. 초인종을 누르자 젊은 사제가 나와 안내를 해주었다. 마당을 지나 본채 쪽으로 걸어가자 문 앞에 휠체어를 타고 앉아 있는 노 사제가 보였다. 노 사제는 의아한 표정으로 자신을 찾아온 세 사람을 바라보았다. 최윤이 물어볼 이야기가 있다고 설명하자 숙소 안으로 자리를 옮겼다. 곧바로 양 신부에 대해 묻자 노 사제가 낮은 목소리로 말했다.

"이십 년도 넘었죠. 저와 양 신부가 봉사 단체를 운영했지요. 계양진에서도 가장 낙후된 덕령 마을에서요. 당시 양 신부는 구마 사제직에 있으면서도 봉사 일도 열심이었습니다. 그때는…… 참된 사제의 모습이었죠."

"무슨 일이 있었습니까?"

최윤이 물었다. 노 사제는 불쾌한 기억 때문인지 가늘게 손을 떨었다. 따뜻한 차를 한 모금 마시고 나서 다시 말을 이었다.

"구마 하는 일 때문인지 양 신부가 점점 변해갔어요. 내가 그만두라고 했는데 고집을 꺾지 않더군요. 악마를 알아야 한다고……. 가족 중에 빙의된 사람이 있었다고 하더군요."

순간 세 사람 모두 놀라서 서로를 돌아보았다. 화평이 몸을 당겨 앉으며 물었다.

"그 가족 이야기를 듣고 싶은데요?"

"양 신부는 유복자였어요. 아버지가 돌아가신 후 태어났다고 하더군요. 모친도 곧 돌아가셨고 형과 양 신부는 각자 입양이 됐다고 들었습니다."

"빙의되었다던 가족은 누구인가요?"

"자세한 건 저도 잘 모릅니다."

"교구청에 양 신부가 정상이 아니라고 보고하셨습니다."

최윤이 말하자 노 사제가 고개를 끄덕였다.

"네, 그랬죠. 원래 참 바른 사람이었는데……. 마음에 늘 그늘이 있었습니다. 구마 사제가 되고 술을 마시기 시작했어요. 그러다가…… 이십 년 전에 갑자기 변했어요."

노 사제가 과거를 바라보는 것처럼 먼 곳을 응시했다. 이십 년 전, 그는 비가 쏟아지던 밤에 어둠 속에서 십자가를 마주하고 서 있는 양 신부를 발견했다고 했다. 양 신부는 비옷을 입고 있었는데 막 밖에서 돌아온 것처럼 몸에서는 물이 뚝뚝 떨어졌고, 신발에는 흙이 엉겨 붙어 있었다. 걱정이 된 노 사제가 무슨 일인지 묻자 양 신부는 신부가 되는 게 아니었다며 후회했고, 신을 믿는 게 아니었다고 말했다. 이상한 낌새를 눈치챈 그가 얼굴을 가까이 들여다보니 양 신부의 얼굴에 서늘하고 우울한 빛이 가득했다. 그는 그때 양 신부가 한 말을 똑똑히 기억한다고 했다.

"인간은 악마를 절대 이길 수 없다고 했어요. 화를 내며 양 신부를 데리고 나가려고 하니까 제 팔을 잡아 비틀면서 내버려 두라고 했습니다."

노 사제는 숨을 크게 내쉬며 힘겹게 말했다.

"무서웠어요. 내가 아는 양 신부가 아니었어요."

기억을 더듬으며 천천히 말하던 노 사제는 문득 최윤의 얼굴을 유심히 보며 말했다.

"구마 사제라고 했지요."

"네."

"그 당시의 양 신부와 비슷하군요. 그 표정과 분위기……. 그쪽도 힘들다면 구마 사제를 그만두어야 합니다."

최윤은 매일 잠들 때마다 찾아오는 악령들의 목소리를 애써 지워내며 급하게 말을 돌렸다.

"양 신부님에게 형이 있다고 했잖습니까? 형 되시는 분이 어디 있는지 아십니까?"

"가만있자……. 양 신부가 입양되기 전에 원래 성이 이 씨니까, 이……

뭐더라? 상용시 근처에서 구두 수선을 했었는데…….”

기억이 흐릿한지 노 사제가 눈가를 찌푸리며 애를 썼다. 그때 갑자기 길영이 놀란 표정으로 끼어들었다.

“구두 수선이요? 혹시 이름이 이상철인가요?”

“맞아요! 이상철.”

그 순간 길영은 박일도와 관련된 퍼즐이 움직이며 하나의 그림으로 완성되는 느낌이 들었다. 의아한 얼굴로 쳐다보는 둘에게 그녀가 말했다.

“이상철……. 그분이 최초의 빙의자 이철용의 아들이야.”

세 사람은 노 사제에게 인사를 하고 나왔다. 생각지도 못한 곳에서 양 신부와 박일도의 연결고리를 발견한 것이었다. 길영은 근처에 차를 세우며 확실하게 확인해야겠다고 말했다. 그녀가 경찰서로 연락해 인적사항을 묻는 동안 둘은 긴장한 얼굴로 기다렸다. 그녀가 통화를 마치고 다가오자 최윤이 다가오며 물었다.

“맞습니까?”

“양 신부가 이철용의 아들이 맞아. 이철용이 죽었을 당시 그 아내가 임신한 상태였대. 양 신부는 이철용의 둘째 아들인 거야. 양 신부와 형은 이십 년 전부터 연락이 끊겼다고 하고.”

최윤이 문득 생각났다는 듯이 입을 열었다.

“언젠가 양 신부가 이렇게 말했습니다. 악마는 한 번 노린 인간은 끝까지 쫓아간다고. 아버지 이철용의 몸에 빙의되고, 이제는 그 아들인 양 신부의 몸에 들어간 겁니다.”

“우리 셋의 부모를 죽였고, 이제 우리 셋도 죽이려고 하겠지.”

화평이 말하자 세 사람 사이에 잠시 무거운 침묵이 흘렀다.

"그런데 그 무시무시한 박일도를 잡는 것도 문제지만, 구마 의식을 할 수 있을까?"

"해야죠. 죽을 각오로 할 겁니다. 마지막이니까요."

"마지막이라니?"

화평이 의아한 말투로 되물었다. 그러자 최윤이 황급히 시선을 피하며 말을 돌렸다.

"아니요, 구마 의식밖에 방법이 없다는 겁니다."

"구마 의식이 아니라도 방법은 있어."

화평은 그게 무엇인지 자세한 말은 하지 않았다. 만약 그 방법에 대해 알게 된다면 최윤과 길영 모두 반대할 것이 불 보듯 뻔했기 때문이었다. 화평은 육광과 술을 마시던 날 했던 대화를 떠올렸다. 그때 육광에게 구마 의식이 실패하면 더 이상 방법이 없는지 물었고, 육광의 대답은 살(殺)이었다. 박일도가 아무리 큰 귀신이라도 귀신을 담고 있는 사람이 죽으면 버틸 방법이 없다는 설명이었다. 그러면 영가(靈駕)와 귀신은 원래 있던 곳으로 돌아간다고 했다. 직접 누군가를 죽여야 한다는 것이 꺼림칙했던 화평이 다른 방법이 없는지 묻자 육광은 가장 확실한 방법을 알려주었다. 박일도가 몸에 든 사람 스스로가 박일도를 봉인하고 자결하는 것. 스스로 박일도를 받아들이고, 팔문진경을 외워 팔문금쇄진을 주위에 쳐서 가두는 것. 그것이 유일한 방법이었다. 그때 화평은 결심을 내렸다. 다른 수가 없다면 박일도를 받아들이고 함께 죽어버리겠다고. 그가 미간을 찡그린 채 골똘한 생각에 빠져있는데 최윤의 목소리가 들렸다.

"그 다른 방법이라는 게 뭡니까? 다른 방법이 있다면서 왜 말을 안 해주는 겁니까?"

“무속에서 하는 방법인데, 만일이야. 만약에 대비해서…….”

화평이 에둘러 설명하려고 하는 찰나 갑자기 시선의 초점이 사라지면서 목소리가 나오지 않았다. 그는 멍한 눈빛으로 허공을 응시했고 목석처럼 서서 아무런 움직임이 없었다.

다시 감응을 시작한 화평의 눈앞에는 시골길이 펼쳐졌다. 고개를 들자 한쪽에 푸른 산등성이가 보였고, 조금 더 나아가자 마을 이름이 적힌 표지판이 보였다. 몸을 숙이고 더 가까이 보려 하자 희미했던 형체가 ‘계양진 덕령 마을’이라는 글씨를 드러냈다. 멀리서 파도가 밀려오며 부서지는 소리가 들렸고, 눈앞에는 넓고 푸른 바다가 펼쳐져 있었다. 더 또렷하게 보기 위해 눈가에 힘을 주는 순간 오른쪽 눈에 불이 옮겨 붙은 것처럼 뜨거워졌다. 온 힘을 다해 환영 속에서 버티자 낡은 요양원 입구가 빠르게 스쳐 지나갔다.

감응에서 벗어난 화평은 손바닥으로 자신의 오른쪽 눈을 마구 두드리며 괴로워했다. 시야는 현실로 돌아오고 있었지만 전기가 통하는 것처럼 온몸이 뒤틀렸다. 최윤이 안쓰러운 눈길로 바라보며 물었다.

“괜찮아요?”

“또 살인이야?”

길영이 묻자 통증이 줄어든 화평이 대답했다.

“아, 아니에요. 박일도……. 박일도가 본 것을 봤어요.

“박일도? 박일도가 어디 있는지 알겠어?”

“계양진 바다……. 덕령 마을……. 요양원…….”

“덕령 마을……? 그 신부님이 말씀하신 계양진 마을이잖아요. 이십 년 전에 양 신부와 처음 봉사 단체를 만든 곳!”

최윤이 흥분한 목소리로 외치는 순간 세 사람은 모두 같은 예감이 머릿속을 스쳤다. 박일도와 대면할 순간이 목전에 다가오고 있었다.

덕령 마을로 출발한 세 사람은 각자 복잡한 머릿속을 정리하고 있었다. 이 일을 제대로 끝내기 위해 경찰서를 휴직한 길영은 박일도를 만난다면 이전처럼 돌아갈 수 없을지도 모른다는 생각이 들었다. 궁지에 몰린 박일도가 무슨 짓을 할지 몰랐고, 최악의 경우 자신도 엄마처럼 목숨을 잃을지도 몰랐다. 그녀는 핸들을 잡은 손에 힘을 바짝 조였다. 애초에 형사가 되기로 결심한 이유는 엄마의 죽음과 관련된 일을 직접 끝내기 위해서였다. 모두 그녀 스스로 선택한 일들이었으므로, 마지막까지 정면으로 돌파하겠다고 결심을 반복했다. 그러나 악마의 존재를 떠올릴 때마다 가슴 깊은 곳에서 솟구치는 불안은 억누를 수가 없었다. 들것에 실려 나오던 엄마의 주검과 하얀 천 밖으로 늘어진 손, 그리고 엉망으로 뒤엉킨 붉은 피까지. 그녀는 그날 어둠 속의 그 집으로 다시 들어가는 착각이 들 때마다 조용히 입을 악다물었다.

최윤은 구마 의식을 진행할 물건들을 다시 확인하며 마음속으로 기도를 읊었다. 양 신부가 박일도라면 아직 승산이 있었다. 저주의 내용으로는 세 번의 구마를 끝으로 죽음을 맞이하겠지만, 아직 두 번째였다. 다만 양 신부를 마주한다면 마음이 무너지지 않고 구마를 진행할 수 있을지 확신이 없었다. 평생을 믿고 따랐던 분이었고, 아버지 같은 존재였으니까. 그는 어쩌면 악마를 죽이고 구마를 마친다면, 진짜 양 신부를 다시 볼 수 있을지도 모른다고 생각했다. 가능성이 희미하다는 건 알았지만, 이 같은 희망마저 없다면 남은 영혼마저 악령들에게 잠식될 것 같았다.

화평은 박일도를 만난다면 꼭 묻고 싶은 것이 있었다. 대체 왜 우리 가족이었냐고. 최윤과 길영의 가족까지 죽인 이유는 무엇이냐고. 아무리 생각해도 평생에 걸쳐 집요하게 자신의 가족들을 차례차례 죽인 박일도를 이해할 수가 없었다. 단순히 악마의 살의라고 생각하기에는 끈질긴 추격처럼 느껴졌다. 그는 손발에 가벼운 경련이 일며 온몸에 긴장감이 도는 것을 느꼈다. 혹시 모를 때를 대비해서 머릿속에서 팔문진경을 재차 반복했다. 그리고 육광에게 배워둔 팔문금쇄진의 한자들을 확인하듯이 하나하나 떠올렸다.

덕령 마을로 가는 동안 길영은 고 형사에게 최근 경영 악화로 요양원이 문을 닫았다는 정보를 들었다. 요양원 입구로 들어서자 어둠에 잠긴 건물이 스산하게 느껴졌다. 차에서 내린 세 사람은 조심스럽게 걸음을 옮기며 건물 안으로 들어갔다. 전기가 들어오지 않는 복도를 따라가며 그녀는 휴대전화로 불빛을 비추었다. 최윤과 화평은 이 층과 삼 층으로 올라가 양 신부를 찾기로 했다. 계단으로 올라가며 화평과 헤어지고, 최윤은 이 층으로 나와 병실을 하나둘 확인하기 시작했다. 아무도 없는 병실에는 미처 치우지 못한 물건들이 바닥에 나뒹굴었고, 철제 침대가 버려져 있거나 쓰레기가 쌓여 있었다. 복도 끝을 향해 차례로 확인을 해나가는데 문득 반대편에서 발소리가 들렸다. 그가 고개를 들어 소리가 난 곳을 바라보니 검은 형체가 여유롭게 걸어오고 있었다. 그는 한눈에 그 형체가 양 신부라는 것을 알아보았다.

"박…… 일도?"

"여기까지 어떻게 왔지? 윤화평이 또 악마의 머릿속을 훔쳐본 건가?"

양 신부가 비릿한 웃음을 지으며 말했다. 최윤이 긴장한 표정으로 대답하지 않자 그가 계속 앞으로 걸어오며 말을 이었다.

"이곳에서 모든 것이 시작되었지. 나에게 의미 있는 곳이야."

"박일도! 대체 왜 사람들을 죽이는 거야?"

최윤이 양 신부를 노려보며 말했다. 그러자 갑자기 양 신부가 서글픈 표정을 지었다.

"내가 박일도라면 어떻게 그토록 오랫동안 사제로서 살 수 있었겠나? 인간이란 참으로 나약하고 어리석어. 누구나 마음속에 어둠이 있지. 그 어둠 속에 걸어 들어가서 악마가 되는 거야. 마태오, 자네는 어때?"

양 신부가 묻는 순간 최윤은 가슴을 움켜쥐고 신음을 흘렸다. 양 신부가 가까워질수록 귓가에 웅성거리는 악령들의 소리가 커졌다. 사방이 짙은 안개로 둘러싸인 것처럼 숨이 답답했고 구역질이 치밀었다. 양 신부는 바로 앞까지 다가오며 혀를 찼다.

"내가 말렸잖아. 윤화평 일에 끼어들지 말라고. 자네도 어둠이 보이기 시작했지? 어둠에 점점 먹히고 있잖아."

양 신부의 목소리는 다정했으나 눈빛에서는 강렬한 살기가 느껴졌다. 최윤은 이면을 드러낸 그의 모습을 보자 눈물이 터질 것 같았다.

"양 신부님은 진짜 먹힌 거야? 양 신부의 영은 완전히 사라진 거야? 그동안 내가 본 성직자의 모습은 다 거짓이었다는 거야? 애초에 내가 아는 양 신부님은 존재하지도 않았느냐고!"

최윤이 절규하듯 쏟아내는 물음에 양 신부는 씁쓸한 기색을 보였다. 고통에 몸을 웅크린 최윤 앞에 우뚝 선 채 우울한 목소리로 말했다.

"그런 질문이 이제 와서 무슨 의미가 있겠나. 마지막은 이미 시작됐다."

최윤이 놀란 얼굴로 양 신부를 응시했다. 갑자기 가슴이 답답해진 그는 가쁜 숨을 몰아쉬다가 버티지 못하고 바닥에 털썩 주저앉았다. 그때 뒤에서 양 신부를 덮치는 화평의 다리가 보였다.

"최윤! 괜찮아?"

화평은 양 신부의 몸을 붙들고 괴로워하는 최윤을 향해 외쳤다. 그리고 가장 가까운 병실 안으로 양 신부를 끌고 들어가 가져온 끈으로 두 손을 묶었다. 양 신부는 불쾌한 표정으로 몸부림을 쳤다. 바닥에 나뒹구는 의자를 세우고 양 신부를 앉힐 때까지 그는 시선조차 마주치지 않았다. 양 신부가 단단하게 묶인 것을 확인하고 나서야 정면으로 얼굴을 마주 보았다. 오랜 시간 쌓여 있던 복잡한 감정이 가슴속에서 거칠게 요동쳤고, 주먹을 쥔 손이 부들부들 떨렸다. 얼굴이 붉어진 그와 달리 양 신부는 무덤덤한 표정이었다.

"나 있지……. 이십 년 동안 하루도 안 빠지고 널 찾으면 어떻게 할까 생각해 왔어. 그런데…… 막상 정체를 알고 이렇게 만나니까…… 뭘 어떻게 해야 할지……. 왜…… 왜 우리 가족이야? 왜 최윤과 강 형사 가족까지!"

화평이 울음이 섞인 목소리로 외쳤다.

"무슨 소리……."

양 신부가 무미건조한 말투로 말하는 찰나 분을 이기지 못한 화평이 달려들어 그의 멱살을 잡았다. 그리고 주먹을 휘둘러 그의 얼굴을 가격했다. 충격이 가해질 때마다 그의 몸이 크게 흔들렸고, 입술이 터지고 피가 흘렀다. 그는 감정을 느끼지 못하는 사람처럼 별다른 저항을 하지 않았다. 그때 정신을 차린 최윤이 병실 안으로 들어오며 외쳤다.

"그만하세요! 어서 구마를 해야 합니다."

화평이 동작을 멈추고 입술을 지그시 깨물었다. 양 신부는 비웃으며 의미심장한 말투로 말했다.

“당신도 이미 알고 있지 않습니까. 진짜 박일도가 누구인지. 그가 말해줬을 텐데요.”

“그가 말해주다니?”

화평이 눈가를 찌푸리며 신경질적으로 물었다.

“이십 년 전에 최 신부가 당신한테 말했잖아요.”

“이십 년 전에? 최 신부가?”

화평은 그날의 기억을 자세히 떠올리기 위해 애썼다. 하지만 끔찍했던 그날의 기억 속에는 최 신부가 기이하게 목을 꺾고 자신을 응시하고 있을 뿐이었다. 그때 최 신부가 자신을 향해 무어라 말하는 것처럼 보였지만, 그의 목소리는 알아들을 수 없을 만큼 희미했다. 화평은 되살아나는 기억을 떨쳐내며 양 신부를 향해 소리쳤다.

“네가 박일도야! 악마는 사람을 현혹한다며? 가지고 노니 재밌냐? 넘어갈 것 같아? 곧 지옥으로 보내줄게. 이 귀신 놈아!”

화평이 양 신부 주변을 치우고 공간을 만들었다. 그 사이 최윤은 영대를 두르고 비장한 표정으로 구마 의식을 준비했다. 성수 병을 들고 양 신부 앞에 선 다음 천천히 십자가를 그렸다.

“성부와 성자와 성령의 이름으로 아멘. 천상 군대의 영광스러운 지휘자이신 성 미카엘 대천사여, 권세와 폭력과의 싸움에서 우리를 보호하시며.”

“건들지 마! 이놈!”

양 신부가 갑자기 살기 가득한 눈빛으로 어두운 허공을 향해 외쳤다. 최윤이 멈칫하는 사이 그가 다시 입을 열었다.

“그래서! 또 사람을 해코지하려고! 화평인 건들지 마!”

매서운 목소리가 목덜미를 잡아채듯 날카롭게 울려 퍼졌다. 당황한 화평이 말을 더듬었다.

"그……, 그 말."

"자기가 곧 죽을 판인데 그런 이야기를 하더라고요. 마지막 숨이 넘어가는데. 참 우습잖아요."

육광의 흉내를 내던 양 신부가 이죽거렸다.

"육광 형을 어떻게 했어?"

화평이 입술을 파르르 떨었다. 그러자 양 신부가 작은 목소리로 속삭였다.

"동쪽 바다."

"바다? 바다에 던졌냐?"

화평이 양 신부 가까이 다가가 몸을 기울이며 다그쳤다. 그때 양 신부가 천천히 고개를 들어 그를 바라보았다. 그리고 냉혹한 눈빛으로 노려보며 목덜미를 물어뜯을 것처럼 사납게 외쳤다.

"너의 문을 열어라. 나를 맞이하라! 목을 자르고 두 눈을 뽑고, 그 피를 마시고 내장을 씹겠노라! 죽은 자는 산 자 위에 있느니라!"

양 신부의 몸에서 광기가 뿜어져 나오자 화평의 오른쪽 눈이 녹아내리는 것처럼 아팠다. 그가 고통스러운 신음을 뱉어내자 최윤이 그를 뒤로 끌어내며 다시 기도를 읊었다.

"이 암흑세계의 지배자들과 하늘 아래 있는 악신들과의 싸움에서 우리를 보호하소서. 하느님께서 당신의 모상대로 창조하시고, 사탄의 압제에서 비싼 값을 치르고 빼내신 인간을 도우러 오소서. 성교회는 당신을 수호자로 존경하옵고, 하느님께서는 구해내신 영혼들을……."

"버리신 영혼들을."

엄숙한 목소리로 최윤이 기도를 이어가는데 양 신부가 장난스러운 말투로 끼어들었다.

"천상 기쁨으로 인도하기 위해서."

"타락으로 인도하기 위해서."

"당신께 맡기셨나이다."

"박일도님이 찾아오셨나이다!"

기도 구절을 사악하게 바꾸며 양 신부가 외쳤다. 최윤은 이마에 흘러내리는 식은땀을 훔치며 입술을 질끈 깨물었다. 캄캄한 어둠 속에 갇힐 때마다 떠올리던 한 줄기의 빛을 생각하며 다시 온 신경을 집중했다.

"그러나 성 미카엘 대천사여, 평화의 주님께서 사탄의 세력을 우리 발아래 섬멸하여, 사탄이 더는 인간을 지배하지 못하고……"

기도에 완전히 몰입하는 순간 사방에서 칼날이 날아드는 고통이 찾아왔다. 최윤이 울컥 숨을 토하며 온몸을 비틀었다. 목에 건 영대가 한쪽으로 기울었고, 두 다리가 떨리며 무릎이 꺾였다. 손에 힘이 풀린 그는 들고 있던 성수 병을 떨어뜨렸고, 날카로운 소리를 내며 깨진 파편이 사방으로 튀었다.

"두 번째로 우리를 만나면 칼에 찔린 상처가 온몸에 드러나고, 살이 썩고, 피가 썩고, 영혼이 썩어갈 것이다."

양 신부가 물건을 설명하는 것처럼 무미건조한 말투로 말했다. 실험 쥐의 반응을 보듯 최윤의 고통을 관찰했다. 당황한 화평이 그의 상태를 살피며 물었다.

"최윤! 정신 차려! 대체 저게 무슨 소리야?"

최윤은 온몸을 집어삼키는 듯한 통증에 한 마디 말조차 내뱉지 못했다. 화평은 두려운 눈빛으로 그를 다그쳤다.

"부마자의 예언이지? 두 번째라면 첫 번째도 있었다는 말이잖아! 세 번째는 또 뭐야?"

최윤은 화평을 밀어내며 가까스로 말했다.

"신경 쓸 거 없어요. 별거 아니니까."

다급해진 화평은 로만 칼라가 달린 부분을 뜯어내며 최윤의 상태를 확인했다. 칼날에 깊이 찔린 것 같은 상처들이 목덜미에 점점 모습을 드러내고 있었다. 그가 당황한 목소리로 물었다.

"너 이거…… 예언 때문이야?"

최윤이 덜덜 떨리는 손으로 말없이 옷깃을 닫았다. 화평은 그의 비장한 눈빛을 보며 애원하듯 말했다.

"이러다 너도 박일도한테 먹힌다고! 내가 도와줄게, 제발!"

화평의 성화에 최윤은 비통한 심정으로 입을 열어 시시때때로 들려오던 악령들의 음성을 그대로 들려주었다.

"첫 번째 우릴 만나면 매일 밤 칼에 찔리는 고통을 받고, 두 번째 우릴 만나면 상처가 온몸에 드러나고 정신이 썩을 것이며, 세 번째 우릴 만나면…… 죽는다."

"죽는다고? 구마 의식을 하면 죽는다는 거야?"

화평이 기겁하며 말했다. 최윤의 초점이 불안하게 흔들렸다.

"지금이라도 그만해."

"아닙니다. 지금이 두 번째니까……. 꼭 할 겁니다."

최윤이 단호한 눈빛으로 말했다. 화평은 입안에 맴도는 말을 차마 내뱉지 못하고 미간을 찡그렸다. 그가 자리에서 일어나 영대를 바로잡으며 화평에게 말했다.

"성수가 필요해요. 임시로 만들어야 합니다."

화평이 깨진 성수 병을 쳐다보며 고민하는 순간 길영이 들어오며 말했다.

"성수를 만든다고? 그럼 다른 방법을 쓰자!"

"무슨 방법 말입니까?"

최윤이 묻자 길영은 욕조가 있는 곳을 보았다고 말했다. 그는 그녀를 따라 욕조가 있는 곳으로 달려갔다. 그녀가 닫혀 있는 수도관을 열기 위해 헤매는 사이 그는 두 손을 모으고 혼잣말처럼 기도를 읊었다.

"주님, 마지막까지 버틸 수 있는 힘을 주소서. 악마를 죽이고 죽을 수 있게 힘을 주소서."

적막이 흐르던 방 안에 수도관을 따라 물이 도는 소리가 희미하게 들렸다. 최윤이 수도꼭지를 열자 욕조로 물이 쏟아져 나왔다. 욕조에 점점 물이 채워지자 그가 욕조 옆에 무릎을 꿇고 앉았다.

"전능하시고 영원하신 천주여, 당신은 생명을 기르고 몸을 씻는 물로서 또한 영혼을 깨끗이 씻고 영원한 생명을 받도록 마련하셨으니, 이 물에 강복하소서. 아멘."

최윤은 작은 병에서 소금을 꺼낸 다음 물에 뿌렸다. 그리고 두 손으로 은 십자가를 받들어 경건한 동작으로 욕조에 담갔다. 그때 화평과 길영이 온몸이 묶인 양 신부를 데려와 욕조 안에 던지듯 넣었다. 욕조 안에 빠진 양 신부가 불쾌한 표정을 지으며 구역질을 해댔다. 격렬하게 몸부림을 치며 욕조 밖으로 나오려 하자 화평과 길영이 양 신부의 몸을 눌렀다. 최윤이 재빨리 기도문을 외쳤다.

"네가 만일 지옥의 제자라면, 내가 너에게 말한다! 하느님의 이름으로 물러가라!"

"박일도님! 이놈들을 죽여줘요! 찢어주세요!"

양 신부가 이빨을 드러낸 짐승처럼 악다구니를 썼다. 최윤이 악령의 기운을 밟고 올라서는 것처럼 강력하게 말했다.

"하늘에 계신 지존하신 하느님만이 오직 유일한 참된 신이시다! 그리고 너는 사탄에게 돌아가 내가 한 말을 그대로 전하라. 성부와 성자와 성령의 이름으로!"

순간 양 신부가 움직임을 멈추고 힘없이 욕조 물속으로 스르륵 잠겨 들었다. 세 사람은 숨을 쉬지 않는 양 신부를 응시했다. 최윤이 그의 몸을 흔들어 보려고 손을 뻗는 찰나, 어느새 묶여 있던 끈을 풀어낸 그가 최윤을 향해 덮치듯이 달려들었다. 갑작스럽게 몸이 밀린 최윤이 바닥에 넘어지자 양 신부는 재빨리 밖으로 나와 복도로 빠져나갔다. 당황한 최윤이 벌떡 일어나 그를 쫓아갔다. 길영이 뒤따라 나가는데 화평이 팔을 붙들고 다급하게 말했다.

"다시 양 신부를 붙잡더라도 구마 의식을 못 하게 해야 해요!"

"그게 무슨 말이야?"

"부마자의 예언이 있었어요. 마지막은 구마 의식을 하면 죽는다는 거예요!"

"구마 의식을 하면 죽는다고?"

"이미 두 번째 상처가 드러나고 있어요. 다시 시도하면 최윤도 어떻게 될지 몰라요!"

길영이 혼란스러운 표정으로 대답을 망설였다. 그때 계단을 뛰어올라가는 발소리가 들렸다. 화평이 복도로 나가며 그녀에게 외쳤다.

"최윤은 꼭 살려야 해요! 당신 어머니가 구한 귀한 목숨이니까 당신이 구해요!"

길영은 화평의 부탁에 마음이 무거웠다. 소리가 난 방향을 따라 계단을 올라가는 그의 뒷모습을 보며 그녀는 불길한 예감이 들었다. 누군가를 살리기 위해서는 누군가를 잃어야 할지도 모른다는…….

두 사람이 옥상 문을 열자 난간에 올라서서 아래를 내려다보는 양 신부의 뒷모습이 보였다. 먼저 도착한 최윤은 긴장이 가득한 얼굴로 거리를 좁히고 있었다. 그때 양 신부가 세 사람을 향해 돌아섰다.

"마지막이 시작됐다. 마지막이……."

공허한 목소리로 말하는 양 신부의 얼굴은 어쩐지 들뜬 것처럼 상기되어 보였다. 최윤은 분노와 슬픔으로 뒤엉킨 감정이 파도처럼 밀려드는 것을 느꼈다.

"지옥으로 가라, 박일도. 성부와 성자와 성령의 이름으로 아멘."

"구마 의식을 계속해도 괜찮을까?"

최윤은 대답 대신 묵주를 든 손을 들고 천천히 앞으로 나아갔다.

"하늘의 숭고한 여왕이시며, 천사들의 여주인이신 마리아님. 당신께서는 하느님으로부터 사탄의 머리를……."

비장한 목소리로 기도를 외우던 최윤이 몸을 휘청거리며 구역질을 했다. 그는 얼음처럼 차가운 칼날이 살갗을 마구 베어내는 느낌에 얼굴을 일그러뜨렸다. 잠시 숨을 고르던 그는 입술을 질끈 깨물고 기도를 이어나갔다.

"사탄의 머리를 밟아 부스러트릴 능력과 위탁을 받으셨나이다."

기도가 길어질수록 최윤의 몸은 타들어 가는 것처럼 뜨거워졌다. 그는 끔찍한 고통에 비틀거리면서도 십자가를 손에서 놓지 않았다. 양 신부를 향해 다시 팔을 들어 올리는 찰나 뒤에서 화평의 목소리가 들렸다.

"그만해! 계속하면 네가 죽어!"

화평이 최윤의 손을 붙들고 말렸다. 최윤은 양 신부에게서 시선을 떼지 않은 채 날카롭게 말했다.

"상관없어요. 막지 마세요!"

"아니, 나한테 방법이 있어. 날 믿어!"

화평은 옆에 있는 두 사람을 번갈아 보며 속으로 마음을 다잡았다. 최윤은 서 있는 것조차 힘든 것처럼 휘청대며 식은땀을 줄줄 흘리고 있었다. 화평이 앞으로 나서며 양 신부를 향해 말했다.

"일부러 우리를 여기로 부른 거지? 우리 셋을 죽이려고 부른 거야? 아니면…… 내가 필요한 거야?"

양 신부는 화평의 물음에 대답하지 않은 채 가만히 세 사람의 얼굴을 살폈다. 슬픔이나 분노가 보이지 않는 무심한 표정이었다. 그가 양 신부를 향해 소리쳤다.

"내가 필요한 거라면 양 신부는 그만 놓아줘! 양 신부 아버지의 몸을 빼앗더니 이제 그의 아들에게도 똑같은 짓이야?"

순간 양 신부가 눈썹을 꿈틀거리며 입가를 일그러뜨렸다. 화평은 두 팔을 벌리며 목청을 높였다.

"차라리 나한테 들어와. 처음부터 나한테 있었으니까!"

"잠깐, 그게 무슨 소리야?"

길영이 화평을 보며 물었다. 그러자 최윤이 불안한 표정으로 화평의 팔을 붙들었다.

"어떻게 하겠다는 겁니까?"

"괜찮아. 다 괜찮을 거야."

화평은 자세한 설명을 하지 않은 채 같은 말을 반복했다. 길영과 최윤이 의아한 표정으로 망설이는데 문득 양 신부가 입을 열었다.

"불쌍한 세 아이……. 너희 셋 다 이십 년 전에는 살아남았지만 그때부터 덫에 빠진 거야. 너희들 운명은 바뀌지 않았어. 결국 원하는 대로 이루어진 거야. 모두 계획이었고, 유희였다. 날 없애도 너희들 운명은 바뀌지 않아. 불쌍한 아이들……."

세 사람을 측은한 눈빛으로 바라보는 양 신부의 얼굴에는 진심이 서려 있었다. 울컥 화가 난 화평이 참을 수 없다는 듯이 소리를 내질렀다.

"닥쳐! 널 없애버리고 말 거야!"

화평의 말에 양 신부는 실소를 터뜨렸다. 무언가 생각하는 얼굴에는 여러 가지 감정이 뒤섞여 있었다. 그러다 문득 슬픈 기색으로 말했다.

"덫에 걸리면 빠져나갈 수 없다. 죽을 때까지 따라다니는 낙인이야. 끊을 수 없는 저주라고."

"그게 무슨 소리야?"

최윤이 답답하다는 듯이 물었다. 그러자 길영이 날카롭게 고함을 쳤다.

"왜 우리를 여기로 부른 거야! 대답해!"

양 신부는 돌연 표정을 바꾸고 험악한 표정으로 입을 다물었다. 그리고 온몸에 뻣뻣하게 힘을 주더니 무언가 결심한 표정으로 핏대를 세웠다.

"이 중에 둘은 죽는다!"

세 사람이 놀라 서로를 바라보았다. 화평이 마른침을 쓰게 삼키며 미간을 찌푸렸다. 둘이라니. 자신 하나로 이 일을 끝낼 수는 없는 걸까. 화평이 양 신부를 제압할 방법을 고민하는 찰나였다.

"하지만 계획을 바꿔야겠어. 오늘은…… 하나만 죽는다."

말을 마친 양 신부가 고개를 들더니 어둠이 깊은 밤하늘을 바라보았다. 그런 다음 냉혹한 표정으로 사악한 기도를 외우기 시작했다.

"내가 진실로 너희에게 말한다. 사람들이 짓는 모든 죄와 그들이 신성을 모독하는 어떠한 말도…… 용서받을 것이다!"

기도 내용을 듣고 충격을 받은 최윤이 양 신부의 눈을 바라보았다. 최윤이 주체할 수 없는 감정에 몸을 떠는 순간 양 신부의 눈가에 안도의 빛이 스쳤다. 최윤이 그 표정을 이해할 수 없어 의아해하는 사이 갑자기 몸을 돌린 양 신부가 옥상 밖으로 뛰어올라 허공에 몸을 던졌다. 검은 사제복을 입은 그의 모습이 한순간에 바람처럼 사라진 것이었다. 놀란 세 사람이 달려가 옥상 아래를 바라보니 깨진 머리에서 피를 흘리며 누워 있는 그의 모습이 보였다. 그는 마치 거꾸로 뒤집힌 십자가와 같은 자세로 피를 쏟아내고 있었다.

계단을 뛰어 내려간 세 사람은 마지막 숨을 몰아쉬며 죽어가는 양 신부를 보았다. 최윤이 손에 묵주를 감고 그를 향해 몸을 숙였다. 그는 가느다란 숨을 몰아쉬며 눈을 깜빡거렸고 알 수 없는 표정으로 최윤을 바라보았다. 그리고 남은 힘을 끌어모아 입을 벌리고 무언가 말을 하려는 듯이 입가를 움직였다. 최윤이 상체를 더 낮추어 그의 얼굴 가까이 가져갔다. 그러자 그가 가까스로 말을 내뱉었다.

"난…… 이제 자유다."

말을 마치는 순간 양 신부가 눈을 감고 힘없이 늘어졌다. 희미하게 맴돌던 따뜻한 숨이 사라진 그의 마지막 얼굴을 최윤이 복잡한 표정으로 바라보았다. 화평이 이해가 가지 않는다는 얼굴로 물었다.

"죽은 거야?…… 뭐라고 한 거야?"

"난 이제 자유다……."

최윤이 넋이 나간 사람처럼 중얼거렸다. 그러자 길영이 고개를 갸웃거리며 혼란스러운 말투로 말했다.

"왜 갑자기 자살한 거야? 왜……."

"나도 모르겠어요."

최윤이 허망한 얼굴로 고개를 흔들었다. 빠르게 퍼져나가는 피를 바라보는 화평의 눈빛이 깊어졌다. 빙의되고도 성당에서 살아온 양 신부의 행동이 가능한 걸까. 양 신부는 왜 갑자기 몸을 던진 걸까. 죽음으로써 자유로워졌다는 것은 어떤 의미일까. 박일도가 눈앞에서 죽는 모습을 직접 보았는데도, 마음 깊은 곳에 느껴지는 불쾌한 기운은 사라지지 않았다. 화평은 고개를 들어 달이 보이지 않는 어두운 하늘을 빤히 응시했다.

집

다음 날 세 사람은 눈이 부시도록 푸른 바다를 함께 보고 있었다. 파도가 해안 도로 아래까지 달려와 거품을 일으켰고, 멀리 보면 자로 잰 것처럼 길게 그려진 수평선이 있었다. 허탈한 표정으로 바다를 바라보던 길영이 정적을 깨고 말했다.

"진짜 다 끝난 건가? 박일도는 사라진 걸까?"

"육광 형이 전에 그랬어요. 귀신을 받아들인 자가 죽거나 자살을 하면 그 귀신은 원래 있던 곳으로 간다고."

화평이 대답하자 최윤이 물었다.

"그러면 지옥으로 갔다는 겁니까?"

"지옥일 수도 있고 구천일 수도 있고. 아니면……."

"아니면?"

"육십 년 전에 나타나서 이철용이란 남자에 씌었고, 이십 년 전에 우리 마을에 또 나타났어요. 만약 저 바다로 도망쳤다면 언젠가…….”

화평이 끝까지 말하지 못하고 입을 다물었다.

“또다시 동쪽 바다에 와서 사람들을 죽인다는 거잖아.”

길영이 화평의 말을 대신 끝맺으며 다시 바다를 바라보았다. 수면 위에 반사된 햇살이 눈부시도록 반짝거렸다.

“왜 자살을 했을까요? 그 정도 힘을 가진 악마가……. 왜 그렇게 허무하게 끝냈을까요?”

최윤이 여전히 알 수 없다는 듯이 말했다. 그러나 정확한 대답을 아는 사람은 아무도 없었다. 그저 마음 깊은 곳에서 사라지지 않는 찝찝하고 불쾌한 감정이 혼란스러울 뿐이었다. 한동안 바닷바람을 맞으며 서 있던 길영이 근처에 세워둔 차를 향해 몸을 돌렸다. 화평이 어정쩡하게 선 채로 인사를 하자 그녀가 물었다.

“정말 여기 남아 있을 거야?”

“할아버지 돌봐야죠. 박일도가 진짜 사라졌는지 지켜봐야 하고요.”

“그래, 그럼.”

길영이 고개를 끄덕이며 운전석에 올랐다.

“조심해서 가요. 그나저나…… 앞으로 볼 이유가 없는 건가?”

“뭐, 박일도가 사라졌다면.”

길영이 겸연쩍은 듯이 말했다. 그러자 화평이 문득 최윤의 이름을 불렀다.

“어이 최윤! 잘 가라. 고생했어. 내가 좀 힘들게 했지?”

화평이 쑥스러운 듯이 웃으며 말하자 최윤이 멋쩍은 표정을 지었다.

“뭐, 별로……. 그쪽도 고생했어요.”

길영이 시동을 걸고 출발할 준비를 했다. 화평은 그 모습을 지켜보다가 뒤통수를 긁적이며 돌아섰다. 그때 최윤이 갑자기 창문을 내리고 외쳤다.

"잠깐만요! 그런데 그때 양 신부한테서 박일도를 다시 받아들이려고 했죠? 그리고 어떻게 하려고 했어요?"

"박일도랑 같이 죽으려고 했지. 네가 구마 의식 하면…… 죽을 수도 있으니까."

"아니 그게 무슨……."

최윤이 화를 내려고 하자 길영이 서둘러 핸들을 돌리며 인사했다.

"갈게!"

자동차 바퀴가 서서히 움직이며 도로를 향해 방향을 틀었다. 화평은 속도를 올리며 달리기 시작한 차가 완전히 보이지 않을 때까지 가만히 지켜보았다.

어둠이 깊은 밤, 화평은 홀로 계양진 시골길을 걸었다. 시야에 흐릿하게 들어오는 흙길을 따라가다가 발끝에 느껴지는 작은 돌멩이를 힘없이 걷어찼다. 그러다 문득 고개를 들었을 때 점멸하는 가로등 불빛 아래 서 있는 낯익은 주택이 보였다. 주위에 너른 밭이 펼쳐져 있고, 그 사이로 좁다란 진입로가 이어진 집. 그 집은 바로 어릴 적 그가 찾아갔던 최윤의 집이었다. 그는 그날의 기억이 생생하게 떠올라 얼굴을 찡그렸다. 최윤의 가족들이 죽어가던 날, 아무것도 하지 못한 채 벌벌 떨고만 있었던 그 순간을 다시 마주하고 싶지 않았다. 그가 입술을 깨물며 몸을 돌리려는 찰나, 캄캄한 어둠 속에서 자신을 노려보는 최 신부를 발견했다. 최 신부는 과거의 기억 속 모습 그대로 기이하게 목을 꺾은 채 서 있었다. 순간 화평이 숨을 쉬는 것조차 잊은 채 최 신부를 마주 보았다. 최 신부는 무언가를 말하는 것처럼 입을 벌리고 움직였다. 기억에서 지워져 있던 최 신부의 목소리가 점점 커지면서 또렷한 음성으로 귓가를 파고들었다.

"나와…… 함께…… 있다."

헉헉, 헉. 잠에서 깨어난 화평이 숨을 몰아쉬며 미간을 찌푸렸다. 흐릿했던 시야가 선명해지면서 눈앞에 누워 있는 할아버지의 모습이 보였다. 아직 의식이 돌아오지 않은 할아버지를 찬찬히 살펴보자 일정한 간격으로 가슴이 부풀었다가 줄어드는 것이 보였다. 나지막이 한숨을 내쉰 화평이 두통을 느끼며 눈을 질끈 감았다. 꿈속에서 본 최 신부의 모습은 어릴 적 그가 목격했던 그 모습 그대로였다. 그러나 그날의 기억을 떠올릴 때마다 최 신부가 한 말을 알 수가 없었는데, 갑작스럽게 그 목소리가 들려온 것이었다. 이미 박일도가 죽었는데 왜 이런 꿈을 꾸는지 알 수가 없었다. 불쾌한 표정으로 눈가에 주름을 잡는 찰나 이불이 부스럭거리며 작게 움직이는 것을 발견했다. 할아버지의 손가락이 경련이 이는 것처럼 움찔거리는 걸 보고 놀란 그는 허겁지겁 뛰어나가 간호사를 찾았다.

담당 의사와 함께 병실로 들어온 화평은 반쯤 눈을 뜬 채 멍한 표정으로 우물거리는 할아버지를 쳐다보았다.

"우리 아들…… 근호……."

할아버지는 부정확한 발음으로 말을 흘렸다. 화평이 애타는 목소리로 의사에게 물었다.

"왜, 왜 이러는 거예요?"

"심정지가 길었어요. 그것 때문에 뇌 손상이 왔지만 이것만으로도 기적입니다."

의사의 설명에 화평은 마른침을 쓰게 삼키며 할아버지를 바라보았다. 커다란 돌덩이가 가슴을 짓누르는 것 같았다.

며칠 후 화평은 할아버지와 함께 계양진 본가로 돌아갔다. 방 안에 이불을 깔고 할아버지를 눕힌 그는 아이를 달래듯 말했다.

"차 타고 오느라 힘들었지? 멀미 심한 양반이. 물 마셔."

화평이 할아버지를 품에 안아 몸을 일으키고 컵을 입에 대주었다. 할아버지가 물을 마시자 그가 잘한다며 칭찬을 했다. 물을 다 마시고 난 할아버지가 맑은 표정으로 물었다.

"아저씨, 우리 아들은?"

"아저씨 아니고, 손자 화평이. 손자도 못 알아보냐? 큰일 났네."

화평은 농담을 건네듯이 말했지만 씁쓸한 기색이 역력했다.

할아버지가 잠이 들자 바닷가 근처로 나온 화평은 등대 아래에 자리를 잡고 앉았다. 옆에는 소주 두 병과 회 한 접시가 놓여 있었다. 잠시 바다를 바라보던 그는 병을 들고 서서 바닷가에 소주를 뿌렸다.

"육광 형……. 형이 하도 먹고 싶대서 소주에 회 떠 왔어. 어디 있어? 경찰이 내 말을 안 믿어주네……. 미안해."

화평의 눈가에 뜨거운 눈물이 솟았다. 소주 한 병을 모두 비운 그는 자리에 앉아 새 소주병을 열어 다시 한 모금 삼켰다. 목을 따라 차가운 소주가 내려가는 순간 문득 최윤이 했던 말이 뇌리를 스쳤다.

'내가 윤화평 씨 의심한다고 이야기했어요. 그 집에 뭔가 있다고. 그걸 알아보려고 간 거 같아요.'

연거푸 소주를 들이키는 화평의 미간에 주름이 깊어졌다. 육광이 죽던 날 걸려왔던 전화가 아직 풀리지 않는 의문으로 남아있었다. 그런데 최윤의 말대로 육광이 본가에 왔다가 죽은 거라면, 박일도를 만났다는 이야기였다. 박일도는 양 신부였는데 어떻게 본가에서 만날 수 있었을까. 그는 입가에 힘을 주며 골똘한 생각에 빠졌다. 혹시 본가에서 박일도의 정체를 밝힐 수 있는 무언가를 발견했기 때문에 죽은 것이 아닐까? 그는 자리에서 벌떡 일어나 집으로 돌아갔다. 눌림굿의 효험이 다한 지금 자신의 상태라면, 어쩌면 육광이 발견한 것을 찾을 수 있을지도 몰랐다.

마당으로 들어선 화평은 예리한 눈길로 집 안을 둘러보았다. 평소와 다를 바 없는 집인데도 왠지 모를 긴장감이 느껴졌다. 마루 아래와 마당 구석구석을 샅샅이 살펴봤지만 이상한 물건은 없었다. 그는 마지막으로 집 뒤편으로 돌아가 나무가 심어진 땅 위를 천천히 걸었다. 신중하게 한 발씩 옮기던 그때 다른 곳에 비해 짙은 색깔의 흙으로 뒤덮인 부분을 발견했다. 최근에 흙을 일구어 덮은 것처럼 물기 있는 갈색을 띠고 있었다. 그가 고개를 갸웃거리며 다가가 자세를 낮추고 손바닥으로 그 부분을 짚었다. 그리고 신경을 곤두세우며 느껴지는 기운에 집중했다. 귓가에 거친 숨소리가 들려오면서 땅을 마구 헤집는 육광의 모습이 눈앞에 번쩍 스쳤다. 놀란 그가 눈을 감았다 뜨며 섬광처럼 지나간 장면을 더듬었다. 분명 육광이 온몸이 흥건하도록 땀을 흘리며 미친 사람처럼 땅을 파고 있었다. 그는 다급한 동작으로 육광처럼 땅을 파기 시작했다. 새로 흙이 뒤덮인 부분을 집중적으로 파헤치자 뭔가 묻혀 있는 게 보였다. 다소 딱딱하게 느껴지는 물체 주변으로 더 넓게 흙을 파내자 천으로 둘둘 감싸 있는 시신이 드러났다. 죽은 지 오래되어 보이는 시신은 몸 전체를 명주 천으로 감아서 마치 미라처럼 보였고, 그 위로 알 수 없는 한자들이 붉은 글씨로 빼곡하게 적혀 있었다. 시신 가운데에 포개어진 두 손에는 한 줄로 꼰 한지와 함께 종이 한 장이 쥐여 있었다. 떨리는 손으로 흙을 털어내고 그 종이를 들여다보았다. 순간 그의 머릿속이 백지장처럼 하얘졌다. 충격에 사로잡힌 그가 몸을 덜덜 떨었다. 찝찝하게 남아 있던 조각들이 이어지면서 선명한 그림으로 보이기 시작했다. 본가에 왔다가 죽은 육광과 모든 임무를 마친 것처럼 허무하게 죽어버린 양 신부, 그리고 악몽처럼 다시 떠오른 최 신부……. 과거부터 이어진 기억들이 주마등처럼 스쳐 지나가면서 바로 옆에서 속삭이는 것처럼 최 신부의 목소리가 귓가를 파고들었다.

'박일도는 너의 집에 있다!'

화평의 눈앞이 아찔하게 흔들렸다. 종이를 쥔 손에서 시작된 경련이 몸 전체로 퍼져나갔고, 목덜미를 따라 소름이 끼쳤다. 시신과 함께 묻혀 있던 종이는 바로 할아버지와 어린 화평이 함께 찍은 사진이었다. 앳된 얼굴로 쑥스러운 듯이 웃고 있는 자신의 모습과 인자한 미소로 어깨를 두르고 있는 할아버지의 얼굴이 보였다. 대체 언제부터 박일도의 시신이 뒷마당에 묻혀 있었던 걸까. 박일도가 집어삼킨 할아버지의 영혼은 한 조각이라도 남아 있기는 한 걸까. 화평은 가슴이 갈기갈기 찢기는 고통을 느끼며 손을 움켜쥐었다. 그동안 이어진 끔찍한 살인들이 모두 할아버지의 짓이라는 걸 믿을 수가 없었다. 그는 울컥 분노가 치미는 것을 느끼며 자리에서 일어섰다.

화평이 집 앞으로 나오자 마당에 놓인 평상에서 허겁지겁 밥을 먹는 할아버지의 뒷모습이 보였다. 조금 전까지 안방에 누워 가느다란 숨을 몰아쉬던 환자의 모습은 조금도 찾아볼 수 없었다. 마치 일을 마친 젊은 사내가 굶주린 배를 채우듯이 분주하게 숟가락을 움직이고 있었다. 잘 차려진 밥상 위에는 따뜻한 밥과 국이 김을 피어올리고 있었다. 그 모습을 본 그

가 몸을 휘청거리며 두 다리에 힘을 주었다. 이제까지 박일도를 찾아 전국을 돌아다녔다니…… 얼마나 어리석은 짓이었던가! 그는 울분이 섞인 표정으로 온몸을 부들부들 떨었다.

"화평아, 밥 먹자."

할아버지가 뒤도 돌아보지도 않고 활기찬 목소리로 말했다. 화평이 말을 더듬으며 중얼거렸다.

"할아버지……. 할아버지가 박, 박일도…… 였어."

그 순간 밥을 먹던 할아버지가 피식거리며 웃었다. 화평은 머리부터 발끝까지 전해지는 긴장감을 느끼며 입을 악다물었다. 정체를 드러낸 박일도는 더 이상 악마의 기운을 누르지 않고 마음껏 발산하고 있었다. 날이 맑은 낮인데도 음울한 기운이 마당을 휘감았고 가까스로 서 있던 화평은 구역질이 치밀었다.

"이십 년 전에…… 나한테서 옮겨갔던 사람이…… 할아버지였구나."

화평이 말하자 할아버지가 고개를 돌려 바라보았다. 순식간에 웃음기를 지운 얼굴에는 싸늘한 냉기가 감돌았다.

"아냐, 너한테서 옮겨간 게 아니야. 잘 생각해 봐."

"아니라고?"

"이제 기억이 날 텐데. 너도 이미 알고 있잖아."

할아버지의 목소리가 섬뜩하게 변하며 거친 파열음을 일으켰다. 그러자 화평이 오른쪽 눈을 미친 듯이 문지르며 고통스러운 신음을 내질렀다. 마치 누군가 라이터 불로 자신의 오른쪽 눈을 지지는 듯한 느낌이었다. 그는 오래전 친척 종진이 그랬던 것처럼 손바닥으로 얼굴을 마구 두드리며 경기를 일으켰다. 까마득하게 어두워진 눈앞에 오랜 기억들이 떠오르기 시작했다. 친척 종진에게 칼을 맞고 쓰러진 이후 피를 흘리며 심하게 몸을 떠는 할아버지, 그리고 화평을 찾아 바닷가로 나온 어머니에게 다가가 죽음으로 내몰았던 할아버지. 두 손으로 머리를 쥐어뜯으며 괴로워하는 그를 보며 할아버지가 들뜬 목소리로 말했다.

"네 어미도, 할미도 내가 그랬지. 밀쳐서 죽이고, 목을 잡아 매달고."

화평이 증오가 담긴 눈빛으로 할아버지를 노려보았다. 할아버지는 아랑곳하지 않고 소풍을 가는 아이처럼 웃는 얼굴로 말을 이었다.

"애초에 너는 빙의가 아니었어. 내가 한 번도 들어간 적이 없어!"

"아냐……. 분명 눈이 아프고 안 보이고……."

"넌 영매야! 그것도 크고 특별한 기운을 가진 영매! 그때나 지금이나 너는 나에게 반응한다. 마치 나와 한 몸처럼. 그리고 내 본모습을 꿰뚫어 봤어. 네 할애비가 아닌 내 그대로의 모습을."

화평은 정신이 반쯤 나간 사람처럼 고개를 흔들었다. 그는 이제까지 자신이 알고 있었던 사실들이 착각에 불과했다는 것을 깨달았다. 박일도는 가장 가까이서 자신을 지켜보고 있었다. 그동안 필사적으로 노력했던 모든 일들이 무용했으며, 그저 줄에 걸린 인형처럼 박일도의 손에서 놀아났을 뿐이었다. 할아버지는 쐐기를 박는 것처럼 말을 이었다.

"눌림굿을 받고 나서야 겨우 나를 못 알아봤어. 기억도 잃었지."

화평이 혼란스러운 표정으로 고개를 들었다. 할아버지의 눈동자에 새빨간 핏줄이 터질 듯이 부풀어 있었다.

"그럼 양 신부는 뭐였지?"

"좋은 종이었지. 그자는 믿음이 흔들리자 내게 굴복하고 나를 섬겼다. 빙의시킬 필요도 없었지."

"양 신부는 빙의도 되지 않았다고?"

"박홍주 그 아이도 내 본모습을 보여줘도 좋아하더군. 권력을 잡으면 세상을 지옥으로 만들 거다. 참 재밌을 거야."

할아버지가 쾌활하게 웃음을 터뜨렸다. 그러자 분노가 치밀어 오른 화평이 소리를 내질렀다.

"박홍주와 양 신부, 나눔의 손을 이용해서 사람을 죽였던 거야? 이십 년 동안이나? 도대체 왜!"

"왜라니? 이건 나의 놀이다. 그냥 유희야. 인간들도 서로 죽이잖아. 그리고 그것들은 저 스스로 불러들였어. 사람을 저주하고, 죽이고 싶어 했다. 모든 게 너희 스스로가 벌인 일이야. 불러서 내가 온 거다."

"서윤이같이 아무것도 모르는 어린애까지 빙의시켰잖아!"

"그 애가 할머니 집에 놀러 왔다가 나를 봤어. 어릴 때 너와 똑같았다. 나를 대번에 알아봤지. 어쩔 수 없었다. 네 아비도 그랬고."

"아버지…… 아버지는 왜 죽인 거야?"

화평의 눈가에 눈물이 차올랐다. 할아버지는 그가 슬퍼하는 모습을 보며 크게 기뻐했다.

"그건 너 때문이야. 그래야 네가 슬퍼하니까. 네 아비를 죽인 것도, 이 늙은이가 칼을 맞아 쓰러진 것도. 네 어미, 할미를 죽인 것 모두! 네가 슬퍼하고 절망에 빠져야 하니까."

"그게 무슨 말이야!"

"아직도 이해를 못 하는구나. 이십 년간 네 옆에 있었던 이유를. 바다에서 수십 년간 숨어 있었다. 무척이나 괴로웠지. 그런데 그날이 마침내 찾아온 거야! 나를 온전히 그대로 담을 수 있는…… 참 좋은 그릇을 발견한 거지."

"그릇?"

"그래. 이철용은 나를 담기에 부족하여 미쳐서 죽어버렸지. 그런데 너희 집안 인간들은 그릇으로 자질이 있었어. 그 친척 놈도, 이 늙은이도…… 하지만 부족했다. 한데 너는 달라! 한도 끝도 없는 큰 그릇이야!"

할아버지가 만족스러운 눈길로 화평의 몸을 훑어보았다. 소름이 끼친 그가 굳은 얼굴로 입을 악물었다.

"그런데 들어갈 수가 없었다. 네가 가지고 있는 그 힘이 너무 단단했거든. 하지만 그릇에 금이 가고 금이 가면 언젠가 깨지기 마련이다. 틈이 생기길 기다렸지."

할아버지가 서늘한 눈빛을 보이며 말했다. 화평은 어릴 적부터 이어진 가족들의 죽음을 떠올리며 분노했다.

"그래서 우리 가족을……."

"왜 네 가족이 죽고, 네 주위에서 사람들이 빙의되어 죽어 나가겠냐? 그릇은 높은 데 있다가 떨어뜨려야 잘 깨지는 법! 이십 년 만에 재회한 아버지가 눈앞에서 죽자마자 너도 나를 더 잘 느끼게 됐지? 그때부터 눈이 아파왔지?"

할아버지가 히죽거리며 화평에게 물었다. 그는 아버지가 죽은 이후 눈이 타들어 가는 통증을 느끼던 것을 기억하며 치를 떨었다. 오른쪽 눈의 고통 때문에 최윤에게 의심을 샀고, 육광은 본가에 증거를 찾으러 왔다가 죽게 되었다. 그는 늘 박일도를 찾아 없애려고 노력했지만, 그저 박일도의 손아귀에서 놀아나고 있었던 것이었다. 육광을 떠올리자 그는 억장이 무너졌다.

"아버지한테 나를 죽이라고 한 것도……."

"그래! 너랑 서로 떨어뜨려 놓으려고 했다. 네가 고독하기를 바랐고, 혼자가 되기를 바랐고, 나를 믿기를 바랐고, 결국은 나에게 굴복하기를 바랐지!"

"할아버지는…… 지금 살아 있냐?"

절망이 가득한 얼굴로 화평이 물었다.

"무슨 소리냐. 내가 네 할아버지야. 이십 년간 나와 잘 지냈잖아. 내가 준 밥을 먹고, 나와 함께 자고, 웃고……. 우리 화평이."

할아버지가 입꼬리를 끌어올리며 인자하게 말했다. 화평을 속이며 함께했던 오랜 시간을 재현하는 것처럼 가식적인 목소리였다. 자신을 모욕하는 박일도를 향해 화평이 달려들며 소리쳤다.

"박일도!"

화평은 할아버지의 목덜미를 노렸으나 몇 발자국 가지 못하고 바닥에 주저앉았다. 엄청난 압력이 느껴졌고 어깨를 짓누르는 힘에 뼈마디가 부서질 것 같았다. 그는 가까스로 숨을 몰아쉬며 무릎이 꺾인 상태로 바닥에 피를 토했다. 살과 뼈를 파고드는 살기에 핏줄이 터져나갈 것처럼 부풀어 올랐다. 어느새 표정을 지운 할아버지가 냉랭하게 말했다.

"더 움직였다가는 죽어."

"박일도! 우리 가족을 죽이고, 최윤과 길영의 가족을 죽이고……."

"그건 너 때문이잖아. 네가 그 젊은 사제한테 말했기 때문이잖아."

화평은 미간을 찌푸리며 최 신부가 찾아오던 순간을 떠올렸다. 여러 겹의 장막으로 둘러싼 것처럼 희미하게 일그러진 그날의 기억을. 시름시름 앓고 있던 어린 화평을 안쓰러운 눈길로 바라보며 따뜻한 손길을 건네던 최 신부의 얼굴을. 그때 어렸던 그는 최 신부의 귓가에 작게 속삭였었다.

할아버지는 모든 것을 알고 있다는 얼굴로 어린 화평의 말투를 흉내 냈다.

"우리 엄마를 죽인 귀신이 나와 함께 있어요. 이 집에 있어요."

깜짝 놀란 화평의 동공이 순식간에 커졌다.

"그래서 어쩔 수 없이 그 젊은 사제 놈을 빙의시킨 거야. 너만 아니었으면, 그 가족은 행복하게 살았겠지. 그리고 네가 그 집 앞에 서 있어서 그 경찰이 죽은 거야. 박홍주를 의심하던 여자 경찰까지 너 때문에 죽으러 올 줄이야……."

"다 나 때문이라고?"

화평이 슬픔과 분노가 뒤섞인 표정으로 중얼거렸다. 그러자 할아버지가 싸늘한 말투로 비난했다.

"그래. 그리고 앞으로 펼쳐질 일 또한 네 탓이다."

화평이 귀를 의심하며 불안한 기색으로 고개를 들었다. 할아버지는 손님을 기다리는 것처럼 마을 아래까지 멀리 시선을 던지며 말했다.

"그것들이 여기에 오고 있다. 여기서 그 둘을 죽여주마!"

"뭐라고?"

"그리고 이것도 너 때문이다!"

할아버지가 갑자기 등 뒤에서 칼을 꺼내어 자신의 목에 가져다 댔다. 예리한 칼날이 닿은 살에서 피가 흘러나왔다. 조금만 손에 힘을 주고 밀어 넣으면 굵은 핏줄이 터져 피를 뿜어낼 것 같았다. 화평이 다급한 목소리로 외쳤다.

"뭐 하는 거야! 그만둬! 그만두라고!"

화평은 앞으로 달려 나가 할아버지의 손을 붙들고 싶었지만, 강력한 살기에 눌린 몸은 고개를 드는 것조차 어려웠다. 할아버지는 히죽 웃으며 경악하는 그를 바라보았다. 칼을 쥔 손이 천천히 움직이자 칼이 지난 자리를 따라 피가 주룩 흘러내렸다. 그가 애원하듯 말했다.

"안 돼! 제발! 제발……."

"슬퍼해라! 절망을 느껴라! 그래야 금이 간다! 네 주위에 모든 인간들을 다 죽일 거다! 그래야 금이 간다!"

할아버지가 기뻐하며 소리쳤다. 화평은 고개를 숙인 채 체념한 듯 말했다.

"그만해! 나에게 와! 나에게 오라고! 나를 가져라. 널 받아들일게."

"좋구나. 참 좋구나! 우리 화평이……. 그 말을 이십 년간 기다렸지."

얼굴에 화색이 번진 할아버지가 화평에게 다가가 손을 뻗고 머리를 짚었다. 그 순간 화평이 할아버지의 손목을 움켜쥐며 살기 어린 눈으로 노려보았다.

"나만이 널 온전히 받아들일 수 있다고 했지? 그러면 나만이 널 온전히 가둘 수 있다는 말이겠네! 어디 들어와 봐! 들어오라고 박일도!"

악에 받친 것처럼 외치는 화평의 눈빛이 분노로 들끓었다. 마당에는 온전히 정체를 드러낸 박일도의 사악한 기운이 가득했고, 짙은 안개가 깔린 것처럼 음산한 냉기가 흘렀다. 그 속에서 화평은 자신의 영혼을 삼키려는 악마의 존재를 마주 보고 있었다. 뼈와 살을 통해 스며드는 어두운 기운에 심장이 요동쳤다. 악한 기운이 독처럼 퍼지자 그는 온기를 품고 있던 소중한 기억들이 희미해지는 것을 느꼈다. 문득 그는 정신을 차리고 나면 다른 사람이 되어 있을까 봐 두려웠다. 깊고 어두운 무덤 속에 홀로 갇혀 버렸다는 생각이 들었다.

마지막

"어디야? 윤화평은?"

수화기 너머에서 길영의 목소리가 들렸다. 택시를 탄 최윤이 창밖 너머로 밤이 깊은 계양진을 바라보았다. 목적지에 다다른 택시가 속도를 늦추며 마을 진입로로 접어들었다.

"연락이 안 돼요. 할아버지 집 근처예요."

최윤이 대답하며 낮에 있었던 일을 떠올렸다.

이대로 모든 일이 끝났다고 생각하기에는 석연치 않았던 최윤은 성당에 남아 있던 양 신부의 짐을 건네받았다. 그는 짐 속에서 오래전에 찍은 나눔의 손 단체 사진을 발견하고는 자세히 살펴보았다. 맨 뒷줄에 서서 얼굴이 반쯤 잘려 있는 사람이 낯이 익어 들여다보니 바로 화평의 할아버지였다. 예상치 못한 발견에 놀란 그가 곧장 길영에게 연락을 했다. 그때 그녀는 마침 화평의 부탁으로 상용시에 있는 그의 집을 찾아 짐을 정리하고 있었다. 냉장고에 있던 젓갈을 꺼내다가 최윤의 이야기를 들은 그녀는 소스라치게 놀라 젓갈 병을 떨어뜨렸고, 그 안에 들어있던 잘린 새의 머리를 발견했다. 그때 두 사람은 깨달았다. 아직 끝나지 않았다는 것을.

"그 집에 혼자 들어가지 마. 나도 가고 있으니까."

길영이 조바심을 내며 말했다.

"이미 도착했어요."

최윤은 택시에서 내려 화평의 집을 향해 뛰었다. 대문 앞에 선 그는 문을 두드리지 않고 마당 안으로 들어섰다. 마당에는 어두운 기운이 수런거리며 냉기를 뿜어내고 있었다. 그는 바닥에 쓰러진 할아버지와 가운데 우두커니 서 있는 화평의 뒷모습을 발견했다. 뭔가에 집중하고 있는지 인기척도 느끼지 못한 화평이 이상한 말들을 중얼거리며 오른손에 칼을 쥐고 서 있었다. 그가 화평을 향해 조심스럽게 다가갔다. 칼날을 따라 붉은 피가 미끄러지며 바닥으로 뚝뚝 흘러내렸고, 화평의 낮은 음성에서는 거칠고 음산한 기운이 느껴졌다.

"문을 닫고 진을 칠제 막을 두자로 문을 수작하라. 남방은 이허중이니 이방지킨 경문부장 불러내어 갑오 병오 무오 경오 임오허니……."

화평이 읊조리는 말을 들은 최윤의 얼굴이 창백해졌다. 이미 박일도를 받아들이고 의식을 행하고 있다는 불길한 예감이 스쳤다. 화평이 홱 고개를 돌려 최윤을 바라보았다. 붉게 핏발이 선 화평의 눈은 굶주린 짐승처럼 사나웠다. 놀란 최윤이 도우려고 다가서는데, 화평이 험악하게 인상을 쓰며 소리쳤다.

"오지 마! 박일도를 받아들였어! 시간이 없어. 곧 박일도한테 완전히 먹힐 거야."

화평은 한겨울에 맨몸으로 찬바람을 맞는 사람처럼 덜덜 떨었다. 가까스로 말하는 동안에도 이가 부딪치는 소리가 들렸다. 그는 분명 영혼을 갉아먹는 악한 기운에 저항하며 힘겹게 의식을 지탱하고 있었다. 최윤이 두 손을 내밀며 말했다.

"괜찮아요! 내가 도와줄게요!"

"안 돼! 구마 의식 하면 네가 죽어."

최윤은 주저 없이 품속에서 묵주를 꺼냈다. 그리고 화평의 이마를 향해 들이미는 순간 그가 뒷걸음질을 치며 칼날을 세웠다.

"오지 말라고!"

최윤은 화평의 몸을 내려다보고 경악했다. 가슴과 배, 그리고 두 팔에 칼끝으로 살을 찢은 상처가 가득했고, 피가 흘러나오며 붉은 글씨가 드러났다. 알 수 없는 한자들이 화평의 몸 전체에 새겨져 있었다.

"뭐예요, 그 피와 상처들……."

"칼로 몸에 경을 새겼어."

"그게 뭐냐고요!"

"육광 형이 말해준 거……. 큰 귀신을 가두는 경."

화평이 담담하게 설명했다. 최윤은 가슴속에서 뜨거운 덩어리가 치솟는 것을 느꼈다.

"가두다니! 설마 같이 죽겠다는 겁니까?"

"이 방법밖에 없어. 박일도를 내 몸에 가둘 거야. 너희 가족…… 그렇게 만들어서 미안하다. 강 형사한테도 미안하다고 전해줘. 그리고…… 할아버지 좀 부탁해."

말을 마치는 순간 화평이 칼을 들어 제 목을 향해 힘껏 휘둘렀다. 하지만 칼끝이 부드러운 목덜미에 닿기도 전에, 마치 보이지 않는 뭔가에 가로막힌 것처럼 우뚝 멈췄다. 갑자기 화평이 광기가 번뜩이는 눈빛으로 포악스럽게 외쳤다.

"그만!"

화평의 목소리에는 거친 파열음이 일었고, 짐승들이 동시에 우는 것 같은 기이한 소음이 섞여 있었다. 주변으로 강렬한 파동이 일어나는 것처럼 어두운 기운이 뻗치자 가까이 있던 최윤이 통증을 느끼며 가슴을 쥐어뜯었다. 그가 고통스러운 얼굴로 거친 숨을 몰아쉬는 사이 화평이 자신의 팔을 다른 방향으로 비틀며 힘을 주었다.

"죽어! 같이 죽자, 박일도!"

화평의 곁에는 아무도 없었지만, 누군가 잡아 비트는 것처럼 칼날의 각도가 움직이기 시작했다. 그러다 갑자기 그의 검은 동공이 순식간에 커지면서 깊고 어두운 음성으로 차갑게 말했다.

"지금 죽으면 저 어린 사제한테 갈 거다."

화평은 마치 두 명인 것처럼 말을 했다. 하나는 스스로 목숨을 끊고 죽음으로 떨어지려는 화평이었고, 다른 하나는 화평의 영혼을 집어삼키려는 박일도였다. 그는 희미한 의식을 부여잡으며 온 힘을 다해 소리를 질렀다.

"절대 내 몸에서 못 나가! 내가 네 그릇이다! 너를 가두는 관이야! 내 시체랑 평생 썩어!"

화평이 온몸을 비틀며 악다구니를 썼다. 최윤은 힘겹게 숨을 내쉬며 그의 처절한 사투를 바라보았다. 그의 몸에 이어진 핏줄이 터질 듯이 부풀어 오르며 검붉은 빛을 띠었다. 최윤이 입술을 깨물며 다시 묵주를 움켜

쥐었다.

"내가 당신 살려요. 조금만 참아요!"

최윤이 무겁게 걸음을 옮기며 묵주를 들이밀었다. 그 순간 화평이 남은 손으로 최윤의 목덜미를 콱 움켜쥐고 악력을 실었다. 그의 손가락이 최윤의 목을 파고들며 숨통을 바짝 조였다.

"어린 사제 놈을 진작 죽였어야 했어. 참 오래 데리고 놀았는데."

숨이 막힌 최윤이 입술을 파르르 떨며 눈가를 일그러뜨렸다.

정신을 차린 화평이 깜짝 놀라며 말했다.

"건들지 마! 얘는 건들지 마!"

화평은 손아귀의 힘을 풀었다. 손가락 마디마다 최윤의 목덜미를 짓눌렀던 감각이 생생하게 남아 있었다. 그는 자신의 힘을 제어하지 못하는 상태가 되자 덜컥 두려움이 일었다. 박일도에게 온전히 잡아먹히고 나면 제 손으로 최윤의 숨통을 끊어놓을지도 몰랐다. 최윤이 바닥에 주저앉아 막혀 있던 숨을 토해내는 사이 그는 마당 밖으로 뛰어나갔다.

마을 길을 달려 해안 도로를 가로지른 화평은 곧바로 바닷가를 향해 달렸다. 그는 무슨 일이 있어도 정신이 온전할 때 스스로 죽어야 한다고 결심했다. 자신의 팔과 다리에 넝쿨이 타고 오르는 것처럼 점점 검은 손길이 뻗치는 것을 느꼈다. 시간이 얼마 남지 않았다는 예감이 들자 칼을 쥔 손에 바짝 힘이 들어갔다. 차가운 바닷물 속으로 거침없이 들어간 그는 가슴까지 물이 차오르자 두 팔을 들어 종이를 자르듯 손목을 그었다. 칼날이 지나간 자리에서 피가 뚝뚝 흘러내렸다. 살이 벌어진 손목을 바라보는 그의 눈은 여기저기 핏줄이 터져 새빨간 피가 맺혀 있었고, 목덜미를 타고 오른 검붉은 핏줄은 문신처럼 선명하게 드러났다. 그는 더 이상 제

의지대로 움직이지 않는 몸을 비틀며 하늘을 향해 괴성을 질렀다. 칼을 쥐고 더 깊은 곳으로 걸음을 옮기려고 했으나 발목에 쇠사슬이 묶인 것처럼 단단한 힘이 느껴졌다. 그때 갑자기 누군가 바다에 뛰어들었고, 첨벙거리는 물소리와 함께 이름을 부르는 목소리가 들렸다.

"윤화평!"

화평은 뒤돌아보지 않고 온 힘을 다해 앞으로 나아갔다. 한 줄기 빛도 없는 깊은 어둠 속으로 걸어가다가 고개를 물속에 집어넣고 사라졌다. 그를 발견하고 뒤쫓아 오던 길영이 애타는 표정으로 어두운 바다를 살폈다. 그가 보이지 않자 숨을 크게 들이마시고 바다 밑으로 잠수해 헤엄치기 시작했다. 그녀는 눈앞에 일렁거리는 검은 덩어리를 발견하고 손을 뻗었다. 아직 손끝에 느껴지는 따뜻한 온기는 바로 그의 얼굴이었다. 그녀가 그를 붙잡고 수면 위로 솟아오르자 그가 크게 숨을 내뱉으며 기침을 토해냈다. 그녀가 물가 쪽으로 그를 끌고 나와 지친 기색으로 물었다.

"물에 왜 뛰어든 거야? 죽으면 어쩌려고……."

화평은 바닥으로 얼굴을 향한 채 구역질을 하듯 바닷물을 게워냈다. 그리고 갑자기 무심한 표정으로 자신의 손목과 두 팔을 천천히 훑어보았다. 마치 다른 사람의 몸인 것처럼 낯설어 하는 눈빛이었다. 그 모습을 본 길영이 고개를 갸웃거리며 의아한 표정을 지었다.

"윤화평?"

화평은 아무것도 들리지 않는 것처럼 환희로 가득한 표정을 지으며 자리에서 일어났다. 그런 다음 고개를 들어 캄캄한 바다를 바라보며 경이로운 목소리로 외쳤다.

"참 좋은 그릇이야! 기운이 넘치는구나!"

화평의 기이한 표정과 말투에 놀란 길영이 멍하니 그 모습을 바라보았다. 그러다 문득 그의 팔에 칼로 새겨진 한자들을 발견했다. 덜컥 겁이 난 그녀가 그에게 다가가며 물었다.

"윤화평…… 왜 그래?"

순간 화평이 고개를 홱 돌리고 길영을 무섭게 노려보았다. 그에게서 느껴지는 강렬한 살기에 눌린 그녀가 숨을 삼키며 눈을 크게 떴다. 그가 그녀의 머리채를 휘어잡고 고개를 뒤로 꺾으며 차가운 말투로 말했다.

"어미의 죽음을 본 아이야. 너도 네 어미처럼 죽어라."

길영은 화평의 손에서 벗어나려고 몸부림을 쳤지만 소용이 없었다. 하늘을 향해 드러난 그녀의 부드러운 목덜미를 향해 그가 칼을 세웠다. 서슬 퍼런 칼날이 허공에서 날카롭게 빛났다. 그가 팔을 휘두르는 순간 그녀는 재빨리 손을 뻗어 칼날을 막아냈다. 손바닥에 쥐어진 칼날이 살을 예리하게 베어내면서 얼굴 위로 피가 뚝뚝 흘러내렸다. 그녀가 얼굴을 일그러뜨리며 비명을 내질렀다. 그의 몸에서 뻗어 나오는 강력한 힘이 온몸을 짓누르는 것처럼 느껴졌다. 칼끝이 서서히 움직이며 얼굴 가까이 내려왔고 눈꺼풀 앞까지 도달했을 때 그녀는 마지막을 예감하며 눈을 질끈 감았다.

그 순간 갑자기 최윤이 달려들어 화평의 몸을 밀어냈다. 중심이 무너진 화평이 쓰러지며 손에서 칼을 놓쳤다. 하지만 초월적인 힘으로 다시 일어나 자세를 잡더니 최윤과 길영의 머리를 동시에 붙잡고 물속으로 처넣었다. 정신을 차릴 새도 없이 물속에 잠긴 두 사람은 몸을 버둥거리며 빠져나오려고 애썼다. 화평의 손에서 느껴지는 힘은 여러 사람들이 동시에 짓밟는 것처럼 거칠고 과격했다. 최윤은 주머니에서 묵주를 꺼내어 화평의 팔에 감았다. 그러자 화평이 얼굴을 험악하게 일그러뜨리며 손을 떼어냈다. 마치 더러운 물건을 만진 것처럼 역겨운 표정이었다. 최윤이 그 틈을 놓치지 않고 십자가를 화평의 이마에 대고 누르자 비명을 지르며 고통스럽게 몸부림쳤다. 화평은 최윤의 십자가로부터 도망가려는 듯이 휘청거리며 몸을 뒤로 기울였다. 가까스로 정신을 차린 길영이 뒤에서 화평의 두 팔을 돌려 수갑을 채우며 물었다.

"어떻게 된 거야? 박일도한테 빙의된 거야?"

"얼마 되지 않았어요. 아직 윤화평 몸에 익숙하지 않아요. 아직은 힘이 없어요. 완전히 빙의되기 전에 쫓아내야 합니다."

최윤이 화평의 어깨를 누르며 빠르게 설명했다. 화평은 이마에 눌린 십자가로 인해 힘이 풀린 것처럼 보였다. 최윤이 구마를 하기 위해 자세를 잡는 동안 화평은 살기가 이글거리는 눈빛으로 쏘아보았다. 끝도 없이 펼쳐진 바다는 거친 바람 소리와 거품을 내며 부서지는 파도 소리만이 가득했다. 화평의 몸에 빙의한 악마의 기운은 차가운 바닷물처럼 출렁거리며 화평의 영혼을 익사시키려 하고 있었다. 최윤은 캄캄한 하늘을 올려다보며 간절하게 말했다.

"하느님! 전 오늘 제 친구를 구하려고 합니다! 적은 너무나 강합니다! 간교하고 강력하여 이길 수가 없습니다! 제 목숨을 다하여 그를 위해 싸울 동안 당신의 자비로 제 친구를 지켜주소서!"

최윤이 경건한 동작으로 화평의 이마에 십자가를 그렸다. 그러자 화평이 끔찍한 비명을 내지르며 몸을 비틀었다. 순식간에 목을 타고 오르는 핏줄이 검붉은 형태를 드러내며 뺨과 이마까지 뻗어 올랐다. 최윤은 신성한 기도를 이어나갔다.

"천상군대의 영광스러운 지휘자이신 성 미카엘 대천사여. 권세와 폭력과의 싸움에서 우리를 보호하시며 이 암흑세계의 지배자들과 하늘 아래 있는 악신들과의 싸움에서!"

"아하하하하하!"

비명을 지르던 화평이 갑자기 크게 웃음을 터뜨리며 최윤을 바라보았다. 이죽거리는 얼굴에는 뱀의 눈처럼 교활한 빛이 가득했다. 최윤이 미간을 일그러뜨리며 쳐다보자 화평이 광기 어린 표정으로 물었다.

"할 수 있겠냐? 그럼 너도 죽을 텐데?"

최윤은 입을 악다물며 십자가를 든 손에 힘을 주었다.

"사탄의 압제에서 비싼 값을 치르고 빼내신 인간을 도우러 오소서."

최윤은 기도 한 마디 한 마디를 읊조릴 때마다 수천 개의 바늘이 살갗을 파고드는 고통을 느꼈다. 무엇보다 차갑고 서늘한 손이 살을 파헤치고 심장을 움켜쥐는 듯한 느낌에 몸을 떨었다. 화평은 고통스럽게 울부짖으면서도 히죽거리며 비웃음을 흘렸다. 그러다 사나운 짐승처럼 이를 드러내고 최윤을 향해 소리를 질렀다.

"날 구마 하기 전에 사제 네놈 몸이 먼저 찢겨나갈 거야! 온몸의 혈관이 전부 터져버리고 목구멍으로 피를 쏟을 거야!"

저주를 퍼붓는 소리가 최윤의 귓가를 파고드는 순간 가슴이 찢어지는 통증이 뻗쳤다. 순간 상체를 웅크린 그의 코에서 피가 주룩 흘러내렸다. 허겁지겁 손등으로 피를 훔쳤지만 쉴 새 없이 흘러나오며 얼굴을 붉게 적셨다. 그는 시야가 아찔하게 흔들리자 버티기 위해 두 발에 힘을 주었고, 남은 힘을 끌어모아 외쳤다.

"성교회는 당신을 수호자로 존경하옵고, 하느님께서는 구해내신 영혼들을 천상 기쁨으로 인도하기 위해서 당신께 맡기셨나이다!"

길영은 울음이 터질 것 같은 표정으로 최윤을 바라보았다. 시체처럼 창백해진 최윤은 곧 쓰러질 것 같은 얼굴로 기도를 올리고 있었다.

"그러나 성 미카엘 대천사여…… 평화의 주님께서…… 컥!"

길영이 구마 의식을 말려야 할지 고민하는 찰나 갑자기 최윤이 울컥 피를 토해냈다. 가슴을 쥐어뜯으며 가까스로 기도를 읊는 그의 얼굴이 붉게 부풀어 올랐다. 제대로 호흡을 할 수 없는 듯 숨이 가쁜 표정이었다.

"주, 주님께서…… 주님……."

최윤의 몸이 앞으로 쏟아졌고 길영이 손을 뻗어 그를 받치며 외쳤다.

"최윤!"

기도가 중단되고 정적이 일자 화평이 빙그레 미소를 지으며 이죽거렸다. 그는 최윤의 팔에 힘이 빠지면서 십자가가 내려가자 한껏 가벼워진 얼굴로 크게 소리쳤다.

"주님의 세력을 우리 발아래로 섬멸하여 더는 인간을 지배하지 못하고, 또 교회가 사탄을 해치지 못하게 간구하여 주소서."

화평의 사악한 기도가 울려 퍼지자 최윤이 숨을 들이켰다. 악한 기운이 사방으로 뻗치며 몸집을 부풀렸다.

"마귀와 사탄이 용과 늙은 뱀을 풀어 쇠사슬로 인간들을 묶어 때리고, 피 흘리게 하고, 유혹하고!"

화평이 점점 기세를 불리자 최윤이 재빨리 십자가를 들어 그의 머리에 가져갔다. 두꺼운 장막을 뚫고 들어가는 것처럼 힘겨운 사투가 계속되었다. 최윤은 그의 내면을 파고들어 이빨을 드러내는 악마의 존재를 정면으로 바라보았다. 온몸에 스며드는 불쾌한 기운에 영혼이 서늘하게 얼어붙었지만, 더 이상 지체할 수 없었다. 어두운 심연으로 빨려 들어가 영원히 돌아오지 못할지라도……. 최윤은 결연한 의지로 기도를 외우기 시작했다.

"박일도! 당장 그 몸에서 나와라! 주님의 이름으로 명한다. 너의 이름은 이미 알고 있다. 박일도! 그 몸에서 나와!"

화평이 불길에 휩싸인 것처럼 비명을 질렀다. 그러다 정신이 번쩍 든 사람처럼 최윤과 길영을 향해 바라보며 안색을 바꾸었다.

"박일도!"

화평 스스로 박일도의 이름을 외치자 최윤과 길영이 놀란 얼굴로 바라보았다. 부마자가 이름을 외치는 순간 구마가 성공해야 하는데 화평의 눈가에는 여전히 살기가 번뜩였다. 그가 히죽거리며 기세등등하게 말했다.

"날 그 이름으로 불러봐야 소용없다! 나는 너희 인간들이 이 땅에 있기 전부터 이 땅과 바다에 존재해 왔다! 너희가 짐승의 피비린내 나는 생살을 씹어 먹고, 동굴에서 교미를 할 때부터 나는 너희들을 지켜봐 왔다! 나는 박일도 이전에 김사다함이었고, 선묘였으며, 아리나발마였고, 생치새라 불렸다!"

최윤이 굳은 표정으로 물었다.

"네 진짜 이름이 뭐냐? 교회와 권위와 예수님의 이름으로 명한다. 내가 부를 이름을 말해!"

그 순간 화평이 손을 뻗어 최윤의 목을 콱 움켜쥐었다. 길영이 깜짝 놀라 다른 손을 바라보니 어느새 수갑이 풀려 있었다. 화평은 숨을 꺽꺽거리는 최윤의 얼굴을 보며 차가운 목소리로 말했다.

"윤화평. 이제 그게 내 이름이다."

화평의 팔에서 뻗어 나오는 무지막지한 힘이 최윤의 숨통을 조였다. 그가 최윤의 목을 붙잡고 공중으로 들어 올리자 길영이 기겁하며 달려들었다. 그리고 그의 팔을 붙잡고 애원하듯 소리쳤다.

"안 돼! 그만둬!"

화평은 냉기가 도는 시선으로 길영을 내려다본 뒤 그대로 그녀를 후려쳤다. 그녀는 거친 힘에 밀려 휘청거리며 피를 뱉어냈다. 그는 물속에 떨어져 있던 칼을 주워 들었고, 최윤의 목을 향해 칼날을 세웠다. 최윤은 몸에서 점점 힘이 빠져나가는 걸 느끼며 불안하게 흔들리는 시선으로 칼끝을 보았다. 그가 허공으로 칼을 들어 올리는 찰나, 그녀가 그의 다리를 잡고 필사적으로 매달렸다.

"윤화평! 정신 차려! 듣고 있지? 박일도 잡자고 했잖아. 가족들을 생각해! 당신 어머니 그렇게 만든 박일도 잡자고……."

동작을 멈춘 화평이 미간을 살짝 찌푸렸다. 단단한 성벽으로 둘러싸인 것처럼 속을 알 수 없었지만, 길영의 말이 무언가를 건드리고 있는 것 같았다. 그녀가 울음 가득한 목소리로 소리쳤다.

"네 앞에 있는 사람 최윤이잖아! 네가 구하라고 했잖아! 네가 살리라고 했잖아!"

손끝이 희미하게 떨리던 화평은 천천히 팔을 내리며 슬픈 기색으로 말했다.

"죽여줘요……."

길영은 귀를 의심하며 화평을 쳐다보았다. 그는 가까스로 목을 조르던 손을 풀었고, 최윤은 막힌 숨을 쏟아내며 몸을 비틀었다. 그 사이 그는 지체 없이 얼굴을 들어 부드러운 목덜미를 내보였다. 그런 다음 다시 칼을 들었고, 이번에는 자신의 목 가운데를 조준했다. 그는 억지로 잡아당기는 것처럼 이를 악물고 서서히 칼을 움직였다. 칼끝이 자신의 목덜미까지 힘겹게 도달했을 때 갑자기 다른 사람으로 돌변하여 소리쳤다.

"그만! 그만둬!"

제 목을 찌르려는 화평과 이를 막으려는 박일도가 힘겨루기를 하는 모양이었다. 최윤과 길영은 기이한 광경을 바라보며 빈틈을 찾았다. 그러나 화평이 재빨리 팔에 힘을 주며 칼을 당겼다. 허공을 가르고 내리꽂힌 칼은 목 가운데를 비켜나갔지만 어깨에 깊이 박혔다. 고통스러운 신음을 뱉으며 눈가를 찡그리던 화평이 문득 고개를 들어 길영과 최윤을 향해 말했다.

"이제 나 혼자 할게. 고마웠다."

찰나였지만 화평의 부드러운 눈빛이 스쳐 지나갔다. 마지막 인사라는 것을 알아챈 길영이 그를 붙잡으려고 거리를 좁혔다. 그는 그녀가 물살을 거슬러 다가오기 전에 다시 칼을 들어, 이번에는 오른쪽 눈으로 밀어 넣었다. 필사적으로 몸을 날린 그녀가 자신의 손을 뻗어 그의 오른쪽 눈앞을 막았다. 예리한 칼날은 지체 없이 밀고 들어오며 그녀의 손바닥을 뚫었고, 그의 오른쪽 눈까지 관통했다. 그녀가 고통스러운 비명을 내질렀다. 그가 다시 칼을 쑥 빼자 그의 눈과 그녀의 손에서 새빨간 피가 울컥 흘러나왔다.

화평은 그대로 몸을 돌려 검은 바다를 향해 걸어갔다. 최윤이 필사적으로 그를 쫓아갔고, 길영은 피가 계속 흐르는 손을 다른 손으로 누르며 따라갔다. 목까지 바닷물이 차오르는 지점에서 갑자기 그가 몸을 숙이고 바닷속으로 들어갔다. 그런 다음 캄캄한 바닷물 아래로 힘을 풀고 천천히 가라앉았다.

화평의 몸은 두 다리에 무거운 돌덩이를 매단 것처럼 아래로 잠겨 들었다. 그때 뒤따라온 최윤이 헤엄쳐 들어가 점점 멀어지는 그를 향해 손을 뻗었다. 그를 붙잡고 수면 위로 끌어올리려고 했지만, 오히려 최윤까지 아래로 가라앉았다. 숨을 참은 상태로 수면에서 멀어지자 최윤은 묵주를 꺼내어 그의 손목과 자신의 손목을 감았다. 최윤은 묵주로 이어진 그를 향해 마지막 힘을 모아 마음속으로 기도를 읊었다.

'주 예수 그리스도님과 마리아님의 이름으로 명하노니, 너희 지옥의 악령들아, 우리에게서 떠나고, 다시는 여기에 나타나서 우리를 유혹하거나 해치지 마라!'

텅 빈 상자처럼 느껴지던 화평의 입에서 기이한 음성이 흘러나왔다. 그 음성은 기도가 이어질수록 더 음울하게 울려 퍼졌고 검은 파동을 일으키며 물살을 뒤흔들었다. 최윤이 그의 오른쪽 눈에서 물감처럼 번지는 붉은 피를 바라보며, 그의 이마에 손가락으로 십자가를 그렸다.

'주 예수 그리스도님과 마리아님, 성 미카엘 대천사님, 저희를 위해 싸워주소서. 수호천사님, 저희를 악령의 모든 함정에서 보호하소서.'

최윤은 시야가 흐려지며 눈앞에 어둠이 스며드는 것을 느꼈다. 더 아래로 내려간다면 아마 다시는 수면 위로 올라가지 못할 것이다. 그러나 최윤은 손으로 전해지는 화평의 온기를 놓을 수 없었다. 그를 부르는 것처럼 힘을 주어 손을 꽉 잡자 그의 눈꺼풀이 파르르 떨렸다.

눈을 뜬 그는 몸에 힘이 빠진 채 가라앉는 최윤을 발견했다. 그는 가까스로 정신을 부여잡고 묵주를 풀어냈다. 그런 다음 묵주를 자신의 손에 꼭 움켜쥐고 최윤의 몸을 위로 힘껏 밀어냈다. 그의 무게에서 벗어난 최윤이 수면을 향해 떠오르기 시작했다.

화평은 머리 위로 멀어지는 최윤의 모습을 바라보며 자신을 집어삼킬 듯이 커지는 악마의 소리를 들었다. 바로 옆에서 울음을 우는 것 같기도 했고, 심연 아래에서 손길을 뻗으며 부르는 소리 같기도 했다. 온몸에 뻗치는 냉기가 숨을 조이고 의식을 집어삼켰지만, 그는 편안한 얼굴로 눈을 감았다. 의식이 깜빡거리는 사이 어린 시절부터 이어진 과거의 기억들이 주마등처럼 스쳐 지나갔다. 풍등제에서 눈을 찌르고 자살한 친척과 자신의 목을 조르던 아버지의 무서운 얼굴, 그리고 맨발로 하염없이 걸어갔던 마을 길, 겁에 질린 얼굴로 도망 나오던 어린 최윤의 얼굴, 엄마의 시신을 보며 울부짖던 어린 길영의 절규, 어둠 속에서 말을 걸던 최 신부의 기이한 표정, 박일도를 찾아다니며 보았던 끔찍한 살인 현장들, 다리 아래로 목을 매고 뛰어내리던 아버지의 마지막 모습, 악마의 목소리를 내며 히죽거리던 할아버지……. 그는 불행한 기억들이 이어지자 차라리 평온해지는 기분이 들었다. 이제는 더 이상 비극적인 일들을 마주하며 살아가지 않아도 된다는 생각 때문에. 하지만 곧이어 과거부터 거슬러 올라온 기억이 최근에 다다르자 따뜻한 햇살 같은 온기가 느껴졌다. 악마에게 짓눌려 의식이 멀어지던 순간까지 이름을 불러주던 길영과 최윤 때문이었다. 가까스로 의식을 차릴 때마다 울음이 가득한 얼굴로 붙잡아주던 길영, 그리고 묵주로 자신의 몸을 이어 어둠 속으로 몸을 던졌던 최윤. 화평은 희미한 미소를 지었고, 이내 까마득한 어둠 속으로 사라졌다.

1년 후

박홍주의 얼굴 위로 카메라 플래시가 쏟아졌다. 자신감 넘치는 표정의 그녀는 앞으로 품위 있게 걸어 나갔다.

"원내대표에 당선되셨습니다. 소감 한마디 해주시죠."

기자들이 복도를 따라오며 취재용 마이크를 들이밀었다. 그러자 박홍주가 걸음을 멈추고 담담한 표정으로 대답했다.

"우선, 무거운 책임감을 느끼고요. 을을 위한 당, 서민들의 당, 약자를 위한 당이 되도록 원내대표로서 그 소임을 다할 생각입니다."

말을 마친 박홍주가 빙긋 미소를 지었다. 그녀의 얼굴이 텔레비전 화면을 꽉 채웠다. 그 위로 다시 카메라 플래시가 번쩍거렸다. 입구를 향해 돌아서는 그녀에게 기자들의 질문들이 쏟아졌다.

"당내 계파 갈등을 어떤 식으로 푸실 건가요?"

"경선에서 떨어진 의원들에게 한마디 하시죠!"

길영이 굳은 얼굴로 뉴스를 보고 있는데 갑자기 화면이 꺼졌다. 고개를 들어 보니 커피를 뽑아 들고 온 고 형사가 리모컨을 누르고 있었다.

"이거나 마셔. 이러다가 박홍주 나중에 대통령 후보로도 나오는 거 아니냐? 아우, 소름 끼쳐."

커피를 건네며 고 형사가 미간을 찌푸렸다. 따뜻한 커피를 받아 든 길영이 씁쓸한 표정으로 한 모금 삼켰다.

"택시 운전 몇 년 했다고요?"

그때 앞자리에 앉은 후배 형사가 누군가를 취조하는 소리가 들렸다. 길영은 택시 운전이라는 말에 반사적으로 고개를 들고 취조받는 사람을 살폈다. 머리 스타일과 몸집이 화평과 제법 비슷한 남자였다. 그녀가 그 사람을 빤히 응시하자 고 형사가 눈치를 살피며 물었다.

"거의 이맘때쯤이었지?"

길영이 다시 정신을 차리고 고개를 끄덕였다. 우울한 기색으로 그날의 기억을 떠올리던 찰나 최윤에게서 문자가 왔다. 성당 앞에서 만나 함께 가자는 내용이었다. 그녀는 서둘러 자리를 정리하고 그가 있는 성당으로 향했다.

성당 입구로 들어서자 차를 발견한 최윤이 뛰어와 조수석에 올라탔다. 길영은 오랜만에 만나는 그의 얼굴을 살피며 인사를 건넸다.

"살 빠진 것 같다? 밥 안 먹고 다녀?"

"잘 먹어요. 그런데 안 바빠요?"

"아무리 바빠도, 챙길 건 챙겨야지. 그건 뭐야?"

길영이 눈짓으로 검은 봉지를 가리켰다.

"소고기요. 좋아했으니까……."

"미리 말하지. 나도 샀는데. 걔 아주 원 없이 먹겠네."

길영이 씁쓸한 목소리로 말하며 계양진을 향해 출발했다.

화평의 본가에는 조촐한 제사상이 차려졌다. 가운데에는 웃고 있는 그의 사진이 있었고 그 앞에 먹음직스러운 소고기와 과일 몇 개가 놓였다. 최윤은 그의 얼굴을 가만히 쳐다보며 복잡한 감정에 사로잡혔다. 그날 밤 의식이 희미해지던 순간 그가 손을 놓으며 자신을 밀어내던 그 느낌이 아직도 생생하게 남아 있었다. 이제 최윤은 잠이 들 때마다 악령들의 음성 대신 차가운 바닷속에서 느꼈던 그의 온기만이 떠올랐다.

길영과 최윤은 조촐하게 차린 제사상 앞에 절을 하고 밖으로 나왔다. 그러자 마당에 있는 평상에서 초점이 풀린 눈으로 하염없이 대문을 바라보는 화평의 할아버지가 보였다. 할아버지는 어눌한 발음으로 느리게 중얼거렸다.

"올 때가 됐는데……. 근호 내외가 화평이랑 읍내 나갔다가 온다고……. 왜 안 와……."

길영은 안타까운 눈길로 할아버지를 바라보았다. 해가 지날수록 치매 증상이 심해지고 있었다. 할아버지를 돌보는 친척 노인이 말없이 서 있는 두 사람을 보며 물었다.

"끝났어요?"

"네. 할아버지는 좀 어떠세요?"

"똑같죠. 맨날 이렇게 대문만 봐요."

최윤은 할아버지가 보고 있는 대문을 응시하며 화평이 들어오는 상상을 했다. 그때 바다에서 손을 놓지 않았다면……. 그가 입안을 쓰게 삼키는데 친척 노인이 말했다.

"그나저나 이제 돈은 그만 보내요. 매번 너무 미안해서."

"아니요. 화평이한테 부탁받은 거예요. 괜찮아요."

길영이 손사래를 치며 나섰다.

"그래도……. 도와주는 곳도 있으니까 더는 보내지 말아요."

친척 노인이 미안한 말투로 사양했다. 그러자 최윤이 의문을 띤 얼굴로 물었다.

"도와주는 곳이라니요?"

"봉사 단체 같은데 맨날 이것저것 보내줘요. 돈이랑 옷이랑. 가끔 쌀 같은 것도 보내준다니까."

친척 노인이 마당 구석을 가리켰다. 그곳에는 물품이 가득 들어 있는 상자가 제법 높이 쌓여 있었다. 어디서 보내오는 건지 의아해하던 두 사람은 번뜩 무언가를 떠올리며 빠르게 시선을 교환했다.

최윤과 길영은 주소를 받아들고 동해 인근 시골 마을을 찾아갔다. 인적이 드문 조용한 어촌에는 낚싯배들이 늘어서 있었고, 그물을 손질하거나 배를 정리하는 어부들이 보였다. 주소를 확인한 그녀가 길게 늘어선 배들 중 하나를 가리켰다. 그리고 그 안에서 그물을 정리하고 있는 어부에게 그가 물었다.

"혹시 계양진에 사시는 윤무일 씨 앞으로 택배를 보내고 계신가요?"

"아, 그런데요. 어떻게 찾아오셨죠?"

어부는 최윤의 사제복을 응시하며 대답했다. 택배를 받는 분이 가족이나 다름없다고 그가 말하자 어부가 자초지종을 설명했다.

"부탁을 받았어요. 계양진으로 택배를 좀 부쳐달라고."

"누구 부탁인지 알 수 있을까요?"

길영이 눈빛을 반짝이며 말하자 어부는 멀리 산 중턱을 가리켰다. 그곳에는 허름한 집 한 채가 마을과 동떨어진 곳에 홀로 있었다.

"작년 이맘때인가? 조업하러 가다 바다에 빠진 걸 제가 구했어요. 그 뒤로 쭉 저 산에서 혼자 살고 있어요. 왜 살던 곳으로 돌아가지 않느냐고 했더니 아직 확신이 없다면서……."

순간 길영과 최윤은 같은 생각을 떠올렸다. 작년 이맘때 바다에서 구했다면……. 두 사람은 어부에게 인사를 하고 서둘러 산길을 오르기 시작했다. 한참을 걸어 올라가 허름한 집 안을 들여다보자 고개를 숙인 채 무언가에 몰두하는 한 남자가 보였다. 그녀는 누구인지 자세히 보기도 전에 눈물이 핑 돌았다. 화평의 뒷모습을 한눈에 알아볼 수 있었다. 눈시울이 붉어진 최윤은 무슨 말을 해야 할지 몰라 멍하니 서 있었다. 화평이 일어나 몸을 돌리는 순간 세 사람은 눈이 마주쳤다. 그는 오른쪽 눈에 안대를 하고 있었고, 살이 빠져 수척해 보였다. 그리고 소매를 걷어 올린 팔에는 칼로 새긴 흉터가 선명하게 남아 있었다. 최윤의 묵주를 목에 걸고 있던 그는 예상치 못한 갑작스러운 만남에 어색한 듯이 미소를 지었다. 그녀의 두 뺨에 뜨거운 눈물이 흘러내렸다. 세 사람은 한참을 서서 서로를 바라보기만 했다.

화평은 매일 바다를 보며 생각했다. 그것이 완전히 사라졌는지 알 수 없다고. 만약 그것이 아직 바닷속에 있다면 반드시 돌아올 것이라고. 세상이 혼탁하고 인간이 타락하면, 손은 동쪽 바다에서 다시 올 것이라고.

손 더 게스트

초판 1쇄 발행 2020년 8월 28일
초판 2쇄 발행 2020년 9월 3일

극본 | 권소라, 서재원
소설 | 원보람
발행인 | 강봉자, 김은경

펴낸곳 | (주)문학수첩
주소 | 경기도 파주시 회동길 문발로 214-12(문발동 511-2) 출판문화단지
전화 | 031-955-4445(마케팅부), 4500(편집부)
팩스 | 031-955-4455
등록 | 1991년 11월 27일 제16-482호

홈페이지 | www.moonhak.co.kr
블로그 | blog.naver.com/moonhak91
이메일 | moonhak@moonhak.co.kr

ISBN 978-89-8392-830-6 03810

「이 도서의 국립중앙도서관 출판예정도서목록(CIP)은 서지정보유통지원시스템 홈페이지(http://seoji.nl.go.kr)와 국가자료종합목록 구축시스템(http://kolis-net.nl.go.kr)에서 이용하실 수 있습니다. (CIP제어번호 : CIP2020032533)」

* 파본은 구매처에서 바꾸어 드립니다.